16	3	2	13
5	10	11	8
9	6	7	12
4	15	14	1

Eurípides

TEATRO COMPLETO
I

O Ciclope
Alceste
Medeia

Edição bilíngue
Estudos e traduções de Jaa Torrano

editora 34

EDITORA 34

Editora 34 Ltda.
Rua Hungria, 592 Jardim Europa CEP 01455-000
São Paulo - SP Brasil Tel/Fax (11) 3811-6777 www.editora34.com.br

Copyright © Editora 34 Ltda., 2022
Estudos e traduções © Jaa Torrano, 2022

A FOTOCÓPIA DE QUALQUER FOLHA DESTE LIVRO É ILEGAL E CONFIGURA UMA
APROPRIAÇÃO INDEVIDA DOS DIREITOS INTELECTUAIS E PATRIMONIAIS DO AUTOR.

Imagem da capa:
Busto de Eurípides, cópia romana de um original grego do século IV a.C.,
Staatliche Museen, Antikensammlung Berlin, Berlim

Capa, projeto gráfico e editoração eletrônica:
Franciosi & Malta Produção Gráfica

Revisão:
Beatriz de Paoli
Alberto Martins

1ª Edição - 2022

CIP - Brasil. Catalogação-na-Fonte
(Sindicato Nacional dos Editores de Livros, RJ, Brasil)

Eurípides, *c.* 480-406 a.C.

E664t   Teatro completo I: O Ciclope, Alceste,
Medeia / Eurípides; edição bilíngue; estudos
e traduções de Jaa Torrano — São Paulo:
Editora 34, 2022 (1ª Edição).
384 p.

ISBN 978-65-5525-115-9

Texto bilíngue, português e grego

1. Teatro grego (Tragédia). I. Torrano,
José Antonio Alves. II. Título.

CDD - 882

EURÍPIDES
TEATRO COMPLETO
I

Eurípides e sua época 11
A tradução interdisciplinar 25
Nota editorial 29
Cronologia das representações 31

O Ciclope

O drama satírico 35
Argumento 45
Κύκλωψ 46
O Ciclope 47

Alceste

A partilha de Zeus 123
Argumento 135
Ἄλκηστις 138
Alceste 139

Medeia

A serviço da justiça e da piedade 247
Argumento 261
Μήδεια 264
Medeia 265

Sobre os textos 377
Sobre o autor 379
Sobre o tradutor 381
Plano da obra 383

DEDICATÓRIA

Aos leitores joviais
que se comprazem com
a noção euripidiana de Zeus
como a explicação própria
da complexidade do mundo
contemporâneo dos Deuses.

Agradecimentos

Ao CNPq,
por invictas virtudes
das bolsas PP e PDE,
que me deram
este trabalho.

Ao Grupo de Pesquisa
Estudos sobre o Teatro Antigo
por grato convívio caro a Musas
e a Dioniso *Mousagétes*.

Aos miríficos alunos,
colegas e mestres
do DLCV-FFLCH-USP,
pela numinosidade
imanente ao lugar.

Aos caros amigos
partícipes das Musas
e de *Zeus Phílios*.

Eurípides e sua época

Jaa Torrano

Para estudar a tragédia grega em seu contexto originário, consideraremos primeiro as datas e os fatos contextuais do sentido político da tragédia, e depois examinaremos a noção e o uso trágicos de imagens míticas, bem como a situação política e social da Atenas clássica, para compreendermos a noção trágica de justiça.

1. Datas e fatos contextuais do sentido político da tragédia

Na primeira metade do século VI a.C., Sólon — ou Hiparco filho de Pisístrato — instituiu, no festival das Panateneias, recitais em que os bardos e rapsodos itinerantes de toda a Grécia concorriam com a obrigação de recitar os poemas homéricos *Ilíada* e *Odisseia* em ordem sequencial.[1] Assim se preservou a produção épica já em declínio, e proveu-se a instrução de toda a população da Ática nos mitos heroicos pan-helênicos, o que, aliado ao generalizado gosto pelo canto e dança corais, foi decisivo na invenção ateniense da tragédia.[2]

Por volta de 534 a.C., instituiu-se o festival das Grandes Dionísias, ou Dionísias Urbanas, aberto a todo o povo ateniense: tinha início com a procissão que trazia a estátua cultual de Dioniso Eleutereu, do santuário em Elêuteras, na fronteira entre Ática e Beócia, para o altar no teatro, acompanhada de sacrifícios e cantos; o espetáculo da tragédia

---

[1] Gerald F. Else, *The Origin and Early Form of Greek Tragedy*, Cambridge, MA, Harvard University Press, 1967, p. 118, n. 40.

[2] *Idem*, p. 47.

era o centro do festival, e acrescentaram-se depois os concursos de ditirambo, o drama satírico e a comédia.[3]

No século V a.C., a cultura de Atenas era destacadamente rica em festivais e competições musicais. Nesse calendário heortológico, a festa principal e mais suntuosa eram as Grandes Dionísias, realizadas no início da primavera (entre março e abril) em honra ao Deus Dioniso, a quem se consagravam também as Leneias no inverno (janeiro-fevereiro) e as Dionísias Rurais, celebradas nos campos em diferentes demos (distritos) em diferentes dias do inverno, antes das Leneias.[4]

Inicialmente, os concursos trágicos se davam nas Grandes Dionísias e os cômicos nas Dionísias Rurais, depois tragédias se incluíram nestas, e comédias, naquelas. O poeta trágico devia pedir o coro ao arconte epônimo (assim chamado por dar o seu nome ao ano civil), e o cômico ao arconte rei, que administrava o calendário de festas oficiais. O financiamento de todas as despesas da representação se fazia mediante o sistema de liturgias, em que o poder público indicava cidadãos abastados para arcar com os custos de determinados itens da política pública, fossem de trirremes (navios de guerra) ou de coros trágicos ou cômicos.[5]

Nas Grandes Dionísias, o concurso trágico ocupava três dias: cada dia um poeta apresenta três tragédias e um drama satírico. Dez juízes, representantes de cada tribo ateniense, escolhiam o vencedor, com a determinação do primeiro, segundo e terceiro lugares, sendo aleatoriamente destruídos cinco de seus votos antes de serem conhecidos, para evitar suborno. Portanto, a grande vitória de fato e consagradora do poeta era obter o coro e poder mostrar sua arte a seus concidadãos.

Na primavera, o mar Egeu era navegável, e os delegados das cidades aliadas (de fato, dominadas sob o jugo) de Atenas compareciam às Grandes Dionísias. Dois fatos políticos notáveis precediam o espetáculo das tragédias: os tributos, impostos aos aliados, eram depositados à vista de todos na orquestra do Teatro de Dioniso; e os órfãos de guerra, educados pelo estado ateniense, ao chegar à maioridade, eram apresentados à cidade, recebiam as armas de hoplita completas, e os nomes

---

[3] *Idem*, p. 49.

[4] Paul Cartledge, "Deep Plays: Theatre as Process in Greek Civic Life", in: P. E. Easterling (ed.), *Greek Tragedy*, Cambridge, Cambridge University Press, 1997, p. 8.

[5] *Idem*, p. 18.

de seus pais mortos eram proclamados, com os votos de que lhes seguissem o exemplo na defesa da cidade.[6] Dada a importância do teatro como instrumento estatal de educação pública para a democracia ateniense, instituiu-se o "teórico" (*theorikón*), subsídio para cidadãos pobres pagar a entrada do teatro.[7]

A tragédia surgiu da confluência e integração de dois tipos de poesia antecedentes: épica e coral. Os poemas homéricos deram à tragédia os temas e as personagens, a poesia coral lhe deu uma visão diversa e crítica sobre esses temas e personagens.[8] A epopeia, onde ela foi procurar os seus temas e as suas personagens, é o registro de um estado organizado sob a forma tribal, como vemos na *Ilíada*: o exército se organiza por tribos e tem um código de ética do estado tribal.[9] A poesia coral surge como manifestação artística no século VII a.C., quando Álcman, de origem lídia, domiciliou-se em Esparta e lá ensinou o canto coral, cuja prática se difundiu e se consagrou no mundo grego. O Estado, então, já se organizava na forma de *pólis* e, nesses primórdios da *pólis*, a poesia — tanto coral quanto monódica — é uma manifestação da consciência da cidadania e dos valores políticos e individuais. Tendo origem na confluência da epopeia e da poesia coral, a tragédia tem essa duplicidade estrutural, composta do canto aliado à dança nos cantos corais e da palavra falada nos diálogos entre as personagens. Há na tragédia também uma duplicidade de tempos, porque os heróis da epopeia são apresentados e considerados do ponto de vista da cidade. O coro trágico é na verdade uma metonímia da cidade, porque os dançarinos têm uma personalidade coletiva e portam máscara e indumentária que lhes conferem identidade coletiva. Evidentemente, o primeiro dançarino, chamado corifeu, é o líder, mas eles têm uma posição de equivalência e de intercambialidade. Essa equivalência e intercambialidade dos dançarinos é uma metáfora da isonomia, da igualdade dos cidadãos

---

[6] Simon Goldhill, "The Great Dionysia and Civic Ideology", in: John J. Winler e Froma I. Zeitlin, *Nothing To Do With Dionysos?*, Princeton, Princeton University Press, 1992, pp. 101-5.

[7] Paul Croally, "Tragedy's Teaching", in: Justina Gregory (ed.), *Greek Tragedy*, Oxford, Blackwell, 2008, p. 63.

[8] Gerald F. Else, *The Origin and Early Form of Greek Tragedy*, op. cit., p. 44; Jacqueline Romilly, *La Tragédie grecque*, Paris, PUF, 3ª ed., 1982, p. 23.

[9] Cf. *Ilíada*, II, vv. 362-3.

perante a lei. Os que, na cidade, têm cidadania estão numa atitude de equivalência perante a lei e, nesse sentido, o coro trágico é uma metonímia da cidade. Como personalidade coletiva, o coro pode representar cidadãos de uma determinada cidade ou ainda figuras mitológicas, como, por exemplo, as Erínies nas *Eumênides* de Ésquilo ou as Oceaninas no *Prometeu*, também de Ésquilo, mas, independentemente dessa personalidade coletiva, eles também expõem um ponto de vista da *pólis* e isso fica claro quando o coro remete a valores da cidade, como, por exemplo, o louvor a *sophrosýne* e a condenação da *hýbris*. Nas tragédias de Ésquilo, é uma constante a condenação do excesso e da violência (*hýbris*) e a exaltação da moderação (*sophrosýne*). Evidentemente, a condenação da *hýbris* — *hýbris* como transgressão, violência — já está no canto I da *Ilíada*. A queixa de Aquiles contra Agamêmnon, quando a Deusa Palas Atena o interpela, era de que Agamêmnon cometia uma *hýbris*, ao ignorar o respeito que lhe era devido como a um rei coligado,[10] mas na tragédia esses valores tradicionais adquirem um novo sentido, porque a *sophrosýne* passa a ser um valor da solidariedade cívica, e a *hýbris*, uma violação da isonomia política.

A tragédia grega pensou a vida política dos cidadãos de Atenas, refletindo sobre como nos horizontes políticos da democracia ateniense o convívio entre os homens e os Deuses seria viável ou inviável, e em que termos convém aos homens conviver e dialogar uns com os outros e com os Deuses, de modo a contornar as eventuais impossibilidades e impasses desse convívio múltiplo.

2. Noção e uso trágicos de imagens míticas

A tragédia se serve do pensamento mítico, de seu repertório de imagens e de sua lógica e dinâmica próprias como os meios e a forma de pensar o modo de vida política e particular dos atenienses contemporâneos.

A tragédia é o grande momento da educação pública em que a cidade atualiza a tradição e apresenta atualizados as suas referências e os seus valores aos seus cidadãos. A tragédia não oferece modelos de con-

---

[10] *Ilíada*, I, v. 203.

duta, mas mostra conflitos, contradições, erros de avaliação e obstinações fatídicas, que estimulam a reflexão e põem em questão os paradigmas tradicionais. Os heróis mitológicos, personagens da epopeia, são colocados no contexto e na perspectiva do estado democrático de Atenas, numa sobreposição de épocas, de instituições e de práticas sociais, que por um lado ressaltam a inadequação de certas condutas aristocráticas — como a soberbia (*hýbris*), a ousadia (*tólma*) e a obstinação (*authadía*) — e, por outro lado, reatualizam outros valores tradicionais, comunicando-lhes um novo sentido e novas ressonâncias, eminentemente democráticas — como a moderação (*sophrosýne*) e a prudência (*phrónesis*).

Os heróis da epopeia, apresentados na tragédia do ponto de vista da cidade, não são mais parâmetro, nem modelo, mas se tornam problemáticos. Por exemplo, Agamêmnon é uma figura de avaliação ambígua na tragédia *Agamêmnon* de Ésquilo: o coro de anciãos argivos admira e se mantém fiel ao rei Agamêmnon, mas nas suas reflexões o condenam com inequívoca e incontornável clareza — o rei Agamêmnon não erra menos que Páris, porque a justiça consumada por Agamêmnon é desproporcional e leva sofrimento e morte a multidões de gregos e troianos. Se o crime de Páris levou desolação e tristeza ao palácio de Menelau, a justiça de Agamêmnon, além de destruir o império de Príamo, levou solidão e luto a todos os lares gregos que perderam maridos e filhos na guerra. Os parâmetros e as referências do coro não são mais os do rei, de modo a ser previsível para o coro que a justiça divina pende fatal sobre a cabeça do rei ufano de seu triunfo. O herói é considerado não mais do ponto de vista do antigo código da aristocracia guerreira, mas sob a perspectiva das referências e dos valores da cidade, de que o coro se faz porta-voz. No teatro de Ésquilo, em quase todos os cantos corais se veem muitas imagens, muitas figuras sugestivas, combinadas e variadas, condenando a *hýbris* e louvando a *sophrosýne*.

Na verdade, a tragédia se antecipa à teoria política na reflexão sobre a distribuição, participação e exercício do poder no horizonte da *pólis*. Mas como na tragédia se elabora essa antecipação da teoria política? Na tragédia, os pródromos pré-filosóficos da teoria política se elaboram com o imaginário tradicional do pensamento mítico, hoje para nós documentado nos poemas homéricos e hesiódicos supérstites. O pensamento mítico se caracteriza pelo uso de imagens — imagem no sentido de objeto de uma percepção sensorial, ou seja: o que, como diz Platão,[11] podemos conhecer tendo o corpo como instrumento de conhecimento. O pensamento mítico opera unicamente com imagens; nele, não existe o conceito, no sentido de uma percepção intelectual que se produz por elaboração do raciocínio; nele, tudo é imediatamente dado através de imagens. Mas se a imagem é o objeto imediatamente dado de uma percepção sensorial, ela está limitada ao particular e confinada ao imediatamente dado. Nesse caso, como o pensamento mítico seria capaz de pensar o universal, a totalidade?

A meu ver, essa é a função da noção mítica de *Theós*, "Deus(es)". Essa é a noção mais importante do pensamento mítico. O que são os "Deus(es)"? Os "Deus(es)" são os aspectos fundamentais do mundo, ou, melhor, são as imagens com que se pensa o mundo, as imagens que nos remetem aos aspectos permanentes, fundamentais do mundo. E, como aspectos fundamentais, são as fontes de possibilidades que se abrem para o homem no mundo, inclusive a de sermos homens no mundo. Portanto, os "Deus(es)" são pensados ou percebidos mediante imagens, que nos remetem aos aspectos perenes, fundamentais do mundo. Nesse caso, a tradução da palavra *Theós* por "Deus(es)" visa explicitar a ambiguidade de número própria dessa noção, porque como aspectos do mundo os "Deus(es)" não só se remetem uns aos outros, mas também se incluem uns aos outros, de modo que, nessa noção mítica, a unidade não exclui a multiplicidade, mas antes implica e consubstancia múltiplos aspectos, sentidos e relações fundamentais. Alguns nomes de Deuses são usados no singular ou no plural, por exemplo, *Moûsa* (Musa), *Moîra* ("Parte"), *Eleituîa* (Ilítia) etc.; e mesmo a palavra *Theós* muitas vezes é usada ora no singular ora no plural sem que se possa determinar o motivo da opção por uma ou outra forma.

As imagens mais importantes na *Teogonia* de Hesíodo, por exemplo, são as imagens de núpcias, de procriação e de combates pelo poder. O pensamento mítico não tem cronologia, porque a cronologia é uma operação intelectual que depende de uma percepção abstrata do tempo. O pensamento mítico, porém, apreende o tempo de uma maneira concreta; nele, o tempo é sempre qualificado, porque tem a qualidade dos acontecimentos de determinado dia, ou a qualidade dos "Deus(es)" que

---

[11] *Fédon*, 79c 2-5.

nesse dia se manifestam. Nele, o dia é sempre qualificado, e o tempo é sempre percebido como um determinado dia qualificado.

Assim sendo, a imagem de nascimento não insere o Deus numa linha cronológica, porque não há um tempo preexistente ao Deus, mas o Deus instaura o seu próprio tempo e sua própria temporalidade. As imagens de núpcias, de procriação e de nascimento são, pois, recursos descritivos das características do Deus: os nomes dos Deuses genitores apontam a intersecção que circunscreve o âmbito do Deus por eles gerado, as circunstâncias e os acontecimentos envolvendo o nascimento sugerem o modo de atuar e as atribuições do Deus.

As imagens de núpcias e de procriação, bem como as imagens de combates pela soberania, mostram a relação entre diferentes aspectos do mundo. Zeus é a imagem do fundamento do poder, de todo exercício de poder, e do poder que, entre os Deuses, indica e distribui as atribuições de funções, as honrarias e as circunscrições. Por conseguinte, todos os Deuses que se relacionam com Zeus são determinados por ele, pois essa é a sua função. A relação de qualquer um dos Deuses com Zeus não é pensada do ponto de vista da cronologia, porque a noção de cronologia é muito posterior ao surgimento do panteão, a cronologia é uma invenção do pensamento matemático, filosófico. Quando a filosofia começou a elaborar os seus conceitos e a delimitar o seu território, é que se tornou possível uma percepção cronológica. Assim sendo, na *Teogonia* de Hesíodo, as noções míticas se articulam segundo as propriedades de cada uma dessas noções, e todos os Deuses que se relacionam com Zeus são determinados por ele, porque esse é o sentido de Zeus: distribuir, atribuir, indicar, organizar os diversos aspectos do mundo. Por exemplo, o Deus Crono sabia de seus pais Céu e Terra — o par primordial de que tudo surgiu — que por desígnios de Zeus lhe era destino, apesar de poderoso, ser destronado por um filho, e ficava de emboscada para que, tão logo cada um de seus filhos com a Deusa Reia descesse do ventre da mãe aos joelhos, ele o engolisse.[12] Do ponto de vista da cronologia, não faz nenhum sentido, porque se Zeus ainda não tinha nascido, como poderia determinar o destino de seu próprio pai? Mas, do ponto de vista do pensamento mítico, faz todo sentido, porque todos os Deuses que entram em contato com Zeus são por ele

---

[12] Cf. *Teogonia*, vv. 453-506.

determinados, porque esse é o sentido de Zeus, essa é a lógica do pensamento mítico.

Na *Teogonia* de Hesíodo, o sentido de Zeus é ressaltado também por recurso a contra-imagens. No mito do Céu, nascido da Terra por cissiparidade, com a função de cobri-la e de fecundá-la, o Céu fecunda incessantemente a Terra. Fecundada, Terra fica entulhada de filhos, que não podem vir à luz, porque ávido de amor o Céu não lhes cede passagem. Assim o mito do Céu e de sua união amorosa com a Terra se resume numa imagem da vida intrauterina. O mito de Crono, que oculto espreita e devora os filhos tão logo nascidos, reitera o mito do Céu, visto que ambos contêm imagens da vida intrauterina, não-manifesta. Ambos os mitos de Céu e de Crono, a meu ver, são contra-imagens do reinado de Zeus, porque são imagens que, por contraposição, mostram que o mundo manifesto, ordenado, em que a vida é possível e se expande, resulta dos desígnios de Zeus, e é uma manifestação do sentido de Zeus.[13]

Os Deuses não são espíritos nem são pessoas. É importante ter isso em mente para bem compreendermos a tragédia. O Deus não é justo nem injusto, não é bom nem mau; o imaginário mítico não está polarizado assim. O Deus tem um âmbito que lhe é próprio, em que exerce suas atribuições, e unicamente lhe interessa aquilo que lhe diz respeito e lhe concerne, o que para os mortais pode ser bom ou mau dependendo da atitude adequada ou inadequada de cada mortal perante o Deus, mas, de qualquer forma, o Deus mesmo está circunscrito ao seu âmbito, pois os Deuses são os aspectos fundamentais do mundo.

Por outro lado, o homem, em qualquer de suas atividades, está sempre e cada vez no âmbito de um determinado Deus — nesse sentido de Deus como um aspecto fundamental do mundo — e tem sempre e cada vez de se relacionar com esse Deus. O Deus, por definição, é a plenitude de ser, como fonte e fundamento das possibilidades que se abrem para o homem no mundo, e o homem é uma participação efêmera, ocasional, circunstancial. O que decide o destino do homem é a sua atitude perante o Deus, como para nós hoje o que decide o nosso destino é a nossa atitude perante o mundo. Mas o mundo — pensado mediante essas imagens do pensamento mítico — é o panteão, como um conjunto de Deuses e uma sequência de teofanias. Quando um ho-

---

[13] Cf. *Teogonia*, vv. 154-210, 459-506.

mem está numa relação com um determinado Deus, certamente prevalecem os desígnios do Deus, mas isso não isenta o homem de responsabilidade por sua atitude, porque, se está no domínio desse Deus, é por sua afinidade com esse Deus e cabe ao homem o desempenho dessa afinidade. No entanto, é sempre possível, de modo fidalgo, ou em desespero, dizer que os Deuses são os culpados, seja para ser gentil com o interlocutor ou seja para se apresentar com mais dignidade. Por exemplo, na *Ilíada*, quando Agamêmnon apresenta suas desculpas por ter ofendido Aquiles, diz: "eu não sou culpado,/ mas Zeus, Parte e nebulosa Erínis/ que na ágora me lançaram no siso erronia feroz/ quando eu mesmo roubei o prêmio de Aquiles",[14] mas nem por isso deixa de ressarcir Aquiles com extensa lista de bens. Ainda na *Ilíada*, quando Helena vai ao alto das muralhas para ver os guerreiros no campo de batalha, Príamo amavelmente a recebe e lhe diz: "para mim, tu não és culpada, para mim, os Deuses são culpados".[15] Dizer que os culpados são os Deuses é uma maneira cortês de colocar as coisas, para isentar outrem ou para se apresentar com mais dignidade, ou ainda, em outros casos, até mesmo por desespero cego, mas isso não muda nada, pois quem age participando de um determinado Deus é sempre responsável por seus atos, ainda que os desígnios do Deus sempre prevaleçam.

3. A NOÇÃO TRÁGICA DE JUSTIÇA

O império ateniense teve sua formação e ascensão durante cinquenta anos. Esse período se estende desde 479 a.C., quando as forças terrestres persas foram derrotadas na batalha de Plateia, no ano seguinte à derrota da esquadra persa no estreito de Salamina, até à invasão da Ática pelos peloponésios em 431 a.C. Após a vitória sobre os persas, as cidades gregas se coligaram na Liga de Delos, para expulsar os persas remanescentes em ilhas gregas e prevenir novas invasões, mas os espartanos, que eram tradicionalmente hegemônicos na Grécia, delegaram o comando da Liga aos atenienses, que rapidamente transformaram a hegemonia em império, transferindo o tesouro comum de Delos para Atenas, tornando a contribuição um tributo obrigatório, e utili-

---

[14] *Ilíada*, XIX, vv. 86-9.

[15] *Ilíada*, III, v. 164.

zando-o na reconstrução e benfeitoria de Atenas. Tucídides descreve repetidamente a cidade de Atenas como uma cidade *týrannos*. No último discurso de Péricles aos atenienses, em 429 a.C., ele compara o império à tirania, que parece injusto ter assumido, mas a que é perigoso renunciar, pois não se pode renunciar sem sofrer retaliação. O último conselho de Péricles aos atenienses é que não renunciassem à guerra, nem ao império, por um tratado de paz, porque seriam retaliados.[16] Atenas, pois, em política interna, era uma democracia, os cidadãos tinham a isonomia perante as leis e instituições, mas, em política externa, era uma tirania, que coagia e impunha tributos odiosos. Em 431 a.C., no início da guerra do Peloponeso, o principal item da política proposta por Péricles era o cuidado de evitar por todos os meios a rebelião das cidades tributárias, porque a vitória na guerra dependia de financiamento e este vinha dos tributos.

Ésquilo viveu os antecedentes bem como a formação e a ascensão do império ateniense, uma época de expansão feliz, orgulhosa, ufana de suas vitórias e de suas conquistas, muito diversa da época de Eurípides, marcada pelo amargo convívio com a guerra, quando a população da Ática foi confinada dentro das muralhas de Atenas, porque a política de Péricles era manter o império marítimo e abandonar os campos da Ática. Os atenienses, que eram afeiçoados a suas propriedades rurais, reconstruídas e restauradas depois de destruídas pelos invasores persas cinquenta anos antes, tiveram que abandoná-las e, confinados intramuros, contemplar, outra vez, de cima das muralhas, a destruição delas, agora pelo exército peloponésio comandado pelo rei Arquidamo. Além disso, um ano e meio depois de iniciada a guerra, veio a peste, que encheu de moribundos e de cadáveres insepultos as fontes e as ruas de Atenas, e trouxe o desespero e o descrédito dos valores tradicionais.

A tragédia de Eurípides tem um caráter existencial muito forte, e a questão da justiça é o fio condutor. A questão da justiça é pensada em termos do imaginário mítico e, portanto, determinada por esse imaginário. Que noção de justiça é o fio condutor do drama de Eurípides? A noção mítica de justiça tradicionalmente é a Justiça de Zeus.

Nas *Coéforas* de Ésquilo, um jogo de palavras — como é comum na tradição grega, conhecido com o nome de *etymología*, porque com ele se buscava resgatar o sentido considerado verdadeiro de um nome

---

[16] Tucídides, II, 164, 2.

divino que de outro modo permaneceria obscuro — explica quem é a "astuciosa Punição" (*dolióphron Poiná*)[17] que, cuidadosa de secreta batalha, no decurso das gerações, alcança com ruinoso rancor o seu inimigo: "Justiça, filha de Zeus" (*Diós kóra: Díkan*).[18] O trocadilho, intraduzível, jogando com a assonância — *DIós KórA: DIKAn* — revela o "verdadeiro sentido" (*etymología*) de Justiça: filha de Zeus.

Na *Teogonia* de Hesíodo, *Díke* é uma das três *Hórai*, nomeadas *Eunomía, Díke* e *Eiréne*, filhas de Zeus e Têmis. *Hóra*, como substantivo comum, designa parte do dia ou parte do ano; neste caso, parte do ano; *Eunomía*, que se aportuguesa "eunômia", significa a estrita observância das leis; *Díke*, temos traduzido por "Justiça", e *Eiréne*, por "Paz"; e *Thémis*, que se vernaculiza "Têmis", significa o que se instituiu como lei ou norma, pelos Deuses ou pela tradição ou por ambos. As estações do ano em grego nunca tiveram esses nomes, Hesíodo os utiliza como imagens para descrever o sentido desses Deuses, assim como se serve das imagens de núpcias e procriação para mostrar a proximidade da relação das Deusas Horas com Zeus e Têmis.

Na modernidade, consideramos "eunômia", "justiça" e "paz" fenômenos de ordem político-social, e as "estações do ano", fenômenos de ordem natural. No entanto, na *Teogonia* de Hesíodo, a designação geral de *Hórai* compreende a tríade *Eunomía, Díke* e *Eiréne* porque o pensamento mítico não só parece ignorar essa distinção entre ordem natural e ordem político-social, mas sobretudo atribui decisiva importância à profunda solidariedade que ele percebe entre o cosmos e o comportamento humano — o que se documenta em diversas passagens da poesia grega arcaica e clássica.

As núpcias de Zeus e Têmis geram duas tríades: a das Horas e a das *Moîrai*, "Partes", nomeadas *Klothó* ("Fiandeira"), *Lákhesis* ("Distributriz") e *Átropos* ("Inflexível"). Das Deusas Partes se diz que elas "atribuem aos homens mortais os haveres de bem e de mal".[19] O que significa essa justaposição de imagens teogônicas?

Enquanto uma das Horas, Justiça se manifesta no curso dos acontecimentos como um dos aspectos da administração cósmica de Zeus. Enquanto simétrica e correlata das Deusas Partes, Justiça se mostra

---

[17] Ésquilo, *Coéforas*, v. 947.

[18] Ésquilo, *Coéforas*, v. 949.

[19] Hesíodo, *Teogonia*, vv. 905-6.

também inerente à participação de cada um em ter e ser. Assim a simetria e a correlação entre as Deusas Horas e as Deusas Partes acrescentam à inevitabilidade incontornável da abrangência cósmica de Justiça ainda a característica de ser imanente ao quinhão que constitui o que cada um de nós, mortais, somos.

Nas tragédias de Eurípides, a questão da justiça é pensada nos termos do imaginário mítico tradicional e, portanto, determinada por esse imaginário. Como uma das Horas hesiódicas, a justiça se manifesta no horizonte temporal do curso dos acontecimentos e, portanto, com o desdobramento do entrecho dramático. Em correlação com a tríade das Deusas Partes, a justiça se associa à noção mítica de participação, à distribuição por Zeus de poder entre os Deuses e à ordem do mundo como manifestação do ser e poder de Zeus.

Assim sendo, nas tragédias de Eurípides, a questão da justiça é o fio condutor da narrativa dramática e pauta a relação entre as personagens do drama. Além das autoproclamações de justiça ou das reivindicações de justiça, o termo *díkaion* ("justo") pontilha as observações das personagens sobre si mesmas e sobre as demais, como um recurso para manter o foco na questão da justiça como a questão central.

Consequentemente, constatamos que, nas tragédias de Eurípides, a narrativa dramática é um ícone diegético da noção mítica de justiça: no entrecho dramático a justiça se cumpre como consumação dos desígnios divinos, mas se essa consumação da justiça atende e satisfaz aos Deuses, nem sempre é satisfatória para as personagens mortais envolvidas, e muitas vezes nem sequer se deixa compreender por essas personagens.

Constatamos também que, nas tragédias de Eurípides, a narrativa dramática se constrói segundo a lógica e a noção de causalidade próprias do pensamento mítico, com a concomitância e convergência de diversas causas por afinidade eventual entre os agentes e coagentes, por exemplo, a chegada de Héracles em *Alceste*, a chegada de Egeu em *Medeia*, o cumprimento da prece de Hipólito a Ártemis por meio da imprecação de Teseu a Posídon contra Hipólito[20] etc.

---

[20] Eurípides, *Hipólito*, vv. 73-87, 887-90.

Referências bibliográficas

CARTLEDGE, Paul. "Deep Plays: Theatre as Process in Greek Civic Life", in: P. E. Easterling (ed.). *Greek Tragedy*. Cambridge: Cambridge University Press, 1997.

CROALLY, Paul. "Tragedy's Teaching", in: Justina Gregory (ed.). *Greek Tragedy*. Oxford: Blackwell, 2008.

ELSE, Gerald F. *The Origin and Early Form of Greek Tragedy*. Cambridge, MA: Harvard University Press, 1967.

GOLDHILL, Simon. "The Great Dionysia and Civic Ideology", in: John J. Winler; Froma I. Zeitlin (eds.). *Nothing To Do With Dionysos?* Princeton: Princeton University Press, 1992.

MEIER, Christian. *De la tragédie grecque comme art politique*. Trad. Marielle Carlier. Paris: Les Belles Lettres, 2004.

ROMILLY, Jacqueline. *La Tragédie grecque*. Paris: Presses Universitaires de France, 1982, 3ª ed.

A tradução interdisciplinar

Jaa Torrano

Lendo as trinta e duas tragédias supérstites de Ésquilo, de Sófocles e de Eurípides como documentos literários da permanência e transformações do pensamento mítico em Atenas no século V a.C., a questão com que nos deparamos é como ter acesso a essa forma de pensamento mítico documentado nessas tragédias.

Para viabilizar-nos o acesso à unidade de visão de mundo — comum da tragédia e da tradição poética grega, da épica à poesia coral — lemos as trinta e duas tragédias na intersecção de três disciplinas: História da Grécia Clássica, Filosofia Antiga e Poesia.

História porque se trata de um documento histórico, produzido pelo pensamento mítico grego arcaico e clássico; Filosofia porque se trata de formas do pensamento originais e contemporâneas do surgimento da Filosofia na Grécia; mas, Poesia, por quê?

Poesia porque o documento de que se trata é literário e o elemento rítmico que estrutura o seu texto é o verso, e porque por uma felicidade do destino há algo comum à Poesia (tal qual a entendemos nós hoje) e ao pensamento mítico, a saber, o uso da imagem, que constitui um traço fundamental tanto da Poesia quanto do pensamento mítico.

O que hoje entendemos por arte da poesia tem um núcleo comum com o pensamento mítico, a saber, a imagem.

A imagem — nesse sentido platônico de todo e qualquer objeto de uma percepção sensorial — constitui a matéria-prima tanto da poesia como do pensamento mítico: a poesia trabalha preponderantemente com imagens, mas o pensamento mítico trabalha única e exclusivamente com imagens e, mediante a elaboração de imagens, cumpre na tragédia a função de pensar as relações de poder na perspectiva da cidade-estado de Atenas do século V a.C.

Essas relações de poder previstas no pensamento mítico incluem não só o poder que organiza o estado e que nele se compartilha entre cidadãos, mas ainda o poder que organiza o mundo físico e que impõe os limites que determinam e definem as atribuições e assim o ser e a ação dos Deuses e dos mortais, o que implica uma hierarquia de participação no ser e por isso mesmo tanto na verdade quanto no conhecimento.

A visão de mundo própria da tragédia tem a unidade de sua estrutura na dinâmica da dialética icástica pré-filosófica em que se confundem e se distinguem quatro pontos de vista correspondentes ao dos homens, ao dos heróis, ao dos Numes e ao dos Deuses: um diálogo entre os diferentes graus tradicionais gregos de participação em ser, em verdade e em conhecimento. Em vista desse diálogo público com essas tradicionais instâncias do divino, a linguagem da tragédia é formal, solene e elevada como conviria à linguagem pública e à interlocução com os Deuses.

O tradutor de tragédias brasileiro hoje se depara eventualmente com o mísero problema de como traduzir o registro trágico da linguagem formal, baseada na distinção entre diversos graus de participação em ser, em verdade e em conhecimento, diante de uma situação cultural em que se ignora tanto a variação quanto a variedade dos graus e nuances de formalidade da linguagem.

A meu ver, o primeiro recurso imediatamente disponível para resolver esse problema é a recuperação do uso correto do sistema dos pronomes pessoais no singular e no plural das três pessoas: eu, tu, ele, nós, vós, eles, o que no mínimo corresponde às distinções estruturais do sistema pronominal grego clássico. As distinções estruturais marcadas nos pronomes e nos verbos sustentam o registro formal, solene e elevado da linguagem, mas também sugerem, por analogia, as variações dos graus míticos previstos de participação em ser, em conhecimento e em verdade, correspondentes aos mortais e às instâncias do divino distintas dos mortais.

A apreensão e compreensão desse diálogo múltiplo — entre os diferentes graus tradicionais de participação em ser, em verdade e em conhecimento — depende de se compreender a noção e uso da imagem não só no pensamento mítico, mas também na apropriação trágica do pensamento mítico. A associação das imagens à noção mítica de "Deus(es)" instaura distinções hierárquicas entre as imagens, bem como a associação das imagens míticas às diversas noções dos diversos Deuses confere às imagens o dinamismo de remeterem a algo que as ultrapassa.

A estrutura dinâmica das imagens míticas distintivas e remissivas dos diversos aspectos fundamentais do mundo se incorpora, se reproduz e se registra nos documentos produzidos pelo pensamento mítico grego, entre os quais as trinta e duas tragédias supérstites da época clássica, onde investigamos as formas inteligíveis da estrutura dinâmica do pensamento mítico.

Essas formas inteligíveis é que a nós, leitores hodiernos da tragédia antiga, nos dão acesso à visão de mundo trágica e nos permite compreender a referência dos Deuses e assim a nossa leitura das trinta e duas tragédias se tornar contemporânea dos Deuses, dos Numes e dos heróis de Atenas clássica.

A forma inteligível, que investigamos nas trinta e duas tragédias, é relacional e dinâmica, ela reside na séptupla relação 1) entre as funções sintáticas das palavras nos versos, 2) entre essas funções sintáticas e os elementos sensíveis que as afetam, tais como paronomásias, aliterações, ritmo e medida, 3) entre ambos esses — funções sintáticas e elementos sensíveis — e os elementos inteligíveis que os informam, tais como as noções próprias da cultura grega, 4) entre um verso e outro e assim entre os versos, 5) entre conjuntos de versos, 6) entre as partes da tragédia e 7) entre as partes e o todo da tragédia.

Essa forma relacional e dinâmica, inteligível, é a via a ser percorrida pela inteligência da tragédia — e neste caso "da tragédia" é tanto adjunto adnominal quanto complemento nominal, ou seja, neste caso o genitivo é tanto subjetivo quanto objetivo — e, portanto, essa dupla inteligência da tragédia discerne e arbitra o que incluir e o que excluir do itinerário dessa via cujo percurso a constitui em sua duplicidade de objetividade e de subjetividade, subjetividade cujo sujeito não é mais somente o tradutor, mas, sim, também a tragédia mesma a ser traduzida.

A relação entre as funções sintáticas das palavras no verso trágico, além da função dianoética que lhe é inerente enquanto integrante da forma inteligível da tragédia, assume por vezes uma função mimética, que ocorre quando a distribuição nas palavras no verso não só anuncia, mas antes reproduz a configuração da realidade. Nesse caso, a linguagem constitui não só um instrumento de análise da realidade, mas também um elemento mimético de reprodução icástica da realidade.

A apreensão da forma inteligível, ao se completar, tem o caráter sinóptico e concreto da intuição, mas a única prova possível de se apreender a forma inteligível é a compreensão imediata consequente e consecutiva da própria apreensão.

Feita essa ressalva a título de aviso aos navegantes, embarquemos em busca das formas inteligíveis próprias do pensamento mítico e documentadas no teatro completo supérstite de Eurípides.

Nota editorial

A presente tradução segue o texto de J. Diggle, *Euripidis Fabulae* (Oxford, Oxford Classical Texts, 3 vols., 1981, 1984, 1994). Onde este é lacunar recorremos a restaurações propostas por outros editores, cujos nomes se assinalam à margem direita do verso restaurado no texto original e na tradução.

Cronologia das representações

1. *O Ciclope*, data incerta.
2. *Alceste*, 438 a.C.
3. *Medeia*, 431 a.C.
4. *Os Heraclidas*, cerca de 430 a.C.
5. *Hipólito*, 428 a.C.
6. *Andrômaca*, cerca de 425 a.C.
7. *Hécuba*, cerca de 424 a.C.
8. *As Suplicantes*, entre 424 e 420 a.C.
9. *Electra*, entre 422 e 416 a.C.
10. *Héracles*, cerca de 415 a.C.
11. *As Troianas*, 415 a.C.
12. *Ifigênia em Táurida*, cerca de 414 a.C.
13. *Íon*, cerca de 413 a.C.
14. *Helena*, 412 a.C.
15. *As Fenícias*, entre 412 e 405 a.C.
16. *Orestes*, 408 a.C.
17. *As Bacas*, 405 a.C.
18. *Ifigênia em Áulida*, 405 a.C.
19. *Reso*, data incerta.

O CICLOPE

O drama satírico

Jaa Torrano

É consensual designar-se "drama satírico" ao gênero de drama cujo coro se compõe de Sátiros, e que geralmente constituía o quarto drama da trilogia trágica. Sabe-se que na Época Clássica, nos concursos trágicos das Grandes Dionísias em Atenas, cada poeta concorria com uma tetralogia, em geral composta de três tragédias e um drama satírico (em geral, mas não necessariamente, pois sabemos também que *Alceste*, de Eurípides, era o quarto drama de sua tetralogia).

O drama satírico *O Ciclope* tem a mesma estrutura geral da tragédia, composto pela alternância dos cantos corais e dos episódios, exceto por ter uma extensão muito mais breve do que em geral as tragédias têm: mais ou menos mil versos menos que as tragédias mais extensas que nos chegaram de Eurípides. O adjetivo "satírico" define bem este drama, não só porque o coro se compõe de Sátiros, mas sobretudo porque põe a questão das relações entre os Deuses e os mortais sob o ponto de vista dos Sátiros, de modo que o elemento satírico ressalte o caráter jocoso dessas relações. Sob esse aspecto, o drama satírico seria o fecho mais adequado à trilogia trágica, considerando-se que as tragédias em geral põem em questão os limites implícitos e recíprocos nas relações entre os mortais e os Deuses, mas o drama satírico ainda pode acrescentar algo mais ao conhecimento já administrado pelas tragédias, a saber, o conhecimento de quão lúdicas e jocosas podem ser essas relações por si mesmas, pois, ainda que os Sátiros não sejam homens mortais, mas Deuses, participam de muitas situações e de muitas pulsões comuns aos mortais.

Sileno, o pai dos Sátiros, diz o prólogo (vv. 1-40), descrevendo as suas aflições em razão de sua amizade pelo Deus Dioniso, até tornar-se prisioneiro, escravo de Ciclope, nas circunstâncias presentes, na encosta do Etna. Antes de enumerar os seus presentes males de ser escravo aí onde estão ausentes o Deus Dioniso e as bacanálias, faz um retrospecto de sua amizade com o Deus Dioniso, evocando três momentos diversos. Primeiro, no domínio de Hera, quando enlouquecido o Deus desaparece abandonando as ninfas nutrizes montesas (vv. 3-4). Depois, na batalha contra os Titãs, na intersecção dos domínios de Ares e de Dioniso, quando Sileno, estando ao lado direito do Deus, protegendo-o com o escudo, mata o Titã inimigo Encélado, filho da Terra. Na ambiguidade de ambos os domínios entrecruzados, intervém súbita dúvida entre o sonho e a vigília, ou seja, entre a ilusão de Dioniso e a ação de Ares, mas Sileno supera fácil essa dúvida evocando nada menos que o testemunho de Dioniso (vv. 5-9).

O terceiro momento se dá por ocasião do rapto de Dioniso pelos piratas tirrenos:[21] Sileno e seus filhos Sátiros navegam em busca do Deus raptado, mas ao passar pelo cabo Maleia,[22] o vento leste os leva à ilha dos Ciclopes, onde sob o Etna ele e seus filhos se tornam escravos de um dos Ciclopes, Polifemo; e as tarefas domésticas, para Sileno, e o pastoreio dos rebanhos, para os Sátiros, substituem a companhia de Dioniso e as bacanálias (vv. 10-35). No entanto, Sileno anuncia a entrada do coro de Sátiros, cujo ruído de dança lhe recorda o convívio de Báquio, as bacanálias e a casa de Alteia (vv. 36-40).

O párodo (vv. 41-81) compõe uma tétrade de estrofe, mesodo, antístrofe e epodo. A estrofe chama as reses dos montes e descreve o redil em que devem ser confinadas (vv. 41-7). O mesodo prolonga o pastoreio e interpela o bode como "tropeiro/ chifrudo do cabreiro/ Ciclope selvagem" (vv. 48-54). A estrofe reúne as cabras de úberes fartos aos filhotes lactentes e confina as reses no pátio recoberto (vv. 55-62). O epodo lastima a longa ausência de Dioniso e das bacanálias, como a pior privação imposta por esse exílio e cativeiro na gruta do Ciclope Polifemo; e ressalta o entrecruzamento dos domínios de Dioniso e de Afrodite, antes sugerido na evocação da casa de Alteia (vv. 63-81).

O primeiro episódio tem cinco cenas, demarcadas por entradas e saídas de personagens: 1) Sileno e o coro (vv. 82-95); 2) Odisseu e os anteriores (vv. 96-175); 3) o coro e Odisseu (vv. 175-87); 4) Sileno e os anteriores (vv. 188-202); e 5) Ciclope e os anteriores (vv. 203-355).

---

[21] Cf. *Hino Homérico VII a Dioniso*.

[22] Cf. *Odisseia*, IX, v. 80.

A primeira cena tem um valor de rubrica indicativa da entrada de Odisseu e dos companheiros. Ante a aproximação de um navio grego e o desembarque de marinheiros, que estavam visivelmente à procura de víveres e de água, e visivelmente ignorantes dos perigos iminentes, Sileno exorta o coro ao silêncio e a que recolham os rebanhos. Que os Sátiros se aquietem para saber donde os gregos vieram (vv. 82-95).

A segunda cena se abre com o paradoxo de Odisseu mostrar-se incauto e sincero, ao contrário do Odisseu da *Odisseia*, que é previdente e doloso. Incauto porque dirige a palavra ao interlocutor antes de observá-lo (vv. 96-101); e sincero porque, indagado de sua identidade, responde francamente quem é (vv. 102-3), ao contrário da prática habitual do Odisseu da *Odisseia*, que frequentemente se serve do recurso doloso de apresentar-se sob falsa identidade.

Esse paradoxo se repete em outro paradoxo: reconhecido nos termos que seus inimigos usam para descrevê-lo ("orador finório o filho de Sísifo", v. 104), Odisseu se considera identificado ao ser declarado filho de Sísifo, e pede que cesse o injurioso apodo de "orador finório". Ora, o novo paradoxo se deve a que o Odisseu da *Odisseia* se identifica como o filho de Laertes, rei de Ítaca; e a atribuição da paternidade de Odisseu a Sísifo é um insulto que, além de suspeitar da legitimidade do nascimento de Odisseu, visa ressaltar ainda o caráter doloso e o aspecto injusto, perverso e maligno que as façanhas de Odisseu têm para os seus inimigos.

O reiterado paradoxo e o equívoco iniciais se resolvem na disposição confiante de Odisseu para conversar, informar-se e negociar com Sileno. Uma vez informado dos usos e costumes dos Ciclopes habitantes da localidade, Odisseu propõe a Sileno a compra dos víveres disponíveis mediante o pagamento em vinho, oferta para Sileno irresistivelmente sedutora (vv. 102-62).

Feito com Odisseu o acordo de troca de víveres por vinho, Sileno declara o seu amor pelo vinho, cujo consumo lhe inspira despreocupação, erotismo, dança e oblívio de males. Quando Sileno associa o vinho ao desejo e à união amorosa, reitera-se a interface de Dioniso e do cortejo de Afrodite; essa interface é o território afetivo de Sileno (vv. 163-73).

Na terceira cena, ausente Sileno, que saiu para buscar os bens que vendera, os Sátiros interrogam Odisseu sobre a captura de Helena, e imaginam o estupro coletivo de Helena pela tropa grega como justa punição (ou prêmio, como sugerido na fala libidinosa e cúmplice do coro, no v. 181) para a traidora que se compraz com muitas núpcias, e escarnece a misoginia — tema tradicional da poesia grega desde Hesíodo e reincidente na tragédia — formulando votos de que só nascessem mulheres para o gáudio e desfrute deles, Sátiros (vv. 175-87).

Na quarta cena, Sileno retorna com reses e queijos para trocar por vinho, e atônito anuncia a aproximação do Ciclope. O assombro de Sileno à vista do Ciclope ("que faremos?", v. 193) ecoa na atitude de Odisseu como pavor ("onde fugir?", v. 194); mas a resposta aporética de Sileno a esse impasse ("nesta gruta, onde não se notaria", v. 195) provoca a ostentação do caráter heroico de Odisseu, que não se permite fugir ante o anúncio de perigoso inimigo, para não desonrar a memória dos inimigos vencidos mortos em Troia.[23]

Na quinta cena, Ciclope se manifesta como a coercitiva privação e ausência do Deus Dioniso e das bacanálias, ao interromper e proibir a celebração de Dioniso e com muito senso prático perguntar por suas reses e por sua refeição. A reiterada ordem que dá ao coro de Sátiros de que olhem para cima para lhe responderem é a imagem completa da superioridade em força física (vv. 203-11). Os Sátiros respondem que a refeição está pronta, as crateras cheias de quanto leite quiser beber, desde que não os beba; o Ciclope explica por que não devoraria os Sátiros: porque isso lhe seria letal (vv. 214-21). No entanto, o Ciclope de súbito percebe a presença de suspeitos "piratas ou ladrões" junto a produtos preparados para o transporte, e ameaça surrar Sileno. Este se defende simulando febre por ter sido golpeado ao impedir o furto, nega reiteradamente ter colaborado com Odisseu, e recomenda ao Ciclope sôfrego que faça banquete das carnes de Odisseu e de seus companheiros.

O Ciclope declara dar mais crédito a Odisseu que a Sileno, denunciado por seus filhos Sátiros, que qualificam Odisseu como "hóspede" (v. 272). Odisseu se apresenta ao Ciclope com sua real identidade (vv. 277-9), tal como, antes, a Sileno (cf. v. 103); mas o Ciclope — como os persas de Heródoto (*Histórias*, I, 4, 1-2) — não considera uma boa causa destruir o país de Príamo por rapto de mulher; Odisseu se defende dessa crítica com o argumento de que "Deus o fez, não acuses nenhum

---

[23] Cf. a mesma alegação de Menelau na tragédia *Helena*, de Eurípides (vv. 845-9, 947-53).

mortal" (v. 285), que lembra o do discurso de Temístocles aos atenienses após a vitória de Salamina: "não o fizemos nós, mas os Deuses e heróis" (*Histórias*, VIII, 109, 3).

Além desse argumento teológico, comum a Temístocles, Odisseu se apresenta como hóspede ao Ciclope, ao interpelá-lo como "nobre filho do Deus marinho" (vv. 286-9) e, após evocar o culto grego de Posídon e a comunidade territorial dos gregos e do Ciclope, por este habitar o sopé do Etna (vv. 290-8), reivindica dele dons de hospitalidade (vv. 299-312); repelido nessa reivindicação, por fim invoca o testemunho e intervenção de Zeus Hóspede (vv. 334-5). No entanto, com os seus interesses e a visão de suas circunstâncias concentrados em seu ventre, o Ciclope, que antes já se declarara "Deus e sem Deuses" (v. 231), expõe as suas razões para ignorar todo culto de Posídon e de Zeus, e mais: as suas razões para fazer banquete de carne humana (vv. 316-46). Odisseu, então, cônscio do grau de perigo, invoca a Deusa Palas, filha de Zeus, cujo domínio é o do recurso à astúcia e à ação para a obtenção de seus fins, e invoca Zeus Hóspede, cujo domínio é o da reciprocidade entre hóspede e hospedeiro (vv. 347-55).

O primeiro estásimo compõe uma tríade de estrofe, mesodo e antístrofe. Na estrofe, os Sátiros simulam servir ao Ciclope o banquete de carnes de hóspedes; no mesodo, recusam-se terminantemente a participar desse banquete; na antístrofe, lastimam a impiedade desse sórdido banquete (vv. 356-74). Esse manifesto horror dos Sátiros ante o canibalismo do Ciclope contrasta com a desfaçatez dos conselhos de Sileno ao Ciclope, sobre o valor nutriente da língua de Odisseu, a fim de persuadir o Ciclope a não puni-lo como cúmplice de Odisseu (vv. 313-5).

No segundo episódio (vv. 375-494), Odisseu preenche a função de mensageiro e faz aos Sátiros coristas o relato da horrenda violência canibalesca do Ciclope e da ocorrência de algo divino: o plano de recorrer ao vinho como meio doloso de subverter a insuperável superioridade física do Ciclope. Odisseu tenta persuadir os Sátiros a auxiliá-lo na execução desse plano com a promessa de libertá-los do Ciclope e repatriá-los ao convívio de Dioniso e das ninfas Náiades; e acrescenta que o pai deles, Sileno, aprova o plano, mas está preso ao vinho de modo a não poder agir (vv. 375-436). Os Sátiros imediatamente aderem ao plano e, como previa o argumento usado por Odisseu para persuadi-los (vv. 428-30), o que os move à adesão é o desejo — há muito reprimido mas incontornável — de coabitar com as ninfas (vv. 437-40).

Obtida a adesão dos Sátiros, Odisseu tenta expor-lhe os aspectos operacionais do plano: primeiro, persuadir o Ciclope ébrio a não festejar em companhia de seus irmãos Ciclopes, mas permanecer em sua gruta; segundo, uma vez adormecido o Ciclope, manejar a pesada haste de oliveira, quando a ponta estiver incandescente, para cegar o único olho do Ciclope. Odisseu conclui evocando justiça como a razão para não se salvar numa fuga solitária, abandonados os colegas, mas, sim, salvar os colegas e a si mesmo (vv. 441-82).

O coro pede que designe as posições na manobra contra o Ciclope, mas pede, em seguida, silêncio, e anuncia a entrada do Ciclope ébrio e o seu futuro pranto e cegueira como forma festiva de educar o sem--educação (vv. 483-94).

O segundo estásimo (vv. 495-518) se compõe de uma tríade de estrofes, das quais o Ciclope diz a segunda, e os Sátiros, a primeira e a terceira. As três estrofes consecutivas assim contrastam e distinguem três diferentes aspectos de um mesmo momento: 1) a beatitude proporcionada pela interlocução com o vinho e o Deus Dioniso; 2) a exultação do Ciclope embriagado pelo vinho; 3) a expectativa da consecução do plano doloso em curso nos fatos presentes.

O terceiro episódio (vv. 519-607) tem duas cenas. Na primeira, Odisseu e Sileno se alternam na tarefa de embriagar o Ciclope e de persuadi-lo a permanecer em casa e dormir; para má sorte de Sileno, o Ciclope, ébrio e apaixonado, o toma por Ganimedes (vv. 519-84). Na segunda cena, Odisseu exorta o coro à ação, e invoca Hefesto, rei do Etna, e Sono, filho de Noite negra (vv. 585-607).

Na primeira cena, Odisseu ao interpelar o Ciclope apresenta-se como experto em vinho, mas referindo-se ao vinho como "esse Báquio/ que te dei de beber" (vv. 519-20), em que o nome "o Báquio" assinala a transcendência divina presente no vinho, e a oração adjetiva "que te dei de beber" descreve essa presença divina como a poção. Como a visão do Ciclope se limita à perspectiva de seu ventre, ele percebe a presença divina ativa na poção e no prazer de vomitá-la, mas estranha que o Deus goste de morar num odre, que lhe parece odioso, mas a bebida, amável (vv. 521-9). A experiência que Odisseu proclama ter do vinho confere-lhe autoridade para aconselhar ao Ciclope que, bêbado, deve permanecer em casa (vv. 530-8); e desta vez Sileno, cooperando com Odisseu, empenha-se tanto em servir o vinho e em divertir o Ciclope, que este, inebriado, pensa ver o trono de Zeus e a majestade dos Numes, e sente-se tentado pelas Graças, e confunde o velho Sileno com o jovem Ganimedes, o escanção e amado de Zeus (vv. 539-84).

Na segunda cena, adormecido o Ciclope, Odisseu conclama à ação os Sátiros, interpelando-os como "filhos de Dioniso, nobre prole" (v. 585), mas a peroração final do apelo não revela excessiva confiança no valor militar desses filhos de Sileno ("mas sejas bravo", v. 595). Os Sátiros se declaram com a resolução da pedra e do aço, e receiam pelos padecimentos do pai deles indefeso no leito do Ciclope (vv. 596-8). Odisseu ora aos Deuses "Hefesto, rei do Etna", presente na ponta acesa do ramo de oliveira, e "Sono, filho da Noite negra", presente junto ao Ciclope, para que cooperem na manobra contra o Ciclope. A invocação dos Deuses Hefesto e Sono implementa a teurgia do Deus Báquio, presente e louvado no vinho, e completa o plano doloso, inspirado pela participação de Odisseu na Deusa Palas Atena, presente no ramo de oliveira. Por um lado, sendo o Ciclope odioso ao Deuses e ignorante dos Deuses e dos mortais, e por outro lado, tendo sido gloriosas as batalhas troianas de Odisseu e de seus marujos, é justo esperar que, cooperando os Deuses, o poder dos Numes se mostre maior que o lance de sorte (vv. 585-607).

No terceiro estásimo (vv. 608-24), os Sátiros justapõem a linguagem oracular que anuncia o futuro (vv. 608-9) e a linguagem franca que descreve o presente (vv. 610-5); essa sobreposição da linguagem oracular e dos fatos presentes confere uma clareza fulgurante ao anúncio do que ainda é porvir.

Lograda essa clareza do que se há de fazer, em vez de pôr-se em ação, os Sátiros exortam à ação Máron — mencionado já antes por Odisseu, como quem lhe deu o vinho, e por Sileno, como seu aluno filho de Dioniso e de uma ninfa. O objeto dessa ação, o Ciclope, é descrito como "louco" (*mainoménou*, v. 617), que é o epíteto tradicional de Dioniso desde a *Ilíada*, e que na tragédia designa não só o Deus, mas tanto os cultores desse Deus quanto os seus inimigos. Essa delegação da ação ao herói doador de vinho se justifica por esse vínculo que liga o Ciclope objeto dessa ação ao vinho e a Dioniso, e que é confirmado pela imprecação contra o Ciclope: "que beba mal!" (v. 619).

Delegada a ação, os Sátiros, saudosos do Deus Dioniso ausente da região do Ciclope, e desejosos de revê-lo, evocam-no como "hederífero Brômio" (vv. 620-4, Brômio ornado de heras).

No quarto episódio (vv. 625-54), Odisseu pede aos Sátiros que façam silêncio e que entrem na gruta para o ataque ao Ciclope; os coreutas se declaram sem pés para entrar na gruta, isto é, sair da orquestra, mas reivindicam que Odisseu não os chame covardes, ainda que o sejam confessos, e propõem-se a cantar uma canção de Orfeu, capaz de fazer o tição se mover por si mesmo contra o olho do Ciclope (vv. 625-48). Odisseu reconhece a já conhecida natureza dos Sátiros e complacente aceita a contribuição deles como benéfica exortação à luta (vv. 649-54).

O quarto estásimo (vv. 655-62) é essa exortação dos Sátiros, desde a orquestra, a Odisseu e aos seus homens, que dentro da gruta combatem o Ciclope.

No quinto episódio (vv. 668-709), os Sátiros se divertem com o Ciclope cego, com o jogo de palavras sobre o nome de quem o cegou, e depois, com o jogo de lugares em que ele pegaria quem o cegou (vv. 668-89). Odisseu interrompe esse jogo dos Sátiros com o Ciclope cego, para declarar a sua verdadeira identidade e a verdadeiramente justa razão que teve para cegá-lo, completa confissão não somente do ato perpetrado porque reconhecido como justo, mas ainda de seu amor heroico pela glória imperecível (vv. 689-95). O Ciclope reconhece na sua privação de visão o cumprimento de antigo oráculo, mas reivindica ainda a sua satisfação de participar da justiça divina mediante a punição de Odisseu, anunciada por esse mesmo antigo oráculo, a saber, navegar à deriva, caso lhe escape vivo por mar. No entanto, os Sátiros se regozijam de ser marinheiros de Odisseu, restituídos enfim ao serviço de Dioniso (vv. 696-709).

Constatamos que neste drama satírico a narrativa se constrói com os traços comuns da noção mítica de justiça divina de modo a mostrar sob a perspectiva dos Sátiros os elementos de teodiceia comuns da "Ciclopeia" (*Odisseia*, IX, vv. 105-566) e das tragédias de Ésquilo.

O Ciclope deste drama é uma das figurações da soberbia de ultrapassar os limites que determinam as suas próprias possibilidades: o Ciclope despreza os imortais Deuses e os mortais homens, proíbe as manifestações cultuais de Dioniso e das bacanálias, antes de violar as leis de hospitalidade e tornar-se — como o da *Odisseia* — odioso aos Deuses e, sobretudo, a Zeus Hóspede, cujo domínio são as circunstâncias da hospitalidade.

Odisseu exime-se de culpa da queda de Troia ("Deus o fez, não acuses nenhum mortais", v. 285), mas reivindica autoria na punição do

Ciclope, porque a considera conforme o seu senso de justiça (vv. 689-90, 692-5).

Na *Odisseia*, Odisseu não mata o Ciclope porque, morto o Ciclope, ele e seus marujos não poderiam remover a pedra que fechava a gruta; por isso, cegam-no, pois, cego, ele removeria a pedra, e daria a Odisseu e seus marujos a possibilidade de sair da gruta e escapar da morte.

Na peça de Eurípides, Odisseu sai da gruta quando o Ciclope está adormecido, e entra de novo para cegá-lo; a cegueira do Ciclope, pois, não é uma necessidade imposta pelas circunstâncias, como na *Odisseia*, mas, neste drama satírico, a cegueira do Ciclope pode ser vista como a expressão do senso de justiça de quem a perpetrou, e ainda como a manifestação da face penal da justiça divina.

Ὑπόθεσις Κύκλωπος

Ὀδυσσεὺς αναχθεὶς ἐξ Ἰλίου εἰς Σικελίαν ἀπερρίφη, ἔνθα ὁ Πολύφημος· εὑρὼν δὲ δουλεύοντας ἐκεῖ τοὺς Σατύρους οἶνον δοὺς ἄρνας ἤμελλε λαμβάνειν καὶ γάλα παρ' αὐτῶν. ἐπιφανεὶς δ' ὁ Πολύφημος ζητεῖ τὴν αἰτίαν τῆς τῶν ἰδίων ἐκφορήσεως. ὁ Σιληνὸς δὲ τὸν ξένον λῃστεύοντα καταλαβεῖν φησιν...

τὰ τοῦ δράματος πρόσωπα· Σιληνός, χορὸς Σατύρων, Ὀδυσσεύς, Κύκλωψ.

Argumento

Odisseu, de volta de Ílion, foi lançado na Sicília, onde residia Polifemo. Descobriu que lá os Sátiros eram escravos e tendo dado o vinho ia receber cordeiros e leite deles, mas Polifemo apareceu e pergunta a causa do translado dos bens e Sileno diz que o forasteiro se apoderava por roubo.

Personagens do drama: Sileno, coro de Sátiros, Odisseu, Ciclope. Drama representado em data incerta.

Κύκλωψ

ΣΙΛΗΝΟΣ
Ὦ Βρόμιε, διὰ σὲ μυρίους ἔχω πόνους
νῦν χὤτ' ἐν ἥβηι τοὐμὸν εὐσθένει δέμας·
πρῶτον μὲν ἡνίκ' ἐμμανὴς Ἥρας ὕπο
Νύμφας ὀρείας ἐκλιπὼν ὤιχου τροφούς·
ἔπειτά γ' ἀμφὶ γηγενῆ μάχην δορὸς 5
ἐνδέξιος σῶι ποδὶ παρασπιστὴς βεβὼς
Ἐγκέλαδον ἰτέαν ἐς μέσην θενὼν δορὶ
ἔκτεινα — φέρ' ἴδω, τοῦτ' ἰδὼν ὄναρ λέγω;
οὐ μὰ Δί', ἐπεὶ καὶ σκῦλ' ἔδειξα Βακχίωι.
καὶ νῦν ἐκείνων μεῖζον' ἐξαντλῶ πόνον. 10
ἐπεὶ γὰρ Ἥρα σοι γένος Τυρσηνικὸν
ληιστῶν ἐπῶρσεν, ὡς ὁδηθείης μακράν,
<ἐγὼ> πυθόμενος σὺν τέκνοισι ναυστολῶ
σέθεν κατὰ ζήτησιν. ἐν πρύμνηι δ' ἄκραι
αὐτὸς λαβὼν ηὔθυνον ἀμφῆρες δόρυ, 15
παῖδες δ' <ἐπ'> ἐρετμοῖς ἥμενοι γλαυκὴν ἅλα
ῥοθίοισι λευκαίνοντες ἐζήτουν σ', ἄναξ.
ἤδη δὲ Μαλέας πλησίον πεπλευκότας
ἀπηλιώτης ἄνεμος ἐμπνεύσας δορὶ
ἐξέβαλεν ἡμᾶς τήνδ' ἐς Αἰτναίαν πέτραν, 20
ἵν' οἱ μονῶπες ποντίου παῖδες θεοῦ
Κύκλωπες οἰκοῦσ' ἄντρ' ἔρημ' ἀνδροκτόνοι.
τούτων ἑνὸς ληφθέντες ἐσμὲν ἐν δόμοις
δοῦλοι· καλοῦσι δ' αὐτὸν ὧι λατρεύομεν

O Ciclope

[*Prólogo* (1-40)]

SILENO
Ó Brômio, tenho por ti dez mil fadigas
agora e quando jovem de corpo forte:
primeiro, quando enlouquecido de Hera,
sumiste das ninfas montesas criadeiras;
depois, numa terrígena batalha de lança, 5
à direita de teu pé, eu, firme escudeiro,
matei Encélado, ao golpeá-lo com a lança
no meio do vime — eia, veja, conto sonho?
Não, oh Zeus! Até mostrei espólio a Báquio!
Agora esgoto fadiga maior que aquelas. 10
Quando Hera te contrapôs a raça tirrena
dos piratas, para que te vendessem longe,
tão logo informado, navego com os filhos
à tua procura. Uma vez no alto da popa
eu mesmo pilotava o ambidestro lenho, 15
e os filhos, nos remos, a branquearem
com baques mar glauco, buscavam-te, rei.
Ao navegarmos já perto de Maleia,
o vento leste, ao soprar o lenho,
arremessou-nos nesta pedra do Etna, 20
onde Ciclopes de um só olho homicidas
filhos do Deus marinho têm ermas grutas.
Na casa de um deles, pegos, somos
servos, e a quem servimos o chamam

Πολύφημον· ἀντὶ δ' εὐίων βακχευμάτων 25
ποίμνας Κύκλωπος ἀνοσίου ποιμαίνομεν.
παῖδες μὲν οὖν μοι κλειτύων ἐν ἐσχάτοις
νέμουσι μῆλα νέα νέοι πεφυκότες,
ἐγὼ δὲ πληροῦν πίστρα καὶ σαίρειν στέγας
μένων τέταγμαι τάσδε, τῶιδε δυσσεβεῖ 30
Κύκλωπι δείπνων ἀνοσίων διάκονος.
καὶ νῦν, τὰ προσταχθέντ', ἀναγκαίως ἔχει
σαίρειν σιδηρᾶι τῆιδέ μ' ἁρπάγηι δόμους,
ὡς τόν τ' ἀπόντα δεσπότην Κύκλωπ' ἐμὸν
καθαροῖσιν ἄντροις μῆλά τ' ἐσδεχώμεθα. 35
ἤδη δὲ παῖδας προσνέμοντας εἰσορῶ
ποίμνας. τί ταῦτα; μῶν κρότος σικινίδων
ὁμοῖος ὑμῖν νῦν τε χὤτε Βακχίωι
κῶμος συνασπίζοντες Ἀλθαίας δόμους
προσῆιτ' ἀοιδαῖς βαρβίτων σαυλούμενοι; 40

ΧΟΡΟΣ
παῖ γενναίων μὲν πατέρων Est.
γενναίων δ' ἐκ τοκάδων,
πᾶι δή μοι νίσηι σκοπέλους;
οὐ τᾶιδ' ὑπήνεμος αὔ-
ρα καὶ ποιηρὰ βοτάνα, 45
δινᾶέν θ' ὕδωρ ποταμῶν
ἐν πίστραις κεῖται πέλας ἄντρων, οὗ σοι βλαχαὶ τεκέων;

ψύττ'· οὐ τᾶιδ', οὔ; Mesodo
οὐ τᾶιδε νεμῆι κλειτὺν δροσεράν; 50
ὠή, ῥίψω πέτρον τάχα σου·
ὕπαγ' ὦ ὕπαγ' ὦ κεράστα
<πρὸς> μηλοβότα στασιωρὸν
Κύκλωπος ἀγροβάτα.

Polifemo; e em vez de évias bacanálias, 25
pastoreamos rebanhos de ímpio Ciclope.
Meus filhos, nos confins das colinas,
jovens apascentam os jovens rebanhos,
e a mim me coube ficar, encher potes
e varrer esta moradia, e servir ímpias 30
refeições a este impiedoso Ciclope.
Agora, as ordens: tenho que varrer
com este rastelo de ferro a moradia,
para recebermos o meu ausente amo
Ciclope e rebanhos numa gruta limpa. 35
Já vejo que meus filhos pastoreiam
o gado. Que é isso? Ruído de danças
agora vosso é como quando íeis o bando
com Báquio, parceiros, à casa de Alteia,
a rebolarem com as canções de bárbitos? 40

[*Párodo* (41-81)]

CORO
Ó filho de nobres pais, Est.
e de nobres genitoras,
onde me vais a alcantis?
Aqui não há suave brisa
e a reverdejante relva? 45
Rodopiante água de rios
jaz nos potes perto da gruta
onde balem as tuas crias.

Eia! Vem por aqui, vem! Mesodo
Pasta nesta colina orvalhada! 50
Oé! Logo te lançarei pedra.
Anda, *ô!* Anda, ó tropeiro
chifrudo do cabreiro
Ciclope selvagem.

σπαργῶντας μαστοὺς χάλασον· Ant.
δέξαι θηλὰς πορίσασ' 56
οὓς λείπεις ἀρνῶν θαλάμοις.
ποθοῦσί σ' ἀμερόκοι-
τοι βλαχαὶ σμικρῶν τεκέων.
εἰς αὐλὰν πότ' ἀμφιλαφῆ [Kovacs] 60
ποιηροὺς λιποῦσα νομοὺς
Αἰτναίων εἴσει σκοπέλων; [Kovacs]

οὐ τάδε Βρόμιος, οὐ τάδε χοροὶ Epodo
Βάκχαι τε θυρσοφόροι,
οὐ τυμπάνων ἀλαλαγμοί, 65
οὐκ οἴνου χλωραὶ σταγόνες 67
κρήναις παρ' ὑδροχύτοις· 66
οὐδ' ἐν Νύσαι μετὰ Νυμ- 68
φᾶν ἴακχον ἴακχον ὠι-
δὰν μέλπω πρὸς τὰν Ἀφροδί- 70
ταν, ἃν θηρεύων πετόμαν
Βάκχαις σὺν λευκόποσιν.
†ὦ φίλος ὦ φίλε Βακχεῖε
ποῖ οἰοπολεῖς
ξανθὰν χαίταν σείεις;† 75
ἐγὼ δ' ὁ σὸς πρόπολος
Κύκλωπι θητεύω
τῶι μονοδέρκται δοῦλος ἀλαίνων
σὺν τᾶιδε τράγου χλαίναι μελέαι 80
σᾶς χωρὶς φιλίας.

ΣΙΛΗΝΟΣ
σιγήσατ', ὦ τέκν', ἄντρα δ' ἐς πετρηρεφῆ
ποίμνας ἀθροῖσαι προσπόλους κελεύσατε.

Solta as tetas repletas;   Ant.
dá de mamar a filhotes   56
que deixas no redil;
pedem-te gritos de pequenas
crias, adormecidos de dia.
Entra no pátio recoberto,   [Kovacs] 60
deixa os pastos relvosos
dos penhascos do Etna.   [Kovacs]

Eis sem Brômio, eis sem coros,   Epodo
nem Bacas porta-tirso,
nem alaridos de tambores,   65
nem gotas vivas de vinho   67
junto às fontes d'água.   66
Não danço em Nisa com ninfas   68
a canção "Íaco Íaco"
à caça de Afrodite   70
por quem alcei voo
com Bacas de alvos pés.
Ó caro, ó caro Báquio,
por onde andas a sós
e sacodes loira melena?   75
Eu, o teu ministro,
sirvo o unividente Ciclope
em servil exílio
com esta mísera capa de bode   80
sem a tua amizade.

[*Primeiro episódio* (82-355)]

SILENO
Silêncio, ó filhos! Na gruta de pétreo teto,
exortai aos servos que reúnam os rebanhos.

ΧΟΡΟΣ
χωρεῖτ'· ἀτὰρ δὴ τίνα, πάτερ, σπουδὴν ἔχεις;

ΣΙΛΗΝΟΣ
ὁρῶ πρὸς ἀκταῖς ναὸς Ἑλλάδος σκάφος　　　　　　　　　　85
κώπης τ' ἄνακτας σὺν στρατηλάτηι τινὶ
στείχοντας ἐς τόδ' ἄντρον· ἀμφὶ δ' αὐχέσιν
τεύχη φέρονται κενά, βορᾶς κεχρημένοι,
κρωσσούς θ' ὑδρηλούς. ὦ ταλαίπωροι ξένοι·
τίνες ποτ' εἰσίν; οὐκ ἴσασι δεσπότην　　　　　　　　　　90
Πολύφημον οἷός ἐστιν ἄξενόν τε γῆν
τήνδ' ἐμβεβῶτες καὶ Κυκλωπίαν γνάθον
τὴν ἀνδροβρῶτα δυστυχῶς ἀφιγμένοι.
ἀλλ' ἥσυχοι γίγνεσθ', ἵν' ἐκπυθώμεθα
πόθεν πάρεισι Σικελὸν Αἰτναῖον πάγον.　　　　　　　　　95

ΟΔΥΣΣΕΥΣ
ξένοι, φράσαιτ' ἂν νᾶμα ποτάμιον πόθεν
δίψης ἄκος λάβοιμεν εἴ τέ τις θέλει
βορὰν ὁδῆσαι ναυτίλοις κεχρημένοις; <ἔα·>
τί χρῆμα; Βρομίου πόλιν ἔοιγμεν ἐσβαλεῖν·
Σατύρων πρὸς ἄντροις τόνδ' ὅμιλον εἰσορῶ.　　　　　　100
χαίρειν προσεῖπα πρῶτα τὸν γεραίτατον.

ΣΙΛΗΝΟΣ
χαῖρ', ὦ ξέν', ὅστις δ' εἶ φράσον πάτραν τε σήν.

ΟΔΥΣΣΕΥΣ
Ἴθακος Ὀδυσσεύς, γῆς Κεφαλλήνων ἄναξ.

ΣΙΛΗΝΟΣ
οἶδ' ἄνδρα, κρόταλον δριμύ, Σισύφου γένος.

ΟΔΥΣΣΕΥΣ
ἐκεῖνος αὐτός εἰμι· λοιδόρει δὲ μή.　　　　　　　　　　105

52

CORO
Ide adiante! Mas, ó pai, que pressa tens?

SILENO
Avisto um navio grego perto da praia
e mestres do remo com o comandante
vindo a esta gruta. Junto aos pescoços
trazem vasos vazios, faltos de víveres,
e baldes para água, ó míseros hóspedes.
Quem são eles? Não conhecem o dono
que é Polifemo nem a que terra inóspita
vieram quando por infortúnio chegaram
à mandíbula ciclópica voraz de varões.
Mas permanecei quietos para sabermos
donde vieram à siciliana pedra do Etna.

ODISSEU
Hóspede, diríeis donde poderíamos tomar
água de rio, remédio da sede, e se querem
vender víveres a marujos carentes? *Éa!*
Que isso? Creio virmos ao país de Brômio?
Avisto este bando de Sátiros junto à gruta.
Saudações dirijo primeiro ao mais velho.

SILENO
Salve, hóspede! Diz quem és e tua pátria.

ODISSEU
Odisseu de Ítaca, rei da terra dos cefalênios.

SILENO
Sei que é orador finório o filho de Sísifo.

ODISSEU
Sou ele mesmo; não vituperes, porém.

ΣΙΛΗΝΟΣ
πόθεν Σικελίαν τήνδε ναυστολῶν πάρει;

ΟΔΥΣΣΕΥΣ
ἐξ Ἰλίου γε κἀπὸ Τρωϊκῶν πόνων.

ΣΙΛΗΝΟΣ
πῶς; πορθμὸν οὐκ ἤιδησθα πατρώιας χθονός;

ΟΔΥΣΣΕΥΣ
ἀνέμων θύελλαι δεῦρό μ' ἥρπασαν βίαι.

ΣΙΛΗΝΟΣ
παπαῖ· τὸν αὐτὸν δαίμον' ἐξαντλεῖς ἐμοί.   110

ΟΔΥΣΣΕΥΣ
ἦ καὶ σὺ δεῦρο πρὸς βίαν ἀπεστάλης;

ΣΙΛΗΝΟΣ
ληιστὰς διώκων οἳ Βρόμιον ἀνήρπασαν.

ΟΔΥΣΣΕΥΣ
τίς δ' ἥδε χώρα καὶ τίνες ναίουσί νιν;

ΣΙΛΗΝΟΣ
Αἰτναῖος ὄχθος Σικελίας ὑπέρτατος.

ΟΔΥΣΣΕΥΣ
τείχη δὲ ποῦ 'στι καὶ πόλεως πυργώματα;   115

ΣΙΛΗΝΟΣ
οὐκ ἔστ'· ἔρημοι πρῶνες ἀνθρώπων, ξένε.

ΟΔΥΣΣΕΥΣ
τίνες δ' ἔχουσι γαῖαν; ἦ θηρῶν γένος;

SILENO
Donde vieste navegando a esta Sicília?

ODISSEU
Desde Ílion e das fadigas troianas.

SILENO
Como? Não soubeste voltar à pátria?

ODISSEU
Procelas aqui me trouxeram à força.

SILENO
Papaî! Esgotas o mesmo Nume que eu. 110

ODISSEU
Será que também tu vieste aqui à força?

SILENO
A perseguir piratas que raptaram Brômio.

ODISSEU
Que terra é esta? Quem são os nativos?

SILENO
A colina do Etna, a mais alta da Sicília.

ODISSEU
Onde estão os muros e torres da cidade? 115

SILENO
Não há; só picos ermos de homens, hóspede.

ODISSEU
Quem tem a terra? Será família de feras?

ΣΙΛΗΝΟΣ
Κύκλωπες, ἄντρ' ἔχοντες, οὐ στέγας δόμων.

ΟΔΥΣΣΕΥΣ
τίνος κλύοντες; ἢ δεδήμευται κράτος;

ΣΙΛΗΝΟΣ
μονάδες· ἀκούει δ' οὐδὲν οὐδεὶς οὐδενός.   120

ΟΔΥΣΣΕΥΣ
σπείρουσι δ' — ἢ τῶι ζῶσι; — Δήμητρος στάχυν;

ΣΙΛΗΝΟΣ
γάλακτι καὶ τυροῖσι καὶ μήλων βορᾶι.

ΟΔΥΣΣΕΥΣ
Βρομίου δὲ πῶμ' ἔχουσιν, ἀμπέλου ῥοάς;

ΣΙΛΗΝΟΣ
ἥκιστα· τοιγὰρ ἄχορον οἰκοῦσι χθόνα.

ΟΔΥΣΣΕΥΣ
φιλόξενοι δὲ χὦσιοι περὶ ξένους;   125

ΣΙΛΗΝΟΣ
γλυκύτατά φασι τὰ κρέα τοὺς ξένους φορεῖν.

ΟΔΥΣΣΕΥΣ
τί φήις; βορᾶι χαίρουσιν ἀνθρωποκτόνωι;

ΣΙΛΗΝΟΣ
οὐδεὶς μολὼν δεῦρ' ὅστις οὐ κατεσφάγη.

ΟΔΥΣΣΕΥΣ
αὐτὸς δὲ Κύκλωψ ποῦ 'στιν; ἢ δόμων ἔσω;

SILENO
Ciclopes, residentes em grutas, não casas.

ODISSEU
Dóceis a quem? Ou o poder é do povo?

SILENO
A sós, ninguém ouve nada de ninguém.   120

ODISSEU
Plantam grãos de Deméter? De que vivem?

SILENO
De leite, de queijos e de devorar ovelhas.

ODISSEU
Têm a poção de Brômio, fluxos de vide?

SILENO
Nunca, por isso habitam terra sem danças.

ODISSEU
Hospitaleiros e piedosos com os hóspedes?   125

SILENO
Dizem que hóspedes têm dulcíssima carne.

ODISSEU
Que dizes? Gostam de banquete homicida?

SILENO
Ninguém veio aqui que não fosse imolado.

ODISSEU
O próprio Ciclope, onde está? Em casa?

ΣΙΛΗΝΟΣ
φροῦδος, πρὸς Αἴτνηι θῆρας ἰχνεύων κυσίν. 130

ΟΔΥΣΣΕΥΣ
οἶσθ' οὖν ὃ δρᾶσον, ὡς ἀπαίρωμεν χθονός.

ΣΙΛΗΝΟΣ
οὐκ οἶδ', Ὀδυσσεῦ· πᾶν δέ σοι δρώιημεν ἄν.

ΟΔΥΣΣΕΥΣ
ὅδησον ἡμῖν σῖτον, οὗ σπανίζομεν.

ΣΙΛΗΝΟΣ
οὐκ ἔστιν, ὥσπερ εἶπον, ἄλλο πλὴν κρέας.

ΟΔΥΣΣΕΥΣ
ἀλλ' ἡδὺ λιμοῦ καὶ τόδε σχετήριον. 135

ΣΙΛΗΝΟΣ
καὶ τυρὸς ὀπίας ἔστι καὶ βοὸς γάλα.

ΟΔΥΣΣΕΥΣ
ἐκφέρετε· φῶς γὰρ ἐμπολήμασιν πρέπει.

ΣΙΛΗΝΟΣ
σὺ δ' ἀντιδώσεις, εἰπέ μοι, χρυσὸν πόσον;

ΟΔΥΣΣΕΥΣ
οὐ χρυσὸν ἀλλὰ πῶμα Διονύσου φέρω.

ΣΙΛΗΝΟΣ
ὦ φίλτατ' εἰπών, οὗ σπανίζομεν πάλαι. 140

ΟΔΥΣΣΕΥΣ
καὶ μὴν Μάρων μοι πῶμ' ἔδωκε, παῖς θεοῦ.

SILENO
Saiu, a caçar com cães as feras do Etna. 130

ODISSEU
Sabes que fazer, para partirmos da terra?

SILENO
Não sei, Odisseu, mas tudo te faríamos.

ODISSEU
Venda-nos o trigo, de que necessitamos.

SILENO
Não há, como eu disse, nada senão carne.

ODISSEU
Mas isso ainda é doce paliativo da fome. 135

SILENO
Ainda há queijo de resina e leite bovino.

ODISSEU
Trazei-os para fora, convém luz às trocas.

SILENO
Tu me pagarás, diz-me, quanto em ouro?

ODISSEU
Não ouro, mas porto a poção de Dioniso.

SILENO
Ó caríssimo, falas do que muito nos falta. 140

ODISSEU
Máron, filho do Deus, me deu a poção.

ΣΙΛΗΝΟΣ
ὃν ἐξέθρεψα ταῖσδ' ἐγώ ποτ' ἀγκάλαις;

ΟΔΥΣΣΕΥΣ
ὁ Βακχίου παῖς, ὡς σαφέστερον μάθηις.

ΣΙΛΗΝΟΣ
ἐν σέλμασιν νεώς ἐστιν ἢ φέρεις σύ νιν;

ΟΔΥΣΣΕΥΣ
ὅδ' ἀσκὸς ὃς κεύθει νιν, ὡς ὁρᾶις, γέρον. 145

ΣΙΛΗΝΟΣ
οὗτος μὲν οὐδ' ἂν τὴν γνάθον πλήσειέ μου.

ΟΔΥΣΣΕΥΣ
τοῦτον μὲν οὖν τὸν ἀσκόν οὐκ ἂν ἐκπίοις. [Kovacs]

ΣΙΛΗΝΟΣ
φύει γὰρ ἀσκός οἶνον ἐξ αὑτοῦ πάλιν; [Kovacs]

ΟΔΥΣΣΕΥΣ
ναί· δὶς τόσον πῶμ' ὅσον ἂν ἐξ ἀσκοῦ ῥυῆι.

ΣΙΛΗΝΟΣ
καλήν γε κρήνην εἶπας ἡδεῖάν τ' ἐμοί.

ΟΔΥΣΣΕΥΣ
βούληι σε γεύσω πρῶτον ἄκρατον μέθυ;

ΣΙΛΗΝΟΣ
δίκαιον· ἦ γὰρ γεῦμα τὴν ὠνὴν καλεῖ. 150

ΟΔΥΣΣΕΥΣ
καὶ μὴν ἐφέλκω καὶ ποτῆρ' ἀσκοῦ μέτα.

SILENO
Eu o criei uma vez nestes meus braços.

ODISSEU
O filho de Baco, que mais claro saibas.

SILENO
Está nos bancos das naus, ou tens contigo?

ODISSEU
Eis o odre que o contém, vejas, ó velho.   145

SILENO
Isso não encheria nem a minha boca.

ODISSEU
Este odre, pois, tu não o beberias todo.   [Kovacs]

SILENO
O odre gera mais vinho por si mesmo?   [Kovacs]

ODISSEU
Sim, duas vezes a poção saída do odre.

SILENO
Bela fonte dizes de prazeres para mim.

ODISSEU
Queres provar primeiro o vinho puro?

SILENO
É justo, pois a prova chama à compra.   150

ODISSEU
Carrego ainda uma taça com o odre.

ΣΙΛΗΝΟΣ
φέρ' ἐγκάναξον, ὡς ἀναμνησθῶ πιών.

ΟΔΥΣΣΕΥΣ
ἰδού.

ΣΙΛΗΝΟΣ
παπαιάξ, ὡς καλὴν ὀσμὴν ἔχει.

ΟΔΥΣΣΕΥΣ
εἶδες γὰρ αὐτήν;

ΣΙΛΗΝΟΣ
οὐ μὰ Δί', ἀλλ' ὀσφραίνομαι.

ΟΔΥΣΣΕΥΣ
γεῦσαί νυν, ὡς ἂν μὴ λόγωι 'παινῆις μόνον.   155

ΣΙΛΗΝΟΣ
βαβαί· χορεῦσαι παρακαλεῖ μ' ὁ Βάκχιος.
ἆ ἆ ἆ.

ΟΔΥΣΣΕΥΣ
μῶν τὸν λάρυγγα διεκάναξέ σου καλῶς;

ΣΙΛΗΝΟΣ
ὥστ' εἰς ἄκρους γε τοὺς ὄνυχας ἀφίκετο.

ΟΔΥΣΣΕΥΣ
πρὸς τῶιδε μέντοι καὶ νόμισμα δώσομεν.   160

ΣΙΛΗΝΟΣ
χάλα τὸν ἀσκὸν μόνον· ἔα τὸ χρυσίον.

SILENO
Eia! Serve, para que beba e recorde.

ODISSEU
Eis!

SILENO
Papaiáx! Que belo aroma tem!

ODISSEU
Viste-o?

SILENO
Não, oh Zeus, mas sinto-o!

ODISSEU
Prova, que não o louves só na fala!   155

SILENO
Babaí! Báquio me convida a dançar.
Â â â!

ODISSEU
Será que desceu bem tua laringe?

SILENO
Que chegou até às pontas das unhas.

ODISSEU
Além disso, daremos ainda moedas.   160

SILENO
Só me solta o odre, deixa o ouro.

ΟΔΥΣΣΕΥΣ

ἐκφέρετέ νυν τυρεύματ' ἢ μήλων τόκον.

ΣΙΛΗΝΟΣ

δράσω τάδ', ὀλίγον φροντίσας γε δεσποτῶν.
ὡς ἐκπιών γ' ἂν κύλικα μαινοίμην μίαν,
πάντων Κυκλώπων ἀντιδοὺς βοσκήματα   165
ῥίψας τ' ἐς ἅλμην Λευκάδος πέτρας ἄπο
ἅπαξ μεθυσθεὶς καταβαλών τε τὰς ὀφρῦς.
ὡς ὅς γε πίνων μὴ γέγηθε μαίνεται·
ἵν' ἔστι τουτί τ' ὀρθὸν ἐξανιστάναι
μαστοῦ τε δραγμὸς καὶ †παρεσκευασμένου†   170
ψαῦσαι χεροῖν λειμῶνος ὀρχηστύς θ' ἅμα
κακῶν τε λῆστις. εἶτ' ἐγὼ <οὐ> κυνήσομαι
τοιόνδε πῶμα, τὴν Κύκλωπος ἀμαθίαν
κλαίειν κελεύων καὶ τὸν ὀφθαλμὸν μέσον;

ΧΟΡΟΣ

ἄκου', Ὀδυσσεῦ· διαλαλήσωμέν τί σοι.   175

ΟΔΥΣΣΕΥΣ

καὶ μὴν φίλοι γε προσφέρεσθε πρὸς φίλον.

ΧΟΡΟΣ

ἐλάβετε Τροίαν τὴν Ἑλένην τε χειρίαν;

ΟΔΥΣΣΕΥΣ

καὶ πάντα γ' οἶκον Πριαμιδῶν ἐπέρσαμεν.

ΧΟΡΟΣ

οὔκουν, ἐπειδὴ τὴν νεᾶνιν εἵλετε,
ἅπαντες αὐτὴν διεκροτήσατ' ἐν μέρει,   180
ἐπεί γε πολλοῖς ἥδεται γαμουμένη,
τὴν προδότιν, ἣ τοὺς θυλάκους τοὺς ποικίλους
περὶ τοῖν σκελοῖν ἰδοῦσα καὶ τὸν χρύσεον

ODISSEU
Trazei-me queijos, ou cria de reses.

SILENO
Assim farei, a cuidar pouco dos donos.
Que loucura seria, se bebesse uma taça,
em troca do gado de todos os Ciclopes,
e da pedra Lêucade mergulhasse no mar,
uma vez ébrio, e de sobrancelhas soltas!
Que louco é quem não gosta de beber,
quando se pode pôr este aqui ereto,
segurar o seio, e tatear com as mãos
o prado já preparado, dança e, à uma,
oblívio de males! Eu não beijarei
uma tal poção, incitando a chorar
o ínscio Ciclope e seu olho médio?

CORO
Ouve, Odisseu, conversemos algo.

ODISSEU
Amigos perante amigos portai-vos.

CORO
Capturastes Troia e Helena à mão?

ODISSEU
E saqueamos toda a casa de Príamo.

CORO
Não é que quando pegastes a moça,
todos vós por turno a penetrastes,
já que ela gosta de muitas núpcias,
a traidora? Ela, ao ver as variáveis
calças nas pernas e o portador

κλωιὸν φοροῦντα περὶ μέσον τὸν αὐχένα
ἐξεπτοήθη, Μενέλεων ἀνθρώπιον 185
λῶιστον λιποῦσα; μηδαμοῦ γένος ποτὲ
φῦναι γυναικῶν ὤφελ', εἰ μὴ 'μοὶ μόνωι.

ΣΙΛΗΝΟΣ
ἰδού· τάδ' ὑμῖν ποιμνίων βοσκήματα,
ἄναξ Ὀδυσσεῦ, μηκάδων ἀρνῶν τροφαί,
πηκτοῦ γάλακτός τ' οὐ σπάνια τυρεύματα. 190
φέρεσθε· χωρεῖθ' ὡς τάχιστ' ἄντρων ἄπο,
βότρυος ἐμοὶ πῶμ' ἀντιδόντες εὐίου.
οἴμοι· Κύκλωψ ὅδ' ἔρχεται· τί δράσομεν;

ΟΔΥΣΣΕΥΣ
ἀπολώλαμέν τἄρ', ὦ γέρον· ποῖ χρὴ φυγεῖν;

ΣΙΛΗΝΟΣ
ἔσω πέτρας τῆσδ', οὗπερ ἂν λάθοιτέ γε. 195

ΟΔΥΣΣΕΥΣ
δεινὸν τόδ' εἶπας, ἀρκύων μολεῖν ἔσω.

ΣΙΛΗΝΟΣ
οὐ δεινόν· εἰσὶ καταφυγαὶ πολλαὶ πέτρας.

ΟΔΥΣΣΕΥΣ
οὐ δῆτ'· ἐπεί τἂν μεγάλα γ' ἡ Τροία στένοι,
εἰ φευξόμεσθ' ἕν' ἄνδρα, μυρίον δ' ὄχλον
Φρυγῶν ὑπέστην πολλάκις σὺν ἀσπίδι. 200
ἀλλ', εἰ θανεῖν δεῖ, κατθανούμεθ' εὐγενῶς
ἢ ζῶντες αἶνον τὸν πάρος συσσώσομεν.

ΚΥΚΛΩΨ
ἄνεχε πάρεχε· τί τάδε; τίς ἡ ῥαιθυμία;
τί βακχιάζετ'; οὐχὶ Διόνυσος τάδε,

de colar de ouro no pescoço,
alucinou-se, deixando Menelau, 185
o melhor homúnculo. Nunca houvessem
nascido mulheres, senão só para mim!

SILENO
Eis as vossas reses dos rebanhos,
ó rei Odisseu, crias de berrantes ovelhas,
e não poucos queijos de leite coalhado. 190
Levai, afastai-vos rápido da gruta,
em troca da poção de évios cachos.
Ai! Ciclope vem aí, que faremos?

ODISSEU
Estamos feitos, ó velho! Onde fugir?

SILENO
Nesta gruta, onde não se notaria. 195

ODISSEU
Terrível tua fala, entrar na rede.

SILENO
Não, refúgios de pedra há muitos.

ODISSEU
Não, porque Troia gemeria muito,
se fugirmos de um só, mas dez mil
frígios muitas vezes detive com escudo. 200
Eia! Se devo morrer, morreremos bem,
ou vivos conservaremos louvor antigo.

CICLOPE
Para cima, para frente! Que é isso? Que incúria?
Por que vos tornais Báquios? Isto não é Dioniso,

οὐ κρόταλα χαλκοῦ τυμπάνων τ' ἀράγματα. 205
πῶς μοι κατ' ἄντρα νεόγονα βλαστήματα;
ἦ πρός τε μαστοῖς εἰσι χὑπὸ μητέρων
πλευρὰς τρέχουσι, σχοινίνοις τ' ἐν τεύχεσιν
πλήρωμα τυρῶν ἐστιν ἐξημελγμένον;
τί φάτε, τί λέγετε; τάχα τις ὑμῶν τῶι ξύλωι 210
δάκρυα μεθήσει. βλέπετ' ἄνω καὶ μὴ κάτω.

ΧΟΡΟΣ
ἰδού· πρὸς αὐτὸν τὸν Δί' ἀνακεκύφαμεν
καὶ τἄστρα καὶ τὸν Ὠρίωνα δέρκομαι.

ΚΥΚΛΩΨ
ἄριστόν ἐστιν εὖ παρεσκευασμένον;

ΧΟΡΟΣ
πάρεστιν· ὁ φάρυγξ εὐτρεπὴς ἔστω μόνον. 215

ΚΥΚΛΩΨ
ἦ καὶ γάλακτός εἰσι κρατῆρες πλέωι;

ΧΟΡΟΣ
ὥστ' ἐκπιεῖν γέ σ', ἢν θέληις, ὅλον πίθον.

ΚΥΚΛΩΨ
μήλειον ἢ βόειον ἢ μεμειγμένον;

ΧΟΡΟΣ
ὃν ἂν θέληις σύ· μὴ 'μὲ καταπίηις μόνον.

ΚΥΚΛΩΨ
ἥκιστ'· ἐπεί μ' ἂν ἐν μέσηι τῆι γαστέρι 220
πηδῶντες ἀπολέσαιτ' ἂν ὑπὸ τῶν σχημάτων.
ἔα· τίν' ὄχλον τόνδ' ὁρῶ πρὸς αὐλίοις;
ληισταί τινες κατέσχον ἢ κλῶπες χθόνα;

nem crótalos de bronze e estrépitos de tambores. 205
E os meus rebentos recém-nascidos na gruta?
Estão junto aos úberes e correm para baixo
dos flancos maternos? Nos cestos de junco,
está coagulada uma plenitude de queijos?
Que dizeis? Que falais? Talvez a pau um de vós 210
solte lágrimas. Olhai para cima, não para baixo!

CORO

Olha! Erguemos a testa para Zeus mesmo,
e para os astros, e assim contemplo Órion.

CICLOPE

O almoço está bem preparado?

CORO

Pronto. Só ser a faringe conspícua! 215

CICLOPE

E as crateras estão cheias de leite?

CORO

Que bebas, se quiseres, todo o tonel.

CICLOPE

O leite é ovino, bovino ou misto?

CORO

O que quiseres; só não me bebas.

CICLOPE

Nunca, porque, no meio do ventre, 220
aos saltos, me mataríeis, aos gestos.
Éa! Que turba vejo aí junto ao curral?
Piratas, ou ladrões, aportaram na terra?

ὁρῶ γέ τοι τούσδ' ἄρνας ἐξ ἄντρων ἐμῶν
στρεπταῖς λύγοισι σῶμα συμπεπλεγμένους 225
τεύχη τε τυρῶν συμμιγῆ γέροντά τε
πληγαῖς μέτωπον φαλακρὸν ἐξωιδηκότα.

ΣΙΛΗΝΟΣ
ὤμοι, πυρέσσω συγκεκομμένος τάλας.

ΚΥΚΛΩΨ
ὑπὸ τοῦ; τίς ἐς σὸν κρᾶτ' ἐπύκτευσεν, γέρον;

ΣΙΛΗΝΟΣ
ὑπὸ τῶνδε, Κύκλωψ, ὅτι τὰ σ' οὐκ εἴων φέρειν. 230

ΚΥΚΛΩΨ
οὐκ ἦισαν ὄντα θεόν με καὶ θεῶν ἄπο;

ΣΙΛΗΝΟΣ
ἔλεγον ἐγὼ τάδ'· οἱ δ' ἐφόρουν τὰ χρήματα,
καὶ τόν γε τυρὸν οὐκ ἐῶντος ἤσθιον
τούς τ' ἄρνας ἐξεφοροῦντο· δήσαντες δὲ σὲ
κλωιῶι τριπήχει, κατὰ τὸν ὀφθαλμὸν μέσον 235
τὰ σπλάγχν' ἔφασκον ἐξαμήσεσθαι βίαι,
μάστιγί τ' εὖ τὸ νῶτον ἀπολέψειν σέθεν,
κἄπειτα συνδήσαντες ἐς θἀδώλια
τῆς ναὸς ἐμβαλόντες ἀποδώσειν τινὶ
πέτρους μοχλεύειν, ἢ 'ς μυλῶνα καταβαλεῖν. 240

ΚΥΚΛΩΨ
ἄληθες; οὔκουν κοπίδας ὡς τάχιστ' ἰὼν
θήξεις μαχαίρας καὶ μέγαν φάκελον ξύλων
ἐπιθεὶς ἀνάψεις; ὡς σφαγέντες αὐτίκα
πλήσουσι νηδὺν τὴν ἐμὴν ἀπ' ἄνθρακος
θερμὴν διδόντες δαῖτα τῶι κρεανόμωι, 245
τὰ δ' ἐκ λέβητος ἐφθὰ καὶ τετηκότα.

Vejo as ovelhas de minha gruta
enlaçadas com vimes trançados,
cestos cheios de queijos, e velho
com fronte calva cheia de pancadas.

SILENO
Ai, mísero tenho febre moído de golpes!

CICLOPE
De quem? Quem te bateu na cabeça, velho?

SILENO
Eles, Ciclope, por não deixar te furtarem.

CICLOPE
Não sabiam que sou Deus e sem Deuses?

SILENO
Eu assim dizia, mas levavam os bens,
e comiam o queijo, ainda que interdito,
e furtavam ovelhas. Após te amarrarem,
com triplo colar, pelo olho do meio
extirpariam as vísceras à força, diziam,
e com açoite bem esfolariam tuas costas,
e depois, peado, nos bancos de remeiros
do navio, embarcado, venderiam algures,
para partir pedras, ou mover moinhos.

CICLOPE
Verdade? Vai o mais rápido às facas,
aguça corte, empilha e acende grande
feixe de lenha! Porque logo degolados
encherão o meu ventre, da brasa
dando cálido banquete ao trinchador,
cozidos e confundidos no caldeirão.

ὡς ἔκπλεώς γε δαιτός εἰμ' ὀρεσκόου·
ἅλις λεόντων ἐστί μοι θοινωμένωι
ἐλάφων τε, χρόνιος δ' εἴμ' ἀπ' ἀνθρώπων βορᾶς.

ΣΙΛΗΝΟΣ
τὰ καινά γ' ἐκ τῶν ἠθάδων, ὦ δέσποτα, 250
ἥδιόν' ἐστίν. οὐ γὰρ οὖν νεωστί γε
ἄλλοι πρὸς ἄντρα σοὺσαφίκοντο ξένοι.

ΟΔΥΣΣΕΥΣ
Κύκλωψ, ἄκουσον ἐν μέρει καὶ τῶν ξένων.
ἡμεῖς βορᾶς χρήιζοντες ἐμπολὴν λαβεῖν
σῶν ἆσσον ἄντρων ἤλθομεν νεὼς ἄπο. 255
τοὺς δ' ἄρνας ἡμῖν οὗτος ἀντ' οἴνου σκύφου
ἀπημπόλα τε κἀδίδου πιεῖν λαβὼν
ἑκὼν ἑκοῦσι, κοὐδὲν ἦν τούτων βίαι.
ἀλλ' οὗτος ὑγιὲς οὐδὲν ὧν φησιν λέγει,
ἐπεὶ κατελήφθη σοῦ λάθραι πωλῶν τὰ σά. 260

ΣΙΛΗΝΟΣ
ἐγώ; κακῶς γ' ἄρ' ἐξόλοι'.

ΟΔΥΣΣΕΥΣ
      εἰ ψεύδομαι.

ΣΙΛΗΝΟΣ
μὰ τὸν Ποσειδῶ τὸν τεκόντα σ', ὦ Κύκλωψ,
μὰ τὸν μέγαν Τρίτωνα καὶ τὸν Νηρέα,
μὰ τὴν Καλυψὼ τάς τε Νηρέως κόρας,
μὰ θαἰερὰ κύματ' ἰχθύων τε πᾶν γένος, 265
ἀπώμοσ', ὦ κάλλιστον ὦ Κυκλώπιον,
ὦ δεσποτίσκε, μὴ τὰ σ' ἐξοδᾶν ἐγὼ
ξένοισι χρήματ'. ἢ κακῶς οὗτοι κακοὶ
οἱ παῖδες ἀπόλοινθ', οὓς μάλιστ' ἐγὼ φιλῶ.

Estou farto de banquete montês,
basta de eu comer leões e corças,
faz tempo estou sem carne humana.

SILENO
Novidades fora de hábito, ó senhor, 250
são mais doces, pois recentemente
não vieram mais hóspedes à tua gruta.

ODISSEU
Ciclope, ouve ainda na vez dos hóspedes.
Nós, carentes de pasto, viemos do navio
fazer comércio mais perto de tua gruta. 255
Ele, por um copo de vinho, nos vendia
as ovelhas, e dava-nos de beber, pago,
concorde a concorde, e nada disso à força.
Mas ele nada do que diz fala de verdade,
pego por ti a vender teus bens à socapa. 260

SILENO
Eu? Que tu morras mal...

ODISSEU
                ... se minto!

SILENO
Por Posídon, que te gerou, ó Ciclope,
por grande Tritão, e por Nereu,
por Calipso e as filhas de Nereu,
por sacras ondas e todo ser písceo, 265
juro, ó belíssimo, ó Ciclope,
ó senhorzinho, que não vendi os teus
bens a hóspedes. Ou mal estes maus
filhos morram, os quais eu mais amo.

ΧΟΡΟΣ
αὐτὸς ἔχ'. ἔγωγε τοῖς ξένοις τὰ χρήματα 270
περνάντα σ' εἶδον· εἰ δ' ἐγὼ ψευδῆ λέγω,
ἀπόλοιθ' ὁ πατήρ μου· τοὺς ξένους δὲ μὴ ἀδίκει.

ΚΥΚΛΩΨ
ψεύδεσθ'· ἔγωγε τῶιδε τοῦ Ῥαδαμάνθυος
μᾶλλον πέποιθα καὶ δικαιότερον λέγω.
θέλω δ' ἐρέσθαι· πόθεν ἐπλεύσατ', ὦ ξένοι; 275
ποδαποί; τίς ὑμᾶς ἐξεπαίδευσεν πόλις;

ΟΔΥΣΣΕΥΣ
Ἰθακήσιοι μὲν τὸ γένος, Ἰλίου δ' ἄπο,
πέρσαντες ἄστυ, πνεύμασιν θαλασσίοις
σὴν γαῖαν ἐξωσθέντες ἥκομεν, Κύκλωψ.

ΚΥΚΛΩΨ
ἦ τῆς κακίστης οἳ μετήλθεθ' ἁρπαγὰς 280
Ἑλένης Σκαμάνδρου γείτον' Ἰλίου πόλιν;

ΟΔΥΣΣΕΥΣ
οὗτοι, πόνον τὸν δεινὸν ἐξηντληκότες.

ΚΥΚΛΩΨ
αἰσχρὸν στράτευμά γ', οἵτινες μιᾶς χάριν
γυναικὸς ἐξεπλεύσατ' ἐς γαῖαν Φρυγῶν.

ΟΔΥΣΣΕΥΣ
θεοῦ τὸ πρᾶγμα· μηδέν' αἰτιῶ βροτῶν. 285
ἡμεῖς δέ σ', ὦ θεοῦ ποντίου γενναῖε παῖ,
ἱκετεύομέν τε καὶ λέγομεν ἐλευθέρως·
μὴ τλῆις πρὸς ἄντρα σοὐσαφιγμένους φίλους
κτανεῖν βοράν τε δυσσεβῆ θέσθαι γνάθοις·
οἳ τὸν σόν, ὦναξ, πατέρ' ἔχειν ναῶν ἕδρας 290
ἐρρυσάμεσθα γῆς ἐν Ἑλλάδος μυχοῖς.

CORO

Tem tu mesmo! Eu te vi vender
os bens aos hóspedes, e se eu minto,
morra meu pai! Não fraudes hóspedes!

CICLOPE

Mentis. Eu mesmo confio mais nele
e digo-o mais justo que Radamanto.
Quero saber: donde viestes, hóspedes?
Donde sois? Que cidade vos criou?

ODISSEU

Itacenses somos de origem, e de Ílion,
destruída a cidade, arrastados por ventos
marinhos, chegamos à tua terra, Ciclope.

CICLOPE

Por rapto da péssima Helena punistes
a cidade de Ílion vizinha de Escamandro?

ODISSEU

Nós esgotamos essa terrível fadiga.

CICLOPE

Oprobriosa tropa, vós, que, por uma só
mulher, navegastes até a terra de frígios!

ODISSEU

Deus o fez, não acuses nenhum mortal.
Nós, a ti, ó nobre filho do Deus marinho,
suplicamos-te, e reclamamos francamente,
não ouses, quando amigos vêm à tua gruta,
matar e fazer ímpio banquete nas maxilas.
Ó rei, os templos consagrados ao teu pai
preservamos nos recônditos da terra grega.

ἱερᾶς τ' ἄθραυστος Ταινάρου μένει λιμὴν
Μαλέας τ' ἄκρας κευθμῶνες ἥ τε Σουνίου
δίας Ἀθάνας σῶς ὑπάργυρος πέτρα
Γεραίστιοί τε καταφυγαί· τά θ' Ἑλλάδος 295
†δύσφρον' ὀνείδη† Φρυξὶν οὐκ ἐδώκαμεν.
ὧν καὶ σὺ κοινοῖ· γῆς γὰρ Ἑλλάδος μυχοὺς
οἰκεῖς ὑπ' Αἴτνηι, τῆι πυριστάκτωι πέτραι.
νόμος δὲ θνητοῖς, εἰ λόγους ἀποστρέφηι,
ἱκέτας δέχεσθαι ποντίους ἐφθαρμένους 300
ξένιά τε δοῦναι καὶ πέπλους ἐπαρκέσαι,
τούτων δίκαιόν σου τυχεῖν ἡμᾶς, ἄναξ, [Kovacs]
οὐκ ἀμφὶ βουπόροισι πηχθέντας μέλη
ὀβελοῖσι νηδὺν καὶ γνάθον πλῆσαι σέθεν.
ἅλις δὲ Πριάμου γαῖ' ἐχήρωσ' Ἑλλάδα
πολλῶν νεκρῶν πιοῦσα δοριπετῆ φόνον 305
ἀλόχους τ' ἀνάνδρους γραῦς τ' ἄπαιδας ὤλεσεν
πολιούς τε πατέρας. εἰ δὲ τοὺς λελειμμένους
σὺ συμπυρώσας δαῖτ' ἀναλώσεις πικράν,
ποῖ τρέψεταί τις; ἀλλ' ἐμοὶ πιθοῦ, Κύκλωψ·
πάρες τὸ μάργον σῆς γνάθου, τὸ δ' εὐσεβὲς 310
τῆς δυσσεβείας ἀνθελοῦ· πολλοῖσι γὰρ
κέρδη πονηρὰ ζημίαν ἠμείψατο.

ΣΙΛΗΝΟΣ

παραινέσαι σοι βούλομαι· τῶν γὰρ κρεῶν
μηδὲν λίπηις τοῦδ'· ἢν δὲ τὴν γλῶσσαν δάκηις,
κομψὸς γενήσηι καὶ λαλίστατος, Κύκλωψ. 315

ΚΥΚΛΩΨ

ὁ πλοῦτος, ἀνθρωπίσκε, τοῖς σοφοῖς θεός,
τὰ δ' ἄλλα κόμποι καὶ λόγων εὐμορφία.
ἄκρας δ' ἐναλίας αἷς καθίδρυται πατὴρ
χαίρειν κελεύω· τί τάδε προυστήσω λόγωι;
Ζηνὸς δ' ἐγὼ κεραυνὸν οὐ φρίσσω, ξένε, 320
οὐδ' οἶδ' ὅτι Ζεύς ἐστ' ἐμοῦ κρείσσων θεός.

Intactos estão o porto da sagrada Tênaro,
as altas grutas de Maleia, e no cabo Súnio
salva a pedra argentífera da Deusa Atena,
e os refúgios de Geresto. Não entregamos 295
a Grécia aos frígios — funesta afronta. —
Nisso tu tens parte, pois habitas o recôndito
da terra grega, sob Etna, em igníflua pedra.
É lei entre mortais, se reviras palavras,
receber os suplicantes náufragos do mar, 300
dar hospitaleiros dons e suprir de mantos.
É justo nós obtermos isso de ti, ó rei, [Kovacs]
não empalados em espetos de assar carne
os membros encherem tua boca e ventre.
Muito a terra de Príamo ermou a Grécia,
ao beber sangue vertido de muitos mortos, 305
e fez esposas sem marido, grisalhos pais
e anciãs sem filho. Se consumires assados
os sobreviventes em banquete amargo,
aonde se voltar? Eia, crê-me, Ciclope,
cessa tua boca voraz, prefere o pio 310
ao ímpio, pois muitos obtiveram,
em vez de lucros perversos, punição.

SILENO

Quero aconselhar-te: das carnes deste
não deixes nada; se comeres a língua,
serás um hábil e sutil orador, Ciclope. 315

CICLOPE

Pluto, ó homúnculo, para sábios é Deus,
o mais é alarde e elegância de palavras.
Aos cabos do mar, onde o Pai reside,
mando passear. Por que teus pretextos?
Não me intimida o raio de Zeus, hóspede. 320
Nem sei se Zeus é Deus maior que eu.

οὔ μοι μέλει τὸ λοιπόν· ὡς δ' οὔ μοι μέλει
ἄκουσον· ὅταν ἄνωθεν ὄμβρον ἐκχέηι,
ἐν τῆιδε πέτραι στέγν' ἔχων σκηνώματα,
ἢ μόσχον ὀπτὸν ἤ τι θήρειον δάκος 325
δαινύμενος, εὖ τέγγων τε γαστέρ' ὑπτίαν,
ἐπεκπιὼν γάλακτος ἀμφορέα, πέπλον
κρούω, Διὸς βρονταῖσιν εἰς ἔριν κτυπῶν.
ὅταν δὲ βορέας χιόνα Θρήικιος χέηι,
δοραῖσι θηρῶν σῶμα περιβαλὼν ἐμὸν 330
καὶ πῦρ ἀναίθων, χιόνος οὐδέν μοι μέλει.
ἡ γῆ δ' ἀνάγκηι, κἂν θέληι κἂν μὴ θέληι,
τίκτουσα ποίαν τἀμὰ πιαίνει βοτά.
ἁγὼ οὔτινι θύω πλὴν ἐμοί, θεοῖσι δ' οὔ,
καὶ τῆι μεγίστηι, γαστρὶ τῆιδε, δαιμόνων. 335
ὡς τοὐμπιεῖν γε καὶ φαγεῖν τοὐφ' ἡμέραν,
Ζεὺς οὗτος ἀνθρώποισι τοῖσι σώφροσιν,
λυπεῖν δὲ μηδὲν αὑτόν. οἳ δὲ τοὺς νόμους
ἔθεντο ποικίλλοντες ἀνθρώπων βίον,
κλαίειν ἄνωγα· τὴν <δ'> ἐμὴν ψυχὴν ἐγὼ 340
οὐ παύσομαι δρῶν εὖ, κατεσθίων γε σέ.
ξένια δὲ λήψηι τοιάδ', ὡς ἄμεμπτος ὦ,
πῦρ καὶ πατρῶιον τόνδε χαλκόν, ὃς ζέσας
σὴν σάρκα διαφόρητον ἀμφέξει καλῶς.
ἀλλ' ἕρπετ' εἴσω, τοῦ κατ' αὔλιον θεοῦ 345
ἵν' ἀμφὶ βωμὸν στάντες εὐωχῆτέ με.

ΟΔΥΣΣΕΥΣ

αἰαῖ, πόνους μὲν Τρωϊκοὺς ὑπεξέδυν
θαλασσίους τε, νῦν δ' ἐς ἀνδρὸς ἀνοσίου
ὠμὴν κατέσχον ἀλίμενόν τε καρδίαν.
ὦ Παλλάς, ὦ δέσποινα Διογενὲς θεά, 350
νῦν νῦν ἄρηξον· κρείσσονας γὰρ Ἰλίου
πόνους ἀφῖγμαι κἀπὶ κινδύνου βάθρα.
σύ τ', ὦ φαεννὰς ἀστέρων οἰκῶν ἕδρας

Isso não me importa mais, e como não,
ouve: quando das alturas verte chuva,
nesta gruta, com a moradia coberta,
ou vitelo assado ou carne de caçada 325
banqueteio e regalo o baixo ventre,
depois de beber ânfora cheia de leite,
ressoo sonora rixa com trovões de Zeus.
Quando Bóreas trácio verte neve,
envolvo o corpo em pele de caças 330
e acendo fogo, neve não me importa.
A terra, sob coerção, queira ou não,
ao dar relva, engorda o meu rebanho,
que não sacrifico a Deus senão a mim
e a este ventre, o maior dos Numes. 335
Porque o beber e comer cotidiano
eis Zeus para homens prudentes,
e não se afligir. Os que fizeram leis,
tornando variegada a vida humana,
mando prantear. Eu não deixarei de 340
tratar bem minha vida e de te comer.
Terás tais dons, que não me reprovem:
fogo e este bronze paterno, que, férvido,
contenha bem a tua carne despedaçada.
Eia, entrai, para que, ao redor do altar 345
do Deus doméstico, me deis de comer.

ODISSEU
Aiaî! Escapei das fadigas troianas
e marinhas, mas agora vim ao cruel
e inóspito coração de um varão ímpio.
Ó Palas, ó dona Deusa filha de Zeus, 350
agora, agora, socorre! Atingi maiores
fadigas que em Ílion, e grau de perigo.
Tu, que tens brilhantes sedes de astros,

Ζεῦ ξένι', ὅρα τάδ'· εἰ γὰρ αὐτὰ μὴ βλέπεις,
ἄλλως νομίζηι Ζεὺς τὸ μηδὲν ὢν θεός. 355

ΧΟΡΟΣ
Εὐρείας φάρυγος, ὦ Κύκλωψ, Est.
ἀναστόμου τὸ χεῖλος· ὡς ἕτοιμά σοι
ἑφθὰ καὶ ὀπτὰ καὶ ἀνθρακιᾶς ἄπο <θερμὰ>
χναύειν βρύκειν
κρεοκοπεῖν μέλη ξένων
δασυμάλλωι ἐν αἰγίδι κλινομένωι. 360

μὴ 'μοὶ μὴ προσδίδου· Mesodo
μόνος μόνωι γέμιζε πορθμίδος σκάφος.
χαιρέτω μὲν αὖλις ἄδε,
χαιρέτω δὲ θυμάτων
ἀποβώμιος †ἂν ἔχει θυσίαν† 365
Κύκλωψ Αἰτναῖος ξενικῶν
κρεῶν κεχαρμένος βορᾶι. 369

†νηλὴς ὦ τλᾶμον ὅστις δωμάτων† Ant.
ἐφεστίους ἱκτῆρας ἐκθύει δόμων, 371
ἑφθά τε δαινύμενος μυσαροῖσί τ' ὀδοῦσιν 373
κόπτων βρύκων 372
θέρμ' ἀπ' ἀνθράκων κρέα 374
δασυμάλλωι ἐν αἰγίδι κλινόμενος.

ΟΔΥΣΣΕΥΣ
ὦ Ζεῦ, τί λέξω, δείν' ἰδὼν ἄντρων ἔσω 375
κοὐ πιστά, μύθοις εἰκότ' οὐδ' ἔργοις βροτῶν;

Zeus Hóspede, vê isto; se não vês isso,
ó Zeus, em vão te têm Deus, se não és. 355

[*Primeiro estásimo* (356-374)]

CORO
Abre a boca, ó Ciclope,   Est.
da vasta goela, pois tens prontos
cozidos, assados e de brasa cálidos,
os pedaços dos hóspedes
para devorar, roer, trinchar,
reclinado em lanosas peles caprinas. 360

Não, não me ofereças!   Mesodo
Só a sós locupleta o casco do barco.
Dispense-se este nicho!
Dispense-se o sacrifício distante
de sacrificiais altares, que Ciclope 365
celebra no Etna, feliz a comer
as carnes de seus hóspedes. 369

Sem dó, mísero, quem imola   Ant.
o suplicante da lareira da casa, 371
comendo com sórdidos dentes, 373
mordendo, roendo as carnes 372
cozidas, cálidas da brasa, 374
reclinado na égide velosa.

[*Segundo episódio* (375-494)]

ODISSEU
Ó Zeus, que direi, ao ver terrores incríveis 375
na gruta, símeis a falas, não atos de mortais?

ΧΟΡΟΣ

τί δ' ἔστ', Ὀδυσσεῦ; μῶν τεθοίναται σέθεν
φίλους ἑταίρους ἀνοσιώτατος Κύκλωψ;

ΟΔΥΣΣΕΥΣ

δισσούς γ' ἀθρήσας κἀπιβαστάσας χεροῖν,
οἳ σαρκὸς εἶχον εὐτραφέστατον πάχος. 380

ΧΟΡΟΣ

πῶς, ὦ ταλαίπωρ', ἦτε πάσχοντες τάδε;

ΟΔΥΣΣΕΥΣ

ἐπεὶ πετραίαν τήνδ' ἐσήλθομεν †χθόνα†,
ἀνέκαυσε μὲν πῦρ πρῶτον, ὑψηλῆς δρυὸς
κορμοὺς πλατείας ἐσχάρας βαλὼν ἔπι,
τρισσῶν ἁμαξῶν ὡς ἀγώγιμον βάρος, 385
καὶ χάλκεον λέβητ' ἐπέζεσεν πυρί. 392
ἔπειτα φύλλων ἐλατίνων χαμαιπετῆ 386
ἔστρωσεν εὐνὴν πλησίον πυρὸς φλογί.
κρατῆρα δ' ἐξέπλησεν ὡς δεκάμφορον,
μόσχους ἀμέλξας, λευκὸν ἐσχέας γάλα,
σκύφος τε κισσοῦ παρέθετ' εἰς εὖρος τριῶν 390
πήχεων, βάθος δὲ τεσσάρων ἐφαίνετο, 391
ὀβελούς τ', ἄκρους μὲν ἐγκεκαυμένους πυρί, 393
ξεστοὺς δὲ δρεπάνωι τἄλλα, παλιούρου κλάδων,
†Αἰτναῖά τε σφαγεῖα πελέκεων γνάθοις†. 395
ὡς δ' ἦν ἕτοιμα πάντα τῶι θεοστυγεῖ
Ἅιδου μαγείρωι, φῶτε συμμάρψας δύο
ἔσφαζ' ἑταίρων τῶν ἐμῶν, ῥυθμῶι θ' ἑνὶ 399
τὸν μὲν λέβητος ἐς κύτος χαλκήλατον < > 398
τὸν δ' αὖ, τένοντος ἁρπάσας ἄκρου ποδός, 400
παίων πρὸς ὀξὺν στόνυχα πετραίου λίθου
ἐγκέφαλον ἐξέρρανε· καὶ †καθαρπάσας†
λάβρωι μαχαίραι σάρκας ἐξώπτα πυρί,
τὰ δ' ἐς λέβητ' ἐφῆκεν ἕψεσθαι μέλη.

82

CORO
Que é, Odisseu? Será que devorou os teus
caros companheiros o mais ímpio Ciclope?

ODISSEU
Depois de observar e sopesar nas mãos
ambos os de bem nutrida carne densa. 380

CORO
Ó miserando, como vós sofrestes isso?

ODISSEU
Quando entramos nesta pétrea gruta,
primeiro acendeu o fogo, em vasta lareira
lançando as lascas de altos carvalhos,
qual fardo carregado por três carros, 385
e fez um brônzeo tacho ferver no fogo, 392
depois fez um leito de folhas de abeto 386
solto no chão perto da chama do fogo.
Encheu a cratera capaz de dez ânforas,
ao mungir novilhas e verter alvo leite,
reservou copo de hera de três côvados 390
de largura e de fundura quatro, parecia, 391
e espetos de galhos de paliúro, queimados 393
nas pontas com fogo, raspados com foice,
e vasos de Etna ante o gume do machado. 395
Tudo pronto para o magarefe de Hades,
odioso aos Deuses, ele agarrou dois dos
meus companheiros e imolou: no ritmo, 399
a um, junto à bronzeada boca do tacho, 398
a outro, pego na ponta do tendão do pé, 400
bateu em agudo gume de pétrea rocha,
e fez saltar o cérebro, e após trinchar
com larga faca, assava carnes ao fogo,
e os membros pôs no tacho para cozer.

ἐγὼ δ' ὁ τλήμων δάκρυ' ἀπ' ὀφθαλμῶν χέων 405
ἐχριμπτόμην Κύκλωπι κἀδιακόνουν·
ἄλλοι δ' ὅπως ὄρνιθες ἐν μυχοῖς πέτρας
πτήξαντες εἶχον, αἷμα δ' οὐκ ἐνῆν χροΐ.
ἐπεὶ δ' ἑταίρων τῶν ἐμῶν πλησθεὶς βορᾶς
ἀνέπεσε, φάρυγος αἰθέρ' ἐξανεὶς βαρύν, 410
ἐσῆλθέ μοί τι θεῖον· ἐμπλήσας σκύφος
Μάρωνος αὐτῶι τοῦδε προσφέρω πιεῖν,
λέγων τάδ'· Ὦ τοῦ ποντίου θεοῦ Κύκλωψ,
σκέψαι τόδ' οἷον Ἑλλὰς ἀμπέλων ἄπο
θεῖον κομίζει πῶμα, Διονύσου γάνος. 415
ὁ δ' ἔκπλεως ὢν τῆς ἀναισχύντου βορᾶς
ἐδέξατ' ἔσπασέν <τ'> ἄμυστιν ἑλκύσας
κἀπήινεσ' ἄρας χεῖρα· Φίλτατε ξένων,
καλὸν τὸ πῶμα δαιτὶ πρὸς καλῆι δίδως.
ἡσθέντα δ' αὐτὸν ὡς ἐπηισθόμην ἐγώ, 420
ἄλλην ἔδωκα κύλικα, γιγνώσκων ὅτι
τρώσει νιν οἶνος καὶ δίκην δώσει τάχα.
καὶ δὴ πρὸς ὠιδὰς εἷρπ'· ἐγὼ δ' ἐπεγχέων
ἄλλην ἐπ' ἄλληι σπλάγχν' ἐθέρμαινον ποτῶι.
ἄιδει δὲ παρὰ κλαίουσι συνναύταις ἐμοῖς 425
ἄμουσ', ἐπηχεῖ δ' ἄντρον. ἐξελθὼν δ' ἐγὼ
σιγῆι σὲ σῶσαι κἄμ', ἐὰν βούληι, θέλω.
ἀλλ' εἴπατ' εἴτε χρήιζετ' εἴτ' οὐ χρήιζετε
φεύγειν ἄμεικτον ἄνδρα καὶ τὰ Βακχίου
ναίειν μέλαθρα Ναΐδων νυμφῶν μέτα. 430
ὁ μὲν γὰρ ἔνδον σὸς πατὴρ τάδ' ἤινεσεν·
ἀλλ' ἀσθενὴς γὰρ κἀποκερδαίνων ποτοῦ
ὥσπερ πρὸς ἰξῶι τῆι κύλικι λελημμένος
πτέρυγας ἁλύει· σὺ δέ (νεανίας γὰρ εἶ)
σώθητι μετ' ἐμοῦ καὶ τὸν ἀρχαῖον φίλον 435
Διόνυσον ἀνάλαβ', οὐ Κύκλωπι προσφερῆ.

ΧΟΡΟΣ
ὦ φίλτατ', εἰ γὰρ τήνδ' ἴδοιμεν ἡμέραν

84

Eu, mísero, a verter lágrimas dos olhos, 405
estava perto de Ciclope e a seu serviço;
os outros, quais aves, quedavam pávidos
no fundo da cova, e sem sangue na pele.
Quando, farto da carne de meus colegas,
caiu para trás, a soltar da goela ar forte, 410
ocorreu-me algo divino: cheio o copo
de Máron, ofereço-lhe que dele beba,
assim: "Ó Ciclope filho do Deus marinho,
sabe esta divina poção que a Grécia tem
dos vinhedos, o esplendor de Dioniso." 415
Ele, satisfeito com o impudente repasto,
aceitou, puxou para si e tomou um trago,
ergueu a mão e louvou: "Caríssimo hóspede,
bela poção me dás, além de belo banquete."
Quando percebi que ele tinha gostado, 420
dei-lhe outro copo, consciente de que
o vinho o atingiria e logo seria punido.
E entrou em cantoria; eu, enchendo taça
após taça, aquecia suas vísceras de bebida.
Canta sem Musa, ao lado de meus marujos 425
em pranto, e ressoa a gruta. Saí em silêncio,
e se quiseres, quero salvar-te, a ti e a mim.
Eia, dizei vós se quereis ou não quereis
fugir do varão intratável e na casa de Báquio
ter residência com as ninfas Náiades. 430
O teu pai, lá dentro, assim aprovou;
mas, sem forças e fruindo a bebida,
preso ao copo tal como ao visco,
perde as asas; mas tu, que és jovem,
salva-te comigo e retoma o antigo 435
amigo Dioniso, ímpar de Ciclope.

CORO
Caríssimo, víssemos nós este dia,

Κύκλωπος ἐκφυγόντες ἀνόσιον κάρα.
ὡς διὰ μακροῦ γε †τὸν σίφωνα τὸν φίλον
χηρεύομεν τόνδ' οὐκ ἔχομεν καταφυγήν. [Hermann] 440

ΟΔΥΣΣΕΥΣ
ἄκουε δή νυν ἣν ἔχω τιμωρίαν
θηρὸς πανούργου σῆς τε δουλείας φυγήν.

ΧΟΡΟΣ
λέγ', ὡς Ἀσιάδος οὐκ ἂν ἥδιον ψόφον
κιθάρας κλύοιμεν ἢ Κύκλωπ' ὀλωλότα.

ΟΔΥΣΣΕΥΣ
ἐπὶ κῶμον ἕρπειν πρὸς κασιγνήτους θέλει 445
Κύκλωπας ἡσθεὶς τῶιδε Βακχίου ποτῶι.

ΧΟΡΟΣ
ξυνῆκ'· ἔρημον ξυλλαβὼν δρυμοῖσί νιν
σφάξαι μενοινᾶις ἢ πετρῶν ὦσαι κάτα.

ΟΔΥΣΣΕΥΣ
οὐδὲν τοιοῦτον· δόλιος ἡ προθυμία.

ΧΟΡΟΣ
πῶς δαί; σοφόν τοί σ' ὄντ' ἀκούομεν πάλαι. 450

ΟΔΥΣΣΕΥΣ
κώμου μὲν αὐτὸν τοῦδ' ἀπαλλάξαι, λέγων
ὡς οὐ Κύκλωψι πῶμα χρὴ δοῦναι τόδε,
μόνον δ' ἔχοντα βίοτον ἡδέως ἄγειν.
ὅταν δ' ὑπνώσσηι Βακχίου νικώμενος,
ἀκρεμὼν ἐλαίας ἔστιν ἐν δόμοισί τις, 455
ὃν φασγάνωι τῶιδ' ἐξαποξύνας ἄκρον
ἐς πῦρ καθήσω· κᾆθ' ὅταν κεκαυμένον
ἴδω νιν, ἄρας θερμὸν ἐς μέσην βαλῶ

livres da iníqua cabeça do Ciclope!
Porque viúvo há tempo este nosso
caro sifão, não ocupamos refúgio. [Hermann] 440

ODISSEU
Ouve a minha vingança da fera
perversa e a fuga de tua servidão.

CORO
Diz, não ouviríamos cítara asiática
mais doce do que "morto Ciclope".

ODISSEU
Para a festa ele quer ir a seus irmãos 445
Ciclopes, ébrio desta poção de Báquio.

CORO
Entendi: se o pegas a sós no bosque
queres matá-lo, ou lançar das pedras.

ODISSEU
Nada disso! O empenho é doloso.

CORO
Como? Ouvimos outrora que és hábil. 450

ODISSEU
Afastá-lo dessa festa, dizendo que
não deve dar esta poção aos Ciclopes,
mas tê-la só e levar a vida prazerosa.
Quando dormir, vencido por Báquio,
há um ponteiro de oliveira em casa, 455
que com esta faca agucei na ponta
e levarei ao fogo; e ao vê-lo em brasa,
erguerei e porei quente no meio do olho

Κύκλωπος ὄψιν ὄμμα τ' ἐκτήξω πυρί.
ναυπηγίαν δ' ὡσεί τις ἁρμόζων ἀνὴρ
διπλοῖν χαλινοῖν τρύπανον κωπηλατεῖ,
οὕτω κυκλώσω δαλὸν ἐν φαεσφόρωι
Κύκλωπος ὄψει καὶ συναυανῶ κόρας.

ΧΟΡΟΣ
ἰοὺ ἰού·
γέγηθα μαινόμεσθα τοῖς εὑρήμασιν.

ΟΔΥΣΣΕΥΣ
κἄπειτα καὶ σὲ καὶ φίλους γέροντά τε
νεὼς μελαίνης κοῖλον ἐμβήσας σκάφος
διπλαῖσι κώπαις τῆσδ' ἀποστελῶ χθονός.

ΧΟΡΟΣ
ἔστ' οὖν ὅπως ἂν ὡσπερεὶ σπονδῆς θεοῦ
κἀγὼ λαβοίμην τοῦ τυφλοῦντος ὄμματα
δαλοῦ; πόνου γὰρ τοῦδε κοινωνεῖν θέλω.

ΟΔΥΣΣΕΥΣ
δεῖ γοῦν· μέγας γὰρ δαλός, οὗ ξυλληπτέον.

ΧΟΡΟΣ
ὡς κἂν ἁμαξῶν ἑκατὸν ἀραίμην βάρος,
εἰ τοῦ Κύκλωπος τοῦ κακῶς ὀλουμένου
ὀφθαλμὸν ὥσπερ σφηκιὰν ἐκθύψομεν.

ΟΔΥΣΣΕΥΣ
σιγᾶτέ νυν· δόλον γὰρ ἐξεπίστασαι·
χὤταν κελεύω, τοῖσιν ἀρχιτέκτοσιν
πείθεσθ'. ἐγὼ γὰρ ἄνδρας ἀπολιπὼν φίλους
τοὺς ἔνδον ὄντας οὐ μόνος σωθήσομαι.
[καίτοι φύγοιμ' ἂν κἀκβέβηκ' ἄντρου μυχῶν·

do Ciclope e fundirei o olho com fogo.
Qual um armador ao fazer o navio, 460
com freio duplo remarei o trépano,
assim rodarei a tocha na lucífera
vista do Ciclope e secarei a pupila.

CORO
Ioù ioú!
Rejubilo. Invenções me deixam louco. 465

ODISSEU
E depois a ti, aos amigos e ao velho,
já no casco côncavo de negro navio,
com remo duplo expedirei desta terra.

CORO
Há como, tal qual em libação a Deus,
possa eu pegar a tocha que cega olho? 470
Pois quero participar dessa batalha.

ODISSEU
Deves. Grande é a tocha, cooperes.

CORO
Eu ergueria o peso de cem carros,
se, qual vespas, feríssemos o olho
do Ciclope, para que morra mal. 475

ODISSEU
Calai-vos, pois conheceis o ardil;
e quando eu der ordem, observai
as instruções; se deixar os amigos
que estão dentro, não me salvarei só.
Fugiria, sim, fora do fundo da gruta; 480

ἀλλ' οὐ δίκαιον ἀπολιπόντ' ἐμοὺς φίλους
ξὺν οἷσπερ ἦλθον δεῦρο σωθῆναι μόνον.]

ΧΟΡΟΣ
ἄγε, τίς πρῶτος, τίς δ' ἐπὶ πρώτωι
ταχθεὶς δαλοῦ κώπην ὀχμάσαι.   485
Κύκλωπος ἔσω βλεφάρων ὤσας
λαμπρὰν ὄψιν διακναίσει;
[ὠιδὴ ἔνδοθεν.]
σίγα σίγα. καὶ δὴ μεθύων
ἄχαριν κέλαδον μουσιζόμενος
σκαιὸς ἀπωιδὸς καὶ κλαυσόμενος   490
χωρεῖ πετρίνων ἔξω μελάθρων.
φέρε νιν κώμοις παιδεύσωμεν
τὸν ἀπαίδευτον·
πάντως μέλλει τυφλὸς εἶναι.

μάκαρ ὅστις εὐιάζει   Est. 1
βοτρύων φίλαισι πηγαῖς   496
ἐπὶ κῶμον ἐκπετασθεὶς
φίλον ἄνδρ' ὑπαγκαλίζων,
ἐπὶ δεμνίοις τ' ἄνθος   [Kovacs] 500
χλιδανᾶς ἔχων ἑταίρας
μυρόχριστος λιπαρὸν βό-
στρυχον, αὐδᾶι δέ· Θύραν τίς οἴξει μοι;

ΚΥΚΛΩΨ
παπαπαῖ· πλέως μὲν οἴνου,   Est. 2
γάνυμαι <δὲ> δαιτὸς ἥβαι,
σκάφος ὁλκὰς ὣς γεμισθεὶς   505
ποτὶ σέλμα γαστρὸς ἄκρας.
ὑπάγει μ' ὁ φόρτος εὔφρων

mas não é justo que deixe os amigos
com que vim, e a mim só me salve.

CORO
Eia, quem primeiro, quem depois
posto a erguer o cabo da tocha
empurrará no olho e rasgará 485
a brilhante visão de Ciclope?
[Cantoria vinda de dentro.]
Silêncio, silêncio! Embriagado,
a cantar clamor sem graça.
sinistro, díssono, e chorar 490
vai fora da pétrea morada.
Eia, na festa eduquemos
o sem-educação;
há de ser de todo cego.

[*Segundo estásimo* (495-518)]

CORO
Feliz quem diz "evoé!" Est. 1
com caras fontes de uvas, 496
espalhado após festa,
abraçando o amigo,
tendo no leito a flor [Kovacs] 500
de lasciva colega,
ungidos de mirra luzidios cachos,
canta: "Quem me abrirá a porta?"

CICLOPE
Papapaî! Cheio de vinho, Est. 2
exulto com o vigor do banquete,
repleto, qual navio de carga, 505
até o banco do ventre fundo.
A alegre carga me incita

ἐπὶ κῶμον ἦρος ὥραις
ἐπὶ Κύκλωπας ἀδελφούς.
φέρε μοι, ξεῖνε, φέρ', ἀσκὸν ἔνδος μοι.   510

ΧΟΡΟΣ
καλὸν ὄμμασιν δεδορκὼς   Est. 3
καλὸς ἐκπερᾶι μελάθρων.
< κελαδῶν·> φιλεῖ τις ἡμᾶς.   [Kovacs]
λύχνα δ' ἀμμένειν ἔασον·   [Kovacs]
χρόα χὼς† τέρεινα νύμφα   515
δροσερῶν ἔσωθεν ἄντρων.
στεφάνων δ' οὐ μία χροιὰ
περὶ σὸν κρᾶτα τάχ' ἐξομιλήσει.

ΟΔΥΣΣΕΥΣ
Κύκλωψ, ἄκουσον· ὡς ἐγὼ τοῦ Βακχίου
τούτου τρίβων εἴμ', ὃν πιεῖν ἔδωκά σοι.   520

ΚΥΚΛΩΨ
ὁ Βάκχιος δὲ τίς; θεὸς νομίζεται;

ΟΔΥΣΣΕΥΣ
μέγιστος ἀνθρώποισιν ἐς τέρψιν βίου.

ΚΥΚΛΩΨ
ἐρυγγάνω γοῦν αὐτὸν ἡδέως ἐγώ.

ΟΔΥΣΣΕΥΣ
τοιόσδ' ὁ δαίμων· οὐδένα βλάπτει βροτῶν.

ΚΥΚΛΩΨ
θεὸς δ' ἐν ἀσκῶι πῶς γέγηθ' οἴκους ἔχων;   525

à festa em horas vernais
junto aos irmãos Ciclopes.
Eia, hóspede, dá-me o odre. 510

CORO
Belo o olhar brilhante, Est. 3
belo ele sai do palácio,
celebrando. Alguém nos ama. [Kovacs]
Deixa a tocha esperar, [Kovacs]
qual noiva de pele tenra, 515
dentro da úmida gruta.
Não só a cor de coroas
logo cercará tua cabeça.

[*Terceiro episódio* (519-607)]

ODISSEU
Ouve, Ciclope, que sou experiente
desse Báquio, que te dei de beber. 520

CICLOPE
Quem é o Báquio? Suposto Deus?

ODISSEU
O maior para o prazer da vida humana.

CICLOPE
Vomito-o, pois, eu, com prazer.

ODISSEU
Tal é o Nume. Não lesa mortais.

CICLOPE
Deus em odre, como gosta de casa? 525

ΟΔΥΣΣΕΥΣ
ὅπου τιθῆι τις, ἐνθάδ' ἐστὶν εὐπετής.

ΚΥΚΛΩΨ
οὐ τοὺς θεοὺς χρὴ σῶμ' ἔχειν ἐν δέρμασιν.

ΟΔΥΣΣΕΥΣ
τί δ', εἴ σε τέρπει γ'; ἢ τὸ δέρμα σοι πικρόν;

ΚΥΚΛΩΨ
μισῶ τὸν ἀσκόν· τὸ δὲ ποτὸν φιλῶ τόδε.

ΟΔΥΣΣΕΥΣ
μένων νυν αὐτοῦ πῖνε κεὐθύμει, Κύκλωψ.   530

ΚΥΚΛΩΨ
οὐ χρή μ' ἀδελφοῖς τοῦδε προσδοῦναι ποτοῦ;

ΟΔΥΣΣΕΥΣ
ἔχων γὰρ αὐτὸς τιμιώτερος φανῆι.

ΚΥΚΛΩΨ
διδοὺς δὲ τοῖς φίλοισι χρησιμώτερος.

ΟΔΥΣΣΕΥΣ
πυγμὰς ὁ κῶμος λοίδορόν τ' ἔριν φιλεῖ.

ΚΥΚΛΩΨ
μεθύω μέν, ἔμπας δ' οὔτις ἂν ψαύσειέ μου.   535

ΟΔΥΣΣΕΥΣ
ὦ τᾶν, πεπωκότ' ἐν δόμοισι χρὴ μένειν.

ΚΥΚΛΩΨ
ἠλίθιος ὅστις μὴ πιὼν κῶμον φιλεῖ.

ODISSEU
Onde se põe, aí está bem quieto.

CICLOPE
Deuses não devem ter corpo em peles.

ODISSEU
Por quê? Se gostas? Ou a pele te pica?

CICLOPE
Odeio o odre, mas amo esta bebida.

ODISSEU
Permanece aí, bebe e exulta, Ciclope. 530

CICLOPE
Não devo dar desta poção aos irmãos?

ODISSEU
Mantendo-a, parecerás mais valoroso.

CICLOPE
Concedendo-a, mais útil aos amigos.

ODISSEU
A festa ama pugnas e injuriosas rixas.

CICLOPE
Ébrio, sim; todavia, ninguém me tocará. 535

ODISSEU
Ô tân! Bêbado deves ficar em casa.

CICLOPE
Estulto é quem não ama festa bêbado.

ΟΔΥΣΣΕΥΣ
ὃς δ' ἂν μεθυσθείς γ' ἐν δόμοις μείνηι σοφός.

ΚΥΚΛΩΨ
τί δρῶμεν, ὦ Σιληνέ; σοὶ μένειν δοκεῖ;

ΣΙΛΗΝΟΣ
δοκεῖ· τί γὰρ δεῖ συμποτῶν ἄλλων, Κύκλωψ;　　　　　　　540

ΟΔΥΣΣΕΥΣ
καὶ μὴν λαχνῶδές γ' οὖδας ἀνθηρᾶς χλόης.

ΣΙΛΗΝΟΣ
καὶ πρός γε θάλπος ἡλίου πίνειν καλόν.
κλίθητί νύν μοι πλευρὰ θεὶς ἐπὶ χθονός.

ΚΥΚΛΩΨ
ἰδού.
τί δῆτα τὸν κρατῆρ' ὄπισθ' ἐμοῦ τίθης;　　　　　　　545

ΣΙΛΗΝΟΣ
ὡς μὴ παριών τις καταβάληι.

ΚΥΚΛΩΨ
　　　　　　　　　　πίνειν μὲν οὖν
κλέπτων σὺ βούληι· κάθες αὐτὸν ἐς μέσον.
σὺ δ', ὦ ξέν', εἰπὲ τοὔνομ' ὅτι σε χρὴ καλεῖν.

ΟΔΥΣΣΕΥΣ
Οὖτιν· χάριν δὲ τίνα λαβών σ' ἐπαινέσω;

ΚΥΚΛΩΨ
πάντων σ' ἑταίρων ὕστερον θοινάσομαι.　　　　　　　550

96

ODISSEU
Quem bêbado fica em casa é sábio.

CICLOPE
Que faremos, ó Sileno? Pensas ficar?

SILENO
Penso. Por que outros bêbados, Ciclope? 540

ODISSEU
Veloso é, sim, o chão de florida relva.

SILENO
E perante o calor do sol é bom beber.
Deita-te perto com o flanco no chão.

CICLOPE
Idoú!
Por que pões a cratera atrás de mim? 545

SILENO
Não a derrubem, ao passar.

CICLOPE
                    Queres
tu beber furtivo. Põe bem no meio.
Diz, hóspede, o nome de te chamar.

ODISSEU
Ninguém. Por que graça te louvarei?

CICLOPE
Último de todos, serás meu banquete. 550

ΣΙΛΗΝΟΣ
καλόν γε τὸ γέρας τῶι ξένωι δίδως, Κύκλωψ.

ΚΥΚΛΩΨ
οὗτος, τί δρᾶις; τὸν οἶνον ἐκπίνεις λάθραι;

ΣΙΛΗΝΟΣ
οὔκ, ἀλλ' ἔμ' οὗτος ἔκυσεν ὅτι καλὸν βλέπω.

ΚΥΚΛΩΨ
κλαύσηι, φιλῶν τὸν οἶνον οὐ φιλοῦντα σέ.

ΣΙΛΗΝΟΣ
οὐ μὰ Δί', ἐπεί μού φησ' ἐρᾶν ὄντος καλοῦ. 555

ΚΥΚΛΩΨ
ἔγχει, πλέων δὲ τὸν σκύφον δίδου μόνον.

ΣΙΛΗΝΟΣ
πῶς οὖν κέκραται; φέρε διασκεψώμεθα.

ΚΥΚΛΩΨ
ἀπολεῖς· δὸς οὕτως.

ΣΙΛΗΝΟΣ
     οὐ μὰ δί', οὐ πρὶν ἄν γέ σε
στέφανον ἴδω λαβόντα γεύσωμαί τ' ἔτι.

ΚΥΚΛΩΨ
οἰνοχόος ἄδικος.

ΣΙΛΗΝΟΣ
     <οὐ> μὰ δί', ἀλλ' οἶνος γλυκύς. 560
ἀπομακτέον δέ σοὐστὶν ὡς λήψηι πιεῖν.

SILENO
Belo prêmio dás ao hóspede, Ciclope.

CICLOPE
Que fazes? Bebes o vinho à socapa?

SILENO
Não, ele me beijou, por me ver belo.

CICLOPE
Ai, se amas o vinho que não te ama.

SILENO
Não, Zeus! Diz amar-me por ser belo. 555

CICLOPE
Verte, serve tu somente o copo cheio.

SILENO
Como está a mistura? Examinemos!

CICLOPE
Morrerás, dá já!

SILENO
       Não, Zeus, não antes
que te veja pegar coroa e que prove algo.

CICLOPE
Copeiro injusto.

SILENO
       Ó Zeus, vinho doce. 560
Deves limpar-te para tomares a bebida.

ΚΥΚΛΩΨ
ἰδού, καθαρὸν τὸ χεῖλος αἱ τρίχες τέ μου.

ΣΙΛΗΝΟΣ
θές νυν τὸν ἀγκῶν' εὐρύθμως κᾆιτ' ἔκπιε,
ὥσπερ μ' ὁρᾶις πίνοντα χὥσπερ οὐκ ἐμέ.

ΚΥΚΛΩΨ
ἆ ἆ, τί δράσεις;

ΣΙΛΗΝΟΣ
    ἡδέως ἡμύστισα.

ΚΥΚΛΩΨ
λάβ', ὦ ξέν', αὐτὸς οἰνοχόος τέ μοι γενοῦ.

ΟΔΥΣΣΕΥΣ
γιγνώσκεται γοῦν ἄμπελος τἠμῆι χερί.

ΚΥΚΛΩΨ
φέρ' ἔγχεόν νυν.

ΟΔΥΣΣΕΥΣ
    ἐγχέω, σίγα μόνον.

ΚΥΚΛΩΨ
χαλεπὸν τόδ' εἶπας, ὅστις ἂν πίνηι πολύν.

ΟΔΥΣΣΕΥΣ
ἰδού, λαβὼν ἔκπιθι καὶ μηδὲν λίπηις·
συνεκθανεῖν δὲ σπῶντα χρὴ τῶι πώματι.

ΚΥΚΛΩΨ
παπαῖ, σοφόν γε τὸ ξύλον τῆς ἀμπέλου.

CICLOPE
Eis limpa minha boca e meus cabelos.

SILENO
Põe o cotovelo bem cômodo, e bebe
como me vês beber — e como não mais.

CICLOPE
Â â! Que farás?

SILENO
                Bebi com prazer. 565

CICLOPE
Eia, hóspede, sê tu o meu copeiro.

ODISSEU
A vinha é conhecida de minha mão.

CICLOPE
Eia, serve!

ODISSEU
            Sirvo, só em silêncio.

CICLOPE
Difícil tua fala para bom bebedor.

ODISSEU
Eis, toma, bebe, não deixes nada! 570
Urge morrer junto ao fruir a poção.

CICLOPE
Papaî! Sábio é o lenho da videira.

ΟΔΥΣΣΕΥΣ
κἂν μὲν σπάσηις γε δαιτὶ πρὸς πολλῆι πολύν,
τέγξας ἄδιψον νηδύν, εἰς ὕπνον βαλεῖ,
ἢν δ' ἐλλίπηις τι, ξηρανεῖ σ' ὁ Βάκχιος. 575

ΚΥΚΛΩΨ
ἰοὺ ἰού·
ὡς ἐξένευσα μόγις· ἄκρατος ἡ χάρις.
ὁ δ' οὐρανός μοι συμμεμειγμένος δοκεῖ
τῆι γῆι φέρεσθαι, τοῦ Διός τε τὸν θρόνον
λεύσσω τὸ πᾶν τε δαιμόνων ἁγνὸν σέβας. 580
οὐκ ἂν φιλήσαιμ'· αἱ Χάριτες πειρῶσί με.
ἅλις· Γανυμήδη τόνδ' ἔχων ἀναπαύσομαι
κάλλιον ἢ τὰς Χάριτας. ἥδομαι δέ πως
τοῖς παιδικοῖσι μᾶλλον ἢ τοῖς θήλεσιν.

ΣΙΛΗΝΟΣ
ἐγὼ γὰρ ὁ Διός εἰμι Γανυμήδης, Κύκλωψ; 585

ΚΥΚΛΩΨ
ναὶ μὰ Δί', ὃν ἁρπάζω γ' ἐγὼ 'κ τῆς Δαρδάνου.

ΣΙΛΗΝΟΣ
ἀπόλωλα, παῖδες· σχέτλια πείσομαι κακά.

ΚΥΚΛΩΨ
μέμφηι τὸν ἐραστὴν κἀντρυφᾶις πεπωκότι;

ΣΙΛΗΝΟΣ
οἴμοι· πικρότατον οἶνον ὄψομαι τάχα.

ΟΔΥΣΣΕΥΣ
ἄγε δή, Διονύσου παῖδες, εὐγενῆ τέκνα, 590
ἔνδον μὲν ἀνήρ· τῶι δ' ὕπνωι παρειμένος
τάχ' ἐξ ἀναιδοῦς φάρυγος ὠθήσει κρέα.

102

ODISSEU

Se fruíres banquete vasto, após vasto,
molhado o ventre sem sede, terás sono,
mas se deixares algo, o Báquio te secará. 575

CICLOPE

Ioù ioú!
Saciei-me a custo, pura é a graça.
Parece-me que o Céu se move
unido à Terra, e vejo o trono de Zeus
e toda a santa majestade de Numes. 580
Não beijaria? As Graças me tentam.
Basta. Dormirei com este Ganimedes
mais belo que as Graças. Eu gosto
mais de garotos do que de fêmeas.

SILENO

Sou eu o Ganimedes de Zeus, Ciclope? 585

CICLOPE

Sim, oh Zeus, eu te rapto de Dárdano!

SILENO

Danei-me, filhos, terei míseros males.

CICLOPE

Reprovas o amante e zombas de bêbado?

SILENO

Ai de mim, picante vinho logo verei!

ODISSEU

Eia, filhos de Dioniso, nobre prole, 590
ele está em casa; e entregue ao sono,
logo impudente regurgitará carnes.

δαλὸς δ' ἔσωθεν αὐλίων †ὠθεῖ† καπνὸν
παρευτρέπισται, κοὐδὲν ἄλλο πλὴν πυροῦν
Κύκλωπος ὄψιν· ἀλλ' ὅπως ἀνὴρ ἔσηι. 595

ΧΟΡΟΣ
πέτρας τὸ λῆμα κἀδάμαντος ἕξομεν.
χώρει δ' ἐς οἴκους πρίν τι τὸν πατέρα παθεῖν
ἀπάλαμνον· ὥς σοι τἀνθάδ' ἐστὶν εὐτρεπῆ.

ΟΔΥΣΣΕΥΣ
Ἥφαιστ', ἄναξ Αἰτναῖε, γείτονος κακοῦ
λαμπρὸν πυρώσας ὄμμ' ἀπαλλάχθηθ' ἅπαξ, 600
σύ τ', ὦ μελαίνης Νυκτὸς ἐκπαίδευμ', Ὕπνε,
ἄκρατος ἐλθὲ θηρὶ τῶι θεοστυγεῖ,
καὶ μὴ 'πὶ καλλίστοισι Τρωϊκοῖς πόνοις
αὐτόν τε ναύτας τ' ἀπολέσητ' Ὀδυσσέα
ὑπ' ἀνδρὸς ὧι θεῶν οὐδὲν ἢ βροτῶν μέλει. 605
ἢ τὴν τύχην μὲν δαίμον' ἡγεῖσθαι χρεών,
τὰ δαιμόνων δὲ τῆς τύχης ἐλάσσονα.

ΧΟΡΟΣ
λήψεται τὸν τράχηλον
ἐντόνως ὁ καρκίνος
τοῦ ξενοδαιτυμόνος· πυρὶ γὰρ τάχα 610
φωσφόρους ὀλεῖ κόρας.
ἤδη δαλὸς ἠνθρακωμένος
κρύπτεται ἐς σποδιάν, δρυὸς ἄσπετον 615
ἔρνος. ἀλλ' ἴτω Μάρων, πρασσέτω,
μαινομένου 'ξελέτω βλέφαρον
Κύκλωπος, ὡς πίηι κακῶς.
κἀγὼ τὸν φιλοκισσοφόρον Βρόμιον 620
ποθεινὸν εἰσιδεῖν θέλω,

A tocha dentro do abrigo solta fumo
pronta, e não há mais que abrasar
a visão do Ciclope, mas sejas bravo.   595

CORO
O lema da pedra e do aço teremos.
Vai para casa, antes que o pai padeça
indefeso; assim tens pronto lá dentro.

ODISSEU
Hefesto, rei do Etna, abrasa o brilhante
olho de mau vizinho, e livra-te enfim.   600
Tu, ó prole de Noite negra, ó Sono,
vem puro à fera odiosa aos Deuses,
após belíssimas batalhas em Troia,
não destruais Odisseu e os marujos,
por varão ínscio de Deuses e mortais;   605
ou deve-se considerar a sorte Nume,
e o poder de Numes menor que a sorte.

[*Terceiro estásimo* (608-624)]

CORO
Tensa, a tenaz
pegará a cerviz
do canibal, pois logo com fogo   610
destruirá lucíferas pupilas.
Já o tição em brasa
oculta-se na cinza, imenso ramo   615
de carvalho. Eia, vá, Máron, mãos à obra,
arranca o olho do louco
Ciclope, que beba mal!
Eu ainda ao hederífero Brômio   620
saudoso quero ver,

Κύκλωπος λιπὼν ἐρημίαν·
ἆρ' ἐς τοσόνδ' ἀφίξομαι;

ΟΔΥΣΣΕΥΣ
σιγᾶτε πρὸς θεῶν, θῆρες, ἡσυχάζετε, 625
συνθέντες ἄρθρα στόματος· οὐδὲ πνεῖν ἐῶ,
οὐ σκαρδαμύσσειν οὐδὲ χρέμπτεσθαί τινα,
ὡς μὴ 'ξεγερθῆι τὸ κακόν, ἔστ' ἂν ὄμματος
ὄψις Κύκλωπος ἐξαμιλληθῆι πυρί.

ΧΟΡΟΣ
σιγῶμεν ἐγκάψαντες αἰθέρα γνάθοις.

ΟΔΥΣΣΕΥΣ
ἄγε νυν ὅπως ἅψεσθε τοῦ δαλοῦ χεροῖν 630
ἔσω μολόντες· διάπυρος δ' ἐστὶν καλῶς.

ΧΟΡΟΣ
οὔκουν σὺ τάξεις οὕστινας πρώτους χρεὼν
καυτὸν μοχλὸν λαβόντας ἐκκαίειν τὸ φῶς
Κύκλωπος, ὡς ἂν τῆς τύχης κοινώμεθα;

ΧΟΡΟΣ Α
ἡμεῖς μέν ἐσμεν μακροτέρω πρὸ τῶν θυρῶν 635
ἑστῶτες ὠθεῖν ἐς τὸν ὀφθαλμὸν τὸ πῦρ.

ΧΟΡΟΣ Β
ἡμεῖς δὲ χωλοί γ' ἀρτίως γεγενήμεθα.

ΧΟΡΟΣ Α
ταὐτὸν πεπόνθατ' ἆρ' ἐμοί· τοὺς γὰρ πόδας
ἑστῶτες ἐσπάσθημεν οὐκ οἶδ' ἐξ ὅτου.

após a solidão de Ciclope.
Será que tanto obterei?

[*Quarto episódio* (625-654)]

ODISSEU
Calai-vos, por Deuses, feras, acalmai-vos, 625
fechai as juntas da boca, nem soprar deixo,
não deixo piscar o olho, nem pigarrear,
não desperte o perverso, até que a visão
do olho do Ciclope se destrua com fogo.

CORO
Calemos, após sorver o ar nas maxilas.

ODISSEU
Eia, pegai o tição com ambas as mãos, 630
após entrardes; ele está bem afogueado.

CORO
Diz tu quem nas primeiras linhas deve
pegar a abrasada estaca e queimar a luz
de Ciclope, para sermos sócios na sorte.

CORO A
— Nós estamos postos muito longe 635
da porta para pormos fogo no olho.

CORO B
— Nós ficamos há pouco mancos.

CORO A
— O mesmo sofremos, parados
torcemos os pés não sei como.

O Ciclope

ΟΔΥΣΣΕΥΣ
ἑστῶτες ἐσπάσθητε;

ΧΟΡΟΣ Α
                        καὶ τά γ' ὄμματα   640
μέστ' ἐστὶν ἡμῖν κόνεος ἢ τέφρας ποθέν.

ΟΔΥΣΣΕΥΣ
ἄνδρες πονηροὶ κοὐδὲν οἵδε σύμμαχοι.

ΧΟΡΟΣ
ὁτιὴ τὸ νῶτον τὴν ῥάχιν τ' οἰκτίρομεν
καὶ τοὺς ὀδόντας ἐκβαλεῖν οὐ βούλομαι
τυπτόμενος, αὕτη γίγνεται πονηρία;   645
ἀλλ' οἶδ' ἐπωιδὴν Ὀρφέως ἀγαθὴν πάνυ,
ὥστ' αὐτόματον τὸν δαλὸν ἐς τὸ κρανίον
στείχονθ' ὑφάπτειν τὸν μονῶπα παῖδα γῆς.

ΟΔΥΣΣΕΥΣ
πάλαι μὲν ἤιδη σ' ὄντα τοιοῦτον φύσει,
νῦν δ' οἶδ' ἄμεινον. τοῖσι δ' οἰκείοις φίλοις   650
χρῆσθαί μ' ἀνάγκη. χειρὶ δ' εἰ μηδὲν σθένεις,
ἀλλ' οὖν ἐπεγκέλευέ γ', ὡς εὐψυχίαν
φίλων κελευσμοῖς τοῖσι σοῖς κτησώμεθα.

ΧΟΡΟΣ
δράσω τάδ'· ἐν τῶι Καρὶ κινδυνεύσομεν.
κελευσμάτων δ' ἕκατι τυφέσθω Κύκλωψ.   655

ἰὼ ἰώ· γενναιότατ' ὠ-
θεῖτε σπεύδετ', ἐκκαίετε τὰν ὀφρὺν
θηρὸς τοῦ ξενοδαίτα.

ODISSEU
Torcestes, parados?

CORO
              — E os olhos 640
nossos estão cheios de pó, ou cinza.

ODISSEU
Covardes e nulos são estes aliados.

CORO
Por termos dó das costas e do lombo,
e por não querermos perder os dentes,
colididos, isso nos torna covardes? 645
Mas sei canção de Orfeu muito boa,
para que o tição por si mesmo ande
e queime o monocular filho da Terra.

ODISSEU
Há muito sabia que és tal por natureza,
agora sei mais bem. De meus amigos 650
devo servir-me. Se não tens braço forte,
exorta, para que, com tuas exortações,
consigamos ter a valentia dos amigos.

CORO
Farei isso. Arriscaremos o cário.
Com exortações, arda o Ciclope. 655

[*Quarto estásimo (655-662)*]

CORO
Iò ió! Impeli com denodo,
apressai, queimai o olho
da fera que devora hóspede.

τύφετ' ὦ, καίετ' ὦ
τὸν Αἴτνας μηλονόμον.   660
τόρνευ' ἕλκε, μή σ' ἐξοδυνηθεὶς
δράσηι τι μάταιον.

ΚΥΚΛΩΨ
ὤμοι, κατηνθρακώμεθ' ὀφθαλμοῦ σέλας.

ΧΟΡΟΣ
καλός γ' ὁ παιάν· μέλπε μοι τόνδ' αὖ, Κύκλωψ.

ΚΥΚΛΩΨ
ὤμοι μάλ', ὡς ὑβρίσμεθ', ὡς ὀλώλαμεν.   665
ἀλλ' οὔτι μὴ φύγητε τῆσδ' ἔξω πέτρας
χαίροντες, οὐδὲν ὄντες· ἐν πύλαισι γὰρ
σταθεὶς φάραγγος τῆσδ' ἐναρμόσω χέρας.

ΧΟΡΟΣ
τί χρῆμ' αὐτεῖς, ὦ Κύκλωψ;

ΚΥΚΛΩΨ
                    ἀπωλόμην.

ΧΟΡΟΣ
αἰσχρός γε φαίνηι.

ΚΥΚΛΩΨ
                    κἀπὶ τοῖσδέ γ' ἄθλιος.   670

ΧΟΡΟΣ
μεθύων κατέπεσες ἐς μέσους τοὺς ἄνθρακας;

Fumegai, oh, queimai, oh,
pastor de ovelhas do Etna.   660
Torce, puxa, que por dor
ele não te faça nada vão.

[*Quinto episódio* (668-709)]

CICLOPE
Ai! Abrasam-me o brilho do olho.

CORO
Belo peã! Canta-o de novo, Ciclope!

CICLOPE
Ai, ainda! Que ultraje sofremos, que dano!   665
Eia, que não fujais fora desta gruta
impunes, nem vivos, pois eu de pé
porei aptas mãos às portas desta penha.

CORO
O que clamas, ó Ciclope?

CICLOPE
                Danei-me.

CORO
Pareces feio.

CICLOPE
          E além disso, infeliz.   670

CORO
Bêbado, caíste no meio das brasas?

ΚΥΚΛΩΨ
Οὖτίς μ' ἀπώλεσ'.

ΧΟΡΟΣ
                οὐκ ἄρ' οὐδείς <σ'> ἠδίκει.

ΚΥΚΛΩΨ
Οὖτίς με τυφλοῖ βλέφαρον.

ΧΟΡΟΣ
                οὐκ ἄρ' εἶ τυφλός.

ΚΥΚΛΩΨ
†ὧς δὴ σύ†.

ΧΟΡΟΣ
            καὶ πῶς σ' οὔτις ἂν θείη τυφλόν;

ΚΥΚΛΩΨ
σκώπτεις. ὁ δ' Οὖτις ποῦ 'στιν;

ΧΟΡΟΣ
                  οὐδαμοῦ, Κύκλωψ.   675

ΚΥΚΛΩΨ
ὁ ξένος ἵν' ὀρθῶς ἐκμάθηις μ' ἀπώλεσεν,
ὁ μιαρός, ὅς μοι δοὺς τὸ πῶμα κατέκλυσεν.

ΧΟΡΟΣ
δεινὸς γὰρ οἶνος καὶ παλαίεσθαι βαρύς.

ΚΥΚΛΩΨ
πρὸς θεῶν, πεφεύγασ' ἢ μένουσ' ἔσω δόμων;

112

CICLOPE
Ninguém me lesou.

CORO
              Ora, não te lesavam.

CICLOPE
Ninguém me cega.

CORO
              Ora, não estás cego.

CICLOPE
Como tu.

CORO
        E como ninguém te cegaria?

CICLOPE
Zombas. Onde está Ninguém?

CORO
                  Nenhures.   675

CICLOPE
O hóspede, que saibas certo, lesou-me,
o biltre que, ao me dar a poção, inundou.

CORO
Terrível é o vinho, e forte na peleja.

CICLOPE
Por Deuses, fugiram ou estão em casa?

ΧΟΡΟΣ
οὗτοι σιωπῆι τὴν πέτραν ἐπήλυγα 680
λαβόντες ἑστήκασι.

ΚΥΚΛΩΨ
    ποτέρας τῆς χερός;

ΧΟΡΟΣ
ἐν δεξιᾶι σου.

ΚΥΚΛΩΨ
   ποῦ;

ΧΟΡΟΣ
    πρὸς αὐτῆι τῆι πέτραι.
ἔχεις;

ΚΥΚΛΩΨ
 κακόν γε πρὸς κακῶι· τὸ κρανίον
παίσας κατέαγα.

ΧΟΡΟΣ
    καί σε διαφεύγουσί γε.

ΚΥΚΛΩΨ
οὐ τῆιδέ πηι, τῆιδ' εἶπας;

ΧΟΡΟΣ
     οὔ· ταύτηι λέγω. 685

ΚΥΚΛΩΨ
πῆι γάρ;

ΧΟΡΟΣ
  περιάγου κεῖσε, πρὸς τἀριστερά.

114

CORO
Eles em silêncio permanecem agarrados
à pedra umbrosa.

CICLOPE
        Em qual das mãos?

CORO
À tua destra.

CICLOPE
        Onde?

CORO
        Junto à pedra.
Tens?

CICLOPE
    Mal após mal. Bati e quebrei
a cabeça.

CORO
        E eles aí te escaparam.

CICLOPE
Não disseste por aqui?

CORO
        Não, por ali.

CICLOPE
Por onde?

CORO
        Volta por lá, pela esquerda.

ΚΥΚΛΩΨ
οἴμοι γελῶμαι· κερτομεῖτέ μ' ἐν κακοῖς.

ΧΟΡΟΣ
ἀλλ' οὐκέτ', ἀλλὰ πρόσθεν οὗτός ἐστι σοῦ.

ΚΥΚΛΩΨ
ὦ παγκάκιστε, ποῦ ποτ' εἶ;

ΟΔΥΣΣΕΥΣ
      τηλοῦ σέθεν
φυλακαῖσι φρουρῶ σῶμ' Ὀδυσσέως τόδε.   690

ΚΥΚΛΩΨ
πῶς εἶπας; ὄνομα μεταβαλὼν καινὸν λέγεις.

ΟΔΥΣΣΕΥΣ
ὅπερ μ' ὁ φύσας ὠνόμαζ' Ὀδυσσέα.
δώσειν δ' ἔμελλες ἀνοσίου δαιτὸς δίκας·
καλῶς γὰρ ἂν Τροίαν γε διεπυρώσαμεν
εἰ μή σ' ἑταίρων φόνον ἐτιμωρησάμην.   695

ΚΥΚΛΩΨ
αἰαῖ· παλαιὸς χρησμὸς ἐκπεραίνεται·
τυφλὴν γὰρ ὄψιν ἐκ σέθεν σχήσειν μ' ἔφη
Τροίας ἀφορμηθέντος. ἀλλὰ καὶ σέ τοι
δίκας ὑφέξειν ἀντὶ τῶνδ' ἐθέσπισεν,
πολὺν θαλάσσηι χρόνον ἐναιωρούμενον.   700

ΟΔΥΣΣΕΥΣ
κλαίειν σ' ἄνωγα· καὶ δέδραχ' ὅπερ λέγω.
ἐγὼ δ' ἐπ' ἀκτὰς εἶμι καὶ νεὼς σκάφος
ἥσω 'πὶ πόντον Σικελὸν ἔς τ' ἐμὴν πάτραν.

CICLOPE
Ai, rides. Insultais-me nos males.

CORO
Não ainda, mas ele está diante de ti.

CICLOPE
Ó perverso, onde estás?

ODISSEU
      Longe de ti,
em guarda vigio este corpo de Odisseu.   690

CICLOPE
Que dizes? Mudado dizes nome novo?

ODISSEU
Odisseu o nome que meu pai me deu.
Devias ser punido por ímpio banquete,
pois bem teríamos posto fogo em Troia,
se morte de colegas não te puníssemos.   695

CICLOPE
Aiaî! Antigo oráculo se cumpre;
disse que por ti eu teria olho cego,
vindo de Troia. Mas ainda vaticinou
que por isso tu sofrerias punição,
por muito tempo à deriva no mar.   700

ODISSEU
Mando-te prantear; e digo que fiz.
Eu irei à praia, e moverei o navio
ao mar Siciliano e à minha pátria.

ΚΥΚΛΩΨ

οὐ δῆτ', ἐπεί σε τῆσδ' ἀπορρήξας πέτρας
αὐτοῖσι συνναύταισι συντρίψω βαλών.   705
ἄνω δ' ἐπ' ὄχθον εἶμι, καίπερ ὢν τυφλός,
δι' ἀμφιτρῆτος τῆσδε προσβαίνων ποδί.

ΧΟΡΟΣ

ἡμεῖς δὲ συνναῦταί γε τοῦδ' Ὀδυσσέως
ὄντες τὸ λοιπὸν Βακχίωι δουλεύσομεν.

CICLOPE

Não! Partida esta pedra, lançada,
eu te esmagarei e aos marinheiros.   705
Irei monte acima, ainda que cego,
subindo a pé através deste túnel.

CORO

Nós, marinheiros deste Odisseu,
doravante serviremos a Báquio.

ALCESTE

A partilha de Zeus

Jaa Torrano

Alceste, representada em 438 a.C., é a mais antiga das tragédias de Eurípides que nos chegaram completas, e reflete na condição de mortal, na distinção entre a vida dos homens e a dos Deuses, e nas necessárias implicações dessa distinção.

A tragédia *Alceste* de Eurípides e os mitos hesiódicos de Prometeu têm em comum a mesma perplexidade perante os limites distintivos e definitivos dos Deuses e dos homens. Recorrendo à imagem hesiódica, pode-se dizer que o tema desta tragédia é a participação dos homens na partilha da opulência entre os Deuses. Como na *Teogonia* hesiódica, nesta tragédia, a partilha é presidida por Zeus, e assim essa distinção entre mortais e imortais é um aspecto inevitável e incontornável da ordenação hierárquica presidida e imposta por Zeus ao panteão e à totalidade dos seres.

O prólogo — composto de duas partes: o monólogo de Apolo e o diálogo entre Apolo e Morte — configura uma unidade enantiológica de ambos os Deuses, o luminoso *Phoîbos*, vernaculizado "Febo" (*Phoîbe*, v. 30), e o sombrio *Thánatos*, traduzido "Morte" (*Thánaton*, v. 24), e assim define a ambígua condição dos mortais no jogo inerente a essa unidade enantiológica dos Deuses Apolo, dito *Phoîbos*, "Luminoso", e *Thánatos*, "Morte", filha da Noite tenebrosa.

Na primeira cena, Apolo interpela a casa de Admeto com o afeto de nela ter convivido como servo, guardador dos rebanhos de seu hospedeiro, e declara que Zeus está na origem desse exílio no qual se deu o seu convívio com Admeto, o dono da casa: por Zeus ter matado Asclépio, o filho de Apolo, Apolo em fúria matou os Ciclopes fabricantes da arma com que Zeus matou Asclépio, e por isso Zeus, em represália, obrigou Apolo a servir como guardador de rebanhos na casa de Admeto (vv. 1-9). O coro diz na segunda antístrofe do párodo a razão de Zeus matar Asclépio: este "ressuscitava" os mortos, antes de Zeus destruí-lo com o raio (vv. 123-9). A razão de Zeus matar Asclépio é, pois, a necessidade de distinguir Deuses e homens; Asclépio, filho de Apolo, apagava essa distinção.

A reverente piedade de Apolo, correspondente à correlata reverente piedade de Admeto, quando um era hóspede do outro, duplica-se em dolo, quando Apolo engana Partes (*Moíras*, v. 12), em favor de seu hospitaleiro amigo Admeto. Apolo persuade as Deusas Partes a aceitarem outro morto em vez de Admeto, se alguém se dispusesse a morrer por ele (vv. 12-4).

Na tragédia *Eumênides* de Ésquilo, o coro homônimo das filhas da Noite acusa Apolo de persuadir as Deusas Partes[24] a tornarem os mortais imortais. Pode-se dizer que, nesse drama de Ésquilo, essa acusação contra Apolo cessa de ter importância, no final do julgamento, com a vitória da causa de Apolo; mas, nesta tragédia de Eurípides, ao contrário, o dolo de Apolo contra as Deusas Partes em benefício de Admeto se revela tão contraproducente quanto, nos mitos hesiódicos de Prometeu, a tentativa por Prometeu de trapacear o sentido de Zeus em benefício dos homens.[25] Pode-se dizer que ambas as tentativas de dolo — a de Apolo contra Partes e a de Prometeu contra o sentido de Zeus — são contraproducentes não só por não abolir a distinção entre os Deuses e os homens, mas ainda pela contrapartida dos sofrimentos dos mortais.

O dolo de Apolo reside em tentar ganhar dos sombrios Deuses ínferos uma participação maior nos luminosos Deuses súperos para um dos mortais, Admeto, seu amigo hospitaleiro. Apolo persuade Partes a preservarem Admeto, permitindo uma permuta, se alguém se dispusesse a morrer por ele. Nem o pai, nem a mãe de Admeto se dispõem a morrer por Admeto, mas, sim, Alceste, sua esposa. Alceste assim se torna digna de honras heroicas e de veneração devidas aos Deuses ínferos. No entanto, essa mesma permuta, proposta e defendida por Apolo, a favor de Admeto, implica, para Admeto, a morte em vida e o desejo de morrer. No dia de Alceste morrer, Apolo sobranceiro diante da casa de Admeto não abandona a defesa da casa que lhe é cara, sem defrontar Morte.

---

[24] *Moíras*, Ésquilo, *Eumênides*, v. 724.

[25] Cf. Hesíodo, *Teogonia*, vv. 507-616; *Os trabalhos e os dias*, vv. 42-105.

Na segunda cena, Morte — surpresa (*â â!*, v. 28) ao encontrar Apolo armado de arco diante da casa de Admeto — acusa-o de ser "injusto com as honras dos ínferos" (v. 30), por ter iludido as Deusas Partes com dolosa arte, "e sem justiça dar auxílio a esta casa" (v. 41). A Deusa Morte entende a tentativa de preservar a vida dos mortais como injustiça e transgressão contra as honras dos Deuses ínferos, e defende resolutamente suas próprias prerrogativas.

Impossibilitado de persuadir Morte a retroceder sem levar a mulher que lhe fora prometida, Apolo ousa afrontar Morte com a predição de que um hóspede de Admeto a obrigará a fazer igualmente o que agora lhe é pedido, sem que então Morte obtenha a gratidão de Apolo por isso, uma vez que ela o fará à força e não por benevolência.

Ante a ameaçadora previsão de Apolo, Morte permanece inabalável em sua resolução de levar consigo aos ínferos a vítima, porque a consagrou no rito da tonsura, quando se corta o pelo do crânio da vítima sacrificial antes da imolação (vv. 72-6).

O párodo reitera, na perspectiva dos mortais, a interpelação do Deus Apolo à casa de Admeto e à presença de Morte, e assim contrasta a altivez e sobranceria do Deus adivinho onisciente com a aflita expectativa, entre mortais, da morte da rainha, de quem se diz ter sido a melhor esposa para o seu marido (vv. 77-85).

Inteiramente voltado para o objeto de sua indagação, o coro não se apresenta a si mesmo e só é identificado como cidadãos de Feras na fala da serva no final do primeiro episódio (v. 212).

No párodo, o primeiro dos dois pares de estrofe e antístrofe (vv. 77-112) elenca os principais itens de rituais funerários e do comportamento esperado perante a morte, enquanto o coro observa o palácio e os possíveis indícios do que está acontecendo. O segundo par de estrofe e antístrofe (vv. 113-30) constata a inevitabilidade da morte, de que não se conhece nenhum sacrifício que nos possa preservar, e, uma vez morto Asclépio, o filho de Apolo, que restituía a vida aos mortos, fulminado pelo raio de Zeus, todos os sacrifícios já feitos se mostraram ineficazes, donde se conclui que para os males da morte não há remédio.

No primeiro episódio, o coro interroga a serva do palácio se a rainha está viva ou morta e ouve uma resposta ambígua (v. 141), cuja duplicidade de sentido prefigura a resposta de Admeto à pergunta de Héracles a respeito de Alceste (vv. 518-22). Essa ambiguidade entre vivo e morto, entre ser e não ser, primeiro prenunciada (v. 141), e depois amplificada (vv. 518-22), configura uma avaliação do que possa ser, para os mortais, a condição de mortais.

Cobrada explicação, a serva diz que a rainha está prostrada e agoniza (v. 143). Ante a violência e inexorabilidade do dia fatídico, o coro reitera o louvor da esposa moribunda e comisera o marido que será viúvo. A serva ecoa o louvor (*hoías hoíos*, v. 144; *eukleés/ arístel aríste*, vv. 150-2), e relata os preparativos, por parte dos servos e da rainha, para as cerimônias funerárias (vv. 149, 158-62). A rainha é a melhor esposa para o seu marido, porque — segundo a serva — nada se mostraria como maior honra ao marido do que consentir em morrer por ele (vv. 154-5). A serva reproduz a prece da moribunda rainha à Deusa Héstia, e descreve o ritual de despedidas executado pela rainha (vv. 158-95). Tendo tudo observado, a serva, concluindo, avalia com o grau de gravidade do inesquecível a dor de Admeto, por ter fugido à sua própria vez de morrer (vv. 197-8). Por fim, a serva diz que comunicará à rainha a presença do coro, identificado enfim como "antigo amigo" do rei (v. 212).

Um traço heroico distingue essa rainha do comum dos mortais: o conhecimento prévio do dia em que ela mesma deve morrer, um aspecto notável de sua participação no Deus Apolo, o Adivinho. A dolorosa ironia reside em que esse conhecimento prévio torna mais pungente o sentimento da perda e mais opressiva a iminência da morte.

O primeiro estásimo tem um só par de estrofe e antístrofe. No párodo, coristas individuais ou semicoros alternavam suas falas, no esforço ansioso de observar o que acontecia no palácio real e investigar a situação da rainha; no primeiro estásimo, coristas individuais ou semicoros, cônscios dessa situação, agora alternam as falas, em busca de recurso ante o impasse da morte anunciada.

A estrofe invoca Zeus, e indaga se haveria algum recurso diante da morte, além do luto e de cerimônias fúnebres; apela ao poder maior dos Deuses; invoca Apolo como rei Peã, o Médico, e suplica-lhe um meio de livrar-se de Morte e de Hades (vv. 213-25).

A antístrofe interpela Admeto — ausente — e não só lamenta a sua dolorosa perda da esposa, mas ainda avalia se os mais terríveis modos de morrer são tão dolorosos, ou menos dolorosos, que essa perda da esposa; e ainda lastima a devastadora doença que leva a melhor esposa ao ctônio Hades sob a terra (vv. 226-37).

O coro constata que as núpcias não alegram mais do que afligem, porque as de Admeto e Alceste trouxeram a morte precoce de Alceste; e prediz que o peso dessa perda de sua esposa imporá a Admeto um luto perene que tornará a sua vida impossível (vv. 238-43).

Inaugurado por essa previsão sombria do coro, o segundo episódio (vv. 238-434) mostra o potencial destrutivo das despedidas dos esposos e do filho Eumelo. Primeiro, Alceste se despede do Sol, da terra, vê birreme barco de Caronte e ouve-lhe a voz, Admeto lamenta cada despedida e interpela a dor "de mau Nume" (*ô dýsdaimon*, v. 258); Alceste invoca o transporte sob o olhar de alado Hades, Admeto lastima a dor comum aos filhos (vv. 259-65); Alceste, perto de Hades e da Noite sombria, despede-se dos filhos; Admeto lastima, diz-se nulo com a morte de Alceste e venerar o amor dela, isto é, o vínculo com ela (*sèn gàr philían sebómestha*, v. 279); Alceste proclama o seu valor, contra a desvalia dos pais de Admeto, e declara a sua última vontade: que os filhos não tenham madrasta (v. 305); Admeto faz votos de ressentimento e ódio contra os pais, e votos de luto e de ilimitada devoção pela esposa moribunda (vv. 336-68); Alceste pede aos filhos testemunho desses votos de Admeto (vv. 371-3), lega os filhos e os cuidados maternos a Admeto, e declara que não vive mais (vv. 374-92); o filho Eumelo e Admeto lamentam (vv. 393-415); e o coro consola argumentando com a necessidade e a universalidade da morte (vv. 416-9); Admeto decreta luto comum a todos os tessálios (vv. 420-34).

O segundo estásimo reitera a ordem das imagens da morte, ressaltando o caráter negativo e destrutivo das despedidas do casal real de Feras. A primeira estrofe situa a rainha perante o cenário sombrio dos ínferos: o palácio de Hades, a morada sem sol, o Deus da cabeleira negra, velho condutor de mortos, lago Aqueronte, lenho birreme (vv. 435-44). A primeira antístrofe prevê que a rainha, depois de morta, será celebrada com cantos em Esparta e Atenas (vv. 445-53). A segunda estrofe manifesta o desejo (impossível) de trazê-la de volta do palácio de Hades, das águas de Cocito; exalta o valor de Alceste, por ter morrido pelo esposo, e considera horrenda a hipótese de Admeto ter outra esposa (vv. 454-66). A segunda antístrofe reitera a acusação de desvalia — já feita pela falecida — contra os pais de Admeto, em contraste com o valor de Alceste.

Por morrer em vez de seu marido, a rainha exige do marido tal reconhecimento que tornaria impossível toda a vida restante do marido, convertida em vazia expectativa da morte, somente aliviada pela interlocução em sonhos com a rainha morta. O coro, porque reconhece o valor conferido à rainha pela renúncia da própria vida em favor do marido, reconhece ainda a validade das últimas exigências da rainha, e assim a indissolubilidade da dívida de luto absoluto contraída pelo rei Admeto. Em suma, o dom de Apolo a seu favorito Admeto, visto como um dolo contra Partes, por permitir a troca da vida do favorito pela de um substituto perante Hades, não preserva a plenitude da vida do favorecido nessa troca, mas antes a esvazia tão completamente de sentido, de modo que, assim preservada, essa vida não merece ser vivida, mas vale muito menos do que a morte mesma.

No terceiro episódio, na primeira cena (vv. 476-508), Héracles, a serviço de Euristeu de Tirinto, passa por Feras, em busca da quadriga de Diomedes da Trácia. O coro diz que o dono da quadriga é filho de Ares e os cavalos "com voracidade devoram varões" (v. 494), e Héracles recorda o caráter irrecusável de sua tarefa e os seus combates anteriores contra filhos de Ares, cujos nomes evocam animais do domínio de Apolo: "Lupino" (*Lykáoni*, v. 503) e "Cisne" (*Kýknoi*, v. 504). "Cisne" é o delinquente que assaltava os peregrinos visitantes de Apolo a caminho de Delfos, morto por Héracles, em missão de Apolo, no poema hesiódico O *Escudo de Héracles*. Essa primeira aparição de Héracles põe em relevo tanto o seu vínculo com seu meio-irmão Apolo quanto um dos traços de seu caráter paradigmático, que confere viabilidade à vida mortal: atitude inarredável de aceitação e de enfrentamento a tarefas aparentemente impossíveis.

Na cena seguinte (vv. 509-50), Admeto saúda Héracles, "filho de Zeus, prole de Perseu" (*Diòs paî*, v. 509); Héracles nota a "tonsura de luto" (*kourâi... penthímoi*, v. 512) e quer saber a identidade do morto, mas Admeto escamoteia a resposta, para fazer Héracles aceitar sua hospitalidade, pois não se hospedaria em um lar enlutado. Héracles faz votos pela saúde dos filhos, mas quando diz que "o pai está no tempo, se está partindo" (*patér ge mèn horaîos, eíper oíkhetai*, v. 516), parece regar inadvertidamente as sementes da cizânia entre filho e pai, plantadas pelas últimas palavras da falecida. Quando indaga a respeito da rainha, Admeto escamoteia a verdade, ocultando de propósito a morte da mulher, com a resposta ambígua: "Morreu se morrerá e ao ser não é mais" (*tethnekh' ho méllon k'anthád'òn ouk ést' éti*, v. 527). A ambiguidade da resposta se vale da situação ambígua da rainha, entre viva e morta, como uma imagem da condição de mortal. Héracles refuta de pronto essa ambiguidade, assinalando clara diferença entre vida e morte como entre ser e não-ser (v. 528). Nessa pronta recusa à confusão entre vida e morte, a meu ver, transparece outro traço do caráter paradigmático de Héracles: herói civilizador e defensor da vida.

Na terceira cena (vv. 551-67), já acolhido Héracles e encaminhado aos aposentos próprios, Admeto justifica a ocultação do luto e recepção do hóspede com o argumento de que fama de mau hospedeiro não diminuiria, mas antes agravaria o seu infortúnio.

No terceiro estásimo, a primeira estrofe interpela o palácio do rei Admeto em Feras e evoca os seus tempos de convivência com Apolo pítio "de bela lira" (*eulýras*, v. 568), que aceitou pastorear, tocar flauta nas colinas e multiplicar o rebanho (vv. 568-77). Após essa evocação que comemora e reatualiza a contemporaneidade da interlocução de Deus e mortal, a primeira antístrofe interpela Febo e evoca a alegria e a dança dos animais selvagens, linces, leões e corças, ao som da cítara do Deus (vv. 579-87). Em consonância, a segunda estrofe descreve a riqueza do palácio e a extensão de seu domínio, limítrofe com a sombria estrebaria do Sol, sob o céu dos molossos, e com o litoral inóspito do monte Pélion no mar Egeu (vv. 588-96).

Em contraste, a segunda antístrofe retorna à presente situação do palácio, quando o rei oculta o luto, em respeito ao dever de hospitalidade com Héracles, e louva a atitude do rei, considerando-a nobre sabedoria e veneração aos Deuses (vv. 597-605).

No quarto episódio, quatro cenas contrastam o comportamento de Héracles — antes e depois de o servo informá-lo dos males presentes na casa de Admeto — com a situação de Admeto e do coro no contexto dos ritos funerários.

Na primeira cena (vv. 606-13), Admeto anuncia e descreve o rito da *ekphorá*, a remoção do féretro da rainha e a procissão e saudações à morta; e o coro anuncia a entrada de Feres, pai de Admeto, com um adorno funerário e aparentemente com intenção de participar dos ritos funerários.

Na segunda cena (vv. 692-33), Feres louva a excelência que Alceste revela ao morrer por seu filho Admeto (vv. 692-28); segue-se o debate (*agón*) entre Admeto, que repele o pai das honras à morta, e Feres, que repele as injúrias do filho, invertendo o sentido de suas acusações; a esticomitia contrapõe as razões e as injúrias (vv. 710-29); Feres parte prevendo represália à morte de Alceste por parte de Acasto, irmão dela (vv. 730-3); Admeto sai para os funerais (vv. 734-40), o coro saúda Alceste e menciona Hermes ctônio, Hades e a noiva de Hades (vv. 741-6). Saem todos, o coro e o rei, para participar da procissão e cumprir os ritos funerários.

Na terceira cena (vv. 747-860), o servo, como se falando à parte consigo mesmo, reprova o comportamento de Héracles como hóspede, a fazer feliz banquete em casa que guarda luto, descrevendo um Héracles personagem de comédia. Por sua vez, Héracles, por não ter ouvido essas veladas reprimendas, reprova o aspecto taciturno e sombrio do servo, e aconselha-o que se goze cada dia como antídoto à inevitabilidade da morte, pois mais do que isso depende da sorte (v. 789), e que se honre a Deusa Cípris (v. 791); convida-o a beber, e sentencia que "mortais devem pensar como mortais" (*óntas thnetoùs thnetà kaì phroneîn khreón*, v. 799). Esses conselhos de Héracles ao servo resumem a sabedoria tradicional, que se dispõe ao alcance dos mortais e que lhes confere viabilidade à vida. Em retribuição, o servo revela a morte da rainha e o caráter escrupuloso da hospitalidade de Admeto; Héracles se informa onde é o túmulo de Alceste e se propõe a salvá-la de "Morte, rainha negrialada dos mortos" por meio de violência, e antecipa, caso perca a presa nessa luta, o plano alternativo de ir "à casa sem sol", persuadir "a donzela e o senhor dos ínferos" (v. 852), e trazê-la de volta ao rei em retribuição pela escrupulosa hospitalidade. O plano alternativo revela relações amistosas do filho de Zeus com os Deuses ínferos; e ambos os planos revelam o caráter divino do herói semideus.

Na quarta cena (vv. 861-961), feitos os funerais, ao retornar à sua casa, Admeto tem horror ao palácio de sua viuvez, inveja os finados e deseja "morar naquele palácio" (v. 867), tal refém Morte levou ao palácio de Hades (vv. 861-72). A propósito, Christiane Sourvinou-Inwood observa que "a expressão ritual do desejo de juntar-se ao falecido era parte do rito funerário grego".[26]

Prossegue o pranto ritual cantado alternadamente por Admeto e o coro (*kommós*, vv. 861-934): na primeira estrofe, o coro consola Admeto, que lastima a dor da perda (vv. 873-8); na primeira antístrofe, o coro consola Admeto, que lastima não estar no Hades, além do lago

---

[26] Christiane Sourvinou-Inwood, *Tragedy and Athenian Religion*, Lanham, Lexington Books, 2003, p. 319.

ctônio (vv. 879-902); na segunda estrofe, o coro consola Admeto (vv. 903-12), que contrasta os presentes funerais com a sua festa de núpcias (vv. 913-25); na segunda antístrofe, o coro conclui o consolo, ressaltando o valor da vida convivida que permanece no vivo e a universalidade da perda pela morte (vv. 926-33). No fecho do quarto episódio, o rei Admeto considera que o Nume da falecida teve melhor sorte que o dele mesmo, porque a falecida está preservada da dor e está livre das fadigas, e constata que ter morrido teria sido melhor que sobreviver à esposa (vv. 935-61).

O quarto estásimo tem dois pares de estrofe e antístrofe. A primeira estrofe descreve como superior aos mortais a força coerciva da Morte (*Anánkes*, v. 965), para a qual não se descobriu, nos escritos trácios, antídoto oriundo de Orfeu, nem se descobriram remédios de Apolo, colhidos pelos médicos, ditos filhos de Asclépio.

A primeira antístrofe descreve a inexorabilidade dessa Deusa, que não ouve preces nem aceita sacrifícios, e associa a inexorabilidade dessa Deusa a Zeus. Entendida *Anánke* como a superioridade coerciva de *Thánatos* ("Morte"), essa associação da Deusa *Anánke* a Zeus Perfectivo (*teleutâi*, v. 979) tem paralelo hesiódico não somente na dupla inserção das "Partes" (*Moîrai*) no catálogo dos filhos da Noite[27] (implicando negatividade) e no catálogo dos filhos de Zeus e Têmis (implicando positividade),[28] mas também na reiterada conclusão de ambas as narrativas hesiódicas do mito de Prometeu: "Não se pode furtar nem transgredir o sentido de Zeus"[29] e "Assim não há como evitar o sentido de Zeus".[30] Segundo essas narrativas, Prometeu, querendo beneficiar os homens em detrimento dos Deuses, reservou-lhes o que lhe parecia a melhor parte na partilha do grande boi: as carnes comestíveis, correlatas e adequadas à vida mortal, deixando a Zeus a escolha dos ossos imputrescíveis, correlatos e adequados à vida imortal. O favorecimento de Prometeu aos homens, bem como o de Apolo a Admeto, implica burlar (ou ignorar) a distinção de Zeus entre mortais e imortais, e traz aos assim favorecidos mais males do que bens.

---

[27] Cf. Hesíodo, *Teogonia*, vv. 217-9.

[28] Cf. Hesíodo, *Teogonia*, vv. 904-6.

[29] Hesíodo, *Teogonia*, v. 613.

[30] Hesíodo, *Os trabalhos e os dias*, v. 105.

Na segunda estrofe, o coro consola Admeto perante a superioridade coerciva da Deusa (subentendido *Anánke*, "Coerção"), alegando a irreversibilidade e universalidade do fenômeno da morte. Perante a coerciva e inelutável presença dessa Deusa, o louvor da falecida como a mais nobre de todas as esposas é o último recurso de sua participação nos Deuses súperos, perpetuada no epitáfio e no epicédio pelo culto funerário.

Na segunda antístrofe, o coro recomenda honrar Alceste "como aos Deuses" e prevê que preces serão dirigidas a ela como a "venturoso Nume". Às cerimônias fúnebres e aos ritos funerários vistos como o último recurso diante da morte, acrescenta-se o perene culto funerário, por inclusão da rainha morta no culto dos Numes e dos Deuses ínferos, como a última e extrema consolação à dor da perda pela morte.

O êxodo tem um sentido misteriosamente ambíguo. Que valem as palavras de Héracles a Admeto a respeito da mulher que se revela uma imagem sem voz da rainha morta? A ambiguidade reside em que a esposa é restituída ao esposo numa efígie símil à falecida, mas sem voz, reduzida ao silêncio; a ambiguidade inerente à imagem dessa muda efígie oscila não somente entre a verdade e a mentira, mas também entre a vida e a morte.

O contexto da fala de Héracles a Admeto — a saber, as relações de hospitalidade, presididas por Zeus Hóspede — e o caráter de quem fala — a saber, Héracles, filho de Zeus, e libertador de Prometeu nos poemas hesiódicos e no drama esquiliano — recomendam que se tomem as palavras de Héracles como bem-intencionadas com Admeto, como condizentes com o falante e, portanto, apresentadas, na perspectiva do drama, como verdadeiras. Ora, a verdade vista por essa perspectiva, no entanto, tem a qualidade temporal do convívio dos heróis e dos Deuses, e assim se distingue do horizonte temporal do convívio dos homens consigo mesmos na *pólis*.

A perspectiva do drama leva a crer que, no terceiro dia depois de ser resgatada dos ínferos, purificada desse contato, a rainha retorna à sua rotina cotidiana em casa com o marido e os filhos.

Como Apolo predisse no final do prólogo, ocorre, entre o quarto estásimo e o êxodo desta quarta tragédia da tetralogia, um jogo que redesenha os limites definitivos e distintivos dos Deuses e dos homens, e confere a esses limites um inesperado aspecto lúdico, com a presença e intervenção de Héracles.

Ao sublinharem o inesperado dessa reversão da morte, as palavras finais do coro (vv. 1059-163) explicam-na pelo comportamento dos Numes, imprevisível na perspectiva dos mortais, e assim resumem o sentido pio e reverente da tragédia a que servem de fecho.

A figura de Héracles neste drama é antes a da *Teogonia* de Hesíodo que a da comédia: ainda que tenha um aspecto de glutão, ébrio e *ámousos* ("sem Musa", v. 760), incompatível com o luto da casa que o hospeda, o seu significado e função finais é o do herói civilizador, que amplia os limites e a dignidade da condição humana, que pôde libertar o Deus filantropo Prometeu sem incorrer no rancor de Zeus[31] e que, como prêmio de suas pungentes provações, desposa Hebe ("Juventude"), filha de Zeus e Hera, e "entre imortais habita sem sofrimento nem velhice para sempre".[32] O seu presente de hospitalidade a seu hospedeiro Admeto, ainda que mais modesto e de alcance limitado, é mais efetivo e mais funcional que o do Deus Apolo ao mesmo hospedeiro.

O significado e função da figura de Héracles nesta tragédia de Eurípides são os mesmos que nos mitologemas hesiódicos de Prometeu: uma vez definida a iníqua separação e distinção entre homens e Deuses no jogo de astúcia entre Prometeu de curvo pensar e Zeus de imperecíveis desígnios, o filho de Zeus, Héracles, com a anuência do pai, intervém como o libertador do filantropo Prometeu e isso significa também: benfeitor dos homens, não somente por suas vitórias no combate a monstros homicidas, mas também por mostrar como a condição mortal poderia ser viável, pela aceitação do trabalho imposto e pelo inarredável enfrentamento da adversidade.

---

[31] Hesíodo, *Teogonia*, vv. 526-34.

[32] Hesíodo, *Teogonia*, vv. 950-5.

Ἄλκηστις

Ὑπόθεσις Ἀλκήστιδος Δικαιάρχου

Ἀπόλλων ἠιτήσατο παρὰ τῶν Μοιρῶν ὅπως Ἄδμητος, τελευτᾶν μέλλων παράσχηι τὸν ὑπὲρ ἑαυτοῦ ἑκόντα τεθνηξόμενον, ἵνα ἴσον τῶι προτέρωι χρόνον ζήσηι. καὶ δὴ Ἄλκηστις, ἡ γυνὴ τοῦ Ἀδμήτου, ἐπέδωκεν ἑαυτήν, οὐδετέρου τῶν γονέων ἐθελήσαντος ὑπὲρ τοῦ παιδὸς ἀποθανεῖν. μετ' οὐ πολὺ δὲ ταύτης τῆς συμφορᾶς γενομένης Ἡρακλῆς παραγενόμενος καὶ μαθὼν παρά τινος θεράποντος τὰ περὶ τὴν Ἄλκηστιν ἐπορεύθη ἐπὶ τὸν τάφον καὶ Θάνατον ἀποστῆναι ποιήσας, ἐσθῆτι καλύπτει τὴν γυναῖκα, τὸν δὲ Ἄδμητον ἠξίου λαβόντα τηρεῖν. εἰληφέναι γὰρ αὐτὴν πάλης ἆθλον ἔλεγεν. μὴ βουλομένου δὲ ἐκείνου ἀποκαλύψας ἔδειξεν ἣν ἐπένθει.

Ἀριστοφάνους Γραμματικοῦ Ὑπόθεσις

Ἄλκηστις, ἡ Πελίου θυγάτηρ, ὑπομείνασα ὑπὲρ τοῦ ἰδίου ἀνδρὸς τελευτῆσαι, Ἡρακλέους ἐπιδημήσαντος ἐν τῆι Θετταλίαι διασώιζεται, βιασαμένου τοὺς χθονίους θεοὺς καὶ ἀφελομένου τὴν γυναῖκα. παρ' οὐδετέρωι κεῖται ἡ μυθοποιία. τὸ δρᾶμα ἐποιήθη ιζ. ἐδιδάχθη ἐπὶ Γλαυκίνου ἄρχοντος ὀλυμπιάδι <πε ἔτει β>. πρῶτος ἦν Σοφοκλῆς, δεύτερος Εὐριπίδης Κρήσσαις, Ἀλκμέωνι τῶι διὰ Ψωφῖδος, Τηλέφωι, Ἀλκήστιδι, <τρίτος...>. τὸ δὲ δρᾶμα κωμικωτέραν ἔχει τὴν καταστροφήν. ἡ μὲν σκηνὴ τοῦ δράματος ὑπόκειται ἐν Φεραῖς, μιᾶι πόλει τῆς Θετταλίας· ὁ δὲ χορὸς συνέστηκεν ἔκ τινων πρεσβυτῶν ἐντοπίων, οἳ καὶ παραγίνονται συμπαθήσοντες τῆι τῆς Ἀλκήστιδος συμφοραῖς. προλογίζει δὲ Ἀπόλλων.

τὸ δὲ δρᾶμά ἐστι σατυρικώτερον, ὅτι εἰς χαρὰν καὶ ἡδονὴν καταστρέφει παρὰ τὸ τραγικόν. ἐκβάλλεται ὡς ἀνοίκεια τῆς τραγικῆς ποιήσεως ὅ τε Ὀρέστης καὶ ἡ Ἄλκηστις, ὡς ἐκ συμφορᾶς μὲν ἀρχόμενα,

Argumento

SEGUNDO DICEARCO

Apolo solicitou às Partes que Admeto, quando fosse morrer, oferecesse quem se dispusesse de bom grado a morrer por ele para viver depois por igual tempo. Assim se entregou Alceste, a mulher de Admeto, porque nenhum dos pais anuiu em morrer por seu filho. Não muito depois desse infortúnio, Héracles chegou e soube de um servo a respeito de Alceste, foi ao túmulo, fez Morte se afastar e cobre a mulher com vestes e reclamava a Admeto que a recebesse e guardasse, pois dizia tê-la recebido por prêmio de luta. Como ele não quisesse aceitar, descobriu e mostrou a que ele pranteava.

SEGUNDO O GRAMÁTICO ARISTÓFANES

Alceste, filha de Pélias, tendo consentido em morrer por seu próprio marido, foi salva por Héracles em visita à Tessália, quando coagiu os Deuses subterrâneos e arrebatou-lhes a mulher. O tratamento do mito não consta em nenhum outro. O drama foi o décimo sétimo. Representou-se no arcontado de Glaucino, no segundo ano da octogésima quinta Olimpíada. Sófocles foi o primeiro e Eurípides o segundo com *As Cretenses*, *Alcméon em Psófida*, *Têlefo* e *Alceste*. O drama tem reviravolta cômica. A cena do drama situa-se em Feras, uma cidade da Tessália. O coro se compõe de anciãos nativos, que se apresentam compassivos com o infortúnio de Alceste. Apolo diz o prólogo.

O drama é satírico, porque se volta para a alegria e prazer, à margem do trágico. Repelem-se como inadequados à poesia trágica os dra-

εἰς εὐδαιμονίαν <δὲ> καὶ χαρὰν λήξαντα, <ἃ> ἐστι μᾶλλον κωμωιδίας ἐχόμενα.

τὰ τοῦ δράματος πρόσωπα· Ἀπόλλων, Θάνατος, χορός, θεράπαινα, Ἄλκηστις, Ἄδμητος, Εὔμηλος, Ἡρακλῆς, Φέρης, θεράπων.
ἐξιὼν ἐκ τοῦ οἴκου τοῦ Ἀδμήτου προλογίζει ὁ Ἀπόλλων ῥητορικῶς.

mas *Orestes* e *Alceste* porque começam por infortúnio e terminam com felicidade e alegria, o que é mais assunto da comédia.

Personagens do drama: Apolo, Morte, coro, serva, Alceste, Admeto, Eumelo, Héracles, Feres, servo.
Drama representado em 438 a.C.

Ἄλκηστις

ΑΠΟΛΛΩΝ
Ὦ δώματ' Ἀδμήτει', ἐν οἷς ἔτλην ἐγὼ
θῆσσαν τράπεζαν αἰνέσαι θεός περ ὤν.
Ζεὺς γὰρ κατακτὰς παῖδα τὸν ἐμὸν αἴτιος
Ἀσκληπιόν, στέρνοισιν ἐμβαλὼν φλόγα·
οὗ δὴ χολωθεὶς τέκτονας Δίου πυρὸς   5
κτείνω Κύκλωπας· καί με θητεύειν πατὴρ
θνητῶι παρ' ἀνδρὶ τῶνδ' ἄποιν' ἠνάγκασεν.
ἐλθὼν δὲ γαῖαν τήνδ' ἐβουφόρβουν ξένωι
καὶ τόνδ' ἔσωιζον οἶκον ἐς τόδ' ἡμέρας.
ὁσίου γὰρ ἀνδρὸς ὅσιος ὢν ἐτύγχανον   10
παιδὸς Φέρητος, ὃν θανεῖν ἐρρυσάμην,
Μοίρας δολώσας· ἤινεσαν δέ μοι θεαὶ
Ἄδμητον Ἅιδην τὸν παραυτίκ' ἐκφυγεῖν,
ἄλλον διαλλάξαντα τοῖς κάτω νεκρόν.
πάντας δ' ἐλέγξας καὶ διεξελθὼν φίλους,   15
[πατέρα γεραιάν θ' ἥ σφ' ἔτικτε μητέρα,]
οὐχ ηὗρε πλὴν γυναικὸς ὅστις ἤθελεν
θανὼν πρὸ κείνου μηκέτ' εἰσορᾶν φάος·
ἣν νῦν κατ' οἴκους ἐν χεροῖν βαστάζεται
ψυχορραγοῦσαν· τῆιδε γάρ σφ' ἐν ἡμέραι   20
θανεῖν πέπρωται καὶ μεταστῆναι βίου.
ἐγὼ δέ, μὴ μίασμά μ' ἐν δόμοις κίχηι,
λείπω μελάθρων τῶνδε φιλτάτην στέγην.
ἤδη δὲ τόνδε Θάνατον εἰσορῶ πέλας,

Alceste

[*Prólogo* (1-76)]

APOLO
Ó palácio de Admeto, onde suportei
aceitar mesa servil apesar de ser Deus!
A causa foi Zeus por matar meu filho
Asclépio lançando-lhe raio no peito.
Irritado matei os Ciclopes fabricantes
do fogo de Zeus e o pai me obrigou
servir junto a homem mortal em paga.
Nesta terra guardei bois do hospedeiro
e conservei esta casa aqui até agora.
Sendo eu pio, tinha no filho de Feres
um homem pio, que resgatei da morte,
ao iludir Partes; permitiram-me Deusas
que Admeto evitasse de imediato Hades,
se com os ínferos trocasse outro morto.
Interrogou a todos e percorreu os seus,
ao pai e à provecta mãe que o gerou,
não achou senão a mulher que anuísse
em morrer por ele e não mais ver luz.
Ele agora em casa a tem nos braços
moribunda, pois neste dia está dado
que ela morra e se despeça da vida.
Poluência não me pegue nesta casa!
Deixo o caríssimo teto deste palácio.
Agora vejo aqui perto Deusa Morte

ἱερέα θανόντων, ὅς νιν εἰς Ἅιδου δόμους 25
μέλλει κατάξειν· συμμέτρως δ' ἀφίκετο,
φρουρῶν τόδ' ἦμαρ ὧι θανεῖν αὐτὴν χρεών.

ΘΑΝΑΤΟΣ
ἆ ἆ·
τί σὺ πρὸς μελάθροις; τί σὺ τῆιδε πολεῖς,
Φοῖβ'; ἀδικεῖς αὖ τιμὰς ἐνέρων 30
ἀφοριζόμενος καὶ καταπαύων;
οὐκ ἤρκεσέ σοι μόρον Ἀδμήτου
διακωλῦσαι, Μοίρας δολίωι
σφήλαντι τέχνηι; νῦν δ' ἐπὶ τῆιδ' αὖ
χέρα τοξήρη φρουρεῖς ὁπλίσας, 35
ἣ τόδ' ὑπέστη, πόσιν ἐκλύσασ'
αὐτὴ προθανεῖν Πελίου παῖς;

ΑΠΟΛΛΩΝ
θάρσει· δίκην τοι καὶ λόγους κεδνοὺς ἔχω.

ΘΑΝΑΤΟΣ
τί δῆτα τόξων ἔργον, εἰ δίκην ἔχεις;

ΑΠΟΛΛΩΝ
σύνηθες αἰεὶ ταῦτα βαστάζειν ἐμοί. 40

ΘΑΝΑΤΟΣ
καὶ τοῖσδέ γ' οἴκοις ἐκδίκως προσωφελεῖν.

ΑΠΟΛΛΩΝ
φίλου γὰρ ἀνδρὸς συμφοραῖς βαρύνομαι.

ΘΑΝΑΤΟΣ
καὶ νοσφιεῖς με τοῦδε δευτέρου νεκροῦ;

sacerdote dos mortos, que a levará
à casa de Hades, e chegou pontual
atenta ao dia em que há de morrer.

MORTE
Â â!
Por que estás ante a casa? Que te traz,
Febo? Injusto com as honras dos ínferos
és, aliás, porque as excluis e extingues.
Não te bastou impedir a morte
de Admeto, com dolosa arte
iludindo Partes? Agora, aliás,
aqui arqueiro armado estás atento?
Ela prometeu, se livrasse o esposo,
morrer antes — ela, a filha de Pélias.

APOLO
Não temas! Tenho justiça e boas razões.

MORTE
Qual a função do arco, se tens justiça?

APOLO
É habitual carregá-lo sempre comigo.

MORTE
E sem justiça dar auxílio a esta casa?

APOLO
Pesam-me conjunturas do caro varão.

MORTE
Ainda me tirarás este segundo morto?

ΑΠΟΛΛΩΝ
ἀλλ' οὐδ' ἐκεῖνον πρὸς βίαν σ' ἀφειλόμην.

ΘΑΝΑΤΟΣ
πῶς οὖν ὑπὲρ γῆς ἐστι κοὐ κάτω χθονός; 45

ΑΠΟΛΛΩΝ
δάμαρτ' ἀμείψας, ἣν σὺ νῦν ἥκεις μέτα.

ΘΑΝΑΤΟΣ
κἀπάξομαί γε νερτέραν ὑπὸ χθόνα.

ΑΠΟΛΛΩΝ
λαβὼν ἴθ'· οὐ γὰρ οἶδ' ἂν εἰ πείσαιμί σε.

ΘΑΝΑΤΟΣ
κτείνειν γ' ὃν ἂν χρῇ; τοῦτο γὰρ τετάγμεθα.

ΑΠΟΛΛΩΝ
οὔκ, ἀλλὰ τοῖς μέλλουσι θάνατον ἀμβαλεῖν. 50

ΘΑΝΑΤΟΣ
ἔχω λόγον δὴ καὶ προθυμίαν σέθεν.

ΑΠΟΛΛΩΝ
ἔστ' οὖν ὅπως Ἄλκηστις ἐς γῆρας μόλοι;

ΘΑΝΑΤΟΣ
οὐκ ἔστι· τιμαῖς κἀμὲ τέρπεσθαι δόκει.

ΑΠΟΛΛΩΝ
οὔτοι πλέον γ' ἂν ἢ μίαν ψυχὴν λάβοις.

ΘΑΝΑΤΟΣ
νέων φθινόντων μεῖζον ἄρνυμαι γέρας. 55

APOLO
Mas nem antes te espoliei por violência.

MORTE
Como está sobre a terra, e não sob o chão? 45

APOLO
Em troca da esposa, por quem vens agora.

MORTE
E conduzirei aos ínferos sob o chão.

APOLO
Vai com ela; não sei se te persuadiria.

MORTE
Matar quem devido, eis nossa ordem.

APOLO
Não, mas atrasar a morte dos futuros. 50

MORTE
Compreendo tua palavra e propósito.

APOLO
Até que Alceste chegasse à velhice?

MORTE
Não! Crê, honras ainda me agradam.

APOLO
Não terias mais do que uma só vida.

MORTE
Se morrem jovens, tenho maior prêmio. 55

ΑΠΟΛΛΩΝ
κἂν γραῦς ὄληται, πλουσίως ταφήσεται.

ΘΑΝΑΤΟΣ
πρὸς τῶν ἐχόντων, Φοῖβε, τὸν νόμον τίθης.

ΑΠΟΛΛΩΝ
πῶς εἶπας; ἀλλ' ἦ καὶ σοφὸς λέληθας ὤν;

ΘΑΝΑΤΟΣ
ὠνοῖντ' ἂν οἷς πάρεστι γηραιοὶ θανεῖν.

ΑΠΟΛΛΩΝ
οὔκουν δοκεῖ σοι τήνδε μοι δοῦναι χάριν; 60

ΘΑΝΑΤΟΣ
οὐ δῆτ'· ἐπίστασαι δὲ τοὺς ἐμοὺς τρόπους.

ΑΠΟΛΛΩΝ
ἐχθρούς γε θνητοῖς καὶ θεοῖς στυγουμένους.

ΘΑΝΑΤΟΣ
οὐκ ἂν δύναιο πάντ' ἔχειν ἃ μή σε δεῖ.

ΑΠΟΛΛΩΝ
ἦ μὴν σὺ πείσηι καίπερ ὠμὸς ὢν ἄγαν·
τοῖος Φέρητος εἶσι πρὸς δόμους ἀνὴρ 65
Εὐρυσθέως πέμψαντος ἵππειον μετὰ
ὄχημα Θρήικης ἐκ τόπων δυσχειμέρων,
ὃς δὴ ξενωθεὶς τοῖσδ' ἐν Ἀδμήτου δόμοις
βίαι γυναῖκα τήνδε σ' ἐξαιρήσεται.
κοὔθ' ἡ παρ' ἡμῶν σοι γενήσεται χάρις 70
δράσεις θ' ὁμοίως ταῦτ' ἀπεχθήσηι τ' ἐμοί.

APOLO
E se anciã se for, terá rica sepultura.

MORTE
Fazes a lei, Febo, em prol de opulentos.

APOLO
Que dizes? Ainda és hábil sem que se saiba?

MORTE
Quem pode compraria morrer de velhice.

APOLO
Pensas, então, em me fazer este favor?

MORTE
Não! Conheces os meus procedimentos.

APOLO
Hostis aos mortais, odiosos aos Deuses.

MORTE
Não poderias ter tudo que não deves ter.

APOLO
Sim, obedecerás, por mais cru que sejas,
tal varão está por vir ao palácio de Feres,
porque Euristeu o mandou buscar carro
de cavalos na tempestuosa terra trácia.
Quando hospedado na casa de Admeto
ele te tomará esta mulher por violência.
E de minha parte não terás gratidão,
igualmente o farás e me serás odioso.

ΘΑΝΑΤΟΣ

πόλλ' ἂν σὺ λέξας οὐδὲν ἂν πλέον λάβοις·
ἡ δ' οὖν γυνὴ κάτεισιν εἰς Ἅιδου δόμους.
στείχω δ' ἐπ' αὐτήν, ὡς κατάρξωμαι ξίφει·
ἱερὸς γὰρ οὗτος τῶν κατὰ χθονὸς θεῶν   75
ὅτου τόδ' ἔγχος κρατὸς ἁγνίσηι τρίχα.

ΧΟΡΟΣ

τί ποθ' ἡσυχία πρόσθεν μελάθρων;
τί σεσίγηται δόμος Ἀδμήτου;
— ἀλλ' οὐδὲ φίλων πέλας <ἔστ'> οὐδείς,
ὅστις ἂν εἴποι πότερον φθιμένην   80
χρὴ βασίλειαν πενθεῖν ἢ ζῶσ'
ἔτι φῶς λεύσσει Πελίου τόδε παῖς
Ἄλκηστις, ἐμοὶ πᾶσί τ' ἀρίστη
δόξασα γυνὴ
πόσιν εἰς αὑτῆς γεγενῆσθαι.   85

— κλύει τις ἢ στεναγμὸν ἢ   Est. 1
χειρῶν κτύπον κατὰ στέγας
ἢ γόον ὡς πεπραγμένων;
— οὐ μὰν οὐδέ τις ἀμφιπόλων
στατίζεται ἀμφὶ πύλας.   90
εἰ γὰρ μετακοίμιος ἄτας,
ὦ Παιάν, φανείης.
— οὔ τἂν φθιμένας γ' ἐσιώπων.
— †οὐ γὰρ δὴ φροῦδός γ' ἐξ οἴκων νέκυς ἤδη.†
— πόθεν; οὐκ αὐχῶ. τί σε θαρσύνει;   95
— πῶς ἂν ἔρημον τάφον Ἄδμητος
κεδνῆς ἂν ἔπραξε γυναικός;

— πυλῶν πάροιθε δ' οὐχ ὁρῶ   Ant. 1
πηγαῖον ὡς νομίζεται

MORTE

Com muitas falas nada mais obterias,
pois a mulher descerá à casa de Hades.
Vou até ela, consagrarei com a espada,
sagra-se aos subterrâneos Deuses este 75
cujo cabelo do crânio este sabre limpa.

[*Párodo* (77-135)]

CORO

Que calma é essa diante do palácio?
Que silêncio é esse na casa de Admeto?
— Mas não há por perto alguém dos seus
que dissesse se finada devemos prantear 80
a rainha, ou se ainda viva vê esta luz
a filha de Pélias
Alceste, que todos cremos
ter sido para o seu marido
a melhor mulher. 85

— Ouvem-se gemidos   Est. 1
ou bater de mãos, no palácio,
ou pranto como de finados?
— Não, nenhum servo
está perto das portas. 90
Ah, sonífero de erronia,
ó Peã, surgisses!
— Não se calariam se morta.
— Não saiu de casa já morta.
— Como? Não sei. Por que crês? 95
— Como Admeto faria ermos
funerais da digna mulher?

— Diante das portas não vejo   Ant. 1
água lustral como é uso

147   Alceste

χέρνιβ' ἐπὶ φθιτῶν πύλαις. 100
— χαίτα τ' οὔτις ἐπὶ προθύροις
τομαῖος, †ἃ δὴ νεκύων
πένθει πίτνει, οὐδὲ νεολαία†
δουπεῖ χεὶρ γυναικῶν.

— καὶ μὴν τόδε κύριον ἦμαρ 105
— †τί τόδ' αὐδᾶις;†
— ὧι χρή σφε μολεῖν κατὰ γαίας.
— ἔθιγες ψυχᾶς, ἔθιγες δὲ φρενῶν.
— χρὴ τῶν ἀγαθῶν διακναιομένων
πενθεῖν ὅστις 110
χρηστὸς ἀπ' ἀρχῆς νενόμισται.

ἀλλ' οὐδὲ ναυκληρίαν Est. 2
ἔσθ' ὅποι τις αἴας
στείλας, ἢ Λυκίαν
εἴτ' ἐπὶ τὰς ἀνύδρους 115
†Ἀμμωνιάδας ἕδρας†,
δυστάνου παραλύσαι
ψυχάν· μόρος γὰρ ἀπότομος
πλάθει. θεῶν δ' ἐπ' ἐσχάραν
οὐκέτ' ἔχω τίνα μηλοθύταν πορευθῶ. 120

μόνα δ' ἄν, εἰ φῶς τόδ' ἦν Ant. 2
ὄμμασιν δεδορκὼς
Φοίβου παῖς, προλιποῦσ'
ἦλθ' ἂν ἕδρας σκοτίους 125
Ἅιδα τε πύλας·
δμαθέντας γὰρ ἀνίστη,
πρὶν αὐτὸν εἷλε διόβολον
πλῆκτρον πυρὸς κεραυνίου.
νῦν δὲ βίου τίν' ἔτ' ἐλπίδα προσδέχωμαι; 130

nas portas dos finados.
— No vestíbulo não se cortou
cabelo que em luto fúnebre
cai, nem de mulher
mão jovem ressoa.

— Este é o dia marcado...
— O que dizes aí?
— ... para ela ir sob a terra.
— Tocas a vida, tocas o âmago.
— Quando se laceram os bons,
deve pranteá-los quem nobre
desde o princípio se considera.

Mas não há na terra   Est. 2
para onde, se enviassem
navio, ou para Lícia,
ou para o árido
santuário de Âmon,
livrariam a vida de mal-estar,
pois a morte sem sorte
vem. Não tenho que rês
sacrificar à lareira dos Deuses.

Somente se o filho   Ant. 2
de Febo com os olhos
visse esta luz, ela deixaria
as sedes sombrias
e as portas de Hades,
pois ressuscitava abatidos,
antes de o raio de Deus matá-lo
golpeado com fulminante fogo.
Que esperança de vida ainda tenho?

[πάντα γὰρ ἤδη †τετέλεσται βασιλεῦσιν†,
πάντων δὲ θεῶν ἐπὶ βωμοῖς
αἱμόρραντοι θυσίαι πλήρεις,
οὐδ' ἔστι κακῶν ἄκος οὐδέν.] 135

— ἀλλ' ἥδ' ὁπαδῶν ἐκ δόμων τις ἔρχεται
δακρυρροοῦσα· τίνα τύχην ἀκούσομαι;
πενθεῖν μέν, εἴ τι δεσπόταισι τυγχάνει,
συγγνωστόν· εἰ δ' ἔτ' ἐστὶν ἔμψυχος γυνὴ
εἴτ' οὖν ὄλωλεν εἰδέναι βουλοίμεθ' ἄν. 140

ΘΕΡΑΠΑΙΝΑ
καὶ ζῶσαν εἰπεῖν καὶ θανοῦσαν ἔστι σοι.

ΧΟΡΟΣ
καὶ πῶς ἂν αὑτὸς κατθάνοι τε καὶ βλέποι;

ΘΕΡΑΠΑΙΝΑ
ἤδη προνωπής ἐστι καὶ ψυχορραγεῖ. 143

ΧΟΡΟΣ
ἐλπὶς μὲν οὐκέτ' ἐστὶ σώιζεσθαι βίον; 146

ΘΕΡΑΠΑΙΝΑ
πεπρωμένη γὰρ ἡμέρα βιάζεται.

ΧΟΡΟΣ
οὔκουν ἐπ' αὐτῆι πράσσεται τὰ πρόσφορα;

ΘΕΡΑΠΑΙΝΑ
κόσμος γ' ἕτοιμος, ὧι σφε συνθάψει πόσις. 149

Tudo pelos reis já foi cumprido,
nos altares de todos os Deuses,
completos sacrifícios cruentos,
e nenhum remédio de males há.   135

[*Primeiro episódio* (136-212)]

CORO
Mas eis uma das servas do palácio vem
a verter lágrimas; que sorte ouvirei?
Se trisca a sorte dos donos, prantear
é perdoável. Se ainda vive a mulher,
se pereceu, nós gostaríamos de saber.   140

SERVA
Podes dizer que ela está viva e morta.

CORO
E como o mesmo estaria morto e vivo?

SERVA
Ela já está prostrada e assim agoniza.   143

CORO
Não mais se espera que salve a vida?   146

SERVA
Por estar dado, o dia tem violência.

CORO
Não se fazem por ela as oferendas?

SERVA
Pronto o adorno, para sepultá-la o esposo.   149

ΧΟΡΟΣ
ὦ τλῆμον, οἵας οἷος ὢν ἁμαρτάνεις. 144

ΘΕΡΑΠΑΙΝΑ
οὔπω τόδ' οἶδε δεσπότης, πρὶν ἂν πάθηι. 145

ΧΟΡΟΣ
ἴστω νυν εὐκλεής γε κατθανουμένη 150
γυνή τ' ἀρίστη τῶν ὑφ' ἡλίωι μακρῶι.

ΘΕΡΑΠΑΙΝΑ
πῶς δ' οὐκ ἀρίστη; τίς δ' ἐναντιώσεται;
τί χρὴ λέγεσθαι τὴν ὑπερβεβλημένην
γυναῖκα; πῶς δ' ἂν μᾶλλον ἐνδείξαιτό τις
πόσιν προτιμῶσ' ἢ θέλουσ' ὑπερθανεῖν; 155
καὶ ταῦτα μὲν δὴ πᾶσ' ἐπίσταται πόλις·
ἃ δ' ἐν δόμοις ἔδρασε θαυμάσηι κλύων.
ἐπεὶ γὰρ ἤισθεθ' ἡμέραν τὴν κυρίαν
ἥκουσαν, ὕδασι ποταμίοις λευκὸν χρόα
ἐλούσατ', ἐκ δ' ἑλοῦσα κεδρίνων δόμων 160
ἐσθῆτα κόσμον τ' εὐπρεπῶς ἠσκήσατο,
καὶ στᾶσα πρόσθεν Ἑστίας κατηύξατο·
Δέσποιν', ἐγὼ γὰρ ἔρχομαι κατὰ χθονός,
πανύστατόν σε προσπίτνουσ' αἰτήσομαι
τέκν' ὀρφανεῦσαι τἀμά· καὶ τῶι μὲν φίλην 165
σύζευξον ἄλοχον, τῆι δὲ γενναῖον πόσιν·
μηδ' ὥσπερ αὐτῶν ἡ τεκοῦσ' ἀπόλλυμαι
θανεῖν ἀώρους παῖδας, ἀλλ' εὐδαίμονας
ἐν γῆι πατρώιαι τερπνὸν ἐκπλῆσαι βίον.
πάντας δὲ βωμούς, οἳ κατ' Ἀδμήτου δόμους, 170
προσῆλθε κἀξέστεψε καὶ προσηύξατο,
πτόρθων ἀποσχίζουσα μυρσίνης φόβην,
ἄκλαυτος ἀστένακτος, οὐδὲ τοὐπιὸν
κακὸν μεθίστη χρωτὸς εὐειδῆ φύσιν.
κἄπειτα θάλαμον ἐσπεσοῦσα καὶ λέχος 175

CORO
Ó mísero, quem perdes por quem és! 144

SERVA
O dono ainda não o vê, antes que doa. 145

CORO
Saiba que morrerá com bela glória 150
a melhor das mulheres sob o sol.

SERVA
Como não a melhor? Quem negará?
Que devo dizer da excelente mulher?
Que mais mostraria honra ao esposo
do que consentir em morrer por ele? 155
Isto mesmo toda a urbe está sabendo,
e admira ouvir o que ela fez em casa.
Quando ela soube que chegou o dia
de morrer, com água do rio banhou
a alva pele e nos aposentos de cedro 160
vestiu-se com vestes e adorno distintos
e de pé diante de Héstia fez esta prece:
"Senhora, eu parto para sob a terra,
e por último, prostrada, te pedirei
que crie meus órfãos e case-o com 165
boa esposa e a ela com bom marido.
e não morram precoces os filhos
como pereço mãe, mas com bons
Numes tenham boa vida na pátria."
Todos os altares da casa de Admeto 170
ela visitou e pôs coroas e fez prece
cortando a fronde dos ramos de mirto
sem lágrimas nem pranto. O iminente
mal não mudava a cor da pele formosa.
E depois caída no tálamo desse modo 175

ἐνταῦθα δὴ 'δάκρυσε καὶ λέγει τάδε·
Ὦ λέκτρον, ἔνθα παρθένει' ἔλυσ' ἐγὼ
κορεύματ' ἐκ τοῦδ' ἀνδρός, οὗ θνήισκω πάρος,
χαῖρ'· οὐ γὰρ ἐχθαίρω σ'· ἀπώλεσας δέ με
μόνον· προδοῦναι γάρ σ' ὀκνοῦσα καὶ πόσιν 180
θνήισκω. σὲ δ' ἄλλη τις γυνὴ κεκτήσεται,
σώφρων μὲν οὐκ ἂν μᾶλλον, εὐτυχὴς δ' ἴσως.
κυνεῖ δὲ προσπίτνουσα, πᾶν δὲ δέμνιον
ὀφθαλμοτέγκτωι δεύεται πλημμυρίδι.
ἐπεὶ δὲ πολλῶν δακρύων εἶχεν κόρον, 185
στείχει προνωπὴς ἐκπεσοῦσα δεμνίων,
καὶ πολλὰ θαλάμων ἐξιοῦσ' ἐπεστράφη
κἄρριψεν αὑτὴν αὖθις ἐς κοίτην πάλιν.
παῖδες δὲ πέπλων μητρὸς ἐξηρτημένοι
ἔκλαιον· ἡ δὲ λαμβάνουσ' ἐς ἀγκάλας 190
ἠσπάζετ' ἄλλοτ' ἄλλον ὡς θανουμένη.
πάντες δ' ἔκλαιον οἰκέται κατὰ στέγας
δέσποιναν οἰκτίροντες· ἡ δὲ δεξιὰν
προύτειν' ἑκάστωι κοὔτις ἦν οὕτω κακὸς
ὃν οὐ προσεῖπε καὶ προσερρήθη πάλιν. 195
τοιαῦτ' ἐν οἴκοις ἐστὶν Ἀδμήτου κακά.
καὶ κατθανὼν τἂν ὤιχετ', ἐκφυγὼν δ' ἔχει
τοσοῦτον ἄλγος, οὔποθ' οὗ λελήσεται.

ΧΟΡΟΣ
ἦ που στενάζει τοισίδ' Ἄδμητος κακοῖς,
ἐσθλῆς γυναικὸς εἰ στερηθῆναί σφε χρή; 200

ΘΕΡΑΠΑΙΝΑ
κλαίει γ' ἄκοιτιν ἐν χεροῖν φίλην ἔχων
καὶ μὴ προδοῦναι λίσσεται, τἀμήχανα
ζητῶν· φθίνει γὰρ καὶ μαραίνεται νόσωι.
παρειμένη δέ, χειρὸς ἄθλιον βάρος,
ὅμως δέ, καίπερ σμικρόν, ἐμπνέουσ' ἔτι, 205
βλέψαι πρὸς αὐγὰς βούλεται τὰς ἡλίου

pranteou o leito e disse estas palavras:
"Ó leito, onde soltei virgínea donzelice
por este marido, antes de quem morro,
salve! Não te odeio, só me destruíste,
pois por temer trair-te a ti e ao esposo, 180
morro. Outra mulher tomará tua posse,
não mais casta e talvez com boa sorte."
Beija-o prostrada e molha todo o leito
com profusão de pranto de olhos úmidos.
Quando de muitas lágrimas se saciou, 185
tendo caído do leito, anda cabisbaixa
e saindo do tálamo deu muitas voltas
e lançou-se outra vez de volta ao leito.
Os filhos pendurados no manto da mãe
choravam; tendo-os, ora um, ora outro, 190
nos braços, abraçava, qual moribunda.
Todos os servos choravam no palácio,
lastimando a dona, e ela estendia a mão
direita a cada um e ninguém era tão mau
que ela não interpelasse e fosse saudada. 195
Tais são os males no palácio de Admeto.
Morto ele teria ido, mas por fugir disso
tem tanta dor, de que nunca se esquecerá.

CORO
Admeto geme algures por estes males,
se lhe é preciso perder nobre mulher? 200

SERVA
Chora, sim, com sua esposa nos braços,
e suplica que ela não o deixe, a pedir
o impossível; ela fina e fenece no mal.
Ela, entregue, mísero peso no braço,
respirando, porém, ainda que pouco, 205
tem o desejo de ver os raios do sol

[ὡς οὔποτ' αὖθις ἀλλὰ νῦν πανύστατον
ἀκτῖνα κύκλον θ' ἡλίου προσόψεται].
ἀλλ' εἶμι καὶ σὴν ἀγγελῶ παρουσίαν·
οὐ γάρ τι πάντες εὖ φρονοῦσι κοιράνοις,   210
ὥστ' ἐν κακοῖσιν εὐμενεῖς παρεστάναι·
σὺ δ' εἶ παλαιὸς δεσπόταις ἐμοῖς φίλος.

ΧΟΡΟΣ
— ἰὼ Ζεῦ, τίς ἂν πᾶι πόρος κακῶν   Est.
γένοιτο καὶ λύσις τύχας
ἃ πάρεστι κοιράνοις;
— <αἰαῖ>·
†ἔξεισί τις† ἢ τέμω τρίχα   215
καὶ μέλανα στολμὸν πέπλων
ἀμφιβαλώμεθ' ἤδη;
— δεινὰ μέν, φίλοι, δεινά γ', ἀλλ' ὅμως
θεοῖσιν εὐξόμεσθα·
θεῶν γὰρ δύναμις μεγίστα.   220
— ὦναξ Παιάν,
ἔξευρε μηχανάν τιν' Ἀδμήτωι κακῶν.
— πόριζε δὴ πόριζε· καὶ πάρος γὰρ
†τοῦδ' ἐφεῦρες† καὶ νῦν
λυτήριος ἐκ θανάτου γενοῦ,
φόνιον δ' ἀπόπαυσον Ἅιδαν.   225

— παπαῖ < >   Ant.
ὦ παῖ Φέρητος, οἶ' ἔπρα-
ξας δάμαρτος σᾶς στερείς.
— αἰαῖ·
ἄξια καὶ σφαγᾶς τάδε
καὶ πλέον ἢ βρόχωι δέραν
οὐρανίωι πελάσσαι.
— τὰν γὰρ οὐ φίλαν ἀλλὰ φιλτάταν   230

como nunca antes, pela última vez
contemplará o brilho e círculo do sol.
Mas irei e anunciarei a tua presença.
Nem todos querem bem os soberanos 210
que os assistam benévolos nos males,
mas tu és antigo amigo de meus donos.

[*Primeiro estásimo (213-237)*]

CORO
— *Iò!* Zeus, que saída dos males   Est.
haveria? Onde? Que solução
da presente sorte dos soberanos?
— *Aiaî!*
Haverá alguma? Ou corto o cabelo 215
e vestimos já
negro aparato de vestes?
— É terrível, ó amigos, terrível; todavia,
supliquemos aos Deuses,
máximo é o poder dos Deuses. 220
— Ó rei Peã,
descobre um remédio dos males de Admeto.
— Inventa! Inventa! Antes disto
descobriste, ainda agora
livra-nos de Morte,
cessa o sanguinário Hades. 225

— *Papaî!*   Ant.
Ó filho de Feres, que sofres
despojado de tua esposa!
— *Aiaî!*
Isto merece a imolação
e mais do que pender
o pescoço na forca celeste.
— Não cara, mas caríssima 230

γυναῖκα κατθανοῦσαν
ἐν ἄματι τῶιδ' ἐπόψηι.
— ἰδοὺ ἰδού·
ἥδ' ἐκ δόμων δὴ καὶ πόσις πορεύεται.
— βόασον ὦ στέναξον ὦ Φεραία 235
χθὼν τὰν ἀρίσταν
γυναῖκα μαραινομέναν νόσωι
κατὰ γᾶς χθόνιον παρ' Ἅιδαν.

οὔποτε φήσω γάμον εὐφραίνειν
πλέον ἢ λυπεῖν, τοῖς τε πάροιθεν
τεκμαιρόμενος καὶ τάσδε τύχας 240
λεύσσων βασιλέως, ὅστις ἀρίστης
ἁπλακὼν ἀλόχου τῆσδ' ἀβίωτον
τὸν ἔπειτα χρόνον βιοτεύσει.

ΑΛΚΗΣΤΙΣ
Ἅλιε καὶ φάος ἀμέρας Est. 1
οὐράνιαί τε δῖ- 245
ναι νεφέλας δρομαίου.

ΑΔΜΗΤΟΣ
ὁρᾶι σε κἀμέ, δύο κακῶς πεπραγότας,
οὐδὲν θεοὺς δράσαντας ἀνθ' ὅτου θανῆι.

ΑΛΚΗΣΤΙΣ
γαῖά τε καὶ μελάθρων στέγαι Ant. 1
νυμφίδιοί τε κοῖ-
ται πατρίας Ἰωλκοῦ.

158

esposa, neste dia
tu verás morrer.
— Olha! Olha!
Ela sai do palácio e vem com o esposo.
— Reclama, oh, geme, ó terra de Feres,
a melhor   235
esposa, consumida pelo mal,
sob a terra com o ctônio Hades.

[*Segundo episódio* (238-434)]

CORO
Nunca direi que as núpcias alegram
mais do que afligem, por indícios
anteriores e por ver a sorte do rei,   240
que, ao perder a melhor
esposa, sem poder viver,
viverá o tempo restante.

ALCESTE
Ó Sol e luz diurna   Est. 1
e remoinhos celestes   245
de nuvens em movimento!

ADMETO
Ele vê a ti e a mim maltratados
sem ofensa aos Deuses por que morras.

ALCESTE
Ó terra e tetos do palácio   Ant. 1
e leitos nupciais
da pátria Iolco!

ΑΔΜΗΤΟΣ
ἔπαιρε σαυτήν, ὦ τάλαινα, μὴ προδῶις· 250
λίσσου δὲ τοὺς κρατοῦντας οἰκτῖραι θεούς.

ΑΛΚΗΣΤΙΣ
ὁρῶ δίκωπον ὁρῶ σκάφος ἐν
λίμναι· νεκύων δὲ πορθμεὺς
ἔχων χέρ' ἐπὶ κοντῶι Χάρων
μ' ἤδη καλεῖ· Τί μέλλεις; 255
ἐπείγου· σὺ κατείργεις. τάδε τοί με
σπερχόμενος ταχύνει.

ΑΔΜΗΤΟΣ
οἴμοι· πικράν γε τήνδε μοι ναυκληρίαν
ἔλεξας. ὦ δύσδαιμον, οἷα πάσχομεν.

ΑΛΚΗΣΤΙΣ
ἄγει μ' ἄγει τις, ἄγει μέ τις (οὐχ Ant. 2
ὁρᾶις;) νεκύων ἐς αὐλάν, 260
ὑπ' ὀφρύσι κυαναυγέσι
βλέπων πτερωτὸς Ἅιδας.
τί ῥέξεις; ἄφες. οἵαν ὁδὸν ἁ δει-
λαιοτάτα προβαίνω.

ΑΔΜΗΤΟΣ
οἰκτρὰν φίλοισιν, ἐκ δὲ τῶν μάλιστ' ἐμοὶ
καὶ παισίν, οἷς δὴ πένθος ἐν κοινῶι τόδε. 265

ΑΛΚΗΣΤΙΣ
μέθετε μέθετέ μ' ἤδη· Epodo
κλίνατ', οὐ σθένω ποσίν.
πλησίον Ἅιδας, σκοτία
δ' ἐπ' ὄσσοισι νὺξ ἐφέρπει.
τέκνα τέκν', οὐκέτι δὴ 270

ADMETO

Ergue-te, ó mísera, não te entregues, 250
pede piedade aos poderosos Deuses!

ALCESTE

Vejo birreme, vejo barco
no lago e o barqueiro dos mortos
Caronte com a mão no arpão
já me chama. "Por que tardas? 255
Apressa-te! Tu impedes."
Açulando assim me apressa.

ADMETO

Oímoi! Amarga embarcação
me disseste. Ó mau Nume que sofremos!

ALCESTE

Leva-me, leva-me ele, leva-me ele Ant. 2
(não vês?) para a morada dos mortos, 260
sob negras brilhantes sobrancelhas
o alado Hades contemplando.
Que farás? Deixa! Por que via
eu misérrima vou adiante!

ADMETO

Lastimada pelos teus e muito mais
por mim e filhos com a dor comum. 265

ALCESTE

Deixai, deixai-me doravante! Epodo
Deitai-me! Não tenho força nos pés.
Hades perto, sombria
noite passa pelos olhos.
Filhos, filhos, não mais, 270

οὐκέτι μάτηρ σφῶιν ἔστιν.
χαίροντες, ὦ τέκνα, τόδε φάος ὁρῶιτον.

ΑΔΜΗΤΟΣ
οἴμοι· τόδ' ἔπος λυπρὸν ἀκούειν
καὶ παντὸς ἐμοὶ θανάτου μεῖζον.
μὴ πρός <σε> θεῶν τλῆις με προδοῦναι, 275
μὴ πρὸς παίδων οὓς ὀρφανιεῖς,
ἀλλ' ἄνα, τόλμα.
σοῦ γὰρ φθιμένης οὐκέτ' ἂν εἴην,
ἐν σοὶ δ' ἐσμὲν καὶ ζῆν καὶ μή·
σὴν γὰρ φιλίαν σεβόμεσθα.

ΑΛΚΗΣΤΙΣ
Ἄδμηθ', ὁρᾶις γὰρ τἀμὰ πράγμαθ' ὡς ἔχει, 280
λέξαι θέλω σοι πρὶν θανεῖν ἃ βούλομαι.
ἐγώ σε πρεσβεύουσα κἀντὶ τῆς ἐμῆς
ψυχῆς καταστήσασα φῶς τόδ' εἰσορᾶν
θνήισκω, παρόν μοι μὴ θανεῖν, ὑπὲρ σέθεν,
ἀλλ' ἄνδρα τε σχεῖν Θεσσαλῶν ὃν ἤθελον 285
καὶ δῶμα ναίειν ὄλβιον τυραννίδι.
οὐκ ἠθέλησα ζῆν ἀποσπασθεῖσα σοῦ
σὺν παισὶν ὀρφανοῖσιν, οὐδ' ἐφεισάμην
ἥβης, ἔχουσ' ἐν οἷς ἐτερπόμην ἐγώ.
καίτοι σ' ὁ φύσας χἠ τεκοῦσα προύδοσαν, 290
καλῶς μὲν αὐτοῖς κατθανεῖν ἧκον βίου,
καλῶς δὲ σῶσαι παῖδα κεὐκλεῶς θανεῖν.
μόνος γὰρ αὐτοῖς ἦσθα, κοὔτις ἐλπὶς ἦν
σοῦ κατθανόντος ἄλλα φιτύσειν τέκνα.
κἀγώ τ' ἂν ἔζων καὶ σὺ τὸν λοιπὸν χρόνον, 295
κοὐκ ἂν μονωθεὶς σῆς δάμαρτος ἔστενες
καὶ παῖδας ὠρφάνευες. ἀλλὰ ταῦτα μὲν
θεῶν τις ἐξέπραξεν ὥσθ' οὕτως ἔχειν.
εἶέν· σὺ νύν μοι τῶνδ' ἀπόμνησαι χάριν·
αἰτήσομαι γάρ σ' ἀξίαν μὲν οὔποτε 300

não mais tendes vossa mãe.
Alegres, ó filhos, vede a luz!

ADMETO
Oímoi! Ouvir esta palavra triste
e maior para mim que toda morte.
Pelos Deuses, não ouses me deixar, 275
pelos filhos, não os tornes órfãos
mas, vamos, coragem!
Se perecesses, eu nada mais seria,
em ti estamos para viver ou não,
pois veneramos teu amor.

ALCESTE
Admeto, vês que situação é a minha, 280
antes de morrer te direi meu desejo.
Eu por dar preferência a ti e em vez
de minha vida fazer-te ver esta luz
morro por ti quando podia não morrer,
mas ter um marido tessálio se quisesse 285
e habitar opulento palácio da realeza.
Não quis viver separada de ti
com filhos órfãos e não poupei
juventude, tendo meios de diversão.
Todavia, teu pai e tua mãe te traíram, 290
quando na vida bem lhes era morrer,
bem salvar o filho e gloriosa a morte.
Tinham-te só a ti e nenhuma esperança
de gerar outros filhos após tua morte;
e viveríamos eu e tu o tempo restante 295
e não gemerias separado da esposa
e não criarias órfãos, mas é assim que
algum Deus fez de modo a ser assim.
Que seja! Lembra-te deste meu favor,
eu não te pedirei nunca nada condigno, 300

(ψυχῆς γὰρ οὐδέν ἐστι τιμιώτερον),
δίκαια δ', ὡς φήσεις σύ· τούσδε γὰρ φιλεῖς
οὐχ ἧσσον ἢ 'γὼ παῖδας, εἴπερ εὖ φρονεῖς.
τούτους ἀνάσχου δεσπότας ἐμῶν δόμων
καὶ μὴ 'πιγήμηις τοῖσδε μητρυιὰν τέκνοις, 305
ἥτις κακίων οὖσ' ἐμοῦ γυνὴ φθόνωι
τοῖς σοῖσι κἀμοῖς παισὶ χεῖρα προσβαλεῖ.
μὴ δῆτα δράσηις ταῦτά γ', αἰτοῦμαί σ' ἐγώ·
ἐχθρὰ γὰρ ἡ 'πιοῦσα μητρυιὰ τέκνοις
τοῖς πρόσθ', ἐχίδνης οὐδὲν ἠπιωτέρα. 310
καὶ παῖς μὲν ἄρσην πατέρ' ἔχει πύργον μέγαν
[ὃν καὶ προσεῖπε καὶ προσερρήθη πάλιν]·
σὺ δ', ὦ τέκνον μοι, πῶς κορευθήσηι καλῶς;
ποίας τυχοῦσα συζύγου τῶι σῶι πατρί;
μή σοί τιν' αἰσχρὰν προσβαλοῦσα κληδόνα 315
ἥβης ἐν ἀκμῆι σοὺς διαφθείρηι γάμους.
οὐ γάρ σε μήτηρ οὔτε νυμφεύσει ποτὲ
οὔτ' ἐν τόκοισι σοῖσι θαρσυνεῖ, τέκνον,
παροῦσ', ἵν' οὐδὲν μητρὸς εὐμενέστερον.
δεῖ γὰρ θανεῖν με· καὶ τόδ' οὐκ ἐς αὔριον 320
οὐδ' ἐς τρίτην μοι †μηνὸς† ἔρχεται κακόν,
ἀλλ' αὐτίκ' ἐν τοῖς οὐκέτ' οὖσι λέξομαι.
χαίροντες εὐφραίνοισθε· καὶ σοὶ μέν, πόσι,
γυναῖκ' ἀρίστην ἔστι κομπάσαι λαβεῖν,
ὑμῖν δέ, παῖδες, μητρὸς ἐκπεφυκέναι. 325

ΧΟΡΟΣ
θάρσει· πρὸ τούτου γὰρ λέγειν οὐχ ἅζομαι·
δράσει τάδ', εἴπερ μὴ φρενῶν ἁμαρτάνει.

ΑΔΜΗΤΟΣ
ἔσται τάδ', ἔσται, μὴ τρέσηις· ἐπεί σ' ἐγὼ
καὶ ζῶσαν εἶχον καὶ θανοῦσ' ἐμὴ γυνὴ
μόνη κεκλήσηι, κοὔτις ἀντὶ σοῦ ποτε 330
τόνδ' ἄνδρα νύμφη Θεσσαλὶς προσφθέγξεται.

pois nada é mais precioso que a vida,
mas o justo, como dirás; amas os filhos
não menos que eu, se bem és prudente.
Mantém os filhos donos de meu palácio
e não desposes madrasta destes filhos, 305
que, por ser pior que eu, por ciúmes,
erguerá mão contra os teus e meus filhos.
Assim eu te peço que não faças isso;
a madrasta, que vem odiosa aos filhos
anteriores, não é mais benigna que víbora. 310
O filho varão tem no pai a grande torre
a quem interpelasse e tivesse resposta.
Mas tu, filha, como adolescerás bem?
Que cônjuge de teu pai a sorte te dará?
Não erga contra ti ignominioso rumor, 315
quando jovem, a destruir tuas núpcias.
A mãe não te dará nunca em casamento,
filha, nem no parto ela te dará coragem,
presente, onde nada é melhor que a mãe.
Urge que eu morra; e isto não amanhã 320
nem no terceiro do mês o mal me atinge,
mas logo estarei entre os não mais vivos.
Adeus, sede felizes! Tu podes, esposo,
alardear que tiveste a melhor mulher,
e vós, filhos, ter nascido de vossa mãe. 325

CORO
Coragem! Não receio afirmar por ele;
assim fará, se não lhe falta bom senso.

ADMETO
Sim, assim será, não temas, porque eu
viva te tive e morta só a ti chamarão
minha mulher e além de ti nenhuma 330
noiva tessália se dirigirá a este marido.

οὐκ ἔστιν οὕτως οὔτε πατρὸς εὐγενοῦς
οὔτ' εἶδος ἄλλως ἐκπρεπεστάτη γυνή.
ἅλις δὲ παίδων· τῶνδ' ὄνησιν εὔχομαι
θεοῖς γενέσθαι· σοῦ γὰρ οὐκ ὠνήμεθα. 335
οἴσω δὲ πένθος οὐκ ἐτήσιον τὸ σὸν
ἀλλ' ἔστ' ἂν αἰὼν οὑμὸς ἀντέχηι, γύναι,
στυγῶν μὲν ἥ μ' ἔτικτεν, ἐχθαίρων δ' ἐμὸν
πατέρα· λόγωι γὰρ ἦσαν οὐκ ἔργωι φίλοι.
σὺ δ' ἀντιδοῦσα τῆς ἐμῆς τὰ φίλτατα 340
ψυχῆς ἔσωσας. ἆρά μοι στένειν πάρα
τοιᾶσδ' ἁμαρτάνοντι συζύγου σέθεν;
παύσω δὲ κώμους συμποτῶν θ' ὁμιλίας
στεφάνους τε μοῦσάν θ' ἣ κατεῖχ' ἐμοὺς δόμους.
οὐ γάρ ποτ' οὔτ' ἂν βαρβίτου θίγοιμ' ἔτι 345
οὔτ' ἂν φρέν' ἐξάραιμι πρὸς Λίβυν λακεῖν
αὐλόν· σὺ γάρ μου τέρψιν ἐξείλου βίου.
σοφῆι δὲ χειρὶ τεκτόνων δέμας τὸ σὸν
εἰκασθὲν ἐν λέκτροισιν ἐκταθήσεται,
ὧι προσπεσοῦμαι καὶ περιπτύσσων χέρας 350
ὄνομα καλῶν σὸν τὴν φίλην ἐν ἀγκάλαις
δόξω γυναῖκα καίπερ οὐκ ἔχων ἔχειν·
ψυχρὰν μέν, οἶμαι, τέρψιν, ἀλλ' ὅμως βάρος
ψυχῆς ἀπαντλοίην ἄν. ἐν δ' ὀνείρασιν
φοιτῶσά μ' εὐφραίνοις ἄν· ἡδὺ γὰρ φίλους 355
κἂν νυκτὶ λεύσσειν, ὅντιν' ἂν παρῆι χρόνον.
εἰ δ' Ὀρφέως μοι γλῶσσα καὶ μέλος παρῆν,
ὥστ' ἢ κόρην Δήμητρος ἢ κείνης πόσιν
ὕμνοισι κηλήσαντά σ' ἐξ Ἅιδου λαβεῖν,
κατῆλθον ἄν, καί μ' οὔθ' ὁ Πλούτωνος κύων 360
οὔθ' οὑπὶ κώπηι ψυχοπομπὸς ἂν Χάρων
ἔσχ' ἄν, πρὶν ἐς φῶς σὸν καταστῆσαι βίον.
ἀλλ' οὖν ἐκεῖσε προσδόκα μ', ὅταν θάνω,
καὶ δῶμ' ἑτοίμαζ', ὡς συνοικήσουσά μοι.
ἐν ταῖσιν αὐταῖς γάρ μ' ἐπισκήψω κέδροις 365
σοὶ τούσδε θεῖναι πλευρά τ' ἐκτεῖναι πέλας

Não há mulher nem de pai tão nobre,
nem aliás tão notável pela formosura.
Basta de filhos! Peço aos Deuses
fruir deles, pois de ti não fruímos. 335
Guardarei teu luto não por um ano,
mas quanto a vida resistir, mulher,
com horror a minha mãe e com ódio
a meu pai, caros na fala, não no ato.
Tu deste o mais caro por minha vida 340
e salvaste. Não tenho que gemer
ao perder contigo um cônjuge tal?
Cessarei as festas, as bebedeiras,
coroas e Musa que estava em casa.
Nunca mais nem tocaria mais lira 345
nem me animaria ao som de flauta
líbia, tu me tiraste o prazer da vida.
Por hábil mão de artistas em efígie
o teu corpo será estendido no leito
em que eu me deitarei e abraçarei 350
chamando-te e crerei ter nos braços
a cara mulher, ainda que não tenha.
Frio prazer, suponho, mas aliviaria
do peso da vida. Vindo em sonhos,
tu me alegrarias. É doce ver os nossos, 355
ainda que à noite, quanto tempo fosse.
Se eu tivesse língua e canto de Orfeu,
para encantar filha de Deméter e seu
marido com hinos e tirar-te de Hades,
eu desceria, e nem o cão de Plutão 360
nem o remeiro guia-mortos Caronte
me impediria de trazer tua vida à luz.
Mas espera-me lá, quando eu morrer,
e prepara a casa, como conviveremos.
Incumbirei que me ponham no mesmo 365
cedro teu e estendam o flanco perto

πλευροῖσι τοῖς σοῖς· μηδὲ γὰρ θανών ποτε
σοῦ χωρὶς εἴην τῆς μόνης πιστῆς ἐμοί.

ΧΟΡΟΣ
καὶ μὴν ἐγώ σοι πένθος ὡς φίλος φίλωι
λυπρὸν συνοίσω τῆσδε· καὶ γὰρ ἀξία. 370

ΑΛΚΗΣΤΙΣ
ὦ παῖδες, αὐτοὶ δὴ τάδ' εἰσηκούσατε
πατρὸς λέγοντος μὴ γαμεῖν ἄλλην ποτὲ
γυναῖκ' ἐφ' ὑμῖν μηδ' ἀτιμάσειν ἐμέ.

ΑΔΜΗΤΟΣ
καὶ νῦν γέ φημι καὶ τελευτήσω τάδε.

ΑΛΚΗΣΤΙΣ
ἐπὶ τοῖσδε παῖδας χειρὸς ἐξ ἐμῆς δέχου. 375

ΑΔΜΗΤΟΣ
δέχομαι, φίλον γε δῶρον ἐκ φίλης χερός.

ΑΛΚΗΣΤΙΣ
σύ νυν γενοῦ τοῖσδ' ἀντ' ἐμοῦ μήτηρ τέκνοις.

ΑΔΜΗΤΟΣ
πολλή μ' ἀνάγκη, σοῦ γ' ἀπεστερημένοις.

ΑΛΚΗΣΤΙΣ
ὦ τέκν', ὅτε ζῆν χρῆν μ', ἀπέρχομαι κάτω.

ΑΔΜΗΤΟΣ
οἴμοι, τί δράσω δῆτα σοῦ μονούμενος; 380

ΑΛΚΗΣΤΙΣ
χρόνος μαλάξει σ'· οὐδέν ἐσθ' ὁ κατθανών.

de teu flanco. Nunca mais, nem morto,
seja eu separado de ti, fiel a mim única!

CORO
Suportarei contigo, amigo com amigo,
o pranteado luto por ela, que o merece.

ALCESTE
Ó filhos, ouvistes vós mesmos,
vosso pai diz que por vós não terá
outra esposa e não me desonrará.

ADMETO
Ainda agora o digo e cumprirei.

ALCESTE
Assim de minha mão tem os filhos!

ADMETO
Tenho — dom amigo de mão amiga.

ALCESTE
Sê em vez de mim a mãe dos filhos!

ADMETO
É muito necessário, despojados de ti.

ALCESTE
Ó filhos, quando viveria, vou aos ínferos.

ADMETO
Oímoi! Que farei em separado de ti?

ALCESTE
Tempo te abrandará, nada é o morto.

ΑΔΜΗΤΟΣ
ἄγου με σὺν σοί, πρὸς θεῶν, ἄγου κάτω.

ΑΛΚΗΣΤΙΣ
ἀρκοῦμεν ἡμεῖς οἱ προθνῄσκοντες σέθεν.

ΑΔΜΗΤΟΣ
ὦ δαῖμον, οἵας συζύγου μ' ἀποστερεῖς.

ΑΛΚΗΣΤΙΣ
καὶ μὴν σκοτεινὸν ὄμμα μου βαρύνεται.

ΑΔΜΗΤΟΣ
ἀπωλόμην ἄρ', εἴ με δὴ λείψεις, γύναι.

ΑΛΚΗΣΤΙΣ
ὡς οὐκέτ' οὖσαν οὐδὲν ἂν λέγοις ἐμέ.

ΑΔΜΗΤΟΣ
ὄρθου πρόσωπον, μὴ λίπῃς παῖδας σέθεν.

ΑΛΚΗΣΤΙΣ
οὐ δῆθ' ἑκοῦσά γ'· ἀλλὰ χαίρετ', ὦ τέκνα.

ΑΔΜΗΤΟΣ
βλέψον πρὸς αὐτούς, βλέψον.

ΑΛΚΗΣΤΙΣ
                    οὐδέν εἰμ' ἔτι.

ΑΔΜΗΤΟΣ
τί δρᾷς; προλείπεις;

ΑΛΚΗΣΤΙΣ
            χαῖρ'.

ADMETO
Por Deuses leva-me contigo aos ínferos!

ALCESTE
É o bastante eu morrer antes por ti.

ADMETO
Ó Nume, que cônjuge tu me tiras!

ALCESTE
Deveras tenebrosa pesa minha vista.

ADMETO
Morri, se tu me deixares, mulher!

ALCESTE
Podem dizer que nada mais sou.

ADMETO
Ergue o rosto! Não deixes os filhos!

ALCESTE
Não por gosto, mas adeus, ó filhos!

ADMETO
Olha para eles, olha!

ALCESTE
                Nada mais sou.

ADMETO
Que fazes? Vais?

ALCESTE
                Adeus!

ΑΔΜΗΤΟΣ
    ἀπωλόμην τάλας.

ΧΟΡΟΣ
βέβηκεν, οὐκέτ' ἔστιν Ἀδμήτου γυνή.

ΠΑΙΣ
ἰώ μοι τύχας. μαῖα δὴ κάτω   Est.
βέβακεν, οὐκέτ' ἔστιν, ὦ
πάτερ, ὑφ' ἁλίωι,   395
προλιποῦσα δ' ἐμὸν βίον ὠρφάνισεν τλάμων.
†ἴδε γὰρ ἴδε βλέφαρον καὶ†
παρατόνους χέρας.
ὑπάκουσον ἄκουσον, ὦ μᾶτερ, ἀντιάζω.   400
ἐγώ σ' ἐγώ, μᾶτερ,
†καλοῦμαι ὁ σὸς ποτὶ σοῖσι πίτ-
νων† στόμασιν νεοσσός.

ΑΔΜΗΤΟΣ
τὴν οὐ κλύουσαν οὐδ' ὁρῶσαν· ὥστ' ἐγὼ
καὶ σφὼ βαρείαι συμφορᾶι πεπλήγμεθα.   405

ΠΑΙΣ
νέος ἐγώ, πάτερ, λείπομαι φίλας   Ant.
μονόστολός τε ματρός· ὦ
σχέτλια δὴ παθὼν
ἐγὼ ἔργ', ἃ σὺ σύγκασί μοι συνέτλας κούρα.   410
< > ὦ πάτερ,
ἀνόνατ' ἀνόνατ' ἐνύμφευσας οὐδὲ γήρως
ἔβας τέλος σὺν τᾶιδ'·
ἔφθιτο γὰρ πάρος· οἰχομένας δὲ σοῦ,
μᾶτερ, ὄλωλεν οἶκος.   415

ΧΟΡΟΣ
Ἄδμητ', ἀνάγκη τάσδε συμφορὰς φέρειν·

ADMETO

                Morri mísero!

CORO
Foi-se, não há mais a mulher de Admeto.

EUMELO
Ió, sorte! Minha mãe se foi   Est.
aos ínferos, não está mais,
ó pai, sob o sol,   395
mísera me fez a vida órfã.
Vê! Vê a pálpebra
e as mãos inertes!
Ouve! Ouve! Ó mãe, suplico!   400
Eu, ó minha mãe,
eu te chamo, teu filho
caído ante o teu rosto.

ADMETO
Ela não ouve nem vê, somos assim
eu e ambos vós batidos de infortúnio.   405

EUMELO
Ó pai, fico jovem só   Ant.
sem minha mãe! *Ô!*
Sofro as misérias
que suportas comigo irmã moça.   410
Ó pai,
sem proveito, sem proveito desposaste,
não foste com ela ao fecho da velhice,
pois pereceu antes. Com tua partida,
ó mãe, a casa está perdida.   415

CORO
Admeto, necessário é suportar esta perda.

οὐ γάρ τι πρῶτος οὐδὲ λοίσθιος βροτῶν
γυναικὸς ἐσθλῆς ἤμπλακες· γίγνωσκε δὲ
ὡς πᾶσιν ἡμῖν κατθανεῖν ὀφείλεται.

ΑΔΜΗΤΟΣ
ἐπίσταμαί τοι, κοὐκ ἄφνω κακὸν τόδε 420
προσέπτατ'· εἰδὼς δ' αὔτ' ἐτειρόμην πάλαι.
ἀλλ', ἐκφορὰν γὰρ τοῦδε θήσομαι νεκροῦ,
πάρεστε καὶ μένοντες ἀντηχήσατε
παιᾶνα τῶι κάτωθεν ἄσπονδον θεῶι.
πᾶσιν δὲ Θεσσαλοῖσιν ὧν ἐγὼ κρατῶ 425
πένθους γυναικὸς τῆσδε κοινοῦσθαι λέγω
κουρᾶι ξυρήκει καὶ μελαμπέπλωι στολῆι·
τέθριππά θ' οἳ ζεύγνυσθε καὶ μονάμπυκας
πώλους, σιδήρωι τέμνετ' αὐχένων φόβην.
αὐλῶν δὲ μὴ κατ' ἄστυ, μὴ λύρας κτύπος 430
ἔστω σελήνας δώδεκ' ἐκπληρουμένας.
οὐ γάρ τιν' ἄλλον φίλτερον θάψω νεκρὸν
τοῦδ' οὐδ' ἀμείνον' εἰς ἔμ'· ἀξία δέ μοι
τιμῆς, ἐπεὶ τέθνηκεν ἀντ' ἐμοῦ μόνη.

ΧΟΡΟΣ
ὦ Πελίου θύγατερ, Est. 1
χαίρουσά μοι εἰν Ἀίδα δόμοισιν 436
τὸν ἀνάλιον οἶκον οἰκετεύοις.
ἴστω δ' Ἀίδας ὁ μελαγχαί-
τας θεὸς ὅς τ' ἐπὶ κώπαι
πηδαλίωι τε γέρων 440
νεκροπομπὸς ἵζει
πολὺ δὴ πολὺ δὴ γυναῖκ' ἀρίσταν
λίμναν Ἀχεροντίαν πορεύ-
σας ἐλάται δικώπωι.

Dentre mortais nem primeiro nem último
perdeste nobre esposa, mas reconhece
que morrer é uma dívida de todos nós!

ADMETO
Estou sabendo, este mal não subitâneo 420
atacou, e ciente disso há muito sofria.
Mas farei os funerais desta morta.
Comparecei vós e presentes ressoai
o peã sem libação aos Deuses ínferos!
A todos os tessálios, de quem sou rei, 425
proclamo luto comum por esta mulher
com o corte de cabelos e as vestes negras.
Vós, que jungis quadrigas e potros selados,
com o ferro cortai a crina dos pescoços.
Nesta cidade nenhum som de flauta 430
nem lira ressoe por doze plenilúnios!
Não enterrarei outro morto mais caro
que esta, nem melhor para mim, digna
de honra, porque só morreu por mim.

[*Segundo estásimo* (435-475)]

CORO
Ó filha de Pélias, Est. 1
alegre no palácio de Hades 436
habites a morada sem sol!
Saiba Hades, o Deus de crina negra,
e saiba ele, sentado ao remo
e ao leme, o velho 440
condutor de mortos,
ter levado a melhor mulher, a melhor,
pelo lago Aqueronte,
em lenho birreme!

πολλά σε μουσοπόλοι　　　　　　　　　　　　　　　Ant. 1
μέλψουσι καθ' ἑπτάτονόν τ' ὀρείαν　　　　　　　　446
χέλυν ἔν τ' ἀλύροις κλέοντες ὕμνοις,
Σπάρται κυκλὰς ἁνίκα Καρνεί-
ου περινίσεται ὥρα
μηνός, ἀειρομένας　　　　　　　　　　　　　　　　450
παννύχου σελάνας,
λιπαραῖσί τ' ἐν ὀλβίαις Ἀθάναις.
τοίαν ἔλιπες θανοῦσα μολ-
πὰν μελέων ἀοιδοῖς.

εἴθ' ἐπ' ἐμοὶ μὲν εἴη,　　　　　　　　　　　　　　Est. 2
δυναίμαν δέ σε πέμψαι　　　　　　　　　　　　　456
φάος ἐξ Ἀίδα τεράμνων
καὶ Κωκυτοῖο ῥεέθρων
ποταμίαι νερτέραι τε κώπαι.
σὺ γάρ, ὦ μόνα ὦ φίλα γυναικῶν,　　　　　　　　460
σὺ τὸν αὑτᾶς
ἔτλας <ἔτλας> πόσιν ἀντὶ σᾶς ἀμεῖψαι
ψυχᾶς ἐξ Ἅιδα. κούφα σοι
χθὼν ἐπάνωθε πέσοι, γύναι. εἰ δέ τι
καινὸν ἕλοιτο πόσις λέχος, ἦ μάλ' ἂν
ἔμοιγ' ἂν εἴη στυγη-　　　　　　　　　　　　　　465
θεὶς τέκνοις τε τοῖς σοῖς.

ματέρος οὐ θελούσας　　　　　　　　　　　　　　Ant. 2
πρὸ παιδὸς χθονὶ κρύψαι
δέμας οὐδὲ πατρὸς γεραιοῦ < >
ὃν ἔτεκον δ', οὐκ ἔτλαν ῥύεσθαι,
σχετλίω, πολιὰν ἔχοντε χαίταν.　　　　　　　　　470
σὺ δ' ἐν ἥβαι
νέαι νέου προθανοῦσα φωτὸς οἴχηι.
τοιαύτας εἴη μοι κῦρσαι
συνδυάδος φιλίας ἀλόχου· τὸ γὰρ
ἐν βιότωι σπάνιον μέρος· ἦ γὰρ ἂν

176

Os cultores de Musas   Ant. 1
te cantarão ao septicorde casco montês   446
e ao celebrarem com hinos sem lira,
em Esparta, quando a hora circular
do mês de Carneio circunda,
alta a lua   450
a noite toda,
e na brilhante e próspera Atenas.
Tal tema de canto
morta legaste aos cantores.

Se dependesse de mim   Est. 2
e pudesse te trazer à luz   456
da moradia de Hades
e das águas de Cocito
de navio no rio dos ínferos!
Tu, ó única, ó cara, dentre mulheres,   460
tu ousaste
com tua própria vida resgatar
do Hades o esposo. Leve
te seja a terra em cima, ó mulher!
Se o marido escolhesse novo leito,
ele seria horrendo para mim   465
e para os teus filhos.

Sem a concordância da mãe   Ant. 2
em sepultar-se na terra em vez
do filho, nem a do pai ancião,
não ousaram defender o filho
ambos cruéis de crinas grisalhas.   470
Tu, na juventude, morta antes
do varão novo, nova te foste.
Tal pudesse eu encontrar
amor de parelha esposa!
Eis a rara sorte na vida!

ἔμοιγ' ἄλυπος δι' αἰ- 475
ῶνος ἂν ξυνείη.

ΗΡΑΚΛΗΣ
ξένοι, Φεραίας τῆσδε κωμῆται χθονός,
Ἄδμητον ἐν δόμοισιν ἆρα κιγχάνω;

ΧΟΡΟΣ
ἔστ' ἐν δόμοισι παῖς Φέρητος, Ἡράκλεις.
ἀλλ' εἰπὲ χρεία τίς σε Θεσσαλῶν χθόνα
πέμπει, Φεραῖον ἄστυ προσβῆναι τόδε. 480

ΗΡΑΚΛΗΣ
Τιρυνθίωι πράσσω τιν' Εὐρυσθεῖ πόνον.

ΧΟΡΟΣ
καὶ ποῖ πορεύηι; τῶι συνέζευξαι πλάνωι;

ΗΡΑΚΛΗΣ
Θρηικὸς τέτρωρον ἅρμα Διομήδους μέτα.

ΧΟΡΟΣ
πῶς οὖν δυνήσηι; μῶν ἄπειρος εἶ ξένου;

ΗΡΑΚΛΗΣ
ἄπειρος· οὔπω Βιστόνων ἦλθον χθόνα. 485

ΧΟΡΟΣ
οὐκ ἔστιν ἵππων δεσπόσαι σ' ἄνευ μάχης.

ΗΡΑΚΛΗΣ
ἀλλ' οὐδ' ἀπειπεῖν μὴν πόνους οἷόν τ' ἐμοί.

Comigo sem tristeza
conviveria toda a vida. 475

[*Terceiro episódio* (476-567)]

HÉRACLES
Hóspedes, residentes nesta terra de Feres,
será que encontro Admeto no palácio?

CORO
Está no palácio o filho de Feres, ó Héracles,
mas diz que necessidade te traz ao solo
tessálio que vens a esta cidade de Feres! 480

HÉRACLES
Faço um trabalho para Euristeu de Tirinto.

CORO
E para onde vais? Jungiste que percurso?

HÉRACLES
Atrás da quadriga de Diomedes da Trácia.

CORO
Como poderias? Que sabes do hospedeiro?

HÉRACLES
Nada sei, ainda não fui à terra dos bístones. 485

CORO
Não podes ter posse das éguas sem luta.

HÉRACLES
Mas também não posso recusar o trabalho.

ΧΟΡΟΣ
κτανὼν ἄρ' ἥξεις ἢ θανὼν αὐτοῦ μενεῖς.

ΗΡΑΚΛΗΣ
οὐ τόνδ' ἀγῶνα πρῶτον ἂν δράμοιμ' ἐγώ.

ΧΟΡΟΣ
τί δ' ἂν κρατήσας δεσπότην πλέον λάβοις;   490

ΗΡΑΚΛΗΣ
πώλους ἀπάξω κοιράνωι Τιρυνθίωι.

ΧΟΡΟΣ
οὐκ εὐμαρὲς χαλινὸν ἐμβαλεῖν γνάθοις.

ΗΡΑΚΛΗΣ
εἰ μή γε πῦρ πνέουσι μυκτήρων ἄπο.

ΧΟΡΟΣ
ἀλλ' ἄνδρας ἀρταμοῦσι λαιψηραῖς γνάθοις.

ΗΡΑΚΛΗΣ
θηρῶν ὀρείων χόρτον, οὐχ ἵππων, λέγεις.   495

ΧΟΡΟΣ
φάτνας ἴδοις ἂν αἵμασιν πεφυρμένας.

ΗΡΑΚΛΗΣ
τίνος δ' ὁ θρέψας παῖς πατρὸς κομπάζεται;

ΧΟΡΟΣ
Ἄρεος, ζαχρύσου Θρηικίας πέλτης ἄναξ.

ΗΡΑΚΛΗΣ
καὶ τόνδε τοὐμοῦ δαίμονος πόνον λέγεις

CORO
Ora, mata e virás, ou ficarás por lá morto.

HÉRACLES
Não seria este o meu primeiro combate.

CORO
E que terias a mais, se vencesses o dono?   490

HÉRACLES
Conduzirei essas potras ao rei de Tirinto.

CORO
Não é fácil pôr-lhes freio nos maxilares.

HÉRACLES
Se é que não sopram fogo das narinas.

CORO
Dilaceram varões com ágeis maxilares.

HÉRACLES
Dizes pasto de feras montesas, não éguas.   495

CORO
Verias as cocheiras molhadas de sangue.

HÉRACLES
O criador se ufana de ser filho de quem?

CORO
Filho de Ares, rei de áureo escudo trácio.

HÉRACLES
Dizes este trabalho ainda de meu Nume,

(σκληρὸς γὰρ αἰεὶ καὶ πρὸς αἶπος ἔρχεται), 500
εἰ χρή με παισὶν οἷς Ἄρης ἐγείνατο
μάχην συνάψαι, πρῶτα μὲν Λυκάονι
αὖθις δὲ Κύκνωι, τόνδε δ' ἔρχομαι τρίτον
ἀγῶνα πώλοις δεσπότηι τε συμβαλῶν.
ἀλλ' οὔτις ἔστιν ὃς τὸν Ἀλκμήνης γόνον 505
τρέσαντα χεῖρα πολεμίαν ποτ' ὄψεται.

ΧΟΡΟΣ
καὶ μὴν ὅδ' αὐτὸς τῆσδε κοίρανος χθονὸς
Ἄδμητος ἔξω δωμάτων πορεύεται.

ΑΔΜΗΤΟΣ
χαῖρ', ὦ Διὸς παῖ Περσέως τ' ἀφ' αἵματος.

ΗΡΑΚΛΗΣ
Ἄδμητε, καὶ σὺ χαῖρε, Θεσσαλῶν ἄναξ. 510

ΑΔΜΗΤΟΣ
θέλοιμ' ἄν· εὔνουν δ' ὄντα σ' ἐξεπίσταμαι.

ΗΡΑΚΛΗΣ
τί χρῆμα κουρᾶι τῆιδε πενθίμωι πρέπεις;

ΑΔΜΗΤΟΣ
θάπτειν τιν' ἐν τῆιδ' ἡμέραι μέλλω νεκρόν.

ΗΡΑΚΛΗΣ
ἀπ' οὖν τέκνων σῶν πημονὴν εἴργοι θεός.

ΑΔΜΗΤΟΣ
ζῶσιν κατ' οἴκους παῖδες οὓς ἔφυσ' ἐγώ. 515

ΗΡΑΚΛΗΣ
πατήρ γε μὴν ὡραῖος, εἴπερ οἴχεται.

182

é sempre ríspido e para o íngreme vai, 500
se devo travar batalha com os filhos
que Ares gerou, primeiro com Lupino,
depois com Cisne. Vou a este terceiro
combate contra potras e contra dono.
Mas não se verá o filho de Alcmena 505
nunca tremer perante o braço inimigo.

CORO
Deveras ele mesmo, o rei desta terra,
Admeto está vindo para fora da casa.

ADMETO
Salve, filho de Zeus, sangue de Perseu!

HÉRACLES
Admeto, salve também tu, ó rei tessálio! 510

ADMETO
Quisera! Sei bem que tu és benevolente.

HÉRACLES
Por que te distingue a tonsura de luto?

ADMETO
Devo neste dia sepultar alguém morto.

HÉRACLES
Dos teus filhos afaste Deus essa dor!

ADMETO
Vivem em casa os filhos que eu gerei. 515

HÉRACLES
O pai é deveras em sua hora se partiu.

ΑΔΜΗΤΟΣ
κἀκεῖνος ἔστι χἠ τεκοῦσά μ', Ἡράκλεις.

ΗΡΑΚΛΗΣ
οὐ μὴν γυνή γ' ὄλωλεν Ἄλκηστις σέθεν;

ΑΔΜΗΤΟΣ
διπλοῦς ἐπ' αὐτῆι μῦθος ἔστι μοι λέγειν.

ΗΡΑΚΛΗΣ
πότερα θανούσης εἶπας ἢ ζώσης ἔτι;   520

ΑΔΜΗΤΟΣ
ἔστιν τε κοὐκέτ' ἔστιν, ἀλγύνει δέ με.

ΗΡΑΚΛΗΣ
οὐδέν τι μᾶλλον οἶδ'· ἄσημα γὰρ λέγεις.

ΑΔΜΗΤΟΣ
οὐκ οἶσθα μοίρας ἧς τυχεῖν αὐτὴν χρεών;

ΗΡΑΚΛΗΣ
οἶδ', ἀντὶ σοῦ γε κατθανεῖν ὑφειμένην.

ΑΔΜΗΤΟΣ
πῶς οὖν ἔτ' ἔστιν, εἴπερ ἤινεσεν τάδε;   525

ΗΡΑΚΛΗΣ
ἆ, μὴ πρόκλαι' ἄκοιτιν, ἐς τότ' ἀμβαλοῦ.

ΑΔΜΗΤΟΣ
τέθνηχ' ὁ μέλλων κἀνθάδ' ὢν οὐκ ἔστ' ἔτι.

ΗΡΑΚΛΗΣ
χωρὶς τό τ' εἶναι καὶ τὸ μὴ νομίζεται.

ADMETO
Ele ainda vive, e minha mãe, Héracles.

HÉRACLES
Será que faleceu Alceste, tua mulher?

ADMETO
Dela posso dizer uma dúplice palavra.

HÉRACLES
Disseste que morreu, ou ainda vive? 520

ADMETO
Vive e não mais vive, isso me aflige.

HÉRACLES
Não sei de nada, pois não falas claro.

ADMETO
Não sabes da parte que será sua sorte?

HÉRACLES
Sei que aceitou morrer em vez de ti.

ADMETO
Como ainda vive, se ela aceitou isso? 525

HÉRACLES
Â! Não a chores antes, adia até o dia!

ADMETO
Morreu se morrerá e ao ser não é mais.

HÉRACLES
Considera-se um ser, o outro não-ser.

ΑΔΜΗΤΟΣ
σὺ τῆιδε κρίνεις, Ἡράκλεις, κείνηι δ' ἐγώ.

ΗΡΑΚΛΗΣ
τί δῆτα κλαίεις; τίς φίλων ὁ κατθανών;   530

ΑΔΜΗΤΟΣ
γυνή· γυναικὸς ἀρτίως μεμνήμεθα.

ΗΡΑΚΛΗΣ
ὀθνεῖος ἢ σοὶ συγγενὴς γεγῶσά τις;

ΑΔΜΗΤΟΣ
ὀθνεῖος, ἄλλως δ' ἦν ἀναγκαία δόμοις.

ΗΡΑΚΛΗΣ
πῶς οὖν ἐν οἴκοις σοῖσιν ὤλεσεν βίον;

ΑΔΜΗΤΟΣ
πατρὸς θανόντος ἐνθάδ' ὠρφανεύετο.   535

ΗΡΑΚΛΗΣ
φεῦ.
εἴθ' ηὕρομέν σ', Ἄδμητε, μὴ λυπούμενον.

ΑΔΜΗΤΟΣ
ὡς δὴ τί δράσων τόνδ' ὑπορράπτεις λόγον;

ΗΡΑΚΛΗΣ
ξένων πρὸς ἄλλων ἑστίαν πορεύσομαι.

ΑΔΜΗΤΟΣ
οὐκ ἔστιν, ὦναξ· μὴ τοσόνδ' ἔλθοι κακόν.

ADMETO
Tu, Héracles, pensas assim, eu, aliás.

HÉRACLES
Por que tu choras? Quem seu morreu? 530

ADMETO
Mulher, falamos de mulher há pouco.

HÉRACLES
Forasteira ou nascida em tua família?

ADMETO
Forasteira, aliás estava ligada à casa.

HÉRACLES
Como em tua casa ela perdeu a vida?

ADMETO
Por ser morto o seu pai, aqui era órfã. 535

HÉRACLES
Pheû!
Encontrássemos-te sem dor, Admeto!

ADMETO
Com que intenção teces essa palavra?

HÉRACLES
Irei para lareira de outro hospedeiro.

ADMETO
Não pode, ó rei! Tanto mal não venha!

ΗΡΑΚΛΗΣ
λυπουμένοις ὀχληρός, εἰ μόλοι, ξένος. 540

ΑΔΜΗΤΟΣ
τεθνᾶσιν οἱ θανόντες· ἀλλ' ἴθ' ἐς δόμους.

ΗΡΑΚΛΗΣ
αἰσχρόν \<γε\> παρὰ κλαίουσι θοινᾶσθαι ξένους.

ΑΔΜΗΤΟΣ
χωρὶς ξενῶνές εἰσιν οἷ σ' ἐσάξομεν.

ΗΡΑΚΛΗΣ
μέθες με καί σοι μυρίαν ἕξω χάριν.

ΑΔΜΗΤΟΣ
οὐκ ἔστιν ἄλλου σ' ἀνδρὸς ἑστίαν μολεῖν. 545
ἡγοῦ σὺ τῶιδε δωμάτων ἐξωπίους
ξενῶνας οἴξας τοῖς τ' ἐφεστῶσιν φράσον
σίτων παρεῖναι πλῆθος, εὖ δὲ κλήισατε
θύρας μεταύλους· οὐ πρέπει θοινωμένους
κλύειν στεναγμῶν οὐδὲ λυπεῖσθαι ξένους. 550

ΧΟΡΟΣ
τί δρᾶις; τοσαύτης συμφορᾶς προσκειμένης,
Ἄδμητε, τολμᾶις ξενοδοκεῖν; τί μῶρος εἶ;

ΑΔΜΗΤΟΣ
ἀλλ' εἰ δόμων σφε καὶ πόλεως ἀπήλασα
ξένον μολόντα, μᾶλλον ἄν μ' ἐπήινεσας;
οὐ δῆτ', ἐπεί μοι συμφορὰ μὲν οὐδὲν ἂν 555
μείων ἐγίγνετ', ἀξενώτερος δ' ἐγώ.
καὶ πρὸς κακοῖσιν ἄλλο τοῦτ' ἂν ἦν κακόν,
δόμους καλεῖσθαι τοὺς ἐμοὺς ἐχθροξένους.

HÉRACLES

É inoportuno o hóspede se for a aflitos. 540

ADMETO

Os mortos estão mortos. Entra em casa!

HÉRACLES

É feio hóspede cear junto a quem chora.

ADMETO

É fora a hospedaria a que te levaremos.

HÉRACLES

Deixa-me ir e serei grato dez mil vezes.

ADMETO

Tu não podes ir à lareira de outro varão. 545
Guia-o tu e abre-lhe a hospedaria recôndita
da casa e ordena aos servos encarregados
que lhe sirvam mesa farta e fechai bem
portas externas, pois convém que hóspede
à mesa não ouça lástimas nem se aflija. 550

CORO

Que fazes? Ao desabar tanto infortúnio,
Admeto, ousas ter hóspede? Que tolo és?

ADMETO

Mas se eu o afastasse da casa e da urbe
ao chegar hóspede, tu me aprovarias?
Não, pois meu infortúnio não se faria 555
menor, mas eu seria mais inospitaleiro.
Aos males isso acrescentaria outro mal,
a minha casa se dizer odiosa ao hóspede.

αὐτὸς δ' ἀρίστου τοῦδε τυγχάνω ξένου,
ὅταν ποτ' Ἄργους διψίαν ἔλθω χθόνα. 560

ΧΟΡΟΣ
πῶς οὖν ἔκρυπτες τὸν παρόντα δαίμονα,
φίλου μολόντος ἀνδρὸς ὡς αὐτὸς λέγεις;

ΑΔΜΗΤΟΣ
οὐκ ἄν ποτ' ἠθέλησεν εἰσελθεῖν δόμους,
εἰ τῶν ἐμῶν τι πημάτων ἐγνώρισεν.
καὶ τῶι μέν, οἶμαι, δρῶν τάδ' οὐ φρονεῖν δοκῶ 565
οὐδ' αἰνέσει με· τἀμὰ δ' οὐκ ἐπίσταται
μέλαθρ' ἀπωθεῖν οὐδ' ἀτιμάζειν ξένους.

ΧΟΡΟΣ
ὦ πολύξεινος καὶ ἐλευθέρου ἀνδρὸς ἀεί ποτ' οἶκος, Est. 1
σέ τοι καὶ ὁ Πύθιος εὐλύρας Ἀπόλλων 570
ἠξίωσε ναίειν,
ἔτλα δὲ σοῖσι μηλονόμας
ἐν νομοῖς γενέσθαι,
δοχμιᾶν διὰ κλειτύων
βοσκήμασι σοῖσι συρίζων 575
ποιμνίτας ὑμεναίους.

σὺν δ' ἐποιμαίνοντο χαρᾶι μελέων βαλιαί τε λύγκες, Ant. 1
ἔβα δὲ λιποῦσ' Ὄθρυος νάπαν λεόντων 580
ἁ δαφοινὸς ἴλα·
χόρευσε δ' ἀμφὶ σὰν κιθάραν,
Φοῖβε, ποικιλόθριξ
νεβρὸς ὑψικόμων πέραν 585
βαίνουσ' ἐλατᾶν σφυρῶι κούφωι,
χαίρουσ' εὔφρονι μολπᾶι.

Eu mesmo encontro nele ótimo hóspede
toda vez que vou à árida terra de Argos. 560

CORO
Por que lhe escondeste o presente Nume,
se é dos nossos, como tu mesmo dizes?

ADMETO
Ele não aceitaria nunca entrar em casa,
se soubesse algo de meus sofrimentos.
Pareço imprudente ao agir assim, creio, 565
e não me aprovarão, mas o meu palácio
não sabe repelir nem desonrar hóspedes.

[*Terceiro estásimo (568-605)*]

CORO
Ó casa hospitaleira de varão livre sempre, Est. 1
até Apolo pítio de bela lira 570
se dignou te habitar,
suportou ser pastor
em tuas pastagens,
por oblíquas colinas 575
com teus rebanhos, a flautear
himeneus pastoris.

Criam-se com melodiosa alegria linces vários, Ant. 1
veio do vale de Ótris a fulva 580
tropa de leões,
e dançou ao som de tua cítara,
ó Febo, a sarapintada
corça ao ir com leves tornozelos 585
além dos abetos de altas frondes,
alegre com jubilosa dança.

τοιγὰρ πολυμηλοτάταν　　　　　　　　　　　　Est. 2
ἑστίαν οἰκεῖ παρὰ καλλίναον
Βοιβίαν λίμναν. ἀρότοις δὲ γυᾶν　　　　　　　590
καὶ πεδίων δαπέδοις ὅρον ἀμφὶ μὲν
ἀελίου κνεφαίαν
ἱππόστασιν †αἰθέρα τὰν† Μολοσ-
σῶν < > τίθεται,
πόντιον δ' Αἰγαῖον ἐπ' ἀκτὰν　　　　　　　　595
ἀλίμενον Πηλίου κρατύνει.

καὶ νῦν δόμον ἀμπετάσας　　　　　　　　　　Ant. 2
δέξατο ξεῖνον νοτερῶι βλεφάρωι,
τᾶς φίλας κλαίων ἀλόχου νέκυν ἐν
δώμασιν ἀρτιθανῆ· τὸ γὰρ εὐγενὲς　　　　600
ἐκφέρεται πρὸς αἰδῶ.
ἐν τοῖς ἀγαθοῖσι δὲ πάντ' ἔνε-
στιν· σοφίας ἄγαμαι.
πρὸς δ' ἐμᾶι ψυχᾶι θράσος ἧσται
θεοσεβῆ φῶτα κεδνὰ πράξειν.　　　　　　　605

ΑΔΜΗΤΟΣ
ἀνδρῶν Φεραίων εὐμενὴς παρουσία,
νέκυν μὲν ἤδη πάντ' ἔχοντα πρόσπολοι
φέρουσιν ἄρδην πρὸς τάφον τε καὶ πυράν·
ὑμεῖς δὲ τὴν θανοῦσαν, ὡς νομίζεται,
προσείπατ' ἐξιοῦσαν ὑστάτην ὁδόν.　　　　610

ΧΟΡΟΣ
καὶ μὴν ὁρῶ σὸν πατέρα γηραιῶι ποδὶ
στείχοντ', ὀπαδούς τ' ἐν χεροῖν δάμαρτι σῆι
κόσμον φέροντας, νερτέρων ἀγάλματα.

Riquíssimo de ovelhas   Est. 2
habita junto às belas águas
do lago Bébio, e delimita   590
as terras lavradas
e o chão das planícies
na sombria estrebaria do Sol,
sob o céu dos molossos,
e domina até a costa sem-porto   595
do Pélion no mar Egeu.

Ainda agora abre a casa,   Ant. 2
acolhe hóspede, com olhos úmidos
de chorar sua esposa recém-falecida
em casa. A nobreza   600
leva ao respeito.
Entre bons tudo é possível.
Admiro a sabedoria.
Em minha alma há confiança
no bem do varão reverente a Deus.   605

[*Quarto episódio (606-961)*]

ADMETO
Benévola presença de varões de Feras,
os servos levam erguido o cadáver
aparatado para os funerais e a pira.
Saudai vós a morta, como é o uso,
já de saída para o último percurso!   610

CORO
Vejo que teu pai com passo de idoso
caminha e os servos trazem nas mãos
adorno a tua esposa, adereço dos ínferos.

ΦΕΡΗΣ
ἥκω κακοῖσι σοῖσι συγκάμνων, τέκνον·
ἐσθλῆς γάρ, οὐδεὶς ἀντερεῖ, καὶ σώφρονος 615
γυναικὸς ἡμάρτηκας. ἀλλὰ ταῦτα μὲν
φέρειν ἀνάγκη καίπερ ὄντα δύσφορα.
δέχου δὲ κόσμον τόνδε καὶ κατὰ χθονὸς
ἴτω. τὸ ταύτης σῶμα τιμᾶσθαι χρεών,
ἥτις γε τῆς σῆς προύθανε ψυχῆς, τέκνον, 620
καί μ' οὐκ ἄπαιδ' ἔθηκεν οὐδ' εἴασε σοῦ
στερέντα γήραι πενθίμωι καταφθίνειν,
πάσαις δ' ἔθηκεν εὐκλεέστερον βίον
γυναιξίν, ἔργον τλᾶσα γενναῖον τόδε.
ὦ τόνδε μὲν σώσασ', ἀναστήσασα δὲ 625
ἡμᾶς πίτνοντας, χαῖρε, κἀν Ἅιδου δόμοις
εὖ σοι γένοιτο. φημὶ τοιούτους γάμους
λύειν βροτοῖσιν, ἢ γαμεῖν οὐκ ἄξιον.

ΑΔΜΗΤΟΣ
οὔτ' ἦλθες ἐς τόνδ' ἐξ ἐμοῦ κληθεὶς τάφον
οὔτ' ἐν φίλοισι σὴν παρουσίαν λέγω. 630
κόσμον δὲ τὸν σὸν οὔποθ' ἥδ' ἐνδύσεται·
οὐ γάρ τι τῶν σῶν ἐνδεὴς ταφήσεται.
τότε ξυναλγεῖν χρῆν σ' ὅτ' ὠλλύμην ἐγώ·
σὺ δ' ἐκποδὼν στὰς καὶ παρεὶς ἄλλωι θανεῖν
νέωι γέρων ὢν τόνδ' ἀποιμώξηι νεκρόν; 635
οὐκ ἦσθ' ἄρ' ὀρθῶς τοῦδε σώματος πατήρ,
οὐδ' ἡ τεκεῖν φάσκουσα καὶ κεκλημένη
μήτηρ μ' ἔτικτε, δουλίου δ' ἀφ' αἵματος
μαστῶι γυναικὸς σῆς ὑπεβλήθην λάθραι.
ἔδειξας εἰς ἔλεγχον ἐξελθὼν ὃς εἶ, 640
καί μ' οὐ νομίζω παῖδα σὸν πεφυκέναι.
ἦ τἄρα πάντων διαπρέπεις ἀψυχίαι,
ὃς τηλικόσδ' ὢν κἀπὶ τέρμ' ἥκων βίου
οὐκ ἠθέλησας οὐδ' ἐτόλμησας θανεῖν
τοῦ σοῦ πρὸ παιδός, ἀλλὰ τήνδ' εἰάσατε 645

FERES

Venho condoído de teus males, filho.
Nobre, ninguém contesta, e prudente 615
esposa perdeste, mas é sim necessário
suportar isso, ainda que seja difícil.
Recebe este adorno e sob a terra
que se vá! É honorável seu corpo,
ela morreu antes por tua vida, filho, 620
não me fez sem filho, não me deixou
findar sem ti numa lutuosa velhice,
fez mais gloriosa a vida para todas
as mulheres ao ousar este nobre feito.
Porque o salvaste e reergueste-nos 625
caídos, salve! Até na casa de Hades
estimo estejas bem. Digo tais núpcias
úteis aos mortais, ou iméritas núpcias.

ADMETO

Não vieste a meu convite a estes funerais
nem conto a tua presença entre os meus. 630
Ela não usará nunca esse teu adorno,
pois não disso carente será sepultada.
Devias condoer quando eu ia morrer;
tu ficaste longe e deixaste morrer outro
jovem, tu, velho, e chorarás este morto? 635
Ora, não foste deveras o pai deste corpo,
nem a que diz ser mãe e assim se chama
mãe me gerou, mas de sangue servil
ocultaram-me no seio de tua mulher.
Ao saíres à prova mostraste quem és, 640
e não me considero nascido teu filho.
De todos distinto por pusilanimidade
tu chegas tão idoso ao termo da vida
e não quiseste nem ousaste morrer
em vez de teu filho mas tu deixaste 645

γυναῖκ' ὀθνείαν, ἣν ἐγὼ καὶ μητέρα
καὶ πατέρ' ἂν ἐνδίκως ἂν ἡγοίμην μόνην.
καίτοι καλόν γ' ἂν τόνδ' ἀγῶν' ἠγωνίσω
τοῦ σοῦ πρὸ παιδὸς κατθανών, βραχὺς δέ σοι
πάντως ὁ λοιπὸς ἦν βιώσιμος χρόνος. 650
[κἀγώ τ' ἂν ἔζων χἥδε τὸν λοιπὸν χρόνον,
κοὐκ ἂν μονωθεὶς ἔστενον κακοῖς ἐμοῖς.]
καὶ μὴν ὅσ' ἄνδρα χρὴ παθεῖν εὐδαίμονα
πέπονθας· ἥβησας μὲν ἐν τυραννίδι,
παῖς δ' ἦν ἐγώ σοι τῶνδε διάδοχος δόμων, 655
ὥστ' οὐκ ἄτεκνος κατθανὼν ἄλλοις δόμον
λείψειν ἔμελλες ὀρφανὸν διαρπάσαι.
οὐ μὴν ἐρεῖς γέ μ' ὡς ἀτιμάζοντα σὸν
γῆρας θανεῖν προύδωκας, ὅστις αἰδόφρων
πρὸς σ' ἦ μάλιστα· κἀντὶ τῶνδέ μοι χάριν 660
τοιάνδε καὶ σὺ χἡ τεκοῦσ' ἠλλαξάτην.
τοιγὰρ φυτεύων παῖδας οὐκέτ' ἂν φθάνοις,
οἳ γηροβοσκήσουσι καὶ θανόντα σε
περιστελοῦσι καὶ προθήσονται νεκρόν.
οὐ γάρ σ' ἔγωγε τῇδ' ἐμῇ θάψω χερί· 665
τέθνηκα γὰρ δὴ τοὐπὶ σ'. εἰ δ' ἄλλου τυχὼν
σωτῆρος αὐγὰς εἰσορῶ, κείνου λέγω
καὶ παῖδά μ' εἶναι καὶ φίλον γηροτρόφον.
μάτην ἄρ' οἱ γέροντες εὔχονται θανεῖν,
γῆρας ψέγοντες καὶ μακρὸν χρόνον βίου· 670
ἢν δ' ἐγγὺς ἔλθῃ θάνατος, οὐδεὶς βούλεται
θνῄσκειν, τὸ γῆρας δ' οὐκέτ' ἔστ' αὐτοῖς βαρύ.

ΧΟΡΟΣ
παύσασθ', ἅλις γὰρ ἡ παροῦσα συμφορά·
ὦ παῖ, πατρὸς δὲ μὴ παροξύνῃς φρένας.

ΦΕΡΗΣ
ὦ παῖ, τίν' αὐχεῖς, πότερα Λυδὸν ἢ Φρύγα 675
κακοῖς ἐλαύνειν ἀργυρώνητον σέθεν;

a mulher forasteira, a única que eu
com justiça consideraria mãe e pai.
Bem terias combatido este combate,
morto em vez de teu filho, era breve
todo o tempo que te restava de vida. 650
Eu e ela viveríamos o tempo restante,
e não gemeria sozinho os meus males.
Tudo que o de bom Nume deve fruir
fruíste: foste jovem gestor de poder,
eu era teu filho herdeiro desta casa, 655
e não deixarias, morto sem filhos,
a casa órfã para rapinagem de outros.
Não dirás que me entregaste à morte,
por eu desonrar tua velhice, eu que te
mais respeitei, e em troca disso vós 660
ambos, tu e a mãe, me dais tal graça.
Não seria açodamento fazeres filhos,
que cuidem de ti na velhice, e morto
paramentem e exponham o cadáver.
Não te sepultarei eu com esta mão, 665
estou morto para ti, e se por outro
salvador vejo a luz, afirmo que dele
sou filho e filho cuidadoso do velho.
Em vão os velhos rezam por morrerem
maldizendo a velhice e a longeva vida, 670
se a morte se aproxima, ninguém quer
morrer, e a velhice não mais lhes pesa.

CORO
Cessa! É bastante o presente infortúnio,
ó filho! Não exasperes o espírito do pai!

FERES
Ó filho, que mercenário lídio ou frígio 675
tu presumes repelir de ti com injúrias?

οὐκ οἶσθα Θεσσαλόν με κἀπὸ Θεσσαλοῦ
πατρὸς γεγῶτα γνησίως ἐλεύθερον;
ἄγαν ὑβρίζεις καὶ νεανίας λόγους
ῥίπτων ἐς ἡμᾶς οὐ βαλὼν οὕτως ἄπει. 680
ἐγὼ δέ σ' οἴκων δεσπότην ἐγεινάμην
κἄθρεψ', ὀφείλω δ' οὐχ ὑπερθνήισκειν σέθεν·
οὐ γὰρ πατρῶιον τόνδ' ἐδεξάμην νόμον,
παίδων προθνήισκειν πατέρας, οὐδ' Ἑλληνικόν.
σαυτῶι γὰρ εἴτε δυστυχὴς εἴτ' εὐτυχὴς 685
ἔφυς· ἃ δ' ἡμῶν χρῆν σε τυγχάνειν ἔχεις.
πολλῶν μὲν ἄρχεις, πολυπλέθρους δέ σοι γύας
λείψω· πατρὸς γὰρ ταῦτ' ἐδεξάμην πάρα.
τί δῆτά σ' ἠδίκηκα; τοῦ σ' ἀποστερῶ;
μὴ θνῆισχ' ὑπὲρ τοῦδ' ἀνδρός, οὐδ' ἐγὼ πρὸ σοῦ. 690
χαίρεις ὁρῶν φῶς· πατέρα δ' οὐ χαίρειν δοκεῖς;
ἦ μὴν πολύν γε τὸν κάτω λογίζομαι
χρόνον, τὸ δὲ ζῆν σμικρὸν ἀλλ' ὅμως γλυκύ.
σὺ γοῦν ἀναιδῶς διεμάχου τὸ μὴ θανεῖν
καὶ ζῆις παρελθὼν τὴν πεπρωμένην τύχην, 695
ταύτην κατακτάς· εἶτ' ἐμὴν ἀψυχίαν
λέγεις, γυναικός, ὦ κάκισθ', ἡσσημένος,
ἣ τοῦ καλοῦ σοῦ προύθανεν νεανίου;
σοφῶς δ' ἐφηῦρες ὥστε μὴ θανεῖν ποτε,
εἰ τὴν παροῦσαν κατθανεῖν πείσεις ἀεὶ 700
γυναῖχ' ὑπὲρ σοῦ· κᾆτ' ὀνειδίζεις φίλοις
τοῖς μὴ θέλουσι δρᾶν τάδ', αὐτὸς ὢν κακός;
σίγα· νόμιζε δ', εἰ σὺ τὴν σαυτοῦ φιλεῖς
ψυχήν, φιλεῖν ἅπαντας· εἰ δ' ἡμᾶς κακῶς
ἐρεῖς, ἀκούσηι πολλὰ κοὐ ψευδῆ κακά. 705

ΧΟΡΟΣ
πλείω λέλεκται νῦν τε καὶ τὸ πρὶν κακά·
παῦσαι δέ, πρέσβυ, παῖδα σὸν κακορροθῶν.

Não sabes que de pai tessálio sou
nascido tessálio legitimamente livre?
Tu transgrides, e jovem lançando-nos
palavras assim não irás após as lançar.　　　　　　680
Eu te gerei que fosses o dono da casa
e criei, mas por ti eu não devo morrer,
pois não recebi essa tradição ancestral
de pais morrerem por filhos, não grega.
De má sorte, ou de boa sorte, contigo　　　　　　685
nasceste, a sorte que te devíamos tens.
És o rei de muitos, e te deixarei terras
extensas, as quais recebi de meu pai.
Que injustiça te fiz? De que te espolio?
Não morras por mim, nem eu por ti!　　　　　　690
Apraz-te ver a luz, crês que ao pai não?
Calculo que o tempo nos ínferos seja
longo, e breve o de vida, doce porém.
Tu, sem pudor, lutaste por não morrer,
e vives, tendo ido além da sorte dada,　　　　　　695
tendo-a matado, e tu falas de minha
covardia, ó pior, vencido por mulher,
ela que morreu por ti, o belo jovem?
Hábil descobriste como não morrer nunca,
se sempre persuadires a mulher presente　　　　　　700
a morrer por ti e ainda invectivas os seus
se o não querem fazer por seres covarde?
Cala-te! Pensa que, se tu amas tua própria
vida, todos amam e, se falares mal de nós,
sofrerás maledicências muitas e não falsas.　　　　　　705

CORO
Muitas maledicências ditas agora e antes.
Cessa, ó ancião, de dizer mal de teu filho!

ΑΔΜΗΤΟΣ
λέγ', ὡς ἐμοῦ λέξαντος· εἰ δ' ἀλγεῖς κλύων
τἀληθές, οὐ χρῆν σ' εἰς ἔμ' ἐξαμαρτάνειν.

ΦΕΡΗΣ
σοῦ δ' ἂν προθνήισκων μᾶλλον ἐξημάρτανον.   710

ΑΔΜΗΤΟΣ
ταὐτὸν γὰρ ἡβῶντ' ἄνδρα καὶ πρέσβυν θανεῖν;

ΦΕΡΗΣ
ψυχῆι μιᾶι ζῆν, οὐ δυοῖν, ὀφείλομεν.

ΑΔΜΗΤΟΣ
καὶ μὴν Διός γε μείζονα ζώηις χρόνον.

ΦΕΡΗΣ
ἀρᾶι γονεῦσιν οὐδὲν ἔκδικον παθών;

ΑΔΜΗΤΟΣ
μακροῦ βίου γὰρ ἠισθόμην ἐρῶντά σε.   715

ΦΕΡΗΣ
ἀλλ' οὐ σὺ νεκρὸν ἀντὶ σοῦ τόνδ' ἐκφέρεις;

ΑΔΜΗΤΟΣ
σημεῖα τῆς σῆς γ', ὦ κάκιστ', ἀψυχίας.

ΦΕΡΗΣ
οὔτοι πρὸς ἡμῶν γ' ὤλετ'· οὐκ ἐρεῖς τόδε.

ΑΔΜΗΤΟΣ
φεῦ·
εἴθ' ἀνδρὸς ἔλθοις τοῦδέ γ' ἐς χρείαν ποτέ.

ADMETO

Já que falei, fala tu! Se te dói ouvir
a verdade, não devias vacilar comigo.

FERES

Antes vacilaria eu se morresse por ti.   710

ADMETO

O mesmo é morrer o jovem e o velho?

FERES

Devemos viver uma só vida, não duas.

ADMETO

Possas tu viver mais tempo que Zeus!

FERES

Deprecas o pai sem padecer injustiça?

ADMETO

Percebi que és amante da longevidade.   715

FERES

Não expões esse morto em vez de ti?

ADMETO

Uma amostra de tua covardia, ó pior.

FERES

Não pereceu por nós, isso não dirás!

ADMETO

Pheû!
Tomara que afinal precises de mim!

ΦΕΡΗΣ
μνήστευε πολλάς, ὡς θάνωσι πλείονες. 720

ΑΔΜΗΤΟΣ
σοὶ τοῦτ' ὄνειδος· οὐ γὰρ ἤθελες θανεῖν.

ΦΕΡΗΣ
φίλον τὸ φέγγος τοῦτο τοῦ θεοῦ, φίλον.

ΑΔΜΗΤΟΣ
κακὸν τὸ λῆμα κοὐκ ἐν ἀνδράσιν τὸ σόν.

ΦΕΡΗΣ
οὐκ ἐγγελᾶις γέροντα βαστάζων νεκρόν.

ΑΔΜΗΤΟΣ
θανῆι γε μέντοι δυσκλεής, ὅταν θάνηις. 725

ΦΕΡΗΣ
κακῶς ἀκούειν οὐ μέλει θανόντι μοι.

ΑΔΜΗΤΟΣ
φεῦ φεῦ· τὸ γῆρας ὡς ἀναιδείας πλέων.

ΦΕΡΗΣ
ἥδ' οὐκ ἀναιδής· τήνδ' ἐφηῦρες ἄφρονα.

ΑΔΜΗΤΟΣ
ἄπελθε κἀμὲ τόνδ' ἔα θάψαι νεκρόν.

ΦΕΡΗΣ
ἄπειμι· θάψεις δ' αὐτὸς ὢν αὐτῆς φονεύς, 730
δίκας δὲ δώσεις σοῖσι κηδεσταῖς ἔτι·
ἦ τἄρ' Ἄκαστος οὐκέτ' ἔστ' ἐν ἀνδράσιν,
εἰ μή σ' ἀδελφῆς αἷμα τιμωρήσεται.

FERES
Corteja muitas para que mais morram!   720

ADMETO
Invectiva-o a ti, não quiseste morrer.

FERES
Amigo é este brilho do Deus, amigo.

ADMETO
Vil e nada viril essa tua resolução.

FERES
Não ris de transportar o velho morto.

ADMETO
Quando morreres, morrerás inglório.   725

FERES
Má fama, se morto, não me importa.

ADMETO
Pheû pheû! Que descarada a velhice!

FERES
Essa não é descarada. Insana a achaste.

ADMETO
Parte e deixa-me sepultar este morto.

FERES
Partirei, sepultarás sendo quem a matou,   730
darás ainda justiça a teus contraparentes.
Ora, Acasto não está mais entre varões,
se não te cobrar o sangue de sua irmã.

ΑΔΜΗΤΟΣ
ἔρρων νυν αὐτὸς χἠ ξυνοικήσασά σοι,
ἄπαιδε παιδὸς ὄντος, ὥσπερ ἄξιοι, 735
γηράσκετ'· οὐ γὰρ τῶιδ' ἔτ' ἐς ταὐτὸν στέγος
νεῖσθ'· εἰ δ' ἀπειπεῖν χρῆν με κηρύκων ὕπο
τὴν σὴν πατρώιαν ἑστίαν, ἀπεῖπον ἄν.
ἡμεῖς δέ, τοὐν ποσὶν γὰρ οἰστέον κακόν.
στείχωμεν, ὡς ἂν ἐν πυρᾶι θῶμεν νεκρόν. 740

ΧΟΡΟΣ
ἰὼ ἰώ. σχετλία τόλμης,
ὦ γενναία καὶ μέγ' ἀρίστη,
χαῖρε· πρόφρων σε χθόνιός θ' Ἑρμῆς
Ἅιδης τε δέχοιτ'. εἰ δέ τι κἀκεῖ
πλέον ἔστ' ἀγαθοῖς, τούτων μετέχουσ' 745
Ἅιδου νύμφηι παρεδρεύοις.

ΘΕΡΑΠΩΝ
πολλοὺς μὲν ἤδη κἀπὸ παντοίας χθονὸς
ξένους μολόντας οἶδ' ἐς Ἀδμήτου δόμους,
οἷς δεῖπνα προύθηκ'· ἀλλὰ τοῦδ' οὔπω ξένου
κακίον' ἐς τήνδ' ἑστίαν ἐδεξάμην. 750
ὃς πρῶτα μὲν πενθοῦντα δεσπότην ὁρῶν
ἐσῆλθε κἀτόλμησ' ἀμείψασθαι πύλας.
ἔπειτα δ' οὔτι σωφρόνως ἐδέξατο
τὰ προστυχόντα ξένια, συμφορὰν μαθών,
ἀλλ', εἴ τι μὴ φέροιμεν, ὤτρυνεν φέρειν. 755
ποτῆρα δ' †ἐν χείρεσσι† κίσσινον λαβὼν
πίνει μελαίνης μητρὸς εὔζωρον μέθυ,
ἕως ἐθέρμην' αὐτὸν ἀμφιβᾶσα φλὸξ
οἴνου. στέφει δὲ κρᾶτα μυρσίνης κλάδοις,
ἄμουσ' ὑλακτῶν· δισσὰ δ' ἦν μέλη κλύειν· 760
ὁ μὲν γὰρ ἦιδε, τῶν ἐν Ἀδμήτου κακῶν
οὐδὲν προτιμῶν, οἰκέται δ' ἐκλαίομεν
δέσποιναν, ὄμμα δ' οὐκ ἐδείκνυμεν ξένωι

204

ADMETO
Some tu e aquela que convive contigo,
sem-filho de filho vivo, qual mereceis, 735
envelhecei! Não mais comigo ao mesmo
teto vais. Se através de arautos devesse
proibir-te a lareira ancestral, proibiria.
Nós, devendo suportar o presente mal,
vamos para instalarmos o morto na pira. 740

CORO
Iò iò! Mísera por temeridade,
ó nobre e de longe a melhor,
adeus! Propício Hermes ctônio
e Hades te recebam, e se os bons
lá têm algo mais, disso partícipe 745
sentes-te junto à noiva de Hades!

SERVO
Sei que vieram ao palácio de Admeto
muitos hóspedes e de diversas terras
e servi-lhes a ceia, mas pior que este
ainda não tinha recebido nesta lareira. 750
Ele, primeiro, ao ver o dono de luto,
entrou e ousou transpor as portas.
Depois em nada prudente recebeu
a hospedagem, ciente da situação,
e se não lhe trazíamos algo, pedia. 755
Com a taça feita de hera nas mãos
bebe o mero vinho da negra mãe,
até aquecê-lo a ampla chama vínea
e coroa o crânio com ramos de mirto
e uiva sem Musa, dois sons se ouvem: 760
ele cantava sem se importar com males
de Admeto e pranteávamos a senhora
os servos, sem mostrarmos ao hóspede

τέγγοντες· Ἄδμητος γὰρ ὧδ' ἐφίετο.
καὶ νῦν ἐγὼ μὲν ἐν δόμοισιν ἑστιῶ 765
ξένον, πανοῦργον κλῶπα καὶ ληιστήν τινα,
ἡ δ' ἐκ δόμων βέβηκεν, οὐδ' ἐφεσπόμην
οὐδ' ἐξέτεινα χεῖρ' ἀποιμώζων ἐμὴν
δέσποιναν, ἣ 'μοὶ πᾶσί τ' οἰκέταισιν ἦν
μήτηρ· κακῶν γὰρ μυρίων ἐρρύετο, 770
ὀργὰς μαλάσσουσ' ἀνδρός. ἆρα τὸν ξένον
στυγῶ δικαίως, ἐν κακοῖς ἀφιγμένον;

ΗΡΑΚΛΗΣ
οὗτος, τί σεμνὸν καὶ πεφροντικὸς βλέπεις;
οὐ χρὴ σκυθρωπὸν τοῖς ξένοις τὸν πρόσπολον
εἶναι, δέχεσθαι δ' εὐπροσηγόρωι φρενί. 775
σὺ δ' ἄνδρ' ἑταῖρον δεσπότου παρόνθ' ὁρῶν
στυγνῶι προσώπωι καὶ συνωφρυωμένωι
δέχηι, θυραίου πήματος σπουδὴν ἔχων.
δεῦρ' ἔλθ', ὅπως ἂν καὶ σοφώτερος γένηι.
τὰ θνητὰ πράγματ' †οἶδας† ἣν ἔχει φύσιν; 780
οἶμαι μὲν οὔ· πόθεν γάρ; ἀλλ' ἄκουέ μου.
βροτοῖς ἅπασι κατθανεῖν ὀφείλεται,
κοὐκ ἔστι θνητῶν ὅστις ἐξεπίσταται
τὴν αὔριον μέλλουσαν εἰ βιώσεται·
τὸ τῆς τύχης γὰρ ἀφανὲς οἷ προβήσεται, 785
κἄστ' οὐ διδακτὸν οὐδ' ἁλίσκεται τέχνηι.
ταῦτ' οὖν ἀκούσας καὶ μαθὼν ἐμοῦ πάρα
εὔφραινε σαυτόν, πῖνε, τὸν καθ' ἡμέραν
βίον λογίζου σόν, τὰ δ' ἄλλα τῆς τύχης.
τίμα δὲ καὶ τὴν πλεῖστον ἡδίστην θεῶν 790
Κύπριν βροτοῖσιν· εὐμενὴς γὰρ ἡ θεός.
τὰ δ' ἄλλ' ἔασον πάντα καὶ πιθοῦ λόγοις
ἐμοῖσιν, εἴπερ ὀρθά σοι δοκῶ λέγειν.
οἶμαι μέν. οὔκουν τὴν ἄγαν λύπην ἀφεὶς
πίηι μεθ' ἡμῶν [τάσδ' ὑπερβαλὼν τύχας, 795
στεφάνοις πυκασθείς]; καὶ σάφ' οἶδ' ὁθούνεκα

nosso pranto, assim Admeto instou.
E agora no palácio sirvo o banquete
a hóspede malfeitor ladrão predador.
Ela se foi de casa, não segui cortejo,
não estendi a mão, lastimando minha
dona, que para mim e todos os servos
era mãe, pois defendia de mil males,
lenindo a ira do marido. Tenho justo
horror ao hóspede vindo nos males?

HÉRACLES
Tu aí, que olhas solene e pensativo?
Servo não deve olhar torto hóspedes,
mas recebê-los com o espírito afável.
Se vês presente um sócio do dono, tu
por estares zeloso de dor alheia recebes
com rosto de horror e cenhos cerrados.
Vem aqui, para seres ainda mais sábio!
Sabes coisas mortais que natureza têm?
Não creio. Donde saberias? Ouve-me:
todos os mortais têm morte obrigatória,
não há ninguém entre mortais que saiba
se no dia de amanhã ainda estará vivo,
invisível a via por onde o fortuito virá
não se ensina nem se captura com arte.
Tendo ouvido e aprendido isso comigo,
alegra-te, bebe, e considera tua a vida
de cada dia, tudo o mais é fortuito.
Honra ainda a mais doce das Deusas
aos mortais, Cípris, benévola Deusa.
Deixa tudo o mais e confia em minhas
palavras, se te pareço dizer a verdade.
Creio sim. Despede aflição excessiva
e bebe conosco, superior a essa sorte,
denso de coroas! Ainda sei claro que

τοῦ νῦν σκυθρωποῦ καὶ ξυνεστῶτος φρενῶν
μεθορμιεῖ σε πίτυλος ἐμπεσὼν σκύφου.
ὄντας δὲ θνητοὺς θνητὰ καὶ φρονεῖν χρεών·
ὡς τοῖς γε σεμνοῖς καὶ συνωφρυωμένοις 800
ἅπασίν ἐστιν, ὥς γ' ἐμοὶ χρῆσθαι κριτῆι,
οὐ βίος ἀληθῶς ὁ βίος ἀλλὰ συμφορά.

ΘΕΡΑΠΩΝ
ἐπιστάμεσθα ταῦτα· νῦν δὲ πράσσομεν
οὐχ οἷα κώμου καὶ γέλωτος ἄξια.

ΗΡΑΚΛΗΣ
γυνὴ θυραῖος ἡ θανοῦσα· μὴ λίαν 805
πένθει· δόμων γὰρ ζῶσι τῶνδε δεσπόται.

ΘΕΡΑΠΩΝ
τί ζῶσιν; οὐ κάτοισθα τἀν δόμοις κακά;

ΗΡΑΚΛΗΣ
εἰ μή τι σός με δεσπότης ἐψεύσατο.

ΘΕΡΑΠΩΝ
ἄγαν ἐκεῖνός ἐστ' ἄγαν φιλόξενος.

ΗΡΑΚΛΗΣ
οὐ χρῆν μ' ὀθνείου γ' οὕνεκ' εὖ πάσχειν νεκροῦ; 810

ΘΕΡΑΠΩΝ
ἦ κάρτα μέντοι καὶ λίαν ὀθνεῖος ἦν.

ΗΡΑΚΛΗΣ
μῶν ξυμφοράν τιν' οὖσαν οὐκ ἔφραζέ μοι;

ΘΕΡΑΠΩΝ
χαίρων ἴθ'· ἡμῖν δεσποτῶν μέλει κακά.

desse ora sombrio e contrito espírito
o remo da taça caído te transportará.
Mortais devem pensar como mortais.
Aqueles solenes de cenhos cerrados,   800
todos eles, para eu me servir de juiz,
não têm vida deveras, mas infortúnio.

SERVO
Sabemos disso, mas agora estamos
não como é digno de festa e de riso.

HÉRACLES
A morta era forasteira. Não chores   805
demais, os donos desta casa vivem.

SERVO
Vivem? Não sabes os males da casa.

HÉRACLES
Se o teu dono não me disse mentira.

SERVO
Demais, ele é hospitaleiro demais.

HÉRACLES
Não trataria bem, por morta lá fora?   810

SERVO
Sim decerto por demais era assaz fora.

HÉRACLES
Será que não me disse ter infortúnio?

SERVO
Alegra-te! A nós, os males dos donos.

ΗΡΑΚΛΗΣ
ὅδ' οὐ θυραίων πημάτων ἄρχει λόγος.

ΘΕΡΑΠΩΝ
οὐ γάρ τι κωμάζοντ' ἂν ἠχθόμην σ' ὁρῶν.   815

ΗΡΑΚΛΗΣ
ἀλλ' ἦ πέπονθα δείν' ὑπὸ ξένων ἐμῶν;

ΘΕΡΑΠΩΝ
οὐκ ἦλθες ἐν δέοντι δέξασθαι δόμοις.
[πένθος γὰρ ἡμῖν ἐστι· καὶ κουρὰν βλέπεις
μελαμπέπλους στολμούς τε.

ΗΡΑΚΛΗΣ
      τίς δ' ὁ κατθανών;]
μῶν ἢ τέκνων τι φροῦδον ἢ γέρων πατήρ;   820

ΘΕΡΑΠΩΝ
γυνὴ μὲν οὖν ὄλωλεν Ἀδμήτου, ξένε.

ΗΡΑΚΛΗΣ
τί φῄς; ἔπειτα δῆτά μ' ἐξενίζετε;

ΘΕΡΑΠΩΝ
ᾐδεῖτο γάρ σε τῶνδ' ἀπώσασθαι δόμων.

ΗΡΑΚΛΗΣ
ὦ σχέτλι', οἵας ἤμπλακες ξυναόρου.

ΘΕΡΑΠΩΝ
ἀπωλόμεσθα πάντες, οὐ κείνη μόνη.   825

ΗΡΑΚΛΗΣ
ἀλλ' ᾐσθόμην μὲν ὄμμ' ἰδὼν δακρυρροοῦν

HÉRACLES
Esta fala não preludia males de fora.

SERVO
Pois não me afligiria te ver festejar.   815

HÉRACLES
Será que sofri mal de hóspedes meus?

SERVO
Não vieste à devida recepção em casa.
Guardamos luto, estás vendo a tonsura
e as vestes negras.

HÉRACLES
              Quem morreu?
Faleceu algum filho ou o velho pai?   820

SERVO
Morreu a mulher de Admeto, hóspede.

HÉRACLES
Que dizes? Ainda assim me hospedou?

SERVO
Teve escrúpulo de te afastar desta casa.

HÉRACLES
Ó mísero, que cônjuge tu perdeste!

SERVO
Morremos todos, não ela somente.   825

HÉRACLES
Mas percebi ao ver olhar de lágrimas,

κουράν τε καὶ πρόσωπον· ἀλλ' ἔπειθέ με
λέγων θυραῖον κῆδος ἐς τάφον φέρειν.
βίαι δὲ θυμοῦ τάσδ' ὑπερβαλὼν πύλας
ἔπινον ἀνδρὸς ἐν φιλοξένου δόμοις, 830
πράσσοντος οὕτω. κᾆτα κωμάζω κάρα
στεφάνοις πυκασθείς; ἀλλὰ σοῦ τὸ μὴ φράσαι,
κακοῦ τοσούτου δώμασιν προσκειμένου.
ποῦ καί σφε θάπτει; ποῖ νιν εὑρήσω μολών;

ΘΕΡΑΠΩΝ
ὀρθὴν παρ' οἶμον ἣ 'πὶ Λαρίσαν φέρει 835
τύμβον κατόψηι ξεστὸν ἐκ προαστίου.

ΗΡΑΚΛΗΣ
ὦ πολλὰ τλᾶσα καρδία καὶ χεὶρ ἐμή,
νῦν δεῖξον οἷον παῖδά σ' ἡ Τιρυνθία
ἐγείνατ' Ἠλεκτρύωνος Ἀλκμήνη Διί.
δεῖ γάρ με σῶσαι τὴν θανοῦσαν ἀρτίως 840
γυναῖκα κἀς τόνδ' αὖθις ἱδρῦσαι δόμον
Ἄλκηστιν Ἀδμήτωι θ' ὑπουργῆσαι χάριν.
ἐλθὼν δ' ἄνακτα τὸν μελάμπτερον νεκρῶν
Θάνατον φυλάξω, καί νιν εὑρήσειν δοκῶ
πίνοντα τύμβου πλησίον προσφαγμάτων. 845
κἄνπερ λοχαίας αὐτὸν ἐξ ἕδρας συθεὶς
μάρψω, κύκλον γε περιβαλὼν χεροῖν ἐμαῖν,
οὐκ ἔστιν ὅστις αὐτὸν ἐξαιρήσεται
μογοῦντα πλευρά, πρὶν γυναῖκ' ἐμοὶ μεθῆι.
ἢν δ' οὖν ἁμάρτω τῆσδ' ἄγρας καὶ μὴ μόληι 850
πρὸς αἱματηρὸν πελανόν, εἶμι τῶν κάτω
Κόρης ἄνακτός τ' εἰς ἀνηλίους δόμους,
αἰτήσομαί τε καὶ πέποιθ' ἄξειν ἄνω
Ἄλκηστιν, ὥστε χερσὶν ἐνθεῖναι ξένου,
ὅς μ' ἐς δόμους ἐδέξατ' οὐδ' ἀπήλασεν, 855
καίπερ βαρείαι συμφορᾶι πεπληγμένος,
ἔκρυπτε δ' ὢν γενναῖος, αἰδεσθεὶς ἐμέ.

a tonsura e o rosto, mas persuadia-me
de que eram funerais de luto forasteiro.
A contragosto eu transpus estas portas
e bebia em casa do varão hospitaleiro 830
nessa situação, e festejo com a cabeça
densa de coroas. Tu nada me disseste,
tanto infortúnio desabado no palácio.
Onde a sepulta? Onde vou descobri-lo?

SERVO
À beira da via que leva reto a Larissa, 835
verás a tumba polida fora do subúrbio.

HÉRACLES
Ó meu audaz coração e braço, agora
mostra que filho te gerou para Zeus
Alcmena de Tirinto filha de Eléctrion!
Eu preciso de salvar a recém-falecida 840
mulher e instalar outra vez nesta casa
Alceste, e a Admeto retribuir o favor.
Irei e vigiarei Morte, negrialada rainha
dos mortos, e creio que a descobrirei
bêbada de sacrifícios junto ao túmulo. 845
Se precipitar-me do lugar da tocaia,
e pegá-la envolta em meus braços,
não há quem a resgatará de ter dor
no flanco, antes de soltar a mulher.
Se eu perder essa presa e não chegar 850
à oferenda cruel, irei à casa sem sol
da donzela e do senhor dos ínferos,
pedirei e confio que trarei para cima
Alceste, e a entregarei ao hospedeiro,
que me recebeu em casa e não repeliu, 855
ainda que batido por grave infortúnio,
que ocultou por nobre respeito a mim.

τίς τοῦδε μᾶλλον Θεσσαλῶν φιλόξενος,
τίς Ἑλλάδ' οἰκῶν; τοιγὰρ οὐκ ἐρεῖ κακὸν
εὐεργετῆσαι φῶτα γενναῖος γεγώς. 860

ΑΔΜΗΤΟΣ
ἰώ,
στυγναὶ πρόσοδοι, στυγναὶ δ' ὄψεις
χήρων μελάθρων.
ἰώ μοί μοι, αἰαῖ <αἰαῖ>.
ποῖ βῶ; ποῖ στῶ; τί λέγω; τί δὲ μή;
πῶς ἂν ὀλοίμην;
ἦ βαρυδαίμονα μήτηρ μ' ἔτεκεν. 865
ζηλῶ φθιμένους, κείνων ἔραμαι,
κεῖν' ἐπιθυμῶ δώματα ναίειν.
οὔτε γὰρ αὐγὰς χαίρω προσορῶν
οὔτ' ἐπὶ γαίας πόδα πεζεύων·
τοῖον ὅμηρόν μ' ἀποσυλήσας 870
Ἅιδηι Θάνατος παρέδωκεν.

ΧΟΡΟΣ
πρόβα πρόβα, βᾶθι κεῦθος οἴκων. Est. 1

ΑΔΜΗΤΟΣ
αἰαῖ.

ΧΟΡΟΣ
πέπονθας ἄξι' αἰαγμάτων.

ΑΔΜΗΤΟΣ
ἒ ἔ.

ΧΟΡΟΣ
δι' ὀδύνας ἔβας, σάφ' οἶδα.

Que tessálio mais hospitaleiro que ele?
Que morador da Grécia? Não se dirá,
porém, que nobre fez bem a gente má. 860

[*Kommós* (861-961)]

ADMETO
Ió,
hediondas vias, hediondas vistas
do palácio viúvo!
Ió moi moi! Aiaî aiaî!
Onde ando? Onde paro? Que digo? Que calo?
Como eu morreria?
Para grave Nume a mãe me gerou. 865
Invejo os finados, tenho paixão por eles,
desejo morar naquele palácio.
Não gosto de ver a luz,
nem pisar o pé na terra,
tal refém me tomou 870
Morte e deu a Hades.

CORO
Anda! Anda! Vai ao nicho da casa! Est. 1

ADMETO
Aiaî!

CORO
Tuas dores são dignas de lastimar.

ADMETO
È é!

CORO
Passaste por aflições, bem sabemos.

ΑΔΜΗΤΟΣ
φεῦ φεῦ.

ΧΟΡΟΣ
τὰν νέρθε δ' οὐδὲν ὠφελεῖς... 875

ΑΔΜΗΤΟΣ
ἰώ μοί μοι.

ΧΟΡΟΣ
τὸ μήποτ' εἰσιδεῖν φιλίας ἀλόχου
πρόσωπόν σ' ἔσαντα λυπρόν.

ΑΔΜΗΤΟΣ
ἔμνησας ὅ μου φρένας ἥλκωσεν·
τί γὰρ ἀνδρὶ κακὸν μεῖζον ἁμαρτεῖν
πιστῆς ἀλόχου; μήποτε γήμας 880
ὤφελον οἰκεῖν μετὰ τῆσδε δόμους.
ζηλῶ δ' ἀγάμους ἀτέκνους τε βροτῶν·
μία γὰρ ψυχή, τῆς ὑπεραλγεῖν
μέτριον ἄχθος.
παίδων δὲ νόσους καὶ νυμφιδίους 885
εὐνὰς θανάτοις κεραϊζομένας
οὐ τλητὸν ὁρᾶν, ἐξὸν ἀτέκνους
ἀγάμους τ' εἶναι διὰ παντός.

ΧΟΡΟΣ
τύχα τύχα δυσπάλαιστος ἥκει. Ant. 1

ΑΔΜΗΤΟΣ
αἰαῖ.

ΧΟΡΟΣ
πέρας δέ γ' οὐδὲν ἀλγέων τίθης. 890

ADMETO
Pheû pheû!

CORO
A ela nos ínferos não vales. 875

ADMETO
Ió moí moi!

CORO
É triste que nunca mais vejas
na frente o rosto de tua esposa.

ADMETO
Lembraste o que me lacera o ânimo.
Ao marido que mal maior que perder
a esposa fiel? Não a desposasse jamais 880
nem tivesse vivido com ela nesta casa!
Invejo os sem núpcias nem filhos
dentre mortais, pois uma é a vida
de que aturarem comedido fardo.
As doenças de filhos e os leitos 885
nupciais destruídos por mortes,
não é suportável ver, se possível
ser sempre sem núpcias nem filhos.

CORO
Sorte, sorte inelutável sobreveio. Ant. 1

ADMETO
Aiaî!

CORO
Limite nenhum das dores dispões. 890

ΑΔΜΗΤΟΣ
ἒ ἔ.

ΧΟΡΟΣ
βαρέα μὲν φέρειν, ὅμως δὲ...

ΑΔΜΗΤΟΣ
φεῦ φεῦ.

ΧΟΡΟΣ
τλᾶθ'· οὐ σὺ πρῶτος ὤλεσας...

ΑΔΜΗΤΟΣ
ἰώ μοί μοι.

ΧΟΡΟΣ
γυναῖκα· συμφορὰ δ' ἑτέρους ἑτέρα
πιέζει φανεῖσα θνατῶν.

ΑΔΜΗΤΟΣ
ὦ μακρὰ πένθη λῦπαί τε φίλων   895
τῶν ὑπὸ γαίας.
τί μ' ἐκώλυσας ῥῖψαι τύμβου
τάφρον ἐς κοίλην καὶ μετ' ἐκείνης
τῆς μέγ' ἀρίστης κεῖσθαι φθίμενον;
δύο δ' ἀντὶ μιᾶς Ἅιδης ψυχὰς   900
τὰς πιστοτάτας σὺν ἂν ἔσχεν, ὁμοῦ
χθονίαν λίμνην διαβάντε.

ΧΟΡΟΣ
ἐμοί τις ἦν   Est. 2
ἐν γένει, ᾧι κόρος ἀξιόθρη-
νος ὤλετ' ἐν δόμοισιν   905
μονόπαις· ἀλλ' ἔμπας
ἔφερε κακὸν ἅλις, ἄτεκνος ὤν,

ADMETO
È é!

CORO
Tão pesadas de suportar, contudo...

ADMETO
Pheû pheû!

CORO
... suporta! Não primeiro perdeste...

ADMETO
Ió moí moi!

CORO
... a mulher, esse manifesto mal
oprime ora um, ora outro mortal.

ADMETO
Ó longos lutos e dores 895
por nossos sob a terra!
Por que me impediste saltar
no cavo sepulcro do túmulo
e jazer extinto com a melhor?
Em vez de uma, Hades teria 900
duas almas fidelíssimas, juntas
transpondo a lagoa subterrânea.

CORO
Na família eu tinha Est. 2
quem digno de pranto
perdeu em casa novo 905
o único filho, mas
sem filhos tinha

πολιὰς ἐπὶ χαίτας
ἤδη προπετὴς ὢν 910
βιότου τε πόρσω.

ΑΔΜΗΤΟΣ
ὦ σχῆμα δόμων, πῶς εἰσέλθω,
πῶς δ' οἰκήσω, μεταπίπτοντος
δαίμονος; οἴμοι. πολὺ γὰρ τὸ μέσον·
τότε μὲν πεύκαις σὺν Πηλιάσιν 915
σύν θ' ὑμεναίοις ἔστειχον ἔσω
φιλίας ἀλόχου χέρα βαστάζων,
πολυάχητος δ' εἵπετο κῶμος
τήν τε θανοῦσαν κἄμ' ὀλβίζων
ὡς εὐπατρίδαι κἀπ' ἀμφοτέρων 920
ὄντες ἀριστέων σύζυγες εἶμεν·
νῦν δ' ὑμεναίων γόος ἀντίπαλος
λευκῶν τε πέπλων μέλανες στολμοὶ
πέμπουσί μ' ἔσω
λέκτρων κοίτας ἐς ἐρήμους. 925

ΧΟΡΟΣ
παρ' εὐτυχῆ Ant. 2
σοι πότμον ἦλθεν ἀπειροκάκωι
τόδ' ἄλγος· ἀλλ' ἔσωσας
βίοτον καὶ ψυχάν.
ἔθανε δάμαρ, ἔλιπε φιλίαν· 930
τί νέον τόδε; πολλοὺς
ἤδη παρέλυσεν
θάνατος δάμαρτος.

ΑΔΜΗΤΟΣ
φίλοι, γυναικὸς δαίμον' εὐτυχέστερον 935
τοὐμοῦ νομίζω, καίπερ οὐ δοκοῦνθ' ὅμως.
τῆς μὲν γὰρ οὐδὲν ἄλγος ἅψεταί ποτε,
πολλῶν δὲ μόχθων εὐκλεὴς ἐπαύσατο.

bastante males
com grises cãs 910
tarde na vida.

ADMETO
Ó brio da casa, como entrar?
Como habitar, tendo mudado
o Nume? *Oímoi!* Muito é o meio!
Entrei um dia com as tochas 915
do Pélion e com os himeneus
tomando a mão de minha amada
e a festa prosseguia ruidosa
felicitando a morta e a mim
porque éramos cônjuges 920
ambos nobres e de nobres.
Hoje ais, em vez de himeneus,
vestes negras, em vez de alvas
túnicas, seguem-me ao entrar
no leito matrimonial ermo. 925

CORO
Junto da boa sorte Ant. 2
sem males te veio
essa dor, mas tens
a vida e o alento.
Morta, a esposa deixou amizade. 930
Que é novo nisso? Desatrelou
já muitos
a morte da esposa.

ADMETO
O Nume da mulher creio ter melhor sorte 935
que o meu, ainda que não pareça, amigos,
porque nenhuma dor jamais a atingirá,
e gloriosa repousou das muitas fadigas.

ἐγὼ δ', ὃν οὐ χρῆν ζῆν, παρεὶς τὸ μόρσιμον
λυπρὸν διάξω βίοτον· ἄρτι μανθάνω. 940
πῶς γὰρ δόμων τῶνδ' εἰσόδους ἀνέξομαι;
τίν' ἂν προσειπών, τοῦ δὲ προσρηθεὶς ὕπο
τερπνῆς τύχοιμ' ἂν εἰσόδου; ποῖ τρέψομαι;
ἡ μὲν γὰρ ἔνδον ἐξελᾶι μ' ἐρημία,
γυναικὸς εὐνὰς εὖτ' ἂν εἰσίδω κενὰς 945
θρόνους τ' ἐν οἷσιν ἷζε καὶ κατὰ στέγας
αὐχμηρὸν οὖδας, τέκνα δ' ἀμφὶ γούνασιν
πίπτοντα κλαίηι μητέρ', οἱ δὲ δεσπότιν
στένωσιν οἵαν ἐκ δόμων ἀπώλεσαν.
τὰ μὲν κατ' οἴκους τοιάδ'· ἔξωθεν δέ με 950
γάμοι τ' ἐλῶσι Θεσσαλῶν καὶ ξύλλογοι
γυναικοπληθεῖς· οὐ γὰρ ἐξανέξομαι
λεύσσων δάμαρτος τῆς ἐμῆς ὁμήλικας.
ἐρεῖ δέ μ' ὅστις ἐχθρὸς ὢν κυρεῖ τάδε·
'Ἰδοῦ τὸν αἰσχρῶς ζῶνθ', ὃς οὐκ ἔτλη θανεῖν 955
ἀλλ' ἣν ἔγημεν ἀντιδοὺς ἀψυχίαι
πέφευγεν Ἅιδην· κᾆτ' ἀνὴρ εἶναι δοκεῖ;
στυγεῖ δὲ τοὺς τεκόντας, αὐτὸς οὐ θέλων
θανεῖν. τοιάνδε πρὸς κακοῖσι κληδόνα
ἕξω. τί μοι ζῆν δῆτα κύδιον, φίλοι, 960
κακῶς κλύοντι καὶ κακῶς πεπραγότι;

ΧΟΡΟΣ
ἐγὼ καὶ διὰ μούσας Est. 1
καὶ μετάρσιος ἦιξα, καὶ
πλείστων ἁψάμενος λόγων
κρεῖσσον οὐδὲν Ἀνάγκας 965
ηὗρον οὐδέ τι φάρμακον
Θρήισσαις ἐν σανίσιν, τὰς
Ὀρφεία κατέγραψεν
γῆρυς, οὐδ' ὅσα Φοῖβος Ἀ-

Eu, que não devia viver, evitei a morte
e triste levarei a vida. Agora aprendo. 940
Como suportarei entrar neste palácio?
A quem saudando, e por quem saudado,
teria boa entrada? Aonde me voltarei?
A solidão lá de dentro me expulsará,
quando eu vir o leito vazio da esposa, 945
cadeiras em que se sentava, e o áspero
piso sob o teto, e os filhos nos joelhos
caírem e chorarem a mãe, e eles outros
gemerem que dona desta casa perderam.
Assim, em casa; e de fora me repelirão 950
as núpcias dos tessálios e as reuniões
cheias de mulheres, pois não suportarei
ver as da mesma idade de minha esposa.
Alguém por ser inimigo dirá de mim:
"Vê: vive mal quem não ousou morrer, 955
mas covarde ele deu em troca a esposa
e evitou Hades; e ainda crê ser varão?
Odeia os pais, sem querer ele mesmo
morrer." Além dos males, tal fama
terei. Amigos, o que me vale viver 960
assim com infâmia e com infortúnio?

[*Quarto estásimo (962-1005)*]

CORO
Eu ainda por Musa   Est. 1
ainda altaneiro saltei
e toquei muitas razões
e mais forte que Coerção   965
nenhuma droga descobri
que nas tabuinhas trácias
a voz de Orfeu descreveu,
nenhuma de quantas drogas

σκληπιάδαις ἔδωκε 970
φάρμακα πολυπόνοις
ἀντιτεμὼν βροτοῖσιν.

μόνας δ' οὔτ' ἐπὶ βωμοὺς Ant. 1
ἐλθεῖν οὔτε βρέτας θεᾶς
ἔστιν, οὐ σφαγίων κλύει. 975
μή μοι, πότνια, μείζων
ἔλθοις ἢ τὸ πρὶν ἐν βίωι.
καὶ γὰρ Ζεὺς ὅτι νεύσηι
σὺν σοὶ τοῦτο τελευτᾶι.
καὶ τὸν ἐν Χαλύβοις δαμά- 980
ζεις σὺ βίαι σίδαρον,
οὐδέ τις ἀποτόμου
λήματός ἐστιν αἰδώς.

καί σ' ἐν ἀφύκτοισι χερῶν εἷλε θεὰ δεσμοῖς. Est. 2
τόλμα δ'· οὐ γὰρ ἀνάξεις ποτ' ἔνερθεν 986
κλαίων τοὺς φθιμένους ἄνω.
καὶ θεῶν σκότιοι φθίνου-
σι παῖδες ἐν θανάτωι. 990
φίλα μὲν ὅτ' ἦν μεθ' ἡμῶν,
φίλα δὲ θανοῦσ' ἔτ' ἔσται,
γενναιοτάταν δὲ πασᾶν
ἐζεύξω κλισίαις ἄκοιτιν. 994

μηδὲ νεκρῶν ὡς φθιμένων χῶμα νομιζέσθω Ant. 2
τύμβος σᾶς ἀλόχου, θεοῖσι δ' ὁμοίως 997
τιμάσθω, σέβας ἐμπόρων.
καί τις δοχμίαν κέλευ- 1000
θον ἐμβαίνων τόδ' ἐρεῖ·
Αὕτα ποτὲ προύθαν' ἀνδρός,
νῦν δ' ἔστι μάκαιρα δαίμων·
χαῖρ', ὦ πότνι', εὖ δὲ δοίης.
τοιαί νιν προσεροῦσι φῆμαι. 1005

Apolo deu aos Asclepíades 970
ao cortarem seus antídotos
para os doentios mortais.

Só da Deusa não há   Ant. 1
ida aos altares e estátuas
nem ela ouve sacrifícios. 975
Ó senhora, não me sejas
maior que antes na vida.
Zeus leva a termo
o que anui contigo.
O ferro dos Cálibes 980
tu à força dominas.
Não há pudor algum
de abrupta volição.

Deusa te encadeou as mãos sem fuga.   Est. 2
Resiste! Não reconduzirás os finados 986
dos ínferos com prantos.
Até os filhos dos Deuses
finam nas trevas da morte. 990
Amiga, quando conosco,
amiga ainda será, morta,
a mais nobre entre todas
jungiste esposa no leito. 994

Não se creia tumba de extinto defunto   Ant. 2
o túmulo de tua esposa, honre-se como 997
Deuses, venerável aos viajantes.
Dirá alguém ao passar 1000
por esta oblíqua via: "Ela
morreu em vez do marido
e agora é venturoso Nume.
Salve, rainha! Sê propícia!"
Tais palavras lhe dirão. 1005

— καὶ μὴν ὅδ', ὡς ἔοικεν, Ἀλκμήνης γόνος,
Ἄδμητε, πρὸς σὴν ἑστίαν πορεύεται.

ΗΡΑΚΛΗΣ
φίλον πρὸς ἄνδρα χρὴ λέγειν ἐλευθέρως,
Ἄδμητε, μομφὰς δ' οὐχ ὑπὸ σπλάγχνοις ἔχειν
σιγῶντ'. ἐγὼ δὲ σοῖς κακοῖσιν ἠξίουν   1010
ἐγγὺς παρεστὼς ἐξετάζεσθαι φίλος·
σὺ δ' οὐκ ἔφραζες σῆς προκείμενον νέκυν
γυναικός, ἀλλά μ' ἐξένιζες ἐν δόμοις,
ὡς δὴ θυραίου πήματος σπουδὴν ἔχων.
κἄστεψα κρᾶτα καὶ θεοῖς ἐλειψάμην   1015
σπονδὰς ἐν οἴκοις δυστυχοῦσι τοῖσι σοῖς.
καὶ μέμφομαι μέν, μέμφομαι, παθὼν τάδε·
οὐ μήν σε λυπεῖν ἐν κακοῖσι βούλομαι.
ὧν δ' οὕνεχ' ἥκω δεῦρ' ὑποστρέψας πάλιν
λέξω· γυναῖκα τήνδε μοι σῶσον λαβών,   1020
ἕως ἂν ἵππους δεῦρο Θρηικίας ἄγων
ἔλθω, τύραννον Βιστόνων κατακτανών.
πράξας δ' ὃ μὴ τύχοιμι (νοστήσαιμι γάρ)
δίδωμι τήνδε σοῖσι προσπολεῖν δόμοις.
πολλῶι δὲ μόχθωι χεῖρας ἦλθεν εἰς ἐμάς·   1025
ἀγῶνα γὰρ πάνδημον εὑρίσκω τινὰς
τιθέντας, ἀθληταῖσιν ἄξιον πόνον,
ὅθεν κομίζω τήνδε νικητήρια
λαβών. τὰ μὲν γὰρ κοῦφα τοῖς νικῶσιν ἦν
ἵππους ἄγεσθαι, τοῖσι δ' αὖ τὰ μείζονα   1030
νικῶσι, πυγμὴν καὶ πάλην, βουφόρβια·
γυνὴ δ' ἐπ' αὐτοῖς εἵπετ'· ἐντυχόντι δὲ
αἰσχρὸν παρεῖναι κέρδος ἦν τόδ' εὐκλεές.
ἀλλ', ὥσπερ εἶπον, σοὶ μέλειν γυναῖκα χρή·

[*Êxodo* (1006-1163)]

CORO
Ó Admeto, ao que parece, vem
o filho de Alcmena à tua lareira.

HÉRACLES
Ao amigo devo falar com franqueza,
Admeto, e não ter no coração queixas
calado. Eu avaliava que por assistir   1010
teus males de perto me provaria amigo,
não revelaste os funerais serem de tua
esposa, mas hospedaste-me em casa
alegando cuidar de lutos forasteiros
e coroei a cabeça e aos Deuses libei   1015
libações em tua casa em má sorte,
e reprovo, reprovo, sim, esse trato.
Não quero te afligir nestes males.
Direi por que voltei e venho aqui.
Recebe de mim e salva esta mulher   1020
até que com éguas trácias eu venha
aqui após destruir o rei dos bístones.
Se fosse o que não seja e eu retorne,
ofereço-a para que sirva em tua casa.
Com muita fadiga veio-me às mãos.   1025
Descubro competição aberta a todos
instituída, façanha digna de atletas,
donde a conduzo, prêmio da vitória.
Vencedores de jogos leves podiam
obter potros, mas aos que venciam   1030
os maiores, pugilato ou luta, seguia
gado ou mulher, e dando-se a sorte
era infame deixar o glorioso ganho.
Como disse, peço cuides da mulher,

οὐ γὰρ κλοπαίαν ἀλλὰ σὺν πόνωι λαβὼν   1035
ἥκω· χρόνωι δὲ καὶ σύ μ' αἰνέσεις ἴσως.

ΑΔΜΗΤΟΣ
οὔτοι σ' ἀτίζων οὐδ' ἐν αἰσχροῖσιν τιθεὶς
ἔκρυψ' ἐμῆς γυναικὸς ἀθλίους τύχας.
ἀλλ' ἄλγος ἄλγει τοῦτ' ἂν ἦν προσκείμενον,
εἴ του πρὸς ἄλλου δώμαθ' ὡρμήθης ξένου·   1040
ἅλις δὲ κλαίειν τοὐμὸν ἦν ἐμοὶ κακόν.
γυναῖκα δ', εἴ πως ἔστιν, αἰτοῦμαί σ', ἄναξ,
ἄλλον τιν' ὅστις μὴ πέπονθεν οἷ' ἐγὼ
σώιζειν ἄνωχθι Θεσσαλῶν· πολλοὶ δέ σοι
ξένοι Φεραίων· μή μ' ἀναμνήσηις κακῶν.   1045
οὐκ ἂν δυναίμην τήνδ' ὁρῶν ἐν δώμασιν
ἄδακρυς εἶναι· μὴ νοσοῦντί μοι νόσον
προσθῆις· ἅλις γὰρ συμφορᾶι βαρύνομαι.
ποῦ καὶ τρέφοιτ' ἂν δωμάτων νέα γυνή;
νέα γάρ, ὡς ἐσθῆτι καὶ κόσμωι πρέπει.   1050
πότερα κατ' ἀνδρῶν δῆτ' ἐνοικήσει στέγην;
καὶ πῶς ἀκραιφνὴς ἐν νέοις στρωφωμένη
ἔσται; τὸν ἡβῶνθ', Ἡράκλεις, οὐ ῥάιδιον
εἴργειν· ἐγὼ δὲ σοῦ προμηθίαν ἔχω.
ἢ τῆς θανούσης θάλαμον ἐσβήσας τρέφω;   1055
καὶ πῶς ἐπεσφρῶ τήνδε τῶι κείνης λέχει;
διπλῆν φοβοῦμαι μέμψιν, ἔκ τε δημοτῶν,
μή τίς μ' ἐλέγξηι τὴν ἐμὴν εὐεργέτιν
προδόντ' ἐν ἄλλης δεμνίοις πίτνειν νέας,
καὶ τῆς θανούσης (ἀξία δέ μοι σέβειν)   1060
πολλὴν πρόνοιαν δεῖ μ' ἔχειν. σὺ δ', ὦ γύναι,
ἥτις ποτ' εἶ σύ, ταὔτ' ἔχουσ' Ἀλκήστιδι
μορφῆς μέτρ' ἴσθι, καὶ προσήιξαι δέμας.
οἴμοι. κόμιζε πρὸς θεῶν ἐξ ὀμμάτων
γυναῖκα τήνδε, μή μ' ἕληις ἡιρημένον.   1065
δοκῶ γὰρ αὐτὴν εἰσορῶν γυναῖχ' ὁρᾶν
ἐμήν· θολοῖ δὲ καρδίαν, ἐκ δ' ὀμμάτων

não furtada, mas obtida com fadiga. 1035
Com tempo talvez ainda me aproves.

ADMETO
Sem te desonrar nem fazer injúria,
ocultei triste sorte de minha mulher.
Mas esta dor se acrescentaria à dor,
se fosses para a casa de outro hóspede. 1040
Chorar o meu mal era-me o bastante.
Se há mesmo mulher, peço-te, ó rei,
que instes a salvá-la outro tessálio
não sofrido como eu. Tens em Feras
muitos hóspedes, não me lembres 1045
males. Não a poderia ver em casa,
sem prantear. Não acrescentes dor
à minha dor! Pesa-me demais isto.
Onde em casa criaria mulher nova?
Nova, por brilhar na roupa e ordem. 1050
Acaso habitará abrigo entre varões?
Como ainda será intacta, se circular
entre rapazes? Não é fácil, Héracles,
conter o jovem, eu tenho tua cautela.
Ou entro na cama da morta e instruo? 1055
E como a incrusto no leito daquela?
Temo duas queixas: gente da terra
não me acuse de trair a benfeitora
e cair nos lençóis de outra jovem,
e da morta veneranda devo tomar 1060
muita precaução. Mas tu, mulher,
quem afinal sejas tu, sabe que tens
o vulto de Alceste, és símil no porte.
Oímoi! Por Deuses, leva-me dos olhos
esta mulher! Não me mates já morto, 1065
pois ao vê-la creio ver minha mulher!
Perturba meu coração e de meus olhos

πηγαὶ κατερρώγασιν. ὦ τλήμων ἐγώ,
ὡς ἄρτι πένθους τοῦδε γεύομαι πικροῦ.

ΧΟΡΟΣ
ἐγὼ μὲν οὐκ ἔχοιμ' ἂν εὖ λέγειν τύχην·   1070
χρὴ δ', ἥτις ἐστί, καρτερεῖν θεοῦ δόσιν.

ΗΡΑΚΛΗΣ
εἰ γὰρ τοσαύτην δύναμιν εἶχον ὥστε σὴν
ἐς φῶς πορεῦσαι νερτέρων ἐκ δωμάτων
γυναῖκα καί σοι τήνδε πορσῦναι χάριν.

ΑΔΜΗΤΟΣ
σάφ' οἶδα βούλεσθαί σ' ἄν. ἀλλὰ ποῦ τόδε;   1075
οὐκ ἔστι τοὺς θανόντας ἐς φάος μολεῖν.

ΗΡΑΚΛΗΣ
μή νυν ὑπέρβαλλ' ἀλλ' ἐναισίμως φέρε.

ΑΔΜΗΤΟΣ
ῥᾷον παραινεῖν ἢ παθόντα καρτερεῖν.

ΗΡΑΚΛΗΣ
τί δ' ἂν προκόπτοις, εἰ θέλεις ἀεὶ στένειν;

ΑΔΜΗΤΟΣ
ἔγνωκα καὐτός, ἀλλ' ἔρως τις ἐξάγει.   1080

ΗΡΑΚΛΗΣ
τὸ γὰρ φιλῆσαι τὸν θανόντ' ἄγει δάκρυ.

ΑΔΜΗΤΟΣ
ἀπώλεσέν με κἄτι μᾶλλον ἢ λέγω.

águas prorrompem. Ó mísero de mim,
como agora provo deste amargo luto!

CORO
Eu não poderia bendizer a sorte, mas
devo suportar o que for dom de Deus.

HÉRACLES
Tivesse eu tanto poder que trouxesse
das ínferas moradas para a luz a tua
mulher e pudesse te fazer este favor!

ADMETO
Bem sei que gostarias, mas onde isso?
Não é possível os mortos virem à luz.

HÉRACLES
Não excedas! Suporta conforme sina!

ADMETO
É mais fácil exortar que suportar dor.

HÉRACLES
O que terias, se queres sempre gemer?

ADMETO
Sei disso, mas um desejo me conduz.

HÉRACLES
O amor ao morto induz ao pranto.

ADMETO
Destruiu-me ainda mais do que digo.

ΗΡΑΚΛΗΣ
γυναικὸς ἐσθλῆς ἤμπλακες· τίς ἀντερεῖ;

ΑΔΜΗΤΟΣ
ὥστ' ἄνδρα τόνδε μηκέθ' ἥδεσθαι βίωι.

ΗΡΑΚΛΗΣ
χρόνος μαλάξει, νῦν δ' ἔθ' ἡβάσκει, κακόν.   1085

ΑΔΜΗΤΟΣ
χρόνον λέγοις ἄν, εἰ χρόνος τὸ κατθανεῖν.

ΗΡΑΚΛΗΣ
γυνή σε παύσει καὶ νέοι γάμοι πόθου.

ΑΔΜΗΤΟΣ
σίγησον· οἷον εἶπας. οὐκ ἂν ὠιόμην.

ΗΡΑΚΛΗΣ
τί δ'; οὐ γαμεῖς γὰρ ἀλλὰ χηρεύσηι λέχος;

ΑΔΜΗΤΟΣ
οὐκ ἔστιν ἥτις τῶιδε συγκλιθήσεται.   1090

ΗΡΑΚΛΗΣ
μῶν τὴν θανοῦσαν ὠφελεῖν τι προσδοκᾶις;

ΑΔΜΗΤΟΣ
κείνην ὅπουπερ ἔστι τιμᾶσθαι χρεών.

ΗΡΑΚΛΗΣ
αἰνῶ μὲν αἰνῶ· μωρίαν δ' ὀφλισκάνεις.

ΑΔΜΗΤΟΣ
[ὡς μήποτ' ἄνδρα τόνδε νυμφίον καλῶν.

HÉRACLES
Perdeste boa mulher, quem contesta?

ADMETO
De modo a não mais gostar de viver.

HÉRACLES
Tempo lene, ora ainda o mal vigora. 1085

ADMETO
Tempo se diria, se tempo de morrer.

HÉRACLES
Mulher e novas núpcias te cessarão.

ADMETO
Cala-te. Que disseste? Eu não creria.

HÉRACLES
O quê? Sem núpcias, o leito viúvo?

ADMETO
Não há quem com este se deitará. 1090

HÉRACLES
Pensas que ajuda em algo à morta?

ADMETO
Onde ela estiver, deve ser honrada.

HÉRACLES
Certo, certo, mas parecerás louco.

ADMETO
Por não declarar noivo este varão.

ΗΡΑΚΛΗΣ
ἐπήινεσ' ἀλόχωι πιστὸς οὕνεκ' εἶ φίλος.] 1095

ΑΔΜΗΤΟΣ
θάνοιμ' ἐκείνην καίπερ οὐκ οὖσαν προδούς.

ΗΡΑΚΛΗΣ
δέχου νυν εἴσω τήνδε γενναίως δόμων.

ΑΔΜΗΤΟΣ
μή, πρός σε τοῦ σπείραντος ἄντομαι Διός.

ΗΡΑΚΛΗΣ
καὶ μὴν ἁμαρτήσηι γε μὴ δράσας τάδε.

ΑΔΜΗΤΟΣ
καὶ δρῶν γε λύπηι καρδίαν δηχθήσομαι. 1100

ΗΡΑΚΛΗΣ
πιθοῦ· τάχ' ἂν γὰρ ἐς δέον πέσοι χάρις.

ΑΔΜΗΤΟΣ
φεῦ·
εἴθ' ἐξ ἀγῶνος τήνδε μὴ 'λαβές ποτε.

ΗΡΑΚΛΗΣ
νικῶντι μέντοι καὶ σὺ συννικᾶις ἐμοί.

ΑΔΜΗΤΟΣ
καλῶς ἔλεξας· ἡ γυνὴ δ' ἀπελθέτω.

ΗΡΑΚΛΗΣ
ἄπεισιν, εἰ χρή· πρῶτα δ' εἰ χρεὼν ἄθρει. 1105

HÉRACLES
Certo que és amigo fiel à esposa. 1095

ADMETO
Morra eu, se a trair, não mais viva!

HÉRACLES
Recebe-a generosamente em casa!

ADMETO
Não, suplico-te, por Zeus, teu pai!

HÉRACLES
Sim, errarás, se tu não fizeres isso.

ADMETO
E se fizer, dor morderá o coração. 1100

HÉRACLES
Ouve! Talvez se dê a devida graça.

ADMETO
Pheû!
Nunca a recebesses na competição!

HÉRACLES
Se venço, também vences comigo.

ADMETO
Falaste bem, que se vá a mulher!

HÉRACLES
Irá, se deve ir. Antes, vê se deve ir! 1105

ΑΔΜΗΤΟΣ
χρή, σοῦ γε μὴ μέλλοντος ὀργαίνειν ἐμοί.

ΗΡΑΚΛΗΣ
εἰδώς τι κἀγὼ τήνδ' ἔχω προθυμίαν.

ΑΔΜΗΤΟΣ
νίκα νυν· οὐ μὴν ἁνδάνοντά μοι ποιεῖς.

ΗΡΑΚΛΗΣ
ἀλλ' ἔσθ' ὅθ' ἡμᾶς αἰνέσεις· πιθοῦ μόνον.

ΑΔΜΗΤΟΣ
κομίζετ', εἰ χρὴ τήνδε δέξασθαι δόμοις. 1110

ΗΡΑΚΛΗΣ
οὐκ ἂν μεθείην σοῖς γυναῖκα προσπόλοις.

ΑΔΜΗΤΟΣ
σὺ δ' αὐτὸς αὐτὴν εἴσαγ', εἰ δοκεῖ, δόμους.

ΗΡΑΚΛΗΣ
ἐς σὰς μὲν οὖν ἔγωγε θήσομαι χέρας.

ΑΔΜΗΤΟΣ
οὐκ ἂν θίγοιμι· δῶμα δ' εἰσελθεῖν πάρα.

ΗΡΑΚΛΗΣ
τῆι σῆι πέποιθα χειρὶ δεξιᾶι μόνηι. 1115

ΑΔΜΗΤΟΣ
ἄναξ, βιάζηι μ' οὐ θέλοντα δρᾶν τάδε.

ΗΡΑΚΛΗΣ
τόλμα προτεῖναι χεῖρα καὶ θιγεῖν ξένης.

ADMETO
Deve ir, se não te irritares comigo.

HÉRACLES
Por saber algo, tenho esta atenção.

ADMETO
Vence! Não me fazes por agradar.

HÉRACLES
Mas ainda me louvarás, ouve só!

ADMETO
Trazei, se devo recebê-la em casa. 1110

HÉRACLES
Não permitiria ir com teus servos.

ADMETO
Traz tu mesmo em casa, se queres.

HÉRACLES
É nas tuas mãos que eu a deixarei.

ADMETO
Não a tocaria, pode entrar em casa.

HÉRACLES
Somente confio em tua mão destra. 1115

ADMETO
Ó rei, obrigas-me ao que não quero.

HÉRACLES
Ousa dar a mão e tocar a forasteira!

ΑΔΜΗΤΟΣ
καὶ δὴ προτείνω, Γοργόν' ὡς καρατομῶν.

ΗΡΑΚΛΗΣ
[ἔχεις;

ΑΔΜΗΤΟΣ
ἔχω, ναί.

ΗΡΑΚΛΗΣ
σῶιζέ νυν καὶ τὸν Διὸς
φήσεις ποτ' εἶναι παῖδα γενναῖον ξένον.]   1120
βλέψον πρὸς αὐτήν, εἴ τι σῆι δοκεῖ πρέπειν
γυναικί· λύπης δ' εὐτυχῶν μεθίστασο.

ΑΔΜΗΤΟΣ
ὦ θεοί, τί λέξω; θαῦμ' ἀνέλπιστον τόδε·
γυναῖκα λεύσσω τὴν ἐμὴν ἐτητύμως,
ἢ κερτομός μ' ἐκ θεοῦ τις ἐκπλήσσει χαρά;   1125

ΗΡΑΚΛΗΣ
οὐκ ἔστιν, ἀλλὰ τήνδ' ὁρᾶις δάμαρτα σήν.

ΑΔΜΗΤΟΣ
ὅρα δὲ μή τι φάσμα νερτέρων τόδ' ἦι.

ΗΡΑΚΛΗΣ
οὐ ψυχαγωγὸν τόνδ' ἐποιήσω ξένον.

ΑΔΜΗΤΟΣ
ἀλλ' ἣν ἔθαπτον εἰσορῶ δάμαρτ' ἐμήν;

ΗΡΑΚΛΗΣ
σάφ' ἴσθ'· ἀπιστεῖν δ' οὔ σε θαυμάζω τύχηι.   1130

ADMETO
Dou a mão como a decapitar Górgona.

HÉRACLES
Tens?

ADMETO
   Tenho.

HÉRACLES
       Conserva e mostrarás
que o filho de Zeus é hóspede generoso.   1120
Olha para ela, se algo se parece com tua
mulher e afasta-te com boa sorte da dor!

ADMETO
Deuses, que digo? Milagre inesperado!
Percebo de verdade a minha mulher.
Ou Deus me inflige mordaz alegria?   1125

HÉRACLES
Não inflige, mas aqui vês tua esposa.

ADMETO
Vê se isto não é espectro dos ínferos!

HÉRACLES
Não hospedaste invocador de mortos.

ADMETO
Mas vejo minha esposa que sepultei?

HÉRACLES
Sabe! Não admiro se descrês da sorte.   1130

ΑΔΜΗΤΟΣ
θίγω, προσείπω ζῶσαν ὡς δάμαρτ' ἐμήν;

ΗΡΑΚΛΗΣ
πρόσειπ'· ἔχεις γὰρ πᾶν ὅσονπερ ἤθελες.

ΑΔΜΗΤΟΣ
ὦ φιλτάτης γυναικὸς ὄμμα καὶ δέμας,
ἔχω σ' ἀέλπτως, οὔποτ' ὄψεσθαι δοκῶν.

ΗΡΑΚΛΗΣ
ἔχεις· φθόνος δὲ μὴ γένοιτό τις θεῶν.   1135

ΑΔΜΗΤΟΣ
ὦ τοῦ μεγίστου Ζηνὸς εὐγενὲς τέκνον,
εὐδαιμονοίης καί σ' ὁ φιτύσας πατὴρ
σώιζοι· σὺ γὰρ δὴ τἄμ' ἀνώρθωσας μόνος.
πῶς τήνδ' ἔπεμψας νέρθεν ἐς φάος τόδε;

ΗΡΑΚΛΗΣ
μάχην συνάψας δαιμόνων τῶι κυρίωι.   1140

ΑΔΜΗΤΟΣ
ποῦ τόνδε Θανάτωι φὴις ἀγῶνα συμβαλεῖν;

ΗΡΑΚΛΗΣ
τύμβον παρ' αὐτόν, ἐκ λόχου μάρψας χεροῖν.

ΑΔΜΗΤΟΣ
τί γὰρ ποθ' ἥδ' ἄναυδος ἕστηκεν γυνή;

ΗΡΑΚΛΗΣ
οὔπω θέμις σοι τῆσδε προσφωνημάτων
κλύειν, πρὶν ἂν θεοῖσι τοῖσι νερτέροις   1145
ἀφαγνίσηται καὶ τρίτον μόληι φάος.

ADMETO
Toco? Falo como se a esposa vivesse?

HÉRACLES
Fala, pois podes tudo que desejavas.

ADMETO
Ó vista e vulto de minha mulher,
tenho-te súbito sem crer que visse!

HÉRACLES
Tens. Não te inveje nenhum Deus! 1135

ADMETO
Ó nobre filho do supremo Zeus,
tenhas bom Nume e o pai genitor
conserve! A sós reergueste os meus.
Como a conduziste dos ínferos à luz?

HÉRACLES
Travando luta contra Nume detentor. 1140

ADMETO
Onde dizes travar combate com Morte?

HÉRACLES
Junto à tumba, atocaiado ao investir.

ADMETO
Por que esta mulher está quieta muda?

HÉRACLES
Não te é lícito ainda ouvir as palavras
dela antes de ser purificada dos ínferos 1145
Deuses e antes de ser o terceiro dia.

ἀλλ' εἴσαγ' εἴσω τήνδε· καὶ δίκαιος ὢν
τὸ λοιπόν, Ἄδμητ', εὐσέβει περὶ ξένους.
καὶ χαῖρ'· ἐγὼ δὲ τὸν προκείμενον πόνον
Σθενέλου τυράννωι παιδὶ πορσυνῶ μολών.   1150

ΑΔΜΗΤΟΣ
μεῖνον παρ' ἡμῖν καὶ ξυνέστιος γενοῦ.

ΗΡΑΚΛΗΣ
αὖθις τόδ' ἔσται, νῦν δ' ἐπείγεσθαί με δεῖ.

ΑΔΜΗΤΟΣ
ἀλλ' εὐτυχοίης, νόστιμον δ' ἔλθοις δρόμον.
ἀστοῖς δὲ πάσηι τ' ἐννέπω τετραρχίαι
χοροὺς ἐπ' ἐσθλαῖς συμφοραῖσιν ἱστάναι   1155
βωμούς τε κνισᾶν βουθύτοισι προστροπαῖς.
νῦν γὰρ μεθηρμόσμεσθα βελτίω βίον
τοῦ πρόσθεν· οὐ γὰρ εὐτυχῶν ἀρνήσομαι.

ΧΟΡΟΣ
πολλαὶ μορφαὶ τῶν δαιμονίων,
πολλὰ δ' ἀέλπτως κραίνουσι θεοί·   1160
καὶ τὰ δοκηθέντ' οὐκ ἐτελέσθη,
τῶν δ' ἀδοκήτων πόρον ηὗρε θεός.
τοιόνδ' ἀπέβη τόδε πρᾶγμα.

Entra! Conduz para dentro. Sê justo,
no porvir, Admeto, e honra os hóspedes!
E salve! Eu partirei e cumprirei a prova
proposta pelo soberano filho de Estênelo. 1150

ADMETO
Permanece conosco e sê nosso conviva.

HÉRACLES
Outra vez será assim, agora devo correr.

ADMETO
Boa sorte! E que seja breve teu regresso!
Ordeno aos cidadãos e a toda a tetrarquia
formarem coros pelas boas circunstâncias. 1155
Altares fumem com reses propiciatórias!
Agora por mudança temos vida melhor
que antes, pois não negarei a boa sorte.

CORO
Muitas são as formas dos Numes,
muitos atos inopinados de Deuses 1160
e as expectativas não se cumprem
e dos inesperados Deus vê saída.
Assim é que aconteceu este fato.

MEDEIA

A serviço da justiça e da piedade

Jaa Torrano

No pensamento mítico grego arcaico, a Justiça é um dos aspectos fundamentais do mundo, percebida e descrita como uma Deusa, filha de Zeus e Têmis, integrante da tríade das Horas.[33] Sendo uma das Horas, a Justiça, bem como as duas outras irmãs da mesma tríade, se manifesta no horizonte temporal do curso dos acontecimentos como a consecução e a consumação dos desígnios de Zeus.

No teatro de Eurípides, a questão da justiça é pensada nos termos do imaginário mítico e constitui o fio condutor da narrativa. Sendo construída segundo a lógica própria do pensamento mítico, a narrativa mesma configura uma imagem diegética da noção mítica de justiça e, como tal, uma demonstração da constante, inevitável e incontornável Justiça de Zeus.

Como se coloca e como se desenvolve a questão da justiça na tragédia *Medeia* de Eurípides? Qual a atitude de cada personagem diante dessa questão?

O prólogo de *Medeia* se compõe de três partes: o monólogo da nutriz, o diálogo entre a nutriz e o preceptor, e o diálogo entre a nutriz, diante de casa, e Medeia, dentro de casa. No monólogo, a nutriz, velha servidora de Medeia, tomando Céu e Terra por testemunhas, relembra fatos passados e descreve a presente situação deplorável de sua senhora: forasteira domiciliada em Corinto, traída pelo marido Jasão, que contrai núpcias com a princesa filha de Creonte, rei de Corinto, Medeia se entrega à dor e à evocação dos Juramentos e do testemunho dos Deuses, "ao saber que injustiça sofria do marido" (v. 26). A relação entre Jasão e Medeia é descrita como a injustiça dele contra ela mediante o perjúrio, isto é, a quebra de juramentos e, portanto, mediante impieda-

---

[33] Hesíodo, *Teogonia*, vv. 901-3.

de contra os Deuses. Os temores ominosos da nutriz prenunciam a represália sangrenta e o filicídio de Medeia (vv. 36-43).

O preceptor dá a notícia de que o rei de Corinto "baniria os filhos e a mãe" (v. 71) e escusa a atitude de Jasão como caso extremo de uma regra geral (vv. 85-8).

As falas de Medeia mostram furor destrutivo: primeiro contra si mesma e depois contra o marido, os filhos e a casa toda (vv. 96-8, 111-4). Em contraste, as falas da nutriz mostram cuidado com os filhos, dos quais tenta afastar o perigo, e ainda elogiam o comedimento e condenam a transgressão (vv. 98-110, 115-30).

No párodo, o coro de mulheres coríntias, solidárias com Medeia, integra e amplia a dinâmica da terceira cena do prólogo. O coro invoca Zeus, Terra e Luz como testemunhas do pranto de Medeia e invoca Zeus como garantia da justiça que lhe é devida (vv. 148-59). Dentro de casa, Medeia fala consigo mesma (vv. 144-7), interpela as Deusas Têmis e Ártemis ante a quebra dos juramentos por seu marido, deseja-lhe, a ele e à sua noiva, morte "por ousadia de antes serem injustos" com ela, e lamenta o pai e a pátria que perdeu por ter matado o irmão (vv. 160-7). O coro de mulheres persuade a nutriz a trazer Medeia para ter-se com elas diante de casa (vv. 173-213).

No primeiro episódio, dirigindo-se às mulheres coríntias, Medeia primeiro apela à justiça que reside em permitir-se conhecer claro sem abominar à primeira vista (vv. 219-21):

Não há justiça nos olhos dos mortais,
que antes de conhecer claro um varão
odeiam ter visto, sem sofrer injustiça.

Esse apelo à justiça visa expor a situação resultante da injustiça infligida a Medeia por seu marido Jasão e a precariedade da condição de mulher forasteira em país estranho e abandonada pelo marido. Isso distingue a situação de Medeia da de suas interlocutoras: elas têm pátria, Medeia, não; Medeia padece injustiça cuja experiência elas não conhecem. Dada essa injustiça, a alternativa que se mostra a Medeia é destruir-se ou destruir os envolvidos nessa injustiça como forma de se ressarcir de presumido dano. Assim, o apelo de Medeia à justiça suscita a solidariedade do coro e implica o tácito reconhecimento da justiça inerente à atitude das coríntias que a ouvem. Concluindo a fala, Medeia indica qual o maior pendor de cada cenário possível dessa alternativa (vv. 263-6):

> Silêncio! Mulher é cheia de pavor
> e má em resistir e enfrentar faca,
> mas quando injustiçada no leito,
> não há nada mais sujo de sangue.

O coro assente à reivindicação de justiça de Medeia e anuncia a entrada de Creonte. O assentimento do coro prenuncia a habilidade retórica de Medeia (vv. 267-70).

Perante o rei, que decreta o imediato banimento seu e de seus filhos (vv. 271-6), Medeia recorre ao mesmo expediente do apelo à justiça para persuadir o rei a seu favor: alega que a fama de ser sábia tem o inconveniente de expô-la a incompreensões diversas, em que se inclui essa injustiça de Creonte contra ela (vv. 309, 314). Em acréscimo ao gesto ritual de súplica e à invocação sucessiva da pátria, de "Amor, grande mal de mortais" e de Zeus testemunha de seus males, Medeia por fim esclarece qual é o objeto de sua súplica: não a revogação do exílio, mas sua procrastinação por um dia para os preparativos da viagem dos filhos — e, além do apelo à justiça, apela ainda em nome dos filhos à compaixão paterna (vv. 324-47).

A fala do rei, ao ser vencido pela habilidade retórica de Medeia, tem um sentido ominoso, em que o rei mesmo parece prever o seu próprio limite e finitude ao invocar o testemunho do Sol (vv. 350-4):

> Agora ainda vejo que erro, mulher,
> todavia assim farei. Eu te assevero:
> se te vir o próximo fulgor de Deus
> e a teus filhos nos lindes desta terra,
> morrerás. Esta fala não tem mentira.

Ominoso é o vínculo que o rei estabelece entre o seu vacilo (de ver e manter o próprio erro) e o testemunho do Sol, pois o adorno mágico que Sol, pai do pai de Medeia, deu à neta será o instrumento de sua morte.[34]

---

[34] Cf. vv. 954-5.

Na terceira e última cena do primeiro episódio, ante a condenação de Medeia ao exílio, o coro exclama *pheû pheû* (interjeição de espanto e de dor), lastima e pergunta a Medeia como Deus a levou "a ínvia onda de males" (v. 363).

A resposta de Medeia (vv. 364-409) destrói essa questão contrapondo-lhe uma releitura em que a má situação presente pode ser superada pela arte dolosa, já demonstrada na habilidade retórica do enfrentamento com o rei. O aparente furor destrutivo não é uma paixão cega, mas antes se revela meticulosa astúcia de planejar a retaliação de modo a salvaguardar a fuga.[35] A astúcia desse planejamento prepara a articulação dos dons mágicos do ancestral divino[36] com os dons aparentemente aleatórios da sorte, ao prever de certo modo a entrada de Egeu.[37]

A invocação da Deusa Hécate (v. 397) se associa à interpelação da ipseidade identificada com o conhecimento e o exercício da arte dolosa (v. 401), que por sua vez se identifica com o gênero feminino, porque, aparentemente, nas mulheres a inteligência astuciosa pode superar e ir além da força física e numérica. Dada a ambiguidade da arte dolosa, admirada por sua eficácia e condenada por seus meios abscônditos, na identificação dessa arte com o gênero feminino ressoa inesperadamente uma aparente misoginia (vv. 408-9).

Os primeiros cinco estásimos desta tragédia têm, cada um, dois pares estrofe-antístrofe. No primeiro estásimo, o primeiro par estrofe-antístrofe descreve a reação de Justiça ao perjúrio de Jasão: a reversão do curso das águas dos rios, a reversão de Justiça e de tudo o mais, a reversão também da boa fama e da glória do gênero masculino para o gênero feminino. Reconhece-se aqui a intertextualidade com Hesíodo nas noções míticas 1) de Justiça como *justus rerum ordo*, isto é, a ordem do mundo e dos acontecimentos, na qual se manifesta o sentido de Zeus; 2) de solidariedade entre os diversos fenômenos naturais, por serem manifestações coerentes e consistentes da Justiça de Zeus; e 3) da distinção ontológica entre o gênero masculino e o gênero feminino.

O segundo par estrofe-antístrofe descreve a situação atual de Medeia e da Grécia em consequência do perjúrio de Jasão: Medeia está

---

[35] Cf. *teukhnoménen*, v. 369, repetido em vv. 382, 402.

[36] Cf. vv. 406, 954-5.

[37] Cf. vv. 390, 724.

sem a pátria, sem o marido, sem honras e banida da terra hospedeira, e — como nos versos de Hesíodo — a Grécia é abandonada pela Graça das juras e por Pudor, que voou de volta para o céu.[38]

O segundo episódio é a cena da "luta verbal" (*hámillan... lógon*, v. 546), quando se explicitam os pontos de vista contrapostos de Jasão e de Medeia a respeito da justiça recíproca de cada um dos dois. Medeia acusa Jasão de quebra de juramentos e traição, Jasão responsabiliza Medeia pela má situação em que ela se encontra, quando ele mesmo fez o melhor para todos e para cada um. Os discursos contrapostos fixam interpretações contrapostas da relação entre Deuses e mortais: a de Medeia, que estabelece a solidariedade e reciprocidade entre Deuses e mortais, e a de Jasão, que distingue certa independência entre uns e outros como uma independência certa. O desenvolvimento da trama é que nos mostrará qual dessas interpretações da relação entre Deuses e mortais é a correta. A cena mesma não resulta em persuasão e convencimento de uma parte pela outra. Aparentemente a cena de "luta verbal" visa somente à explicitação, por contraposição, dos pontos de vista diversos.

Essa indecisão e indefinição mantida em toda a cena do segundo episódio estabelece uma suspensão da narrativa que deixa por ora indeciso qual dos dois tem razão. Aparentemente ambos têm razão, cada um de seu ponto de vista — ao menos até onde se tem a narrativa.

A resposta a está questão será tanto mais verdadeira e mais valiosa porque — se na perspectiva do pensamento mítico a narrativa é um ícone da noção mítica de justiça — a iconicidade confere à narrativa um valor heurístico, quando não apodíctico ou epifânico.

No segundo estásimo, a primeira estrofe distingue os modos *ágan* ("excessivo") e *hális* ("suficiente"): quando os Amores vêm *ágan*, não proporcionam nem *eudoxían* ("bom nome") nem *aretán* ("valor"); quando Cípris é *hális*, não há outra Deusa tão graciosa; e conclui com a prece à Deusa por imunidade à "inevitável seta untada de anseio". A primeira antístrofe é uma prece à *Sophrosýna* ("Prudência"), louvada como o mais belo dom dos Deuses. A simetria da contraposição entre estrofe e antístrofe sugere a equivalência entre *hális* e *Sophrosýna* e delimita, assim, o sentido em que se deve entender esta ambígua "Prudên-

---

[38] Cf. Hesíodo, *Os trabalhos e os dias*, vv. 197-201.

cia", ambivalente entre Deusa destinatária da prece e, no entanto, dom dos Deuses.

A segunda estrofe louva a pátria como o maior bem, cuja perda é a maior dor: sem urbe a vida é inviável e impossível. A segunda antístrofe identifica essa dor terribilíssima com a situação de Medeia, e depreca e rejeita a amizade de "quem não honrar amigos nem abrir pura a chave do espírito" (vv. 659-61). Solidário e compassivo, o coro considera a situação de Medeia, e qual é, nessa situação, o valor da pátria e das amizades honradas: valem a viabilidade da vida na situação do presente impasse de Medeia.

Tendo o coro equiparado pátria e amizade como condição da possibilidade da vida, soam como bom presságio, no início do terceiro episódio, a saudação de Egeu a Medeia e sua justificativa de que esta saudação (*khaîre!*, "salve!", v. 663) é o mais belo proêmio que se pode dizer a amigos. Esse presságio anuncia como algo providencial o encontro aparentemente fortuito de Egeu.

A resposta de Medeia à saudação dá início à esticomitia, em que ela primeiro interroga e se informa dos motivos da vinda de Egeu a Corinto e depois se queixa e denuncia Jasão como injusto e conivente do rei Creonte no seu banimento de Corinto (vv. 666-708).

A queixa ("Jasão me faz injustiça que não lhe fiz", v. 692) se formula de modo a acusar Jasão de injustiça e inocentar Medeia com agravamento da acusação. A injustiça sofrida e a inocência alegada respaldam a súplica de Medeia a Egeu por hospitalidade. O simultâneo gesto ritual de tocar a barba e os joelhos e a concomitante promessa de filhos emolduram a súplica (vv. 709-18).

Egeu anui à súplica ritual de Medeia alegando três razões: o respeito aos Deuses, o desejo de ter filhos e a sua própria participação em Justiça, filha de Zeus (vv. 719-24).

Medeia pede um juramento como fiança dessa graça da hospitalidade de Egeu. Medeia o persuade a jurar com o argumento de que, se a sequestrassem daquela terra, o rei sob o jugo do juramento não a entregaria, mas, tendo somente empenhado a palavra sem jurar por Deuses, poderia ser amigo e confiar em gestões de arautos, sendo ela sem força e os seus inimigos as casas reais de Pélias e de Creonte (vv. 731-40).

Egeu não se recusa a jurar, alegando três razões: ser prudente o pedido de juramento de Medeia, ser mais seguro para ele mesmo ter uma justificativa, e, assim, ser mais certo para Medeia, a quem pede que formule os termos do juramento (vv. 741-5).

MEDEIA
Jura pelo solo da Terra e pelo Sol pai de
meu pai, compõe todo o ser dos Deuses!

EGEU
A fazer o quê ou não fazer o quê? Diz!

MEDEIA
Não me banires tu nunca de tua terra,
nem vivo me entregares de bom grado, 750
se um meu inimigo quiser sequestrar.

EGEU
Juro, pela Terra e pela lúcida luz do Sol
e Deuses todos, manter o que ouço de ti.

MEDEIA
Basta! Se não manténs a jura, que terias?

EGEU
O que entre os mortais acontece aos ímpios. 755

Os termos do juramento nomeiam os Deuses Terra e Sol com a explicação de que os nomeados incluem "todo o ser dos Deuses" (*Theôn... hápan génos*, v. 747). O nome "Sol" (*Hélios*) designa o "pai do pai" de Medeia e por metonímia o "Céu", que na *Teogonia* de Hesíodo compõe com a Deusa Terra o par primordial.[39] Ao jurar, Egeu nomeia "Terra" e "lúcida luz do Sol e Deuses todos", invocando, assim, por testemunha todo o ser dos Deuses e, desse modo, dando por garantia da palavra empenhada no juramento a sua própria participação no ser.

---

[39] Cf. Hesíodo, *Teogonia*, vv. 126-8.

Uma vez sob o jugo do juramento pronunciado, Egeu sai de cena sem dizer mais nenhuma palavra, despedido por Medeia e com a prece do coro ao Deus Hermes para que guie Egeu de volta para casa (vv. 756-63).

Na segunda e última cena do terceiro episódio, a sós com o coro, Medeia invoca "Zeus, Justiça de Zeus e Luz do Sol", regozijando-se com a esperança de punir os seus inimigos, e expõe o seu plano — que inclui regicídio e infanticídio — como respaldado pela justiça divina (vv. 764-810). O ponto de vista do coro contrasta com o de Medeia pela desaprovação do coro ao infanticídio (vv. 811-23).

No terceiro estásimo, no primeiro par estrofe-antístrofe, o louvor de Atenas por si mesmo contrasta com a situação de Medeia em Corinto: a segurança do lugar inexpugnável, a ínclita ciência, a música harmoniosa, a moderação de Cípris e Amores sócios da ciência e auxiliares das virtudes contrastam com a condição de forasteira banida (vv. 71, 271-6), a ciência perigosa e periclitante (vv. 294-305), a inanidade da tradição musical (vv. 190-204, 424-6), os excessos de Cípris (vv. 627-30), a falência da confiança, a evasão da Graça das juras e a ausência de Pudor (vv. 412-3, 439-40).

O segundo par estrofe-antístrofe pondera a ilicitude e impossibilidade de Atenas amparar uma infanticida e o horror e inexequibilidade do infanticídio.

No quarto episódio, Medeia se mostra a Jasão tal como ele gostaria que ela estivesse. Para Medeia, a arte de enganar é parte da arte retórica, pois se trata de produzir uma imagem que logre induzir o interlocutor a ter a percepção tão distorcida de sua presente situação que passe a agir de modo contrário a seus verdadeiros, mas ignorados, interesses. Esse recurso persuasório — de se mostrar como o interlocutor adverso e hostil gostaria que se estivesse — se diz "astúcia", *mêtis*. Esta palavra não ocorre na descrição do comportamento de Medeia, mas esse traço do comportamento revela as noções de "astúcia", *mêtis*,[40] e de "arte dolosa", *dolíe tékhne*.[41] De fato, Medeia descreve seu plano de ação com as palavras *dóloi* e *sigêi*, "dolosa e silente" (v. 391). Assim, Medeia manipula sucessivamente Creonte, Egeu e Jasão.

---

[40] Cf. Hesíodo, *Teogonia*, vv. 886-900.

[41] Cf. Hesíodo, *Teogonia*, vv. 160, 540, 547, 555, 560.

Medeia se mostra ao hostil Creonte como se aceitasse o exílio, mas pedisse apenas a procrastinação de um dia para os preparativos da viagem — na verdade também os preparativos da morte do inimigo (vv. 340-7). Ela se mostra ao amistoso Egeu não só como injustiçada, mas também como conhecedora de drogas capazes de lhe cessar a falta de filhos (vv. 708-18).

Na primeira cena do quarto episódio, Medeia se mostra a Jasão como se os conselhos anteriores dele a tivessem persuadido e ela, tendo aceitado as imposições das circunstâncias, buscasse agora minimizar os danos e melhorar as circunstâncias (vv. 869-93). É condição necessária que o interlocutor a veja como ele gostaria que ela estivesse para que as palavras súplices dela produzam nele o efeito persuasório desejado; assim, ela subverte o senso de realidade do adversário.

A visão dos filhos durante essas articulações e a previsão do futuro que os espera enternecem Medeia (vv. 894-900). O extremo contraste entre o futuro que Jasão lhes prevê e o que ela lhes prevê acirra o desconforto de Medeia e lhe torna ainda mais dolorosa a ternura de seus filhos (vv. 914-31), mas o domínio de si é imprescindível à consecução da astúcia, o desconforto e a dor não a impedem de prosseguir a articulação (vv. 932-75).

No quarto estásimo, o coro se comisera de todas as partes envolvidas nos planos de Medeia: os filhos a caminho da morte, a "mísera" noiva, o "mísero" noivo, a "mísera" mãe dos filhos. Ao atribuir miserabilidade a cada um deles, o coro reconhece a equivalência da sorte que cabe a cada um; opinião do coro, não de Medeia, como veremos adiante.

No quinto episódio, a fala do preceptor se fratura com a interjeição *éa* — que denota surpresa ante um novo e inesperado aspecto da situação — e expõe o paradoxo da colisão de dois aspectos diversos do mesmo fato: o anúncio de aparente boa notícia causa aparente constrangimento e dor (vv. 1002-8).

No discurso (vv. 1021-80), Medeia pondera os diversos aspectos da situação sob dois pontos de vista diversos que se alternam: o do apego imediato e o do propósito em longo prazo. O apego imediato pede que se poupem os filhos, o propósito em longo prazo reivindica o cumprimento de justiça entendida como uma instância superior ao apego imediato.

No interlúdio anapéstico (vv. 1081-115), o coro de mulheres coríntias enaltece a participação do gênero feminino em Musa. Este prévio enaltecimento autoriza a reflexão do coro de mulheres sobre o valor dos filhos para os mortais. Esta reflexão suscitada pelas perspectivas dos planos de Medeia constitui um juízo que fixa o valor dos filhos para os mortais como a razão do compromisso incondicional prévio que justifica todas as fadigas impostas pela criação dos filhos e cuja perda é a mais dolorosa dor. Esse juízo dá a medida do preço da justiça a ser pago por Jasão e, também, por Medeia.

Em contraste com o quinto episódio, em que o preceptor anuncia aparente boa notícia que o surpreendia por suscitar aparente desconforto, no sexto episódio o mensageiro anuncia aparente má notícia que o surpreende por suscitar regozijo, o que realça a singularidade de Medeia (vv. 1116-35).

A narrativa do mensageiro a Medeia descreve a cena do recebimento das dádivas enviadas por Medeia à princesa noiva de Jasão e as terríveis cenas seguintes das mortes da princesa e do rei como consequentes das artes de Medeia. A comunicação mesma do mensageiro a Medeia mostra a solidariedade dele com ela, mas o próprio mensageiro explicita a isenção que o exime na fuga de Medeia ao castigo (vv. 1136-23) e conclui com o juízo da condição dos mortais, a qual é marcada pela precariedade em sua competência técnica e em seu ser (vv. 1124-30). Esse juízo de valor dos mortais, que os equipara na improficiência e na instabilidade da sorte, pressupõe que Medeia não teria como fugir ao castigo, dado que, para Medeia, a punição residiria no aspecto interno de sua própria ação no filicídio. A generalidade desse juízo — ao incluir Medeia — tem um valor proléptico que corresponde à universalidade da justiça.

No entanto, na avaliação de Medeia, o filicídio é um mal menor que a morte de seus filhos por seus inimigos, possivelmente porque neste último caso a perda dos filhos sofreria o ultraje do riso escarninho dos inimigos (vv. 1136-50).[42]

No quinto estásimo, na primeira estrofe, o coro de mulheres coríntias solidárias com Medeia invoca Terra e brilhantíssimo raio de Sol

---

[42] E também os vv. 1049-50.

como testemunhas do pavor ante o iminente filicídio — descrito como "sangue de Deus cair no chão por mortais", enfatizando a consanguinidade como congeneridade entre o Sol e os envolvidos no filicídio. Malgrado as preces do coro ao Sol, essa congeneridade entre Medeia e Sol não a impede de consumar o filicídio, mas antes lhe confere tanto os meios de cometê-lo quanto os de fugir da retaliação dos inimigos — ainda que não possa fugir da punição inerente ao próprio filicídio, constituída pela perda dos filhos.

Na primeira antístrofe, o coro interpela Medeia sobre a perda de filhos, o furor, a sucessão de mortes violentas e a gravidade das "poluências consanguíneas" consequentes do filicídio (*homogenê miásmata*, v. 1268).

Na segunda antístrofe, as vozes perplexas do coro emolduram os apelos aflitos dos filhos ao serem mortos dentro de casa. Na segunda antístrofe, o coro evoca Ino como paradigma mítico do filicídio e da hostilidade da Deusa Hera.

O êxodo retoma no desenlace da narrativa o debate (*agón*) entre Jasão e Medeia do segundo episódio, e esta reiteração do confronto mostra, sob outro aspecto, as posições assumidas por um e outro dos contendentes antes e depois dos fatos ocorridos nesse ínterim.

Na primeira cena, Jasão interpela o coro sobre o paradeiro de Medeia, à procura dos filhos, aos quais quer proteger da sanha dos inimigos de Medeia, acusada do duplo homicídio do rei e da princesa. O coro se comisera dele, anuncia-lhe a morte dos filhos pela mãe e o induz a abrir a porta da casa e ver os filhos mortos. Jasão em resposta ao coro pede que lhe abram a porta e promete cobrar justiça de Medeia (vv. 1314-6).

Contando com os recursos disponíveis no teatro de Dioniso, este conselho do coro a Jasão induz à expectativa de uma cena de *ekkýklema*, mas o que se vê é uma cena de *mekhané* (vv. 1317-22). O *ekkýklema* é uma plataforma sobre rodas para mostrar uma cena ocorrida no interior da casa; a *mekhané*, um mecanismo que eleva aos ares uma personagem divina.

Nesta segunda cena, a aparição de Medeia numa *mekhané* assinala por si mesma o estatuto sobre-humano dessa personagem. Outros sinais desse estatuto sobre-humano dessa personagem são a sua posição inacessível ao seu interlocutor (vv. 1320-2) e o caráter proléptico e profético do seu discurso (vv. 1378-87).

Jasão se reconhece destruído sem os filhos, e declara Medeia a mais odiosa aos Deuses e a todos os homens, e o seu ato de filicídio o mais ímpio e incompatível com a contemplação de Sol e Terra, justificando, assim, seus votos de morte a Medeia. Jasão explica sua situação de destruído e a morte de seus filhos como punição divina por sua aliança com mulher fratricida (vv. 1323-50).

Medeia evoca Zeus pai como testemunha da justiça de seus atos e de sua reciprocidade com o marido Jasão, pois ela, por sua vez, o feriu como devia (vv. 1351-60).

Na esticomitia (vv. 1361-77) se mostra a superioridade de Medeia sobre Jasão na retórica de argumentos éticos: ele alega que a comunidade de dores entre ambos denuncia o absurdo de ela causar tanta dor a si mesma, mas ela replica que a comunidade de dor lhe é vantajosa se, assim, ele não escarnecer dela; ele a incrimina pela morte dos filhos, mas ela lhe atribui o princípio do malefício que destruiu os filhos, eximindo-se, assim, das sequelas da poluência; ele lhe pede permissão para sepultar e chorar os filhos mortos, mas ela o nega, interrompendo a esticomitia com um discurso ao mesmo tempo proléptico e profético — positivo para ela e negativo para ele (vv. 1378-87).

A etiologia confere à prolepse um especial interesse do ponto de vista do público contemporâneo da tragédia, por estabelecer uma relação originária entre as ações da narrativa e os cultos heroicos locais, parecendo, assim, que a narrativa mítica é confirmada por fatos do conhecimento público contemporâneo da tragédia.

Medeia se nega a entregar os mortos ao pai com a justificativa de que os sepultaria no templo da Deusa Hera altaneira para que a tumba não fosse violada por inimigos. Com a justificativa de obter para a tumba dos filhos esse benefício de asilo no templo de Hera, Medeia responde à menção do coro ao paradigma mítico de Ino, a quem a Deusa Hera por hostilidade envia o desvario do filicídio (vv. 1284-5). Além do beneplácito da Deusa Hera, Medeia declara a intenção de instituir festa solene e cerimônia em Corinto em reparação à "ímpia matança" (*dysseboûs phónou*, v. 1383). Para completar a sua escalada de superação dos presentes males, declara também a intenção de viver em Atenas com Egeu (vv. 1384-5). No entanto, prevê para Jasão uma morte vil e emblemática da traição punida pela justiça de Medeia, "ferido no crânio por resto de Argo" (vv. 1386-7).

Em sua última fala, Jasão pode somente invocar Zeus e Numes como testemunhas de seu sofrimento, mas essa invocação se esvazia e se perde em vista de sua condição de perjuro violador dos juramentos, e conclui então com os votos de um desejo impossível de que os acontecimentos passados não tivessem acontecido (vv. 1405-14).

Ὑπόθεσις Μηδείας

Ἰάσων εἰς Κόρινθον ἐλθών, ἐπαγόμενος καὶ Μήδειαν, ἐγγυᾶται καὶ τὴν Κρέοντος τοῦ Κορινθίων βασιλέως θυγατέρα Γλαύκην πρὸς γάμον. μέλλουσα δὲ ἡ Μήδεια φυγαδεύεσθαι ὑπὸ τοῦ Κρέοντος ἐκ τῆς Κορίνθου, παραιτησαμένη πρὸς μίαν ἡμέραν μεῖναι καὶ τυχοῦσα, μισθὸν τῆς χάριτος δῶρα διὰ τῶν παίδων πέμπει τηι Γλαύκηι ἐσθῆτα καὶ χρυσοῦν στέφανον, οἷς ἐκείνη χρησαμένη διαφθείρεται· καὶ ὁ Κρέων δὲ περιπλακεὶς τῆι θυγατρὶ ἀπόλλυται. Μήδεια δὲ τοὺς ἑαυτῆς παῖδας ἀποκτείνασα, ἐπὶ ἅρματος δρακόντων πτερωτῶν, ὃ παρ' Ἡλίου ἔλαβεν, ἔποχος γενομένη ἀποδιδράσκει εἰς Ἀθήνας κἀκεῖσε Αἰγεῖ τῶι Πανδίονος γαμεῖται. Φερεκύδης δὲ καὶ Σιμωνίδης φασὶν ὡς ἡ Μήδεια ἀνεψήσασα τὸν Ἰάσονα νέον ποιήσειεν. περὶ δὲ τοῦ πατρὸς αὐτοῦ Αἴσονος ὁ τοὺς Νόστους ποιήσας φησὶν οὕτως·

αὐτίκα δ' Αἴσονα θῆκε φίλον κόρον ἡβώοντα
γῆρας ἀποξύσασ' εἰδυίηισι πραπίδεσσιν,
φάρμακα πόλλ' ἕψουσ' ἐπὶ χρυσείοισι λέβησιν.

Αἰσχύλος δ' ἐν ταῖς Διονύσου τροφοῖς ἱστορεῖ ὅτι καὶ τὰς Διονύσου τροφοὺς μετὰ τῶν ἀνδρῶν αὐτῶν ἀνεψήσασα ἐνεοποίησε. Στάφυλος δέ φησι τὸν Ἰάσονα τρόπον τινὰ ὑπὸ τῆς Μηδείας ἀναιρεθῆναι· ἐγκελεύσασθαι γὰρ αὐτὴν οὕτως ὑπὸ τηι πρύμνηι τῆς Ἀργοῦς κατακοιμηθῆναι, μελλούσης τῆς νεὼς διαλύεσθαι ὑπὸ τοῦ χρόνου· ἐπιπεσούσης γοῦν τῆς πρύμνης τῶι Ἰάσονι τελευτῆσαι αὐτόν.

τὸ δρᾶμα δοκεῖ ὑποβαλέσθαι παρὰ Νεόφρονος διασκευάσας, ὡς Δικαίαρχος <ἐν > τοῦ τῆς Ἑλλάδος βίου καὶ Ἀριστοτέλης ἐν ὑπομνήμασιν μέμφονται δὲ αὐτῶι τὸ μὴ πεφυλαχέναι τὴν ὑπόκρισιν τὴν Μήδειαν, ἀλλὰ προπεσεῖν εἰς δάκρυα, ὅτε ἐπεβούλευσεν τῶι Ἰάσονι καὶ τῆι γυναικί. ἐπαινεῖται δὲ ἡ εἰσβολὴ διὰ τὸ παθητικῶς ἄγαν ἔχειν καὶ ἡ ἐπεξεργασία 'μηδ' ἐν νάπαισι' καὶ τὰ ἑξῆς. ὅπερ ἀγνοήσας Τιμαχίδας τῶι ὑστέρωι φη-

Argumento

Jasão, ao chegar a Corinto, conduzindo ainda Medeia, recebe em casamento Glauce, a filha de Creonte, rei de Corinto. Medeia, quando ia ser banida de Corinto por Creonte, tendo pedido permanecer por um só dia e conseguido, em paga da graça envia por seus filhos de presente a Glauce vestes e coroa de ouro e usando-os ela perece. Creonte, ao abraçar a filha, morre também. Medeia, tendo matado seus próprios filhos, transportada pelo carro de serpentes aladas, que recebeu do Sol, foge para Atenas e lá se casa com Egeu, filho de Pandíon.

Ferecides e Simônides dizem que Medeia cozeu e rejuvenesceu Jasão. Sobre Éson, o pai dele, o Poeta de *Os Regressos* diz assim:

Logo ela fez Éson caro moço jovem
ao elidir a velhice com sábio espírito
e cozer muitas drogas em tachos áureos.

Ésquilo, em *As Nutrizes de Dioniso*, conta que rejuvenesceu cozendo também as nutrizes de Dioniso com os maridos delas. Estáfilo diz que Jasão de certo modo foi morto por Medeia, pois ela o instou a repousar sob a popa de Argos quando o navio ia desfazer-se pelo tempo; ao cair assim a popa em Jasão, ele morreu.

Parece que adaptou e serviu-se do drama de Néofron, segundo Dicearco em *A Vida da Grécia* e Aristóteles em *Memórias*. Reprovam-lhe Medeia não ter conservado a simulação, mas ter caído em pranto, ao tramar contra Jasão e a mulher. Aprovam a entrada, por ser ela muito patética, a elaboração "não nos vales" e o que segue. Por ignorar isso, Timáquidas diz que Eurípides se serviu de inversão, como Homero: "vestiu perfumadas roupas e banhou-se" (*Odisseia*, V, v. 264).

σὶ πρώτωι κεχρῆσθαι, ὡς Ὅμηρος· "εἵματά τ' ἀμφιέσασα θυώδεα καὶ λούσασα" (Od. 5, 264).

Ἀριστοφάνους Γραμματικοῦ Ὑπόθεσις

Μήδεια διὰ τὴν πρὸς Ἰάσονα ἔχθραν τῶι ἐκεῖνον γεγαμηκέναι τὴν Κρέοντος θυγατέρα Γλαύκην ἀπέκτεινε μὲν ταύτην καὶ Κρέοντα καὶ τοὺς ἰδίους υἱούς, ἐχωρίσθη δ' Ἰάσονος Αἰγεῖ συνοικήσουσα. παρ' οὐδετέρωι κεῖται ἡ μυθοποιία. ἡ μὲν σκηνὴ τοῦ δράματος ὑπόκειται ἐν Κορίνθωι, ὁ δὲ χορὸς συνέστηκεν ἐκ γυναικῶν πολιτίδων. προλογίζει δὲ τροφὸς Μηδείας. ἐδιδάχθη ἐπὶ Πυθοδώρου ἄρχοντος ὀλυμπιάδος πζ ἔτει α. πρῶτος Εὐφορίων, δεύτερος Σοφοκλῆς, τρίτος Εὐριπίδης Μηδείαι, Φιλοκτήτηι, Δίκτυι, Θερισταῖς σατύροις. οὐ σώιζεται.

τὰ τοῦ δράματος πρόσωπα·τροφός, παιδαγωγός, Μήδεια, χορὸς γυναικῶν, Κρέων, Ἰάσων, Αἰγεύς, ἄγγελος, παῖδες Μηδείας.

Segundo o gramático Aristófanes

Medeia, por ódio a Jasão por ele se ter casado com Glauce, filha de Creonte, matou-a e a seus próprios filhos, separou-se de Jasão e casou-se com Egeu. O tratamento do mito não consta em nenhum outro. A cena do drama se situa em Corinto. O coro se compõe de mulheres da urbe. A nutriz de Medeia diz o prólogo. Representou-se no arcontado de Pitodoro, no primeiro ano da octogésima sétima Olimpíada. Eufórion foi o primeiro, Sófocles o segundo e Eurípides o terceiro com *Medeia*, *Filoctetes*, *Díctis* e o drama satírico *Os Colhedores*. Não se conserva.

Personagens do drama: preceptor, Medeia, coro de mulheres, Creonte, Jasão, Egeu, mensageiro, filhos de Medeia.
Drama representado em 431 a.C.

Μήδεια

ΤΡΟΦΟΣ

Εἴθ' ὤφελ' Ἀργοῦς μὴ διαπτάσθαι σκάφος
Κόλχων ἐς αἶαν κυανέας Συμπληγάδας,
μηδ' ἐν νάπαισι Πηλίου πεσεῖν ποτε
τμηθεῖσα πεύκη, μηδ' ἐρετμῶσαι χέρας
ἀνδρῶν ἀριστέων οἳ τὸ πάγχρυσον δέρος 5
Πελίαι μετῆλθον. οὐ γὰρ ἂν δέσποιν' ἐμὴ
Μήδεια πύργους γῆς ἔπλευσ' Ἰωλκίας
ἔρωτι θυμὸν ἐκπλαγεῖσ' Ἰάσονος·
οὐδ' ἂν κτανεῖν πείσασα Πελιάδας κόρας
πατέρα κατῴκει τήνδε γῆν Κορινθίαν 10
ξὺν ἀνδρὶ καὶ τέκνοισιν, ἁνδάνουσα μὲν
†φυγῆι πολιτῶν† ὧν ἀφίκετο χθόνα
αὐτῶι τε πάντα ξυμφέρουσ' Ἰάσονι·
ἥπερ μεγίστη γίγνεται σωτηρία,
ὅταν γυνὴ πρὸς ἄνδρα μὴ διχοστατῆι. 15
νῦν δ' ἐχθρὰ πάντα καὶ νοσεῖ τὰ φίλτατα.
προδοὺς γὰρ αὑτοῦ τέκνα δεσπότιν τ' ἐμὴν
γάμοις Ἰάσων βασιλικοῖς εὐνάζεται,
γήμας Κρέοντος παῖδ', ὃς αἰσυμνᾶι χθονός.
Μήδεια δ' ἡ δύστηνος ἠτιμασμένη 20
βοᾶι μὲν ὅρκους, ἀνακαλεῖ δὲ δεξιᾶς
πίστιν μεγίστην, καὶ θεοὺς μαρτύρεται
οἵας ἀμοιβῆς ἐξ Ἰάσονος κυρεῖ.
κεῖται δ' ἄσιτος, σῶμ' ὑφεῖσ' ἀλγηδόσιν,
τὸν πάντα συντήκουσα δακρύοις χρόνον 25

Medeia

[*Prólogo* (1-130)]

NUTRIZ
Nunca houvesse a nave Argo voado
à Cólquida por negras Simplégades!
Nunca houvesse caído pinho cortado
no vale do Pélion! Não tivessem remado
seletos varões que levaram o áureo velo
a Pélias! Minha dona Medeia não teria
navegado para as torres da terra de Iolco,
aturdida no ânimo por amor de Jasão,
nem teria persuadido as filhas de Pélias
a matar o pai, nem estaria em Corinto,
com marido e filhos, tentando agradar
aos cidadãos desta terra a que chegou
exilada e servir em tudo Jasão mesmo,
o que vem a ser a máxima segurança,
quando mulher não destoa do marido.
Agora ódio é tudo e a casa está doente.
Traindo os seus filhos e minha dona,
Jasão tem o leito nupcial da princesa,
esposo da filha de Creonte, rei da terra.
Medeia, mísera, porque está desonrada,
grita: "Juramentos!" Evoca a fé máxima
da mão destra e Deuses por testemunha
de que recompensa ela obtém de Jasão.
Jaz sem comer, o corpo entregue à dor,
consumida em lágrimas todo o tempo,

ἐπεὶ πρὸς ἀνδρὸς ἤισθετ' ἠδικημένη,
οὔτ' ὄμμ' ἐπαίρουσ' οὔτ' ἀπαλλάσσουσα γῆς
πρόσωπον· ὡς δὲ πέτρος ἢ θαλάσσιος
κλύδων ἀκούει νουθετουμένη φίλων,
ἢν μή ποτε στρέψασα πάλλευκον δέρην 30
αὐτὴ πρὸς αὑτὴν πατέρ' ἀποιμώξηι φίλον
καὶ γαῖαν οἴκους θ', οὓς προδοῦσ' ἀφίκετο
μετ' ἀνδρὸς ὅς σφε νῦν ἀτιμάσας ἔχει.
ἔγνωκε δ' ἡ τάλαινα συμφορᾶς ὕπο
οἷον πατρώιας μὴ ἀπολείπεσθαι χθονός. 35
στυγεῖ δὲ παῖδας οὐδ' ὁρῶσ' εὐφραίνεται.
δέδοικα δ' αὐτὴν μή τι βουλεύσηι νέον·
[βαρεῖα γὰρ φρήν, οὐδ' ἀνέξεται κακῶς
πάσχουσ'· ἐγῶιδα τήνδε, δειμαίνω τέ νιν
μὴ θηκτὸν ὤσηι φάσγανον δι' ἥπατος, 40
σιγῆι δόμους ἐσβᾶσ' ἵν' ἔστρωται λέχος,
ἢ καὶ τύραννον τόν τε γήμαντα κτάνηι
κἄπειτα μείζω συμφορὰν λάβηι τινά.]
δεινὴ γάρ· οὔτοι ῥαιδίως γε συμβαλὼν
ἔχθραν τις αὐτῆι καλλίνικον ἄισεται. 45
ἀλλ' οἵδε παῖδες ἐκ τρόχων πεπαυμένοι
στείχουσι, μητρὸς οὐδὲν ἐννοούμενοι
κακῶν· νέα γὰρ φροντὶς οὐκ ἀλγεῖν φιλεῖ.

ΠΑΙΔΑΓΩΓΟΣ
παλαιὸν οἴκων κτῆμα δεσποίνης ἐμῆς,
τί πρὸς πύλαισι τήνδ' ἄγουσ' ἐρημίαν 50
ἕστηκας, αὐτὴ θρεομένη σαυτῆι κακά;
πῶς σοῦ μόνη Μήδεια λείπεσθαι θέλει;

ΤΡΟΦΟΣ
τέκνων ὀπαδὲ πρέσβυ τῶν Ἰάσονος,
χρηστοῖσι δούλοις ξυμφορὰ τὰ δεσποτῶν
κακῶς πίτνοντα καὶ φρενῶν ἀνθάπτεται. 55
ἐγὼ γὰρ ἐς τοῦτ' ἐκβέβηκ' ἀλγηδόνος

ao saber que injustiça sofria do marido,
sem erguer os olhos, nem afastar a face
da terra. Qual pedra, ou onda do mar,
ouve os amigos, quando aconselhada,
se não, então, volta o alvo pescoço
para si mesma, e chora por seu pai
e pela terra e casa que traiu e partiu
com o homem que agora a desonra.
Reconheceu a mísera no infortúnio
como não deixar atrás a terra pátria.
Repele os filhos e não alegra vê-los.
Temo que ela tome nova resolução.
Espírito forte, não suportará maus-
-tratos, eu a conheço, e tenho medo
que atinja o fígado com afiada faca,
em silêncio, dentro de casa, no leito,
ou ainda que mate o rei e o noivo
e então tenha um maior infortúnio.
Terrível ela, quem lhe moveu ódio
dificilmente cantará bela vitória.
Estes filhos, depois das corridas,
vêm, sem saber dos males da mãe
nada; mente nova não tende à dor.

PRECEPTOR
Antigo bem da casa de minha dona,
por que estás à porta nessa solidão
a lastimar os teus próprios males?
Como quer Medeia ficar só, sem ti?

NUTRIZ
Antigo servo dos filhos de Jasão,
bons servos têm a sorte dos donos,
quando é má, e repercute no ânimo.
Eu estou neste grau de sofrimento

ὥσθ' ἵμερός μ' ὑπῆλθε γῆι τε κοὐρανῶι
λέξαι μολούσηι δεῦρο δεσποίνης τύχας.

ΠΑΙΔΑΓΩΓΟΣ
οὔπω γὰρ ἡ τάλαινα παύεται γόων;

ΤΡΟΦΟΣ
ζηλῶ σ'· ἐν ἀρχῆι πῆμα κοὐδέπω μεσοῖ. 60

ΠΑΙΔΑΓΩΓΟΣ
ὦ μῶρος, εἰ χρὴ δεσπότας εἰπεῖν τόδε·
ὡς οὐδὲν οἶδε τῶν νεωτέρων κακῶν.

ΤΡΟΦΟΣ
τί δ' ἔστιν, ὦ γεραιέ; μὴ φθόνει φράσαι.

ΠΑΙΔΑΓΩΓΟΣ
οὐδέν· μετέγνων καὶ τὰ πρόσθ' εἰρημένα.

ΤΡΟΦΟΣ
μή, πρὸς γενείου, κρύπτε σύνδουλον σέθεν· 65
σιγὴν γάρ, εἰ χρή, τῶνδε θήσομαι πέρι.

ΠΑΙΔΑΓΩΓΟΣ
ἤκουσά του λέγοντος, οὐ δοκῶν κλύειν,
πεσσοὺς προσελθών, ἔνθα δὴ παλαίτεροι
θάσσουσι, σεμνὸν ἀμφὶ Πειρήνης ὕδωρ,
ὡς τούσδε παῖδας γῆς ἐλᾶν Κορινθίας 70
σὺν μητρὶ μέλλοι τῆσδε κοίρανος χθονὸς
Κρέων. ὁ μέντοι μῦθος εἰ σαφὴς ὅδε
οὐκ οἶδα· βουλοίμην δ' ἂν οὐκ εἶναι τόδε.

ΤΡΟΦΟΣ
καὶ ταῦτ' Ἰάσων παῖδας ἐξανέξεται
πάσχοντας, εἰ καὶ μητρὶ διαφορὰν ἔχει; 75

que me veio o desejo de vir e dizer
a sorte da senhora ao Céu e à Terra.

PRECEPTOR
Pois a mísera não cessa de chorar?

NUTRIZ
Invejo-te; o mal começa, não cessa. 60

PRECEPTOR
Ó tola, se isto se deve dizer da dona,
pois não sabe dos seus novos males.

NUTRIZ
Que é, ó velho? Não te negues a dizer.

PRECEPTOR
Nada; arrependi-me até do que disse.

NUTRIZ
Peço não ocultes de tua colega serva; 65
se necessário, sobre isso serei silente.

PRECEPTOR
Ouvi dizerem, sem parecer escutar,
perto dos jogos de velhos sentados
à beira da venerável fonte Pirene,
que o soberano deste solo coríntio 70
Creonte baniria os filhos e a mãe.
No entanto, se esta palavra é clara,
não sei; quereria eu que não fosse.

NUTRIZ
E suportará Jasão que filhos sofram
isso, ainda que em briga com a mãe? 75

ΠΑΙΔΑΓΩΓΟΣ

παλαιὰ καινῶν λείπεται κηδευμάτων,
κοὐκ ἔστ' ἐκεῖνος τοῖσδε δώμασιν φίλος.

ΤΡΟΦΟΣ

ἀπωλόμεσθ' ἄρ', εἰ κακὸν προσοίσομεν
νέον παλαιῶι, πρὶν τόδ' ἐξηντληκέναι.

ΠΑΙΔΑΓΩΓΟΣ

ἀτὰρ σύ γ', οὐ γὰρ καιρὸς εἰδέναι τόδε   80
δέσποιναν, ἡσύχαζε καὶ σίγα λόγον.

ΤΡΟΦΟΣ

ὦ τέκν', ἀκούεθ' οἷος εἰς ὑμᾶς πατήρ;
ὄλοιτο μὲν μή· δεσπότης γάρ ἐστ' ἐμός·
ἀτὰρ κακός γ' ὢν ἐς φίλους ἁλίσκεται.

ΠΑΙΔΑΓΩΓΟΣ

τίς δ' οὐχὶ θνητῶν; ἄρτι γιγνώσκεις τόδε,   85
ὡς πᾶς τις αὑτὸν τοῦ πέλας μᾶλλον φιλεῖ,
[οἱ μὲν δικαίως, οἱ δὲ καὶ κέρδους χάριν,]
εἰ τούσδε γ' εὐνῆς οὕνεκ' οὐ στέργει πατήρ;

ΤΡΟΦΟΣ

ἴτ', εὖ γὰρ ἔσται, δωμάτων ἔσω, τέκνα.
σὺ δ' ὡς μάλιστα τούσδ' ἐρημώσας ἔχε   90
καὶ μὴ πέλαζε μητρὶ δυσθυμουμένηι.
ἤδη γὰρ εἶδον ὄμμα νιν ταυρουμένην
τοῖσδ', ὥς τι δρασείουσαν· οὐδὲ παύσεται
χόλου, σάφ' οἶδα, πρὶν κατασκῆψαί τινι.
ἐχθρούς γε μέντοι, μὴ φίλους, δράσειέ τι.   95

ΜΗΔΕΙΑ (ἔσωθεν)

ἰώ,

PRECEPTOR
Antigas alianças perdem das novas,
e aquele para esta casa não é amigo.

NUTRIZ
Morremos, se novo mal juntarmos
ao antigo, antes de secar a sentina.

PRECEPTOR
Não é hora de a senhora saber disto,
mantém a calma tu, e cala a palavra.

NUTRIZ
Ó filhos, ouvis como é o vosso pai?
Morra... não, pois é o meu senhor,
mas é pego sendo mau para os seus.

PRECEPTOR
Que mortal não? Agora sabes disto:
que se ama mais a si que ao próximo,
uns por justiça, outros por ganância,
se pelas núpcias o pai não os estima?

NUTRIZ
Entrai em casa, filhos, pois bem será.
Conserva-os tu o mais possível a sós,
e não os leves à mãe de mau humor.
Eu a vi já fitá-los com olhar de touro,
como para fazer algo, e não cessará
a ira, antes de ferir alguém, bem sabe!
Que o faça a inimigos, não aos seus!

MEDEIA (dentro da casa)
Ió!

δύστανος ἐγὼ μελέα τε πόνων,
ἰώ μοί μοι, πῶς ἂν ὀλοίμαν;

ΤΡΟΦΟΣ
τόδ' ἐκεῖνο, φίλοι παῖδες· μήτηρ
κινεῖ κραδίαν, κινεῖ δὲ χόλον.
σπεύδετε θᾶσσον δώματος εἴσω   100
καὶ μὴ πελάσητ' ὄμματος ἐγγὺς
μηδὲ προσέλθητ', ἀλλὰ φυλάσσεσθ'
ἄγριον ἦθος στυγεράν τε φύσιν
φρενὸς αὐθαδοῦς.
ἴτε νυν, χωρεῖθ' ὡς τάχος εἴσω.   105
δῆλον ἀπ' ἀρχῆς ἐξαιρόμενον
νέφος οἰμωγῆς ὡς τάχ' ἀνάψει
μείζονι θυμῶι· τί ποτ' ἐργάσεται
μεγαλόσπλαγχνος δυσκατάπαυστος
ψυχὴ δηχθεῖσα κακοῖσιν;   110

ΜΗΔΕΙΑ
αἰαῖ,
ἔπαθον τλάμων ἔπαθον μεγάλων
ἄξι' ὀδυρμῶν. ὦ κατάρατοι
παῖδες ὄλοισθε στυγερᾶς ματρὸς
σὺν πατρί, καὶ πᾶς δόμος ἔρροι.

ΤΡΟΦΟΣ
ἰώ μοί μοι, ἰὼ τλήμων.   115
τί δέ σοι παῖδες πατρὸς ἀμπλακίας
μετέχουσι; τί τούσδ' ἔχθεις; οἴμοι,
τέκνα, μή τι πάθηθ' ὡς ὑπεραλγῶ.
δεινὰ τυράννων λήματα καί πως
ὀλίγ' ἀρχόμενοι, πολλὰ κρατοῦντες   120
χαλεπῶς ὀργὰς μεταβάλλουσιν.
τὸ γὰρ εἰθίσθαι ζῆν ἐπ' ἴσοισιν
κρεῖσσον· ἐμοὶ γοῦν ἐπὶ μὴ μεγάλοις

Infeliz de mim, mísera de males,
ió moí moi, como eu morreria?

NUTRIZ
Isso é aquilo, meus filhos: a mãe
move seu coração, e move sua ira.
Muito rápido, entrai vós em casa,
e não vos aproximeis da vista,
e não defronteis, mas respeitai
a índole rude e natureza odiosa
do espírito obstinado.
Ide, entrai o mais rápido!
É claro, de início, que alta
nuvem de prantos tão logo
mais furiosa fulminará. Que fará
afinal a magnífica infatigável
alma mordida de males?

MEDEIA
Aiaî!
Sofri mísera, sofri dores
miserandas. Ó execrados
filhos, pereçais, de mãe odiosa,
com o pai, e dane-se a casa toda!

NUTRIZ
Ió moí moi! Ió, mísera!
Que têm os filhos com os erros
do pai? Que ódio lhes tens? *Oímoi*,
filhos, não sofrais o que receio!
Terríveis são as vontades dos reis;
pouco dominados, muito poderosos
dificilmente abrandam os rancores.
O hábito de viver com os pares
vale mais. Não com os grandes

ὀχυρῶς γ' εἴη καταγηράσκειν.
τῶν γὰρ μετρίων πρῶτα μὲν εἰπεῖν 125
τοὔνομα νικᾶι, χρῆσθαί τε μακρῶι
λῶιστα βροτοῖσιν· τὰ δ' ὑπερβάλλοντ'
οὐδένα καιρὸν δύναται θνητοῖς,
μείζους δ' ἄτας, ὅταν ὀργισθῆι
δαίμων οἴκοις, ἀπέδωκεν. 130

ΧΟΡΟΣ
ἔκλυον φωνάν, ἔκλυον δὲ βοὰν
τᾶς δυστάνου Κολχίδος· οὐδέπω
ἤπιος; ἀλλ', ὦ γεραιά, λέξον.
ἀμφιπύλου γὰρ ἔσω μελάθρου γόον 135
ἔκλυον, οὐδὲ συνήδομαι, ὦ γύναι,
ἄλγεσι δώματος,
ἐπεί μοι φιλία κέκραται.

ΤΡΟΦΟΣ
οὐκ εἰσὶ δόμοι· φροῦδα τάδ' ἤδη.
τὸν μὲν γὰρ ἔχει λέκτρα τυράννων, 140
ἡ δ' ἐν θαλάμοις τήκει βιοτὴν
δέσποινα, φίλων οὐδενὸς οὐδὲν
παραθαλπομένη φρένα μύθοις.

ΜΗΔΕΙΑ
αἰαῖ,
διά μου κεφαλᾶς φλὸξ οὐρανία
βαίη· τί δέ μοι ζῆν ἔτι κέρδος; 145
φεῦ φεῦ· θανάτωι καταλυσαίμαν
βιοτὰν στυγερὰν προλιποῦσα.

ΧΟΡΟΣ
ἄιες, ὦ Ζεῦ καὶ Γᾶ καὶ φῶς, Est.

possa eu envelhecer vigoroso!
O nome dos comedidos vence 125
primeiro na fala e no uso é o melhor
aos mortais em muito. Transgressões
não podem ser oportunas aos mortais
e produzem maiores ruínas, quando
o Nume se enfurece em casa. 130

[*Párodo* (131-213)]

CORO
Ouvi a voz, ouvi o grito
da mísera Cólquida, não ainda
calma? Ó anciã, vamos, diz!
Pranto, no bifronte palácio, 135
ouvi, e não me praz, ó mulher,
a dor desta casa,
por me ser cara.

NUTRIZ
Não há casa, isso já se foi.
Núpcias régias o possuem, 140
ela chora a vida no tálamo,
a senhora, e amigo algum
falando aquece o coração.

MEDEIA
Aiaî!
Caia na minha cabeça
raio do céu! Que vida logro? 145
Pheû pheû! Morte me livrasse
de odiosa vida.

CORO
Ouves, ó Zeus, ó Terra, ó Luz, Est.

ἀχὰν οἵαν ἁ δύστανος
μέλπει νύμφα; 150
τίς σοί ποτε τᾶς ἀπλάτου
κοίτας ἔρος, ὦ ματαία;
σπεύσεις θανάτου τελευτάν;
μηδὲν τόδε λίσσου.
εἰ δὲ σὸς πόσις καινὰ λέχη σεβίζει, 155
κείνωι τόδε μὴ χαράσσου·
Ζεύς σοι τάδε συνδικήσει.
μὴ λίαν τάκου δυρομένα σὸν εὐνέταν.

ΜΗΔΕΙΑ
ὦ μεγάλα Θέμι καὶ πότνι' Ἄρτεμι, 160
λεύσσεθ' ἃ πάσχω, μεγάλοις ὅρκοις
ἐνδησαμένα τὸν κατάρατον
πόσιν; ὅν ποτ' ἐγὼ νύμφαν τ' ἐσίδοιμ'
αὐτοῖς μελάθροις διακναιομένους,
οἳ ἐμὲ πρόσθεν τολμῶσ' ἀδικεῖν. 165
ὦ πάτερ, ὦ πόλις, ὧν ἀπενάσθην
αἰσχρῶς τὸν ἐμὸν κτείνασα κάσιν.

ΤΡΟΦΟΣ
κλύεθ' οἷα λέγει κἀπιβοᾶται
Θέμιν εὐκταίαν Ζῆνά θ', ὃς ὅρκων
θνητοῖς ταμίας νενόμισται; 170
οὐκ ἔστιν ὅπως ἔν τινι μικρῶι
δέσποινα χόλον καταπαύσει.

ΧΟΡΟΣ
πῶς ἂν ἐς ὄψιν τὰν ἁμετέραν Ant.
ἔλθοι μύθων τ' αὐδαθέντων
δέξαιτ' ὀμφάν, 175
εἴ πως βαρύθυμον ὀργὰν
καὶ λῆμα φρενῶν μεθείη;
μήτοι τό γ' ἐμὸν πρόθυμον

que tom a mísera
noiva entoa? 150
Que amor tens
de inabordável leito, ó tola?
Apressarás o termo da morte?
Não peças por isso!
Se teu marido tem novo leito, 155
não te exasperes por isso.
Zeus nisso te fará justiça.
Não chores demais o marido.

MEDEIA
Ó grande Têmis, ó senhora Ártemis, 160
vedes o que padeço, presa
por grandes juras a execrado
marido? Visse-os eu, a ele e à noiva,
destruídos com o teto, por ousadia
de antes serem injustos comigo. 165
Ó pai, ó pátria, donde me mudei
infame por ter morto meu irmão!

NUTRIZ
Ouvis o que diz e como invoca
Ártemis votiva e Zeus, que entre
mortais se tem por juiz das juras? 170
Não há como por pouco
a senhora cessar o rancor.

CORO
Como à nossa vista Ant.
viria e aceitaria a voz
de palavras proferidas, 175
se despedisse grave ira
e sanha do espírito?
Não nos falte ânimo

φίλοισιν ἀπέστω.
ἀλλὰ βᾶσά νιν δεῦρο πόρευσον οἴκων 180
ἔξω· φίλα καὶ τάδ' αὔδα,
σπεύσασά τι πρὶν κακῶσαι
τοὺς ἔσω· πένθος γὰρ μεγάλως τόδ' ὁρμᾶται.

ΤΡΟΦΟΣ
δράσω τάδ'· ἀτὰρ φόβος εἰ πείσω
δέσποιναν ἐμήν· 185
μόχθου δὲ χάριν τήνδ' ἐπιδώσω.
καίτοι τοκάδος δέργμα λεαίνης
ἀποταυροῦται δμωσίν, ὅταν τις
μῦθον προφέρων πέλας ὁρμηθῆι.
σκαιοὺς δὲ λέγων κοὐδέν τι σοφοὺς 190
τοὺς πρόσθε βροτοὺς οὐκ ἂν ἁμάρτοις,
οἵτινες ὕμνους ἐπὶ μὲν θαλίαις
ἐπί τ' εἰλαπίναις καὶ παρὰ δείπνοις
ηὕροντο βίωι τερπνὰς ἀκοάς·
στυγίους δὲ βροτῶν οὐδεὶς λύπας 195
ηὕρετο μούσηι καὶ πολυχόρδοις
ὠιδαῖς παύειν, ἐξ ὧν θάνατοι
δειναί τε τύχαι σφάλλουσι δόμους.
καίτοι τάδε μὲν κέρδος ἀκεῖσθαι
μολπαῖσι βροτούς· ἵνα δ' εὔδειπνοι 200
δαῖτες, τί μάτην τείνουσι βοήν;
τὸ παρὸν γὰρ ἔχει τέρψιν ἀφ' αὑτοῦ
δαιτὸς πλήρωμα βροτοῖσιν.

ΧΟΡΟΣ
ἀχὰν ἄιον πολύστονον γόων, 205
λιγυρὰ δ' ἄχεα μογερὰ βοᾶι
τὸν ἐν λέχει προδόταν κακόνυμφον·
θεοκλυτεῖ δ' ἄδικα παθοῦσα
τὰν Ζηνὸς ὁρκίαν Θέμιν, ἅ νιν ἔβασεν
Ἑλλάδ' ἐς ἀντίπορον 210

diante dos amigos!
Mas vai e trá-la cá fora de casa,
diz aqui ainda amigos,
avia-te antes que faça algum mal
aos seus! Grande dor assim impele.

NUTRIZ

Assim farei, mas pavor é se persuadirei
minha senhora;
mas farei este favor laborioso.
Todavia, olhar de leoa parida
faz dela touro ante todo servo
que a ela se vá e dirija a palavra.
Não erraria se dissesse sinistros,
e não sábios, os antigos mortais,
que inventaram hinos para festas
e para banquete, e nos jantares
audição divertida com os víveres;
nenhum mortal inventou o fim
de odiosos pesares, com Musa
e cantos de muitas cordas, quando
mortes e má sorte abatem a casa.
Mas os mortais logram remediá-lo
com os cantares; onde há felizes
jantares, por que modular voz vã?
Presente a plenitude da ceia tem
por si mesma prazer para mortais.

CORO

Ouvi clamor cheio de gemidos,
mísera grita os claros clamores:
"Mau noivo traidor das núpcias!"
Invoca, por ter sofrido injustiça,
a Deusa Lei da jura de Zeus, a
qual a trouxe a adversa Grécia

δι' ἅλα νύχιον ἐφ' ἁλμυρὰν
Πόντου κλῆιδ' ἀπεράντου.

ΜΗΔΕΙΑ
Κορίνθιαι γυναῖκες, ἐξῆλθον δόμων
μή μοί τι μέμψησθ'· οἶδα γὰρ πολλοὺς βροτῶν 215
σεμνοὺς γεγῶτας, τοὺς μὲν ὀμμάτων ἄπο,
τοὺς δ' ἐν θυραίοις· οἱ δ' ἀφ' ἡσύχου ποδὸς
δύσκλειαν ἐκτήσαντο καὶ ῥαιθυμίαν.
δίκη γὰρ οὐκ ἔνεστ' ἐν ὀφθαλμοῖς βροτῶν,
ὅστις πρὶν ἀνδρὸς σπλάγχνον ἐκμαθεῖν σαφῶς 220
στυγεῖ δεδορκώς, οὐδὲν ἠδικημένος.
χρὴ δὲ ξένον μὲν κάρτα προσχωρεῖν πόλει·
οὐδ' ἀστὸν ἤινεσ' ὅστις αὐθάδης γεγὼς
πικρὸς πολίταις ἐστὶν ἀμαθίας ὕπο.
ἐμοὶ δ' ἄελπτον πρᾶγμα προσπεσὸν τόδε 225
ψυχὴν διέφθαρκ'· οἴχομαι δὲ καὶ βίου
χάριν μεθεῖσα κατθανεῖν χρήιζω, φίλαι.
ἐν ὧι γὰρ ἦν μοι πάντα, γιγνώσκω καλῶς,
κάκιστος ἀνδρῶν ἐκβέβηχ' οὑμὸς πόσις.
πάντων δ' ὅσ' ἔστ' ἔμψυχα καὶ γνώμην ἔχει 230
γυναῖκές ἐσμεν ἀθλιώτατον φυτόν·
ἃς πρῶτα μὲν δεῖ χρημάτων ὑπερβολῆι
πόσιν πρίασθαι δεσπότην τε σώματος
λαβεῖν· κακοῦ γὰρ τοῦτ' ἔτ' ἄλγιον κακόν.
κἀν τῶιδ' ἀγὼν μέγιστος, ἢ κακὸν λαβεῖν 235
ἢ χρηστόν· οὐ γὰρ εὐκλεεῖς ἀπαλλαγαὶ
γυναιξὶν οὐδ' οἷόν τ' ἀνήνασθαι πόσιν.
ἐς καινὰ δ' ἤθη καὶ νόμους ἀφιγμένην
δεῖ μάντιν εἶναι, μὴ μαθοῦσαν οἴκοθεν,
οἵωι μάλιστα χρήσεται ξυνευνέτηι. 240
κἂν μὲν τάδ' ἡμῖν ἐκπονουμέναισιν εὖ
πόσις ξυνοικῆι μὴ βίαι φέρων ζυγόν,

por mar noturno sobre salobre
ferrolho do Mar intransponível.

[*Primeiro episódio* (214-409)]

MEDEIA
Mulheres coríntias, eu saí de casa,
não me censureis! Sei muitos mortais 215
serem veneráveis, uns, longe das vistas,
outros, forasteiros, e os de pés quietos
conquistaram a infâmia e o desleixo.
Não há justiça nos olhos dos mortais,
que antes de conhecer claro um varão 220
odeiam ter visto, sem sofrer injustiça.
Deve o hóspede ceder muito à urbe;
não aprovo citadino que, obstinado,
é áspero com cidadãos por inépcia.
Este fato, por sobrevir inesperado, 225
destruiu-me a vida. Vou, e da vida
deixo a graça, quero morrer, amigas.
Meu marido, em quem eu tinha tudo,
bem sei, tornou-se o varão mais vil.
De todos os seres com vida e noção, 230
o mais miserável somos as mulheres,
que primeiro com excessivo dinheiro
devem comprar marido e ter o dono
do corpo; este mal ainda é o pior,
e nele o combate é maior, ter mau 235
ou bom; divórcio difama as mulheres
e elas não podem repudiar o marido.
Ao chegar a nova morada e costumes,
não instruída em casa, deve ser vate
de qual será o melhor uso do cônjuge. 240
Quando este nosso desempenho é bom,
e o varão convive sob jugo sem violência,

ζηλωτὸς αἰών· εἰ δὲ μή, θανεῖν χρεών.
ἀνὴρ δ', ὅταν τοῖς ἔνδον ἄχθηται ξυνών,
ἔξω μολὼν ἔπαυσε καρδίαν ἄσης   245
[ἢ πρὸς φίλον τιν' ἢ πρὸς ἥλικα τραπείς]·
ἡμῖν δ' ἀνάγκη πρὸς μίαν ψυχὴν βλέπειν.
λέγουσι δ' ἡμᾶς ὡς ἀκίνδυνον βίον
ζῶμεν κατ' οἴκους, οἱ δὲ μάρνανται δορί,
κακῶς φρονοῦντες· ὡς τρὶς ἂν παρ' ἀσπίδα   250
στῆναι θέλοιμ' ἂν μᾶλλον ἢ τεκεῖν ἅπαξ.
ἀλλ' οὐ γὰρ αὑτὸς πρὸς σὲ κἄμ' ἥκει λόγος·
σοὶ μὲν πόλις θ' ἥδ' ἐστὶ καὶ πατρὸς δόμοι
βίου τ' ὄνησις καὶ φίλων συνουσία,
ἐγὼ δ' ἔρημος ἄπολις οὖσ' ὑβρίζομαι   255
πρὸς ἀνδρός, ἐκ γῆς βαρβάρου λεληισμένη,
οὐ μητέρ', οὐκ ἀδελφόν, οὐχὶ συγγενῆ
μεθορμίσασθαι τῆσδ' ἔχουσα συμφορᾶς.
τοσοῦτον οὖν σου τυγχάνειν βουλήσομαι,
ἤν μοι πόρος τις μηχανή τ' ἐξευρεθῆι   260
πόσιν δίκην τῶνδ' ἀντιτείσασθαι κακῶν
[τὸν δόντα τ' αὐτῶι θυγατέρ' ἥν τ' ἐγήματο],
σιγᾶν. γυνὴ γὰρ τἆλλα μὲν φόβου πλέα
κακή τ' ἐς ἀλκὴν καὶ σίδηρον εἰσορᾶν·
ὅταν δ' ἐς εὐνὴν ἠδικημένη κυρῆι,   265
οὐκ ἔστιν ἄλλη φρὴν μιαιφονωτέρα.

ΧΟΡΟΣ

δράσω τάδ'· ἐνδίκως γὰρ ἐκτείσηι πόσιν,
Μήδεια. πενθεῖν δ' οὔ σε θαυμάζω τύχας.
ὁρῶ δὲ καὶ Κρέοντα, τῆσδ' ἄνακτα γῆς,
στείχοντα, καινῶν ἄγγελον βουλευμάτων.   270

ΚΡΕΩΝ

σὲ τὴν σκυθρωπὸν καὶ πόσει θυμουμένην,
Μήδει', ἀνεῖπον τῆσδε γῆς ἔξω περᾶν
φυγάδα, λαβοῦσαν δισσὰ σὺν σαυτῆι τέκνα,

a vida é invejável. Se não, vale a morte.
O varão, se pesa o convívio em casa,
sai fora e cessa o fastio do coração, 245
voltado a um amigo ou um colega;
mas nosso fado é fitar uma só vida.
Dizem que temos vida sem perigo
em casa, mas eles lutam com lança,
por pensar mal; preferiria três vezes 250
manter o escudo a parir uma só vez.
Mas eu e tu não falamos o mesmo:
tu possuis esta urbe e casa paterna,
fruição da vida e convívio dos seus,
mas eu, erma de urbe, sou ultrajada 255
pelo varão, cativa de terra bárbara,
sem mãe, nem irmão, nem família
para ancoradouro deste infortúnio.
Tanto almejarei alcançar de ti,
se tiver inventado meio e via 260
de punir o varão por estes males
e quem lhe deu a filha em núpcias:
silêncio! Mulher é cheia de pavor
e má em resistir e enfrentar faca,
mas quando injustiçada no leito, 265
não há nada mais sujo de sangue.

CORO

Assim farei. Com justiça punes o marido,
Medeia. Não admiro que chores a sorte.
Vejo ainda Creonte, o rei desta terra,
vindo, mensageiro de novos decretos. 270

CREONTE

A ti, sombria e furiosa com o marido,
Medeia, disse que fora desta terra sejas
banida e leves contigo teus dois filhos,

καὶ μή τι μέλλειν· ὡς ἐγὼ βραβεὺς λόγου
τοῦδ' εἰμί, κοὐκ ἄπειμι πρὸς δόμους πάλιν 275
πρὶν ἄν σε γαίας τερμόνων ἔξω βάλω.

ΜΗΔΕΙΑ
αἰαῖ· πανώλης ἡ τάλαιν' ἀπόλλυμαι·
ἐχθροὶ γὰρ ἐξιᾶσι πάντα δὴ κάλων,
κοὐκ ἔστιν ἄτης εὐπρόσοιστος ἔκβασις.
ἐρήσομαι δὲ καὶ κακῶς πάσχουσ' ὅμως· 280
τίνος μ' ἕκατι γῆς ἀποστέλλεις, Κρέον;

ΚΡΕΩΝ
δέδοικά σ', οὐδὲν δεῖ παραμπίσχειν λόγους,
μή μοί τι δράσηις παῖδ' ἀνήκεστον κακόν.
συμβάλλεται δὲ πολλὰ τοῦδε δείγματα·
σοφὴ πέφυκας καὶ κακῶν πολλῶν ἴδρις, 285
λυπῆι δὲ λέκτρων ἀνδρὸς ἐστερημένη.
κλύω δ' ἀπειλεῖν σ', ὡς ἀπαγγέλλουσί μοι,
τὸν δόντα καὶ γήμαντα καὶ γαμουμένην
δράσειν τι. ταῦτ' οὖν πρὶν παθεῖν φυλάξομαι.
κρεῖσσον δέ μοι νῦν πρός σ' ἀπεχθέσθαι, γύναι, 290
ἢ μαλθακισθένθ' ὕστερον μεταστένειν.

ΜΗΔΕΙΑ
φεῦ φεῦ.
οὐ νῦν με πρῶτον ἀλλὰ πολλάκις, Κρέον,
ἔβλαψε δόξα μεγάλα τ' εἴργασται κακά.
χρὴ δ' οὔποθ' ὅστις ἀρτίφρων πέφυκ' ἀνὴρ
παῖδας περισσῶς ἐκδιδάσκεσθαι σοφούς· 295
χωρὶς γὰρ ἄλλης ἧς ἔχουσιν ἀργίας
φθόνον πρὸς ἀστῶν ἀλφάνουσι δυσμενῆ.
σκαιοῖσι μὲν γὰρ καινὰ προσφέρων σοφὰ
δόξεις ἀχρεῖος κοὐ σοφὸς πεφυκέναι·
τῶν δ' αὖ δοκούντων εἰδέναι τι ποικίλον 300
κρείσσων νομισθεὶς ἐν πόλει λυπρὸς φανῆι.

e sem demora, porque sou o juiz desta
razão e não regressarei à minha casa 275
antes de te expulsar dos lindes da terra.

MEDEIA
Aiaî! Toda destruída mísera pereço;
os inimigos soltam todas as velas,
e da ruína não se vê saída acessível.
Direi, todavia, ainda que mal tratada, 280
por que me banis desta terra, Creonte?

CREONTE
Temo-te, não devo escamotear a fala,
não me faças à filha mal sem remédio.
Muitos indícios aqui são convergentes.
És hábil e competente em muitos males, 285
e tens a dor de perder o leito do marido.
Ouço tuas ameaças, a mim anunciadas,
de que ao sogro, ao noivo e à noiva,
farás algo. Evitarei que sofra isso.
Mais vale agora te magoar, mulher, 290
que depois lamentar ter sido brando.

MEDEIA
Pheû pheû!
Não só agora, mas muitas vezes, Creonte,
a fama atrapalha e produz grandes males.
Não deve nunca o varão prudente
ensinar os filhos a serem muito hábeis. 295
Além da inércia, que lhes imputam,
atraem malévola inveja dos cidadãos.
Se propuseres novas manhas a leigos,
parecerá que és inútil e incompetente.
Tido por melhor que aparentes sábios, 300
na urbe terás a fama de ser molesto.

ἐγὼ δὲ καὐτὴ τῆσδε κοινωνῶ τύχης·
σοφὴ γὰρ οὖσα, τοῖς μέν εἰμ' ἐπίφθονος,
[τοῖς δ' ἡσυχαία, τοῖς δὲ θατέρου τρόπου,]
τοῖς δ' αὖ προσάντης· εἰμὶ δ' οὐκ ἄγαν σοφή.   305
σὺ δ' οὖν φοβῆι με· μὴ τί πλημμελὲς πάθηις;
οὐχ ὧδ' ἔχει μοι, μὴ τρέσηις ἡμᾶς, Κρέον,
ὥστ' ἐς τυράννους ἄνδρας ἐξαμαρτάνειν.
σὺ γὰρ τί μ' ἠδίκηκας; ἐξέδου κόρην
ὅτωι σε θυμὸς ἦγεν. ἀλλ' ἐμὸν πόσιν   310
μισῶ· σὺ δ', οἶμαι, σωφρονῶν ἔδρας τάδε.
καὶ νῦν τὸ μὲν σὸν οὐ φθονῶ καλῶς ἔχειν·
νυμφεύετ', εὖ πράσσοιτε· τήνδε δὲ χθόνα
ἐᾶτέ μ' οἰκεῖν. καὶ γὰρ ἠδικημένοι
σιγησόμεσθα, κρεισσόνων νικώμενοι.   315

ΚΡΕΩΝ

λέγεις ἀκοῦσαι μαλθάκ', ἀλλ' ἔσω φρενῶν
ὀρρωδία μοι μή τι βουλεύηις κακόν.
τοσῶιδε δ' ἧσσον ἢ πάρος πέποιθά σοι·
γυνὴ γὰρ ὀξύθυμος, ὡς δ' αὕτως ἀνήρ,
ῥάιων φυλάσσειν ἢ σιωπηλὸς σοφή.   320
ἀλλ' ἔξιθ' ὡς τάχιστα, μὴ λόγους λέγε·
ὡς ταῦτ' ἄραρε κοὐκ ἔχεις τέχνην ὅπως
μενεῖς παρ' ἡμῖν οὖσα δυσμενὴς ἐμοί.

ΜΗΔΕΙΑ

μή, πρός σε γονάτων τῆς τε νεογάμου κόρης.

ΚΡΕΩΝ

λόγους ἀναλοῖς· οὐ γὰρ ἂν πείσαις ποτέ.   325

ΜΗΔΕΙΑ

ἀλλ' ἐξελᾶις με κοὐδὲν αἰδέσηι λιτάς;

Eu também tenho esta mesma sorte.
Por ser hábil, para uns sou invejável,
para outros, quieta, para outros, outra,
para outros, árdua; sou não muito hábil. 305
Tu me temes; não padeces de um erro?
Não estou tal, que me temas, Creonte,
de modo a enganar varões soberanos.
Por que és injusto comigo? Casa a filha,
com que quiseres. Mas o meu marido 310
odeio. Tu, creio, agiste com prudência,
e agora não renego o teu bem estar.
Casai, sede felizes; mas nesta terra
deixai-me viver. Ainda injustiçada,
farei silêncio, vencida por mais forte. 315

CREONTE
Falas suave de ouvir, mas no espírito
eu temo que me trames algum mal.
Confio em ti tanto menos que antes:
a mulher impulsiva, tal qual o varão,
é mais fácil de prever que hábil calada. 320
Mas sai o mais rápido! Não digas nada,
que assim está certo e não tens como
residir conosco sendo minha inimiga!

MEDEIA
Não, por teus joelhos e tua filha noiva!

CREONTE
Perdes palavras, não me persuadirias. 325

MEDEIA
Mas expulsas-me e não respeitas súplicas?

ΚΡΕΩΝ

φιλῶ γὰρ οὐ σὲ μᾶλλον ἢ δόμους ἐμούς.

ΜΗΔΕΙΑ

ὦ πατρίς, ὥς σου κάρτα νῦν μνείαν ἔχω.

ΚΡΕΩΝ

πλὴν γὰρ τέκνων ἔμοιγε φίλτατον πολύ.

ΜΗΔΕΙΑ

φεῦ φεῦ, βροτοῖς ἔρωτες ὡς κακὸν μέγα. 330

ΚΡΕΩΝ

ὅπως ἄν, οἶμαι, καὶ παραστῶσιν τύχαι.

ΜΗΔΕΙΑ

Ζεῦ, μὴ λάθοι σε τῶνδ' ὃς αἴτιος κακῶν.

ΚΡΕΩΝ

ἕρπ', ὦ ματαία, καί μ' ἀπάλλαξον πόνων.

ΜΗΔΕΙΑ

†πονοῦμεν ἡμεῖς κοὐ πόνων κεχρήμεθα.†

ΚΡΕΩΝ

τάχ' ἐξ ὀπαδῶν χειρὸς ὠσθήσηι βίαι. 335

ΜΗΔΕΙΑ

μὴ δῆτα τοῦτό γ', ἀλλά σ' ἄντομαι, Κρέον.

ΚΡΕΩΝ

ὄχλον παρέξεις, ὡς ἔοικας, ὦ γύναι.

ΜΗΔΕΙΑ

φευξούμεθ'· οὐ τοῦθ' ἱκέτευσά σου τυχεῖν.

CREONTE
Não te quero mais bem que à minha casa.

MEDEIA
Ó pátria, quanto agora me lembro de ti!

CREONTE
Além dos filhos, para mim é o mais caro.

MEDEIA
Pheû pheû! Amor, grande mal de mortais!

CREONTE
Conforme a sorte ainda assistir, suponho.

MEDEIA
Zeus, não te escape a causa destes males!

CREONTE
Vai-te, ó mísera, e livra-me de fadigas!

MEDEIA
Temos fadigas e fadigas não nos faltam.

CREONTE
Logo te vais por força de mão de guardas.

MEDEIA
Não assim, mas a ti te suplico, Creonte.

CREONTE
Parece que darás trabalho, ó mulher!

MEDEIA
Irei ao exílio, não te suplico por isso.

ΚΡΕΩΝ
τί δ' αὖ βιάζηι κοὐκ ἀπαλλάσσηι χερός;

ΜΗΔΕΙΑ
μίαν με μεῖναι τήνδ' ἔασον ἡμέραν 340
καὶ ξυμπερᾶναι φροντίδ' ἧι φευξούμεθα
παισίν τ' ἀφορμὴν τοῖς ἐμοῖς, ἐπεὶ πατὴρ
οὐδὲν προτιμᾶι μηχανήσασθαι τέκνοις.
οἴκτιρε δ' αὐτούς· καὶ σύ τοι παίδων πατὴρ
πέφυκας· εἰκὸς δέ σφιν εὔνοιάν σ' ἔχειν. 345
τοὐμοῦ γὰρ οὔ μοι φροντίς, εἰ φευξούμεθα,
κείνους δὲ κλαίω συμφορᾶι κεχρημένους.

ΚΡΕΩΝ
ἥκιστα τοὐμὸν λῆμ' ἔφυ τυραννικόν,
αἰδούμενος δὲ πολλὰ δὴ διέφθορα·
καὶ νῦν ὁρῶ μὲν ἐξαμαρτάνων, γύναι, 350
ὅμως δὲ τεύξηι τοῦδε. προυννέπω δέ σοι,
εἴ σ' ἡ 'πιοῦσα λαμπὰς ὄψεται θεοῦ
καὶ παῖδας ἐντὸς τῆσδε τερμόνων χθονός,
θανῆι· λέλεκται μῦθος ἀψευδὴς ὅδε.
[νῦν δ', εἰ μένειν δεῖ, μίμν' ἐφ' ἡμέραν μίαν· 355
οὐ γάρ τι δράσεις δεινὸν ὧν φόβος μ' ἔχει.]

ΧΟΡΟΣ
φεῦ φεῦ, μελέα τῶν σῶν ἀχέων, 358
δύστηνε γύναι, 357
ποῖ ποτε τρέψηι; τίνα πρὸς ξενίαν 359
ἢ δόμον ἢ χθόνα σωτῆρα κακῶν 360
[ἐξευρήσεις];
ὡς εἰς ἄπορόν σε κλύδωνα θεός,
Μήδεια, κακῶν ἐπόρευσεν.

ΜΗΔΕΙΑ
κακῶς πέπρακται πανταχῆι· τίς ἀντερεῖ;

CREONTE
Ora, por que forças e não soltas a mão?

MEDEIA
Deixa-me demorar somente este dia 340
e concluir o cuidado de nosso exílio
e a ida de meus filhos, quando o pai
prefere não fornecer nada aos filhos.
Apieda-te deles, também tu és pai,
é natural tua benevolência com eles. 345
Por mim não me importo se exilada,
mas por eles choro se têm infortúnio.

CREONTE
Menos minha vontade foi soberana
e por respeito tive sim muitas perdas.
Agora ainda vejo que erro, mulher, 350
todavia assim farei. Eu te assevero:
se te vir o próximo fulgor de Deus
e a teus filhos nos lindes desta terra,
morrerás. Esta fala não tem mentira.
Agora, se tens que ficar, fica um dia; 355
não farás nada do que me dá pavor.

CORO
Pheû pheû! Mísera por teus males, 358
ó mísera mulher, 357
aonde te voltarás, a que hóspede 359
casa ou terra salvadora de males 360
descobrirás?
Como Deus te levou, Medeia,
a ínvia onda de males?

MEDEIA
Está tudo mal; quem contradirá?

ἀλλ' οὔτι ταύτηι ταῦτα, μὴ δοκεῖτέ πω. 365
ἔτ' εἴσ' ἀγῶνες τοῖς νεωστὶ νυμφίοις
καὶ τοῖσι κηδεύσασιν οὐ σμικροὶ πόνοι.
δοκεῖς γὰρ ἄν με τόνδε θωπεῦσαί ποτε
εἰ μή τι κερδαίνουσαν ἢ τεχνωμένην;
οὐδ' ἂν προσεῖπον οὐδ' ἂν ἡψάμην χεροῖν. 370
ὁ δ' ἐς τοσοῦτον μωρίας ἀφίκετο
ὥστ', ἐξὸν αὐτῶι τἄμ' ἑλεῖν βουλεύματα
γῆς ἐκβαλόντι, τήνδ' ἐφῆκεν ἡμέραν
μεῖναί μ', ἐν ἧι τρεῖς τῶν ἐμῶν ἐχθρῶν νεκροὺς
θήσω, πατέρα τε καὶ κόρην πόσιν τ' ἐμόν. 375
πολλὰς δ' ἔχουσα θανασίμους αὐτοῖς ὁδούς,
οὐκ οἶδ' ὁποίαι πρῶτον ἐγχειρῶ, φίλαι·
πότερον ὑφάψω δῶμα νυμφικὸν πυρί,
ἢ θηκτὸν ὤσω φάσγανον δι' ἥπατος,
σιγῆι δόμους ἐσβᾶσ' ἵν' ἔστρωται λέχος. 380
ἀλλ' ἕν τί μοι πρόσαντες· εἰ ληφθήσομαι
δόμους ὑπερβαίνουσα καὶ τεχνωμένη,
θανοῦσα θήσω τοῖς ἐμοῖς ἐχθροῖς γέλων.
κράτιστα τὴν εὐθεῖαν, ἧι πεφύκαμεν
σοφοὶ μάλιστα, φαρμάκοις αὐτοὺς ἑλεῖν. 385
εἶέν·
καὶ δὴ τεθνᾶσι· τίς με δέξεται πόλις;
τίς γῆν ἄσυλον καὶ δόμους ἐχεγγύους
ξένος παρασχὼν ῥύσεται τοὐμὸν δέμας;
οὐκ ἔστι. μείνασ' οὖν ἔτι σμικρὸν χρόνον,
ἢν μέν τις ἡμῖν πύργος ἀσφαλὴς φανῆι, 390
δόλωι μέτειμι τόνδε καὶ σιγῆι φόνον·
ἢ δ' ἐξελαύνηι ξυμφορά μ' ἀμήχανος,
αὐτὴ ξίφος λαβοῦσα, κεἰ μέλλω θανεῖν,
κτενῶ σφε, τόλμης δ' εἶμι πρὸς τὸ καρτερόν.
οὐ γὰρ μὰ τὴν δέσποιναν ἣν ἐγὼ σέβω 395
μάλιστα πάντων καὶ ξυνεργὸν εἱλόμην,
Ἑκάτην, μυχοῖς ναίουσαν ἑστίας ἐμῆς,
χαίρων τις αὐτῶν τοὐμὸν ἀλγυνεῖ κέαρ.

Mas isso não é assim, não creiais.
Ainda há combates para os noivos
e para os aliados não poucas dores.
Crês que alguma vez o adularia,
se não lucrasse algo, ou lograsse?
Nem saudaria, nem daria a mão.
Ele atingiu um tal grau de tolice
que, podendo destruir meus planos
com o exílio, deixou-me este dia
quando farei três de meus inimigos
mortos, o pai, a filha e meu marido.
Com muitas vias letais para eles,
não sei qual uso primeiro, amigas.
Se porei fogo na casa das núpcias,
ou fincarei afiada faca no fígado,
ao ir silente à casa onde é o leito.
Mas há um porém, se eu for pega
enquanto planejo e agrido a casa,
morta farei rirem meus inimigos.
Pode mais esta reta em que somos
mais hábeis, matá-los com drogas.
Seja!
Estão mortos! Quem me receberá?
Que hóspede me oferecerá asilo
e casa em segurança e defenderá?
Ninguém. Esperarei pouco ainda
se nos surge alguma torre segura,
e dolosa e silente irei à matança;
mas se me perseguir o inelutável,
com a faca, ainda que vá morrer,
eu os matarei e ousarei ser cruel.
Não, oh Senhora, que eu venero
sobretudo e que elegi cooperadora,
Hécate, residente junto ao meu lar,
impunes não ferirão meu coração!

πικροὺς δ' ἐγώ σφιν καὶ λυγροὺς θήσω γάμους,
πικρὸν δὲ κῆδος καὶ φυγὰς ἐμὰς χθονός. 400
ἀλλ' εἶα φείδου μηδὲν ὧν ἐπίστασαι,
Μήδεια, βουλεύουσα καὶ τεχνωμένη·
ἕρπ' ἐς τὸ δεινόν· νῦν ἀγὼν εὐψυχίας.
ὁρᾶις ἃ πάσχεις; οὐ γέλωτα δεῖ σ' ὀφλεῖν
τοῖς Σισυφείοις τοῖσδ' Ἰάσονος γάμοις, 405
γεγῶσαν ἐσθλοῦ πατρὸς Ἡλίου τ' ἄπο.
ἐπίστασαι δέ· πρὸς δὲ καὶ πεφύκαμεν
γυναῖκες, ἐς μὲν ἔσθλ' ἀμηχανώταται,
κακῶν δὲ πάντων τέκτονες σοφώταται. 409

ΧΟΡΟΣ
ἄνω ποταμῶν ἱερῶν χωροῦσι παγαί, Est. 1
καὶ δίκα καὶ πάντα πάλιν στρέφεται·
ἀνδράσι μὲν δόλιαι βουλαί, θεῶν δ'
οὐκέτι πίστις ἄραρεν.
τὰν δ' ἐμὰν εὔκλειαν ἔχειν βιοτὰν στρέψουσι φᾶμαι· 415
ἔρχεται τιμὰ γυναικείωι γένει·
οὐκέτι δυσκέλαδος φάμα γυναῖκας ἕξει. 420

μοῦσαι δὲ παλαιγενέων λήξουσ' ἀοιδῶν Ant. 2
τὰν ἐμὰν ὑμνεῦσαι ἀπιστοσύναν.
οὐ γὰρ ἐν ἁμετέραι γνώμαι λύρας
ὤπασε θέσπιν ἀοιδὰν 425
Φοῖβος ἁγήτωρ μελέων· ἐπεὶ ἀντάχησ' ἂν ὕμνον
ἀρσένων γένναι. μακρὸς δ' αἰὼν ἔχει
πολλὰ μὲν ἁμετέραν ἀνδρῶν τε μοῖραν εἰπεῖν. 430

σὺ δ' ἐκ μὲν οἴκων πατρίων ἔπλευσας Est. 2
μαινομέναι κραδίαι, διδύμους ὁρίσασα πόντου
πέτρας· ἐπὶ δὲ ξέναι 435
ναίεις χθονί, τᾶς ἀνάν-

Acres e fúnebres lhes farei as núpcias,
acres, a aliança e meu exílio da terra. 400
Eîa! Não poupes nada do que sabes,
Medeia, ao deliberar e ao planejar!
Vai terrível! É combate de valentia.
Vês o que sofres? Não causes riso
por estas núpcias de Jasão com Sísifo, 405
nascida de pai nobre e prole do Sol!
Tens ciência; e mais, ainda somos
mulheres, as impossíveis em bens,
em tudo as mais hábeis malfeitoras. 409

[*Primeiro estásimo (410-445)*]

CORO
Sacros rios acima correm as águas, Est. 1
e Justiça e tudo o mais retornam,
varões têm dolosos planos, e jurar
por Deuses não é mais adequado.
Famas tornarão minha vida gloriosa; 415
a honra é do gênero feminino,
não mais díssona Fama terá mulheres. 420

Musas de antigos cantores cessarão Ant. 2
de entoar hinos à minha perfídia.
Entre nossos saberes, Febo não pôs
a canção de divina voz da lira, 425
ao guiar coros; eu replicaria hino
ao gênero masculino. Longa vida
muito dirá da porção nossa e de varões. 430

Tu desde a casa paterna navegaste Est. 2
de coração louco ao passar no mar por gêmeas
pedras e vives 435
em hóspede terra, ao perder

δρου κοίτας ὀλέσασα λέκ-
τρον, τάλαινα, φυγὰς δὲ χώρας ἄτιμος ἐλαύνηι.

βέβακε δ' ὅρκων χάρις, οὐδ' ἔτ' αἰδὼς Ant. 2
Ἑλλάδι τᾶι μεγάλαι μένει, αἰθερία δ' ἀνέπτα. 440
σοὶ δ' οὔτε πατρὸς δόμοι,
δύστανε, μεθορμίσα-
σθαι μόχθων πάρα, σῶν τε λέκτρων ἄλλα βασίλεια κρείσ-
σων δόμοισιν ἐπέστα. 445

ΙΑΣΩΝ
οὐ νῦν κατεῖδον πρῶτον ἀλλὰ πολλάκις
τραχεῖαν ὀργὴν ὡς ἀμήχανον κακόν.
σοὶ γὰρ παρὸν γῆν τήνδε καὶ δόμους ἔχειν
κούφως φερούσηι κρεισσόνων βουλεύματα,
λόγων ματαίων οὕνεκ' ἐκπεσῆι χθονός. 450
κἀμοὶ μὲν οὐδὲν πρᾶγμα· μὴ παύσηι ποτὲ
λέγουσ' Ἰάσον' ὡς κάκιστός ἐστ' ἀνήρ.
ἃ δ' ἐς τυράννους ἐστί σοι λελεγμένα,
πᾶν κέρδος ἡγοῦ ζημιουμένη φυγῆι.
κἀγὼ μὲν αἰεὶ βασιλέων θυμουμένων 455
ὀργὰς ἀφήιρουν καί σ' ἐβουλόμην μένειν·
σὺ δ' οὐκ ἀνίεις μωρίας, λέγουσ' ἀεὶ
κακῶς τυράννους· τοιγὰρ ἐκπεσῆι χθονός.
ὅμως δὲ κἀκ τῶνδ' οὐκ ἀπειρηκὼς φίλοις
ἥκω, τὸ σὸν δὲ προσκοπούμενος, γύναι, 460
ὡς μήτ' ἀχρήμων σὺν τέκνοισιν ἐκπέσηις
μήτ' ἐνδεής του· πόλλ' ἐφέλκεται φυγὴ
κακὰ ξὺν αὑτῆι. καὶ γὰρ εἰ σύ με στυγεῖς,
οὐκ ἂν δυναίμην σοὶ κακῶς φρονεῖν ποτε.

o leito esponsal sem o marido,
mísera, banida sem honras
és exilada desta terra.

A graça das juras se foi, o pudor Ant. 2
não mora mais na Grécia, voou de volta ao céu. 440
Não tens a casa paterna,
ó misera, para te ancorar
dos males, e mais forte
que as tuas núpcias
há outra rainha em casa. 445

[*Segundo episódio* (446-626)]

JASÃO
Não agora vi primeiro, mas muitas vezes,
o áspero sentimento como inelutável mal.
Sendo possível teres tu esta terra e a casa,
se levasses com leveza as decisões do rei,
por palavras vazias serás banida desta terra. 450
A mim não me importa, não cesses nunca
de dizer que Jasão é o mais vil dos varões,
mas com o que tens dito referente aos reis,
considera lucro que a punição seja o exílio.
Eu sempre tentava extinguir o sentimento 455
do rei furioso e queria que permanecesses,
mas tu não cessas a tolice, sempre dizendo
mal do rei, por isso da terra serás exilada.
Todavia, sem ter faltado até aqui aos meus
venho, tendo em vista antes o teu, mulher, 460
que não sem bens vás com os filhos ao exílio,
e nada te falte. O exílio por si mesmo atrai
muitos males; pois ainda que tu me odeies,
eu não seria nunca de má vontade contigo.

ΜΗΔΕΙΑ

ὦ παγκάκιστε, τοῦτο γάρ σ' εἰπεῖν ἔχω 465
γλώσσηι μέγιστον εἰς ἀνανδρίαν κακόν·
ἦλθες πρὸς ἡμᾶς, ἦλθες ἔχθιστος γεγώς
[θεοῖς τε κἀμοὶ παντί τ' ἀνθρώπων γένει];
οὔτοι θράσος τόδ' ἐστὶν οὐδ' εὐτολμία,
φίλους κακῶς δράσαντ' ἐναντίον βλέπειν, 470
ἀλλ' ἡ μεγίστη τῶν ἐν ἀνθρώποις νόσων
πασῶν, ἀναίδει'. εὖ δ' ἐποίησας μολών·
ἐγώ τε γὰρ λέξασα κουφισθήσομαι
ψυχὴν κακῶς σὲ καὶ σὺ λυπήσηι κλύων.
ἐκ τῶν δὲ πρώτων πρῶτον ἄρξομαι λέγειν· 475
ἔσωσά σ', ὡς ἴσασιν Ἑλλήνων ὅσοι
ταὐτὸν συνεισέβησαν Ἀργῶιον σκάφος,
πεμφθέντα ταύρων πυρπνόων ἐπιστάτην
ζεύγλαισι καὶ σπεροῦντα θανάσιμον γύην·
δράκοντά θ', ὃς πάγχρυσον ἀμπέχων δέρος 480
σπείραις ἔσωιζε πολυπλόκοις ἄυπνος ὤν,
κτείνασ' ἀνέσχον σοι φάος σωτήριον.
αὐτὴ δὲ πατέρα καὶ δόμους προδοῦσ' ἐμοὺς
τὴν Πηλιῶτιν εἰς Ἰωλκὸν ἱκόμην
σὺν σοί, πρόθυμος μᾶλλον ἢ σοφωτέρα· 485
Πελίαν τ' ἀπέκτειν', ὥσπερ ἄλγιστον θανεῖν,
παίδων ὕπ' αὐτοῦ, πάντα τ' ἐξεῖλον δόμον.
καὶ ταῦθ' ὑφ' ἡμῶν, ὦ κάκιστ' ἀνδρῶν, παθὼν
προὔδωκας ἡμᾶς, καινὰ δ' ἐκτήσω λέχη,
παίδων γεγώτων· εἰ γὰρ ἦσθ' ἄπαις ἔτι, 490
συγγνώστ' ἂν ἦν σοι τοῦδ' ἐρασθῆναι λέχους.
ὅρκων δὲ φρούδη πίστις, οὐδ' ἔχω μαθεῖν
εἰ θεοὺς νομίζεις τοὺς τότ' οὐκ ἄρχειν ἔτι
ἢ καινὰ κεῖσθαι θέσμι' ἀνθρώποις τὰ νῦν,
ἐπεὶ σύνοισθά γ' εἰς ἔμ' οὐκ εὔορκος ὤν. 495
φεῦ δεξιὰ χείρ, ἧς σὺ πόλλ' ἐλαμβάνου,
καὶ τῶνδε γονάτων, ὡς μάτην κεχρώισμεθα
κακοῦ πρὸς ἀνδρός, ἐλπίδων δ' ἡμάρτομεν.

MEDEIA
Ó pior perverso, esse mal extremo posso 465
com a língua dizer de ti, por tua covardia.
Vieste a mim, vieste por ser o mais odioso
aos Deuses, a mim e a todo ser humano?
Isto não é audácia, também não é ousadia,
olhar de frente os amigos ao maltratá-los, 470
mas a pior de todas doenças dos homens,
a desfaçatez. Mas tu fizeste bem em vir;
tanto eu aliviarei a alma de te maldizer,
quanto tu terás o desgosto de me ouvir.
Primeiro pelo princípio começo a falar: 475
salvei-te, como sabem todos os gregos
que embarcaram no mesmo navio Argo,
na missão de montar touros ignívomos
subjugados e semear lavoura mortífera;
a serpente que envolvendo o velo de ouro 480
em anéis de muitas voltas guardava insone,
matei, retendo acima a tua luz salvadora,
mas eu mesma traidora de pai e casa meus
cheguei assim a Iolco do monte Pélion
contigo, mais animada do que sábia; 485
matei Pélias, como mais dói ser morto,
pelas próprias filhas, e destruí toda a casa.
Ainda assim tratado por nós, ó pior varão,
traíste-nos e contraíste as novas núpcias,
já com filhos. Se fosses ainda sem filho, 490
seria perdoável a tua paixão por núpcias.
A fé das juras se foi, e não posso saber
se pensas que os Deuses não regem mais
ou que novas leis de homens agora vigem,
quando tu sabes que para mim és perjuro. 495
Pheû! Mão destra, que tu muito tocavas,
e nestes joelhos estou tangida em vão
por mau varão, e perdemos esperanças.

ἄγ', ὡς φίλωι γὰρ ὄντι σοι κοινώσομαι
(δοκοῦσα μὲν τί πρός γε σοῦ πράξειν καλῶς; 500
ὅμως δ', ἐρωτηθεὶς γὰρ αἰσχίων φανῆι)·
νῦν ποῖ τράπωμαι; πότερα πρὸς πατρὸς δόμους,
οὓς σοὶ προδοῦσα καὶ πάτραν ἀφικόμην;
ἢ πρὸς ταλαίνας Πελιάδας; καλῶς γ' ἂν οὖν
δέξαιντό μ' οἴκοις ὧν πατέρα κατέκτανον. 505
ἔχει γὰρ οὕτω· τοῖς μὲν οἴκοθεν φίλοις
ἐχθρὰ καθέστηχ', οὓς δέ μ' οὐκ ἐχρῆν κακῶς
δρᾶν, σοὶ χάριν φέρουσα πολεμίους ἔχω.
τοιγάρ με πολλαῖς μακαρίαν Ἑλληνίδων
ἔθηκας ἀντὶ τῶνδε· θαυμαστὸν δέ σε 510
ἔχω πόσιν καὶ πιστὸν ἡ τάλαιν' ἐγώ,
εἰ φεύξομαί γε γαῖαν ἐκβεβλημένη,
φίλων ἔρημος, σὺν τέκνοις μόνη μόνοις·
καλόν γ' ὄνειδος τῶι νεωστὶ νυμφίωι,
πτωχοὺς ἀλᾶσθαι παῖδας ἥ τ' ἔσωσά σε. 515
ὦ Ζεῦ, τί δὴ χρυσοῦ μὲν ὃς κίβδηλος ἦι
τεκμήρι' ἀνθρώποισιν ὤπασας σαφῆ,
ἀνδρῶν δ' ὅτωι χρὴ τὸν κακὸν διειδέναι
οὐδεὶς χαρακτὴρ ἐμπέφυκε σώματι;

ΧΟΡΟΣ
δεινή τις ὀργὴ καὶ δυσίατος πέλει, 520
ὅταν φίλοι φίλοισι συμβάλωσ' ἔριν.

ΙΑΣΩΝ
δεῖ μ', ὡς ἔοικε, μὴ κακὸν φῦναι λέγειν,
ἀλλ' ὥστε ναὸς κεδνὸν οἰακοστρόφον
ἄκροισι λαίφους κρασπέδοις ὑπεκδραμεῖν
τὴν σὴν στόμαργον, ὦ γύναι, γλωσσαλγίαν. 525
ἐγὼ δ', ἐπειδὴ καὶ λίαν πυργοῖς χάριν,
Κύπριν νομίζω τῆς ἐμῆς ναυκληρίας
σώτειραν εἶναι θεῶν τε κἀνθρώπων μόνην.
σοὶ δ' ἔστι μὲν νοῦς λεπτός· ἀλλ' ἐπίφθονος

Vai! Como se fosses amigo, farei saber
por me parecer que de ti terei que bem? 500
Se inquirido, porém, parecerás pior.
Agora aonde me volto? À casa do pai
e pátria que traí por ti e vim para cá?
Ou às míseras Políades? Muito bem
me aceitariam em casa cujo pai matei. 505
Pois assim está: inimiga me tornei
dos de casa e os que eu não devia
maltratar fiz inimigos por favor a ti.
Por isso, para muitas mulheres gregas,
fizeste-me venturosa e tenho em ti 510
admirável e fiel esposo, mísera de mim,
se serei exilada banida desta terra,
sem amigos, a sós com seus filhos;
belo vitupério para o recente noivo,
mendigarem filhos e salvadora tua. 515
Ó Zeus, por que deste aos homens
claros indícios do ouro que é falso,
mas para reconhecer o varão mau
nenhum traço é natural no corpo?

CORO
Uma terrível e incurável ira surge, 520
se amigos com amigos atiçam rixa.

JASÃO
Parece não posso ser mau orador,
mas tal qual hábil piloto de navio
com as altas bordas da vela fugir
da tua eloquente falação, mulher. 525
Eu, já que alças demais teu favor,
penso que entre Deuses e mortais
só Cípris salvou a minha viagem.
Tua mente é sutil, mas é abscôndita

λόγος διελθεῖν ὡς Ἔρως σ' ἠνάγκασεν. 530
τόξοις ἀφύκτοις τοὐμὸν ἐκσῶσαι δέμας.
ἀλλ' οὐκ ἀκριβῶς αὐτὸ θήσομαι λίαν·
ὅπηι γὰρ οὖν ὤνησας οὐ κακῶς ἔχει.
μείζω γε μέντοι τῆς ἐμῆς σωτηρίας
εἴληφας ἢ δέδωκας, ὡς ἐγὼ φράσω. 535
πρῶτον μὲν Ἑλλάδ' ἀντὶ βαρβάρου χθονὸς
γαῖαν κατοικεῖς καὶ δίκην ἐπίστασαι
νόμοις τε χρῆσθαι μὴ πρὸς ἰσχύος χάριν·
πάντες δέ σ' ἤισθοντ' οὖσαν Ἕλληνες σοφὴν
καὶ δόξαν ἔσχες· εἰ δὲ γῆς ἐπ' ἐσχάτοις 540
ὅροισιν ὤικεις, οὐκ ἂν ἦν λόγος σέθεν.
εἴη δ' ἔμοιγε μήτε χρυσὸς ἐν δόμοις
μήτ' Ὀρφέως κάλλιον ὑμνῆσαι μέλος,
εἰ μὴ 'πίσημος ἡ τύχη γένοιτό μοι.
τοσαῦτα μέν σοι τῶν ἐμῶν πόνων πέρι 545
ἔλεξ'· ἅμιλλαν γὰρ σὺ προύθηκας λόγων.
ἃ δ' ἐς γάμους μοι βασιλικοὺς ὠνείδισας,
ἐν τῶιδε δείξω πρῶτα μὲν σοφὸς γεγώς,
ἔπειτα σώφρων, εἶτά σοι μέγας φίλος
καὶ παισὶ τοῖς ἐμοῖσιν· ἀλλ' ἔχ' ἥσυχος. 550
ἐπεὶ μετέστην δεῦρ' Ἰωλκίας χθονὸς
πολλὰς ἐφέλκων συμφορὰς ἀμηχάνους,
τί τοῦδ' ἂν εὕρημ' ηὗρον εὐτυχέστερον
ἢ παῖδα γῆμαι βασιλέως φυγὰς γεγώς;
οὐχ, ἧι σὺ κνίζηι, σὸν μὲν ἐχθαίρων λέχος 555
καινῆς δὲ νύμφης ἱμέρωι πεπληγμένος
οὐδ' εἰς ἅμιλλαν πολύτεκνον σπουδὴν ἔχων·
ἅλις γὰρ οἱ γεγῶτες οὐδὲ μέμφομαι·
ἀλλ' ὡς, τὸ μὲν μέγιστον, οἰκοῖμεν καλῶς
καὶ μὴ σπανιζοίμεσθα, γιγνώσκων ὅτι 560
πένητα φεύγει πᾶς τις ἐκποδὼν φίλον,
παῖδας δὲ θρέψαιμ' ἀξίως δόμων ἐμῶν
σπείρας τ' ἀδελφοὺς τοῖσιν ἐκ σέθεν τέκνοις
ἐς ταὐτὸ θείην καὶ ξυναρτήσας γένος

fala explicar que Amor te forçou
com inevitáveis setas a me salvar.
Mas não o farei com maior rigor,
pois onde foste útil não está mal.
Por minha salvação obtiveste mais
do que deste, como eu explicarei.
Primeiro, grega em vez de bárbara
terra tu habitas e conheces justiça
e o uso da lei sem o favor da força.
Todos os gregos viram que és sábia
e tiveste fama; se habitasses os últimos
confins da terra, nada se diria de ti.
Não tivesse nenhum ouro em casa,
nem hineasse melhor que Orfeu,
se minha sorte não fosse insigne!
Tanto te falei de minhas fadigas,
pois tu propuseste a luta verbal.
Régias núpcias me vituperaste,
direi que nisso fui primeiro sábio,
depois prudente, e ainda amigo
teu e de meus filhos. Mas calma!
Quando me mudei do solo de Iolco
causando muitos males inevitáveis,
que sorte inventaria melhor que esta:
no exílio, desposar a filha do rei?
Não odiando teu leito, como te dói,
aturdido por desejo de nova noiva,
e não empenhado em luta prolífera,
bastam os nascidos, e não reprovo;
mas o mais: como viveríamos bem,
e livres de privações, sabendo que
todo amigo evita de longe o pobre,
criaria filhos dignos de minha casa
e sendo pai de irmãos de teus filhos
criaria a identidade, uniria a família,

εὐδαιμονοίην· σοί τε γὰρ παίδων τί δεῖ; 565
ἐμοί τε λύει τοῖσι μέλλουσιν τέκνοις
τὰ ζῶντ' ὀνῆσαι. μῶν βεβούλευμαι κακῶς;
οὐδ' ἂν σὺ φαίης, εἴ σε μὴ κνίζοι λέχος.
ἀλλ' ἐς τοσοῦτον ἥκεθ' ὥστ' ὀρθουμένης
εὐνῆς γυναῖκες πάντ' ἔχειν νομίζετε, 570
ἢν δ' αὖ γένηται ξυμφορά τις ἐς λέχος,
τὰ λῶιστα καὶ κάλλιστα πολεμιώτατα
τίθεσθε. χρῆν γὰρ ἄλλοθέν ποθεν βροτοὺς
παῖδας τεκνοῦσθαι, θῆλυ δ' οὐκ εἶναι γένος·
χοὔτως ἂν οὐκ ἦν οὐδὲν ἀνθρώποις κακόν. 575

ΧΟΡΟΣ
Ἰᾶσον, εὖ μὲν τούσδ' ἐκόσμησας λόγους·
ὅμως δ' ἔμοιγε, κεἰ παρὰ γνώμην ἐρῶ,
δοκεῖ προδοὺς σὴν ἄλοχον οὐ δίκαια δρᾶν.

ΜΗΔΕΙΑ
ἦ πολλὰ πολλοῖς εἰμι διάφορος βροτῶν.
ἐμοὶ γὰρ ὅστις ἄδικος ὢν σοφὸς λέγειν 580
πέφυκε, πλείστην ζημίαν ὀφλισκάνει·
γλώσσηι γὰρ αὐχῶν τἄδικ' εὖ περιστελεῖν
τολμᾶι πανουργεῖν· ἔστι δ' οὐκ ἄγαν σοφός.
ὡς καὶ σύ· μή νυν εἰς ἔμ' εὐσχήμων γένηι
λέγειν τε δεινός· ἓν γὰρ ἐκτενεῖ σ' ἔπος. 585
χρῆν σ', εἴπερ ἦσθα μὴ κακός, πείσαντά με
γαμεῖν γάμον τόνδ', ἀλλὰ μὴ σιγῆι φίλων.

ΙΑΣΩΝ
καλῶς γ' ἄν, οἶμαι, τῶιδ' ὑπηρέτεις λόγωι,
εἴ σοι γάμον κατεῖπον, ἥτις οὐδὲ νῦν
τολμᾶις μεθεῖναι καρδίας μέγαν χόλον. 590

teria bom Nume. Que filho te falta? 565
Meus futuros filhos têm a vantagem
da utilidade aos vivos. Pensei mal?
Não dirias, se o leito não te doesse.
Mas vós mulheres chegastes a ponto
de acreditar ter tudo, se o leito é reto. 570
Se aliás ocorre algo relativo ao leito,
as melhores e as mais belas se tornam
as mais hostis. Deviam ter os mortais
filhos de algures, e não ser mulheres,
e assim os homens não teriam mal. 575

CORO
Jasão, bem adornaste estas palavras,
contudo, posto contradiga teu juízo,
creio que és injusto se trais a esposa.

MEDEIA
Muito em muito difiro dos mortais.
Para mim, o sábio orador, se injusto, 580
está condenado à máxima punição;
crendo na voz bem vestir injustiças,
ousa ser maléfico, não muito sábio.
Tal também tu: não me sejas formoso
e hábil orador! Só a palavra te baterá. 585
Se não fosses mau, devias persuadir-me
e casar-te, não em silêncio dos amigos.

JASÃO
Bem útil tu serias nesse assunto, creio,
se te anunciasse núpcias, se nem agora
ousas do coração despedir grande rancor. 590

ΜΗΔΕΙΑ
οὐ τοῦτό σ' εἶχεν, ἀλλὰ βάρβαρον λέχος
πρὸς γῆρας οὐκ εὔδοξον ἐξέβαινέ σοι.

ΙΑΣΩΝ
εὖ νυν τόδ' ἴσθι, μὴ γυναικὸς οὕνεκα
γῆμαί με λέκτρα βασιλέων ἃ νῦν ἔχω,
ἀλλ', ὥσπερ εἶπον καὶ πάρος, σῶσαι θέλων 595
σέ, καὶ τέκνοισι τοῖς ἐμοῖς ὁμοσπόρους
φῦσαι τυράννους παῖδας, ἔρυμα δώμασιν.

ΜΗΔΕΙΑ
μή μοι γένοιτο λυπρὸς εὐδαίμων βίος
μηδ' ὄλβος ὅστις τὴν ἐμὴν κνίζοι φρένα.

ΙΑΣΩΝ
οἶσθ' ὡς μέτευξαι καὶ σοφωτέρα φανῇ· 600
τὰ χρηστὰ μή σοι λυπρὰ φαίνεσθαί ποτε,
μηδ' εὐτυχοῦσα δυστυχὴς εἶναι δοκεῖν.

ΜΗΔΕΙΑ
ὕβριζ', ἐπειδὴ σοὶ μὲν ἔστ' ἀποστροφή,
ἐγὼ δ' ἔρημος τήνδε φευξοῦμαι χθόνα.

ΙΑΣΩΝ
αὐτὴ τάδ' εἵλου· μηδέν' ἄλλον αἰτιῶ. 605

ΜΗΔΕΙΑ
τί δρῶσα; μῶν γαμοῦσα καὶ προδοῦσά σε;

ΙΑΣΩΝ
ἀρὰς τυράννοις ἀνοσίους ἀρωμένη.

ΜΗΔΕΙΑ
καὶ σοῖς ἀραία γ' οὖσα τυγχάνω δόμοις.

MEDEIA
Isso não te deteve, mas um leito bárbaro
na velhice não te promoveria boa fama.

JASÃO
Entende bem isto: não por mulher
desposo o leito régio que hoje tenho,
mas, tal como disse antes, por querer   595
salvar-te e plantar em defesa da casa
príncipes consanguíneos de meus filhos.

MEDEIA
Não tenha eu triste vida de bom Nume
nem riqueza que me dilacere o espírito!

JASÃO
Sabe mudar-te e parecerás mais sábia!   600
Não te pareçam os bens nunca tristes!
E se tens boa sorte, não creias ter má!

MEDEIA
Faz o ultraje, quando tens um refúgio,
mas eu a sós serei exilada desta terra!

JASÃO
Tu mesma escolheste, não acuses outro.   605

MEDEIA
Que fiz? Será que me casei e te traí?

JASÃO
Imprecastes contra os rei ilícitas pragas.

MEDEIA
E dá-se que as imprecos contra tua casa.

ΙΑΣΩΝ
ὡς οὐ κρινοῦμαι τῶνδέ σοι τὰ πλείονα.
ἀλλ', εἴ τι βούληι παισὶν ἢ σαυτῆι φυγῆς 610
προσωφέλημα χρημάτων ἐμῶν λαβεῖν,
λέγ'· ὡς ἕτοιμος ἀφθόνωι δοῦναι χερὶ
ξένοις τε πέμπειν σύμβολ', οἳ δράσουσί σ' εὖ.
καὶ ταῦτα μὴ θέλουσα μωρανεῖς, γύναι·
λήξασα δ' ὀργῆς κερδανεῖς ἀμείνονα. 615

ΜΗΔΕΙΑ
οὔτ' ἂν ξένοισι τοῖσι σοῖς χρησαίμεθ' ἂν
οὔτ' ἄν τι δεξαίμεσθα, μηδ' ἡμῖν δίδου·
κακοῦ γὰρ ἀνδρὸς δῶρ' ὄνησιν οὐκ ἔχει.

ΙΑΣΩΝ
ἀλλ' οὖν ἐγὼ μὲν δαίμονας μαρτύρομαι
ὡς πάνθ' ὑπουργεῖν σοί τε καὶ τέκνοις θέλω· 620
σοὶ δ' οὐκ ἀρέσκει τἀγάθ', ἀλλ' αὐθαδίαι
φίλους ἀπωθῆι· τοιγὰρ ἀλγυνῆι πλέον.

ΜΗΔΕΙΑ
χώρει· πόθωι γὰρ τῆς νεοδμήτου κόρης
αἱρῆι χρονίζων δωμάτων ἐξώπιος.
νύμφευ'· ἴσως γάρ, σὺν θεῶι δ' εἰρήσεται, 625
γαμεῖς τοιοῦτον ὥστε θρηνεῖσθαι γάμον.

ΧΟΡΟΣ
ἔρωτες ὑπὲρ μὲν ἄγαν ἐλθόντες οὐκ εὐδοξίαν Est. 1
οὐδ' ἀρετὰν παρέδωκαν ἀνδράσιν· εἰ δ' ἅλις ἔλθοι 630
Κύπρις, οὐκ ἄλλα θεὸς εὔχαρις οὕτω.
μήποτ', ὦ δέσποιν', ἐπ' ἐμοὶ χρυσέων τόξων ἀφείης
ἱμέρωι χρίσασ' ἄφυκτον οἰστόν. 635

JASÃO

Não litigarei contigo mais que isso.
Mas se de meus recursos queres ter 610
algo útil a ti e aos filhos nesse exílio,
diz. Posso dar com mão sem recusa
e sinalar hóspedes que te tratem bem.
Se não aceitas isso, és tola, mulher.
Se cessares o rancor, lucrarás mais. 615

MEDEIA

Não usaríamos os hóspedes teus,
não aceitaríamos, e não nos dês!
Dom de varão vil não tem proveito.

JASÃO

Mas eu tomo Numes por testemunha
que busco fazer tudo por ti e os filhos; 620
não te aprazem os bens, mas obstinada
repeles os amigos; pois terás mais dor.

MEDEIA

Vai! O desejo da nova noiva te toma
se algo te atrasa fora da vista da casa.
Casa-te! Talvez, e com Deus se dirá, 625
tuas núpcias sejam tais que as chores!

[*Segundo estásimo (627-662)*]

CORO

Amores excessivos não dão bom nome Est. 1
aos varões, nem valor. Se suficiente 630
Cípris, não outra Deusa tão boa graça!
Ó rainha, não me dispares do áureo arco
a inevitável seta untada de anseio! 635

στέργοι δέ με σωφροσύνα, δώρημα κάλλιστον θεῶν· Ant. 1
μηδέ ποτ' ἀμφιλόγους ὀργὰς ἀκόρεστά τε νείκη
θυμὸν ἐκπλήξασ' ἑτέροις ἐπὶ λέκτροις 640
προσβάλοι δεινὰ Κύπρις, ἀπτολέμους δ' εὐνὰς σεβίζουσ'
ὀξύφρων κρίνοι λέχη γυναικῶν.

ὦ πατρίς, ὦ δώματα, μὴ Est. 2
δῆτ' ἄπολις γενοίμαν 646
τὸν ἀμηχανίας ἔχουσα δυσπέρατον αἰῶν',
οἰκτρότατον ἀχέων.
θανάτωι θανάτωι πάρος δαμείην 650
ἁμέραν τάνδ' ἐξανύσα-
σα· μόχθων δ' οὐκ ἄλλος ὕπερ-
θεν ἢ γᾶς πατρίας στέρεσθαι.

εἴδομεν, οὐκ ἐξ ἑτέρων Ant. 2
μῦθον ἔχω φράσασθαι· 655
σὲ γὰρ οὐ πόλις, οὐ φίλων τις οἰκτιρεῖ παθοῦσαν
δεινότατα παθέων.
ἀχάριστος ὄλοιθ' ὅτωι πάρεστιν
μὴ φίλους τιμᾶν καθαρᾶν 660
ἀνοίξαντα κλῆιδα φρενῶν·
ἐμοὶ μὲν φίλος οὔποτ' ἔσται.

ΑΙΓΕΥΣ

Μήδεια, χαῖρε· τοῦδε γὰρ προοίμιον
κάλλιον οὐδεὶς οἶδε προσφωνεῖν φίλους.

ΜΗΔΕΙΑ

ὦ χαῖρε καὶ σύ, παῖ σοφοῦ Πανδίονος, 665
Αἰγεῦ. πόθεν γῆς τῆσδ' ἐπιστρωφᾶι πέδον;

Preze-me Prudência, dom supremo dos Deuses! Ant. 1
Não iras ambíguas e rixas insaciáveis, terrível
ao turvar ânimo por outras núpcias 640
Cípris atice! Honrando leitos não belicosos,
discirna perspicaz as núpcias das mulheres!

Ó pátria, ó casa, não Est. 2
seja nunca sem urbe, 646
vida inviável impossível,
a mais triste miséria!
Com morte, com morte, 650
domine ao fim do dia!
Não há outra dor maior
que a privação da pátria.

Sei, não por alheia Ant. 2
palavra posso dizer: 655
urbe, amigos não têm dó
de tua dor, a mais terrível.
Ingrato morra quem não
honrar amigos nem abrir 660
pura a chave do espírito!
Nunca será meu amigo.

[*Terceiro episódio (663-823)*]

EGEU

Salve, Medeia! Mais belo proêmio
que este não se sabe dizer a amigos.

MEDEIA

Salve tu, ó filho do sábio Pandíon 665
Egeu! Donde vens ao solo desta terra?

ΑΙΓΕΥΣ
Φοίβου παλαιὸν ἐκλιπὼν χρηστήριον.

ΜΗΔΕΙΑ
τί δ' ὀμφαλὸν γῆς θεσπιωιδὸν ἐστάλης;

ΑΙΓΕΥΣ
παίδων ἐρευνῶν σπέρμ' ὅπως γένοιτό μοι.

ΜΗΔΕΙΑ
πρὸς θεῶν, ἄπαις γὰρ δεῦρ' ἀεὶ τείνεις βίον; 670

ΑΙΓΕΥΣ
ἄπαιδές ἐσμεν δαίμονός τινος τύχηι.

ΜΗΔΕΙΑ
δάμαρτος οὔσης ἢ λέχους ἄπειρος ὤν;

ΑΙΓΕΥΣ
οὐκ ἐσμὲν εὐνῆς ἄζυγες γαμηλίου.

ΜΗΔΕΙΑ
τί δῆτα Φοῖβος εἶπέ σοι παίδων πέρι;

ΑΙΓΕΥΣ
σοφώτερ' ἢ κατ' ἄνδρα συμβαλεῖν ἔπη. 675

ΜΗΔΕΙΑ
θέμις μὲν ἡμᾶς χρησμὸν εἰδέναι θεοῦ;

ΑΙΓΕΥΣ
μάλιστ', ἐπεί τοι καὶ σοφῆς δεῖται φρενός.

ΜΗΔΕΙΑ
τί δῆτ' ἔχρησε; λέξον, εἰ θέμις κλύειν.

312

EGEU
Deixei o antigo oráculo de Febo e vim.

MEDEIA
Que te leva ao umbigo da terra vatídico?

EGEU
Indagando como teria semente de filhos.

MEDEIA
Deuses! Aqui estendes a vida sem filho? 670

EGEU
Somos sem filho por sorte de um Nume.

MEDEIA
Sendo casado ou inexperiente do leito?

EGEU
Não somos sem jugo do leito conjugal.

MEDEIA
Que Febo te disse a respeito de filhos?

EGEU
Palavras mais sábias que o saber humano. 675

MEDEIA
É-nos lícito conhecer o oráculo do Deus?

EGEU
Muito, quando ainda pede sábio espírito.

MEDEIA
Que disse o oráculo? Diz, se ouvir é lícito.

Medeia

ΑΙΓΕΥΣ
ἀσκοῦ με τὸν προύχοντα μὴ λῦσαι πόδα...

ΜΗΔΕΙΑ
πρὶν ἂν τί δράσηις ἢ τίν' ἐξίκηι χθόνα; 680

ΑΙΓΕΥΣ
πρὶν ἂν πατρώιαν αὖθις ἑστίαν μόλω.

ΜΗΔΕΙΑ
σὺ δ' ὡς τί χρήιζων τήνδε ναυστολεῖς χθόνα;

ΑΙΓΕΥΣ
Πιτθεύς τις ἔστι, γῆς ἄναξ Τροζηνίας.

ΜΗΔΕΙΑ
παῖς, ὡς λέγουσι, Πέλοπος, εὐσεβέστατος.

ΑΙΓΕΥΣ
τούτωι θεοῦ μάντευμα κοινῶσαι θέλω. 685

ΜΗΔΕΙΑ
σοφὸς γὰρ ἀνὴρ καὶ τρίβων τὰ τοιάδε.

ΑΙΓΕΥΣ
κἀμοί γε πάντων φίλτατος δορυξένων.

ΜΗΔΕΙΑ
ἀλλ' εὐτυχοίης καὶ τύχοις ὅσων ἐρᾶις.

ΑΙΓΕΥΣ
τί γὰρ σὸν ὄμμα χρώς τε συντέτηχ' ὅδε;

ΜΗΔΕΙΑ
Αἰγεῦ, κάκιστός ἐστί μοι πάντων πόσις. 690

EGEU
Do saco não soltar eu o proeminente pé...

MEDEIA
Antes que faças o quê ou vás a que terra? 680

EGEU
Antes que eu regresse à lareira paternal.

MEDEIA
E tu, por que navegaste para esta terra?

EGEU
Um certo Piteu é o rei da terra trezênia.

MEDEIA
Reverente filho, como dizem, de Pélops.

EGEU
Quero lhe comunicar o oráculo do Deus. 685

MEDEIA
Sábio varão e experiente de tais palavras.

EGEU
O mais caro dos meus hóspedes aliados.

MEDEIA
Tenhas boa sorte! Logres quanto queres!

EGEU
Por que tens essa vista e tez derretida?

MEDEIA
Egeu, o meu é o pior marido de todos. 690

ΑΙΓΕΥΣ
τί φήις; σαφῶς μοι σὰς φράσον δυσθυμίας.

ΜΗΔΕΙΑ
ἀδικεῖ μ' Ἰάσων οὐδὲν ἐξ ἐμοῦ παθών.

ΑΙΓΕΥΣ
τί χρῆμα δράσας; φράζε μοι σαφέστερον.

ΜΗΔΕΙΑ
γυναῖκ' ἐφ' ἡμῖν δεσπότιν δόμων ἔχει.

ΑΙΓΕΥΣ
οὔ που τετόλμηκ' ἔργον αἴσχιστον τόδε;   695

ΜΗΔΕΙΑ
σάφ' ἴσθ'· ἄτιμοι δ' ἐσμὲν οἱ πρὸ τοῦ φίλοι.

ΑΙΓΕΥΣ
πότερον ἐρασθεὶς ἢ σὸν ἐχθαίρων λέχος;

ΜΗΔΕΙΑ
μέγαν γ' ἔρωτα· πιστὸς οὐκ ἔφυ φίλοις.

ΑΙΓΕΥΣ
ἴτω νυν, εἴπερ, ὡς λέγεις, ἐστὶν κακός.

ΜΗΔΕΙΑ
ἀνδρῶν τυράννων κῆδος ἠράσθη λαβεῖν.   700

ΑΙΓΕΥΣ
δίδωσι δ' αὐτῶι τίς; πέραινέ μοι λόγον.

ΜΗΔΕΙΑ
Κρέων, ὃς ἄρχει τῆσδε γῆς Κορινθίας.

EGEU
Que dizes? Diz-me claro teu desânimo.

MEDEIA
Jasão me faz injustiça que não lhe fiz.

EGEU
O que fez? Diz-me com mais clareza.

MEDEIA
Impõe-nos uma mulher dona da casa.

EGEU
Não ousou cometer esse indigno ato? 695

MEDEIA
Sabe claro: amigos antes, ora sem honra!

EGEU
Por um amor, ou por ódio ao teu leito?

MEDEIA
Grande amor. Ele não foi fiel aos seus.

EGEU
Que ele se vá, se é mau como dizes!

MEDEIA
Seu amor é ter aliança dos soberanos. 700

EGEU
Quem lhe dá a filha? Conclui a fala!

MEDEIA
Creonte, o rei desta terra dos coríntios.

ΑΙΓΕΥΣ

συγγνωστὰ μέν τἄρ' ἦν σε λυπεῖσθαι, γύναι.

ΜΗΔΕΙΑ

ὄλωλα· καὶ πρός γ' ἐξελαύνομαι χθονός.

ΑΙΓΕΥΣ

πρὸς τοῦ; τόδ' ἄλλο καινὸν αὖ λέγεις κακόν.   705

ΜΗΔΕΙΑ

Κρέων μ' ἐλαύνει φυγάδα γῆς Κορινθίας.

ΑΙΓΕΥΣ

ἐᾶι δ' Ἰάσων; οὐδὲ ταῦτ' ἐπήινεσα.

ΜΗΔΕΙΑ

λόγωι μὲν οὐχί. καρτερεῖν δὲ βούλεται.
ἀλλ' ἄντομαί σε τῆσδε πρὸς γενειάδος
γονάτων τε τῶν σῶν ἱκεσία τε γίνομαι,   710
οἴκτιρον οἴκτιρόν με τὴν δυσδαίμονα
καὶ μή μ' ἔρημον ἐκπεσοῦσαν εἰσίδηις,
δέξαι δὲ χώραι καὶ δόμοις ἐφέστιον.
οὕτως ἔρως σοι πρὸς θεῶν τελεσφόρος
γένοιτο παίδων καὐτὸς ὄλβιος θάνοις.   715
εὕρημα δ' οὐκ οἶσθ' οἷον ηὕρηκας τόδε·
παύσω γέ σ' ὄντ' ἄπαιδα καὶ παίδων γονὰς
σπεῖραί σε θήσω· τοιάδ' οἶδα φάρμακα.

ΑΙΓΕΥΣ

πολλῶν ἕκατι τήνδε σοι δοῦναι χάριν,
γύναι, πρόθυμός εἰμι, πρῶτα μὲν θεῶν,   720
ἔπειτα παίδων ὧν ἐπαγγέλληι γονάς·
ἐς τοῦτο γὰρ δὴ φροῦδός εἰμι πᾶς ἐγώ.
οὕτω δ' ἔχει μοι· σοῦ μὲν ἐλθούσης χθόνα,
πειράσομαί σου προξενεῖν δίκαιος ὤν.

EGEU
Compreende-se tua tristeza, mulher.

MEDEIA
Estou perdida, e mais, expulsa da terra.

EGEU
Por quem? Anuncias outro novo mal. 705

MEDEIA
Creonte me expulsa fora de Corinto.

EGEU
Jasão permite? Nem isso eu aprovo.

MEDEIA
Não na palavra, mas quer tolerar.
Mas eu te suplico por tuas barbas
e por teus joelhos e faço-me súplice: 710
tem dó, tem dó de meu mau Nume
e não me contemples erma exilada!
Recebe no lugar em casa à lareira!
Assim por Deuses Amor produtor
de filhos te seja e tu próspero findes! 715
Não sabes que achado aqui achaste.
Cessarei falta de filho e semearás
sementes de filhos, tais drogas sei.

EGEU
Mulher, por muitas razões me animo
a dar-te a graça, primeiro por Deuses 720
e depois por filhos cujo ser anuncias,
pois eu estou todo empenhado nisso.
Assim estou. Ao saíres tu desta terra,
tentarei hospedar-te porque sou justo.

[τοσόνδε μέντοι σοι προσημαίνω, γύναι· 725
ἐκ τῆσδε μὲν γῆς οὔ σ' ἄγειν βουλήσομαι.] 726
ἐκ τῆσδε δ' αὐτὴ γῆς ἀπαλλάσσου πόδα· 729
αὐτὴ δ' ἐάνπερ εἰς ἐμοὺς ἔλθῃς δόμους, 727
μενεῖς ἄσυλος κοὔ σε μὴ μεθῶ τινι· 728
ἀναίτιος γὰρ καὶ ξένοις εἶναι θέλω. 730

ΜΗΔΕΙΑ
ἔσται τάδ'· ἀλλὰ πίστις εἰ γένοιτό μοι
τούτων, ἔχοιμ' ἂν πάντα πρὸς σέθεν καλῶς.

ΑΙΓΕΥΣ
μῶν οὐ πέποιθας; ἢ τί σοι τὸ δυσχερές;

ΜΗΔΕΙΑ
πέποιθα· Πελίου δ' ἐχθρός ἐστί μοι δόμος
Κρέων τε. τούτοις δ' ὁρκίοισι μὲν ζυγεὶς 735
ἄγουσιν οὐ μεθεῖ' ἂν ἐκ γαίας ἐμέ·
λόγοις δὲ συμβὰς καὶ θεῶν ἀνώμοτος
φίλος γένοι' ἂν κἀπικηρυκεύμασιν
τάχ' ἂν πίθοιο· τἀμὰ μὲν γὰρ ἀσθενῆ,
τοῖς δ' ὄλβος ἐστὶ καὶ δόμος τυραννικός. 740

ΑΙΓΕΥΣ
πολλὴν ἔδειξας ἐν λόγοις προμηθίαν·
ἀλλ', εἰ δοκεῖ σοι, δρᾶν τάδ' οὐκ ἀφίσταμαι.
ἐμοί τε γὰρ τάδ' ἐστὶν ἀσφαλέστερα,
σκῆψίν τιν' ἐχθροῖς σοῖς ἔχοντα δεικνύναι,
τὸ σόν τ' ἄραρε μᾶλλον. ἐξηγοῦ θεούς. 745

ΜΗΔΕΙΑ
ὄμνυ πέδον Γῆς πατέρα θ' Ἥλιον πατρὸς
τοὐμοῦ θεῶν τε συντιθεὶς ἅπαν γένος.

Tanto, todavia, te declaro, ó mulher: 725
desta terra não quererei te conduzir, 726
mas tu mesma desta terra te remove! 729
Se por ti mesma fores à minha casa, 727
terás abrigo e não te entregarei nunca, 728
quero ser inimputável junto aos hóspedes. 730

MEDEIA
Assim será! Mas se eu tivesse fiança
disso, eu teria tudo bem de tua parte.

EGEU
Não confias? Ou que dificuldade tens?

MEDEIA
Confio. Meu inimigo é a casa de Pélias
e Creonte. Se me sequestrarem da terra, 735
sob o jugo de juras não me entregarias.
Convindo na fala e sem juras de Deuses,
poderias ser amigo e confiar em gestões
de arautos, pois minha causa é sem força,
mas eles têm riqueza e têm a casa do rei. 740

EGEU
Mostraste muita prudência nas palavras,
mas se te parece, não me recuso a jurar.
Para mim, assim tenho maior segurança,
podendo ter justificativa a teus inimigos,
e tua parte é mais certa. Diz os Deuses! 745

MEDEIA
Jura pelo solo da Terra e pelo Sol pai de
meu pai, compõe todo o ser dos Deuses!

ΑΙΓΕΥΣ
τί χρῆμα δράσειν ἢ τί μὴ δράσειν; λέγε.

ΜΗΔΕΙΑ
μήτ' αὐτὸς ἐκ γῆς σῆς ἔμ' ἐκβαλεῖν ποτε,
μήτ' ἄλλος ἤν τις τῶν ἐμῶν ἐχθρῶν ἄγειν 750
χρήιζηι μεθήσειν ζῶν ἑκουσίωι τρόπωι.

ΑΙΓΕΥΣ
ὄμνυμι Γαῖαν φῶς τε λαμπρὸν Ἡλίου
θεούς τε πάντας ἐμμενεῖν ἅ σου κλύω.

ΜΗΔΕΙΑ
ἀρκεῖ· τί δ' ὅρκωι τῶιδε μὴ 'μμένων πάθοις;

ΑΙΓΕΥΣ
ἃ τοῖσι δυσσεβοῦσι γίγνεται βροτῶν. 755

ΜΗΔΕΙΑ
χαίρων πορεύου· πάντα γὰρ καλῶς ἔχει.
κἀγὼ πόλιν σὴν ὡς τάχιστ' ἀφίξομαι,
πράξασ' ἃ μέλλω καὶ τυχοῦσ' ἃ βούλομαι.

ΧΟΡΟΣ
ἀλλά σ' ὁ Μαίας πομπαῖος ἄναξ
πελάσειε δόμοις ὧν τ' ἐπίνοιαν 760
σπεύδεις κατέχων πράξειας, ἐπεὶ
γενναῖος ἀνήρ,
Αἰγεῦ, παρ' ἐμοὶ δεδόκησαι.

ΜΗΔΕΙΑ
ὦ Ζεῦ Δίκη τε Ζηνὸς Ἡλίου τε φῶς,
νῦν καλλίνικοι τῶν ἐμῶν ἐχθρῶν, φίλαι, 765
γενησόμεσθα κἀς ὁδὸν βεβήκαμεν,
νῦν ἐλπὶς ἐχθροὺς τοὺς ἐμοὺς τείσειν δίκην.

EGEU
A fazer o quê ou não fazer o quê? Diz!

MEDEIA
Não me banires tu nunca de tua terra,
nem vivo me entregares de bom grado, 750
se um meu inimigo quiser sequestrar.

EGEU
Juro, pela Terra e pela lúcida luz do Sol
e Deuses todos, manter o que ouço de ti.

MEDEIA
Basta! Se não manténs a jura, que terias?

EGEU
O que entre os mortais acontece aos ímpios. 755

MEDEIA
Prossegue em paz, pois está tudo bem
e eu chegarei o mais rápido à tua casa,
já feito o que devo e obtido que busco!

CORO
Leve-te o filho de Maia rei guia
para casa! E possas tu conseguir 760
isso de que cuidas com empenho
porque a mim tu me pareceste,
ó Egeu, ser um varão generoso!

MEDEIA
Ó Zeus, Justiça de Zeus e Luz do Sol,
agora vitoriosas sobre os meus inimigos 765
seremos, ó amigas! Estamos a caminho.
Agora creio ter justiça de inimigos meus.

οὗτος γὰρ ἀνὴρ ἧι μάλιστ' ἐκάμνομεν
λιμὴν πέφανται τῶν ἐμῶν βουλευμάτων·
ἐκ τοῦδ' ἀναψόμεσθα πρυμνήτην κάλων, 770
μολόντες ἄστυ καὶ πόλισμα Παλλάδος.
ἤδη δὲ πάντα τἀμά σοι βουλεύματα
λέξω· δέχου δὲ μὴ πρὸς ἡδονὴν λόγους.
πέμψασ' ἐμῶν τιν' οἰκετῶν Ἰάσονα
ἐς ὄψιν ἐλθεῖν τὴν ἐμὴν αἰτήσομαι. 775
μολόντι δ' αὐτῶι μαλθακοὺς λέξω λόγους,
†ὡς καὶ δοκεῖ μοι ταῦτα καὶ καλῶς ἔχει†
γάμους τυράννων οὓς προδοὺς ἡμᾶς ἔχει,
καὶ ξύμφορ' εἶναι καὶ καλῶς ἐγνωσμένα.
παῖδας δὲ μεῖναι τοὺς ἐμοὺς αἰτήσομαι, 780
οὐχ ὡς λιποῦσ' ἂν πολεμίας ἐπὶ χθονὸς
[ἐχθροῖσι παῖδας τοὺς ἐμοὺς καθυβρίσαι],
ἀλλ' ὡς δόλοισι παῖδα βασιλέως κτάνω.
πέμψω γὰρ αὐτοὺς δῶρ' ἔχοντας ἐν χεροῖν,
[νύμφηι φέροντας, τήνδε μὴ φεύγειν χθόνα,] 785
λεπτόν τε πέπλον καὶ πλόκον χρυσήλατον·
κἄνπερ λαβοῦσα κόσμον ἀμφιθῆι χροΐ,
κακῶς ὀλεῖται πᾶς θ' ὃς ἂν θίγηι κόρης·
τοιοῖσδε χρίσω φαρμάκοις δωρήματα.
ἐνταῦθα μέντοι τόνδ' ἀπαλλάσσω λόγον. 790
ὤιμωξα δ' οἷον ἔργον ἔστ' ἐργαστέον
τοὐντεῦθεν ἡμῖν· τέκνα γὰρ κατακτενῶ
τἄμ'· οὔτις ἔστιν ὅστις ἐξαιρήσεται·
δόμον τε πάντα συγχέασ' Ἰάσονος
ἔξειμι γαίας, φιλτάτων παίδων φόνον 795
φεύγουσα καὶ τλᾶσ' ἔργον ἀνοσιώτατον.
οὐ γὰρ γελᾶσθαι τλητὸν ἐξ ἐχθρῶν, φίλαι.
[ἴτω· τί μοι ζῆν κέρδος; οὔτε μοι πατρὶς
οὔτ' οἶκος ἔστιν οὔτ' ἀποστροφὴ κακῶν.]
ἡμάρτανον τόθ' ἡνίκ' ἐξελίμπανον 800
δόμους πατρώιους, ἀνδρὸς Ἕλληνος λόγοις
πεισθεῖσ', ὃς ἡμῖν σὺν θεῶι τείσει δίκην.

Quando mais sofríamos, este varão
mostra o porto das minhas decisões:
amarraremos nele os cabos da popa, 770
indo à cidadela e fortaleza de Palas.
Já te direi todas as minhas decisões,
recebe não para o prazer as palavras!
Enviarei um de meus servos a Jasão,
e pedirei que ele me venha visitar. 775
Se vier, eu lhe direi brandas palavras
de que assim me parece e está bem:
régias núpcias, que tem por me trair,
são convenientes e são boa decisão.
Pedirei que meus filhos permaneçam, 780
não para abandonar em terra inimiga
meus filhos aos ultrajes dos inimigos,
mas para matar a filha do rei com dolo.
Enviarei os filhos com dons nas mãos
à noiva para não bani-los desta terra: 785
um véu sutil e coroa trançada de ouro.
Se ela pegar o adorno e puser na pele,
morrerá mal e todos os que a tocarem,
com tais drogas untarei os seus dons.
Aqui, porém, despedirei esta palavra. 790
Deplorei como o feito deve ser feito
por mim doravante, matarei os filhos
meus, não há quem os possa resgatar.
Quando destruir toda a casa de Jasão,
sairei da terra, por matar filhos caríssimos 795
foragida, por ousar o mais ilícito feito.
Intolerável é o riso de inimigos, amigas.
Seja! Que me lucra viver? Sem pátria
nem casa, não tenho abrigo de males.
Cometia um erro lá, ao abandonar 800
a casa do pai, fiada em fala de varão
grego que por Deus nos dará justiça.

οὔτ' ἐξ ἐμοῦ γὰρ παῖδας ὄψεταί ποτε
ζῶντας τὸ λοιπὸν οὔτε τῆς νεοζύγου
νύμφης τεκνώσει παῖδ', ἐπεὶ κακὴν κακῶς 805
θανεῖν σφ' ἀνάγκη τοῖς ἐμοῖσι φαρμάκοις.
μηδείς με φαύλην κἀσθενῆ νομιζέτω
μηδ' ἡσυχαίαν ἀλλὰ θατέρου τρόπου,
βαρεῖαν ἐχθροῖς καὶ φίλοισιν εὐμενῆ·
τῶν γὰρ τοιούτων εὐκλεέστατος βίος. 810

ΧΟΡΟΣ
ἐπείπερ ἡμῖν τόνδ' ἐκοίνωσας λόγον,
σέ τ' ὠφελεῖν θέλουσα καὶ νόμοις βροτῶν
ξυλλαμβάνουσα δρᾶν σ' ἀπεννέπω τάδε.

ΜΗΔΕΙΑ
οὐκ ἔστιν ἄλλως· σοὶ δὲ συγγνώμη λέγειν
τάδ' ἐστί, μὴ πάσχουσαν, ὡς ἐγώ, κακῶς. 815

ΧΟΡΟΣ
ἀλλὰ κτανεῖν σὸν σπέρμα τολμήσεις, γύναι;

ΜΗΔΕΙΑ
οὕτω γὰρ ἂν μάλιστα δηχθείη πόσις.

ΧΟΡΟΣ
σὺ δ' ἂν γένοιό γ' ἀθλιωτάτη γυνή.

ΜΗΔΕΙΑ
ἴτω· περισσοὶ πάντες οὑν μέσωι λόγοι.
ἀλλ' εἶα χώρει καὶ κόμιζ' Ἰάσονα· 820
ἐς πάντα γὰρ δὴ σοὶ τὰ πιστὰ χρώμεθα.
λέξηις δὲ μηδὲν τῶν ἐμοὶ δεδογμένων,
εἴπερ φρονεῖς εὖ δεσπόταις γυνή τ' ἔφυς.

Por mim, não verá jamais os filhos
vivos no futuro, nem de sua nova
noiva terá filhos, porque má deve 805
morrer mal com as minhas drogas.
Não me considerem reles e fraca
nem quieta, mas de outra maneira,
dura com inimigos, boa com amigos.
Assim sendo, a vida é mais gloriosa. 810

CORO
Já que nos fizeste saber essa palavra,
querendo te ser útil e cooperar com
as leis dos mortais, proíbo-te fazê-lo.

MEDEIA
Não há outro modo, mas tens perdão
por falar isso, não sofreste como eu. 815

CORO
Mas ousarás matar tua prole, mulher?

MEDEIA
Assim seria maior a lesão do marido.

CORO
Tu te tornarias a mais mísera mulher.

MEDEIA
Seja! São vãs as falas no meio.
Mas vamos, anda e traz Jasão! 820
Recorro a ti em todas as fianças.
Nada dirás de minhas decisões,
se me queres bem e és mulher.

ΧΟΡΟΣ

Ἐρεχθεΐδαι τὸ παλαιὸν ὄλβιοι Est. 1
καὶ θεῶν παῖδες μακάρων, ἱερᾶς 825
χώρας ἀπορθήτου τ' ἄπο, φερβόμενοι
κλεινοτάταν σοφίαν, αἰεὶ διὰ λαμπροτάτου
βαίνοντες ἁβρῶς αἰθέρος, ἔνθα ποθ' ἁγνὰς 830
ἐννέα Πιερίδας Μούσας λέγουσι
ξανθὰν Ἁρμονίαν φυτεῦσαι·

τοῦ καλλινάου τ' ἐπὶ Κηφισοῦ ῥοαῖς Ant. 1
τὰν Κύπριν κλῄζουσιν ἀφυσσαμέναν 836
χώρας καταπνεῦσαι μετρίας ἀνέμων
ἡδυπνόους αὔρας· αἰεὶ δ' ἐπιβαλλομέναν 840
χαίταισιν εὐώδη ῥοδέων πλόκον ἀνθέων
τᾶι Σοφίαι παρέδρους πέμπειν Ἔρωτας,
παντοίας ἀρετᾶς ξυνεργούς. 845

πῶς οὖν ἱερῶν ποταμῶν Est. 2
ἢ πόλις ἢ φίλων
πόμπιμός σε χώρα
τὰ παιδολέτειραν ἕξει,
τὰν οὐχ ὁσίαν μέταυλον; 850
σκέψαι τεκέων πλαγάν,
σκέψαι φόνον οἷον αἴρηι.
μή, πρὸς γονάτων σε πάνται
πάντως ἱκετεύομεν,
τέκνα φονεύσηις. 855

πόθεν θράσος †ἢ φρενὸς ἢ Ant. 2
χειρὶ τέκνων σέθεν†
καρδίαι τε λήψηι
δεινὰν προσάγουσα τόλμαν;
πῶς δ' ὄμματα προσβαλοῦσα 860

[*Terceiro estásimo (824-865)*]

CORO
Os Erectidas desde outrora prósperos Est. 1
filhos de Deuses venturosos do sacro 825
lugar inexpugnável, nutridos da mais
ínclita ciência sempre em doce curso
na mais lúcida luz, onde contam 830
que santas nove Musas de Piéria
produziram a loira Harmonia.

Nas águas do belo riacho Cefiso Ant. 1
celebra-se que a Cípris haurindo 836
sopra médias auras de suave hálito
de ventos locais, e sempre envoltos 840
os cabelos em olente coroa de rosas,
envia os Amores sócios da ciência,
auxiliares de todas as virtudes. 845

A urbe dos rios sacros Est. 2
ou o lugar que escolta
amigos como te acolher
a ti, a infanticida
ilícita em seu meio? 850
Vê o golpe nos filhos!
Vê que matar escolhes!
Por teus joelhos de todo
por tudo te suplicamos:
não mates os filhos! 855

Donde audácia no espírito Ant. 2
ou na mão e no coração
terás contra teus filhos
levada a terrível ousadia?
Como à vista dos filhos 860

τέκνοις ἄδακρυν μοῖραν
σχήσεις φόνου; οὐ δυνάσηι
παίδων ἱκετᾶν πιτνόντων
τέγξαι χέρα φοινίαν
τλάμονι θυμῶι. 865

ΙΑΣΩΝ
ἥκω κελευσθείς· καὶ γὰρ οὖσα δυσμενὴς
οὔ τἂν ἁμάρτοις τοῦδέ γ', ἀλλ' ἀκούσομαι·
τί χρῆμα βούληι καινὸν ἐξ ἐμοῦ, γύναι;

ΜΗΔΕΙΑ
Ἰᾶσον, αἰτοῦμαί σε τῶν εἰρημένων
συγγνώμον' εἶναι· τὰς δ' ἐμὰς ὀργὰς φέρειν 870
εἰκός σ', ἐπεὶ νῶιν πόλλ' ὑπείργασται φίλα.
ἐγὼ δ' ἐμαυτῆι διὰ λόγων ἀφικόμην
κἀλοιδόρησα· Σχετλία, τί μαίνομαι
καὶ δυσμεναίνω τοῖσι βουλεύουσιν εὖ,
ἐχθρὰ δὲ γαίας κοιράνοις καθίσταμαι 875
πόσει θ', ὃς ἡμῖν δρᾶι τὰ συμφορώτατα,
γήμας τύραννον καὶ κασιγνήτους τέκνοις
ἐμοῖς φυτεύων; οὐκ ἀπαλλαχθήσομαι
θυμοῦ; τί πάσχω, θεῶν ποριζόντων καλῶς;
οὐκ εἰσὶ μέν μοι παῖδες, οἶδα δὲ χθόνα 880
φεύγοντας ἡμᾶς καὶ σπανίζοντας φίλων;
ταῦτ' ἐννοηθεῖσ' ἠισθόμην ἀβουλίαν
πολλὴν ἔχουσα καὶ μάτην θυμουμένη.
νῦν οὖν ἐπαινῶ σωφρονεῖν τέ μοι δοκεῖς
κῆδος τόδ' ἡμῖν προσλαβών, ἐγὼ δ' ἄφρων, 885
ἧι χρῆν μετεῖναι τῶνδε τῶν βουλευμάτων
καὶ ξυμπεραίνειν καὶ παρεστάναι λέχει
νύμφην τε κηδεύουσαν ἥδεσθαι σέθεν.
ἀλλ' ἐσμὲν οἷόν ἐσμεν, οὐκ ἐρῶ κακόν,

terás sem pranto a parte
de matar? Não poderás,
se os filhos suplicarem,
tingir mão sanguínea
com o ânimo audaz. 865

[*Quarto episódio (866-975)*]

JASÃO
Vim convidado; ainda que inimiga,
nisto não falharias; mas quero ouvir
que novidade queres de mim, mulher.

MEDEIA
Jasão, peço-te por ter dito palavras
ser perdoada; que toleres minha ira 870
é natural, por muitos favores mútuos.
Eu cheguei por razões a mim mesma
e repreendi: "Mísera, por que enfureço
e me torno hostil a quem bem delibera?
Torno-me odiosa aos reis desta terra 875
e ao esposo que nos faz o mais útil,
ao desposar princesa e gerar irmãos
de meus filhos. Não me livrarei
da fúria? Que sofro, pérvios Deuses?
Não tenho filhos? Não sei que somos 880
banidos da terra e escassos de amigos?"
Assim refletindo, percebi ser grande
a minha irreflexão e vã a minha fúria.
Agora aprovo, creio que és prudente
por mais esta nossa aliança; eu, não, 885
quando devia participar destes planos
e completar e auxiliar junto ao leito
e ter prazer em aliar-me à tua noiva.
Mas somos quais somos, não digo mal,

γυναῖκες· οὔκουν χρῆν σ' ὁμοιοῦσθαι κακοῖς, 890
οὐδ' ἀντιτείνειν νήπι' ἀντὶ νηπίων.
παριέμεσθα καί φαμεν κακῶς φρονεῖν
τότ', ἀλλ' ἄμεινον νῦν βεβούλευμαι τάδε.
ὦ τέκνα τέκνα, δεῦρο, λείπετε στέγας,
ἐξέλθετ', ἀσπάσασθε καὶ προσείπατε 895
πατέρα μεθ' ἡμῶν καὶ διαλλάχθηθ' ἅμα
τῆς πρόσθεν ἔχθρας ἐς φίλους μητρὸς μέτα·
σπονδαὶ γὰρ ἡμῖν καὶ μεθέστηκεν χόλος.
λάβεσθε χειρὸς δεξιᾶς· οἴμοι, κακῶν
ὡς ἐννοοῦμαι δή τι τῶν κεκρυμμένων. 900
ἆρ', ὦ τέκν', οὕτω καὶ πολὺν ζῶντες χρόνον
φίλην ὀρέξετ' ὠλένην; τάλαιν' ἐγώ,
ὡς ἀρτίδακρύς εἰμι καὶ φόβου πλέα.
χρόνωι δὲ νεῖκος πατρὸς ἐξαιρουμένη
ὄψιν τέρειναν τήνδ' ἔπλησα δακρύων. 905

ΧΟΡΟΣ

κἀμοὶ κατ' ὄσσων χλωρὸν ὡρμήθη δάκρυ·
καὶ μὴ προβαίη μεῖζον ἢ τὸ νῦν κακόν.

ΙΑΣΩΝ

αἰνῶ, γύναι, τάδ', οὐδ' ἐκεῖνα μέμφομαι·
εἰκὸς γὰρ ὀργὰς θῆλυ ποιεῖσθαι γένος
†γάμους παρεμπολῶντος ἀλλοίους πόσει†. 910
ἀλλ' ἐς τὸ λῶιον σὸν μεθέστηκεν κέαρ,
ἔγνως δὲ τὴν νικῶσαν, ἀλλὰ τῶι χρόνωι,
βουλήν· γυναικὸς ἔργα ταῦτα σώφρονος.
ὑμῖν δέ, παῖδες, οὐκ ἀφροντίστως πατὴρ
πολλὴν ἔθηκε σὺν θεοῖς σωτηρίαν· 915
οἶμαι γὰρ ὑμᾶς τῆσδε γῆς Κορινθίας
τὰ πρῶτ' ἔσεσθαι σὺν κασιγνήτοις ἔτι.
ἀλλ' αὐξάνεσθε· τἄλλα δ' ἐξεργάζεται
πατήρ τε καὶ θεῶν ὅστις ἐστὶν εὐμενής.
ἴδοιμι δ' ὑμᾶς εὐτραφεῖς ἥβης τέλος 920

mulheres; não devia te ver qual males, 890
nem contrapor tolices a outras tolices.
Retrato-me e digo que pensava mal
então, mas agora mais bem o decidi.
Ó filhos, filhos, vinde, deixai a casa,
vinde fora, abraçai e interpelai o pai 895
conosco e daquela antes inimizade
mudai-vos com a mãe em amigos!
Temos tréguas e o rancor revogado.
Tomai a mão destra! Ai, que males!
Como percebi algo dos escondidos! 900
Ó filhos, assim vivos muito tempo
estendereis mão amiga? Mísera de mim,
que chorosa e cheia de pavor estou!
A tempo, suprimi a rixa com o pai,
e enchi de lágrimas esta terna visão. 905

CORO
Em meus olhos, verde veio o pranto;
e não siga mais que o presente mal.

JASÃO
Assim aprovo, mulher, aliás não reprovo;
é natural o gênero feminino comover-se,
quando outras núpcias advêm ao marido. 910
Mas o teu coração mudou para o melhor,
e reconheceste afinal a tempo a decisão
prevalecente; assim age mulher prudente.
Para vós, filhos, o pai não sem prudência
com os Deuses criou a grande salvação; 915
creio que sereis, nesta terra de Corinto,
vós, os primeiros, com os irmãos ainda.
Crescei vós, tudo o mais perfazem o pai
e quem dentre os Deuses nos quer bem!
Possa eu vos ver chegar fortes ao fecho 920

μολόντας, ἐχθρῶν τῶν ἐμῶν ὑπερτέρους.
αὕτη, τί χλωροῖς δακρύοις τέγγεις κόρας,
στρέψασα λευκὴν ἔμπαλιν παρηίδα,
κοὐκ ἀσμένη τόνδ' ἐξ ἐμοῦ δέχηι λόγον;

ΜΗΔΕΙΑ
οὐδέν· τέκνων τῶνδ' ἐννοουμένη πέρι. 925

ΙΑΣΩΝ
θάρσει νυν· εὖ γὰρ τῶνδ' ἐγὼ θήσω πέρι.

ΜΗΔΕΙΑ
δράσω τάδ'· οὔτοι σοῖς ἀπιστήσω λόγοις.
γυνὴ δὲ θῆλυ κἀπὶ δακρύοις ἔφυ.

ΙΑΣΩΝ
τί δῆτα λίαν τοῖσδ' ἐπιστένεις τέκνοις;

ΜΗΔΕΙΑ
ἔτικτον αὐτούς· ζῆν δ' ὅτ' ἐξηύχου τέκνα, 930
ἐσῆλθέ μ' οἶκτος εἰ γενήσεται τάδε.
ἀλλ' ὧνπερ οὕνεκ' εἰς ἐμοὺς ἥκεις λόγους,
τὰ μὲν λέλεκται, τῶν δ' ἐγὼ μνησθήσομαι.
ἐπεὶ τυράννοις γῆς μ' ἀποστεῖλαι δοκεῖ
(κἀμοὶ τάδ' ἐστὶ λῶιστα, γιγνώσκω καλῶς, 935
μήτ' ἐμποδών σοι μήτε κοιράνοις χθονὸς
ναίειν· δοκῶ γὰρ δυσμενὴς εἶναι δόμοις)
ἡμεῖς μὲν ἐκ γῆς τῆσδ' ἀπαροῦμεν φυγῆι,
παῖδες δ' ὅπως ἂν ἐκτραφῶσι σῆι χερὶ
αἰτοῦ Κρέοντα τήνδε μὴ φεύγειν χθόνα. 940

ΙΑΣΩΝ
οὐκ οἶδ' ἂν εἰ πείσαιμι, πειρᾶσθαι δὲ χρή.

da juventa, superiores a meus inimigos!
Por que tens verde pranto nas pupilas
ao voltares para trás a esmaecida face,
e não aceitas contente esta minha fala?

MEDEIA
Não é nada; pensamentos destes filhos. 925

JASÃO
Tem confiança, por eles eu farei bem.

MEDEIA
Assim farei; não descreio de tua fala.
Mulher é feminina também no pranto.

JASÃO
Por que tanto choras por estes filhos?

MEDEIA
Gerei-os; quando pedias que vivam, 930
penetrou-me o receio se assim será.
Das causas por que vens falar comigo,
umas estão ditas, outras mencionarei.
Quando o rei da terra decide banir-me
(para mim é o melhor, bem reconheço, 935
não residir no caminho teu nem do rei
do país, pois pareço inimiga da casa),
nós partiremos desta terra para o exílio
mas para que tua mão eduque os filhos,
pede a Creonte não os exile desta terra. 940

JASÃO
Não sei se persuadiria, mas devo tentar.

ΜΗΔΕΙΑ

σὺ δ' ἀλλὰ σὴν κέλευσον ἄντεσθαι πατρὸς
γυναῖκα παῖδας τήνδε μὴ φεύγειν χθόνα.

ΙΑΣΩΝ

μάλιστα· καὶ πείσειν γε δοξάζω σφ' ἐγώ,
εἴπερ γυναικῶν ἐστι τῶν ἄλλων μία. 945

ΜΗΔΕΙΑ

συλλήψομαι δὲ τοῦδέ σοι κἀγὼ πόνου·
πέμψω γὰρ αὐτῆι δῶρ' ἃ καλλιστεύεται
τῶν νῦν ἐν ἀνθρώποισιν, οἶδ' ἐγώ, πολὺ
[λεπτόν τε πέπλον καὶ πλόκον χρυσήλατον]
παῖδας φέροντας. ἀλλ' ὅσον τάχος χρεὼν 950
κόσμον κομίζειν δεῦρο προσπόλων τινά.
εὐδαιμονήσει δ' οὐχ ἓν ἀλλὰ μυρία,
ἀνδρός τ' ἀρίστου σοῦ τυχοῦσ' ὁμευνέτου
κεκτημένη τε κόσμον ὅν ποθ' Ἥλιος
πατρὸς πατὴρ δίδωσιν ἐκγόνοισιν οἷς. 955
λάζυσθε φερνὰς τάσδε, παῖδες, ἐς χέρας
καὶ τῆι τυράννωι μακαρίαι νύμφηι δότε
φέροντες· οὔτοι δῶρα μεμπτὰ δέξεται.

ΙΑΣΩΝ

τί δ', ὦ ματαία, τῶνδε σὰς κενοῖς χέρας;
δοκεῖς σπανίζειν δῶμα βασίλειον πέπλων, 960
δοκεῖς δὲ χρυσοῦ; σῶιζε, μὴ δίδου τάδε.
εἴπερ γὰρ ἡμᾶς ἀξιοῖ λόγου τινὸς
γυνή, προθήσει χρημάτων, σάφ' οἶδ' ἐγώ.

ΜΗΔΕΙΑ

μή μοι σύ· πείθειν δῶρα καὶ θεοὺς λόγος·
χρυσὸς δὲ κρείσσων μυρίων λόγων βροτοῖς. 965
κείνης ὁ δαίμων, κεῖνα νῦν αὔξει θεός,
νέα τυραννεῖ· τῶν δ' ἐμῶν παίδων φυγὰς

MEDEIA
Tu, mas impele tua mulher a suplicar
que o pai não exile os filhos da terra.

JASÃO
Sim, e imagino eu que a persuadirei,
se ela é uma dentre outras mulheres.   945

MEDEIA
Eu participarei deste esforço contigo.
Enviarei para ela os mais belos dons
dos homens de hoje, estou bem ciente,
um véu sutil e coroa trançada de ouro,
sendo os filhos portadores. O mais rápido   950
um servo deve trazer aqui o adorno.
Bom Nume será não um, mas miríade,
por ter em ti o melhor marido no leito,
e por obter este adorno, que um dia Sol,
pai de meu pai, dá a seus descendentes.   955
Filhos, tomai estes dotes nas mãos,
levai e dai à princesa, venturosa noiva!
Ela não receberá repreensíveis dons.

JASÃO
Ó tola, por que tu abres mão disto?
Crês a casa do rei escassa de véus?   960
Crês falta de ouro? Poupa! Não dês!
Se a mulher nos tem consideração,
há de pôr antes dos bens, vejo claro.

MEDEIA
Não, até aos Deuses dons persuadem.
Ouro vale mais a mortais que mil falas.   965
Dela é o Nume, a ela Deus agora exalta,
a nova rainha; e o exílio de meus filhos

ψυχῆς ἂν ἀλλαξαίμεθ', οὐ χρυσοῦ μόνον.
ἀλλ', ὦ τέκν', εἰσελθόντε πλουσίους δόμους
πατρὸς νέαν γυναῖκα, δεσπότιν δ' ἐμήν, 970
ἱκετεύετ', ἐξαιτεῖσθε μὴ φεύγειν χθόνα,
κόσμον διδόντες· τοῦδε γὰρ μάλιστα δεῖ,
ἐς χεῖρ' ἐκείνην δῶρα δέξασθαι τάδε.
ἴθ' ὡς τάχιστα· μητρὶ δ' ὧν ἐρᾷ τυχεῖν
εὐάγγελοι γένοισθε πράξαντες καλῶς. 975

ΧΟΡΟΣ
νῦν ἐλπίδες οὐκέτι μοι παίδων ζόας, Est. 1
οὐκέτι· στείχουσι γὰρ ἐς φόνον ἤδη.
δέξεται νύμφα χρυσέων ἀναδεσμᾶν
δέξεται δύστανος ἄταν·
ξανθᾶι δ' ἀμφὶ κόμαι θήσει τὸν Ἅιδα 980
κόσμον αὐτὰ χεροῖν.

πείσει χάρις ἀμβρόσιός τ' αὐγὰ πέπλον Ant. 1
χρυσότευκτόν <τε> στέφανον περιθέσθαι·
νερτέροις δ' ἤδη πάρα νυμφοκομήσει. 985
τοῖον εἰς ἕρκος πεσεῖται
καὶ μοῖραν θανάτου δύστανος· ἄταν δ'
οὐχ ὑπεκφεύξεται.

σὺ δ', ὦ τάλαν ὦ κακόνυμφε κηδεμὼν τυράννων, Est. 2
παισὶν οὐ κατειδὼς 992
ὄλεθρον βιοτᾶι προσάγεις ἀλόχωι
τε σᾶι στυγερὸν θάνατον.
δύστανε, μοίρας ὅσον παροίχηι. 995

μεταστένομαι δὲ σὸν ἄλγος, ὦ τάλαινα παίδων
μᾶτερ, ἃ φονεύσεις
τέκνα νυμφιδίων ἕνεκεν λεχέων,

trocaríamos pela vida, não só por ouro.
Ó filhos, mas entrai na casa rica, súplices
à nova mulher do pai, e minha senhora, 970
e reivindicai revogação de vosso exílio,
dando o adorno! Isto é o mais necessário,
receber ela mesma em mãos estes dons.
Ide vós rápidos, e indo bem, para a mãe,
sede vós bons núncios do que busca ter! 975

[*Quarto estásimo (976-1001)*]

CORO
Agora não espero mais vivos os filhos,   Est. 1
não mais; já marcham para o massacre.
A noiva receberá o áureo diadema,
mísera receberá erronia
e no loiro cabelo porá com as mãos 980
o adorno de Hades.

Graça imortal e brilho a persuadirão   Ant. 1
a cingir o véu e a coroa feita de ouro;
já será noiva junto aos ínferos. 985
Mísera cairá em tal cerco
e sorte de morte; não poderá
ela evitar a erronia.

Tu, ó misero, pobre noivo genro do rei,   Est. 2
não sabes que para os filhos 992
levas a ruína da vida
e para tua esposa morte hedionda.
Ó mísero, que extravio da sorte! 995

Lastimo contigo tua dor, ó mísera mãe
dos filhos, que matarás
por causa do leito conjugal

339   Medeia

ἅ σοι προλιπὼν ἀνόμως
ἄλλαι ξυνοικεῖ πόσις συνεύνωι.

ΠΑΙΔΑΓΩΓΟΣ
δέσποιν', ἀφεῖνται παῖδες οἵδε σοι φυγῆς,
καὶ δῶρα νύμφη βασιλὶς ἀσμένη χεροῖν
ἐδέξατ'· εἰρήνη δὲ τἀκεῖθεν τέκνοις.
ἔα·
τί συγχυθεῖσ' ἕστηκας ἡνίκ' εὐτυχεῖς;
[τί σὴν ἔτρεψας ἔμπαλιν παρηίδα
κοὐκ ἀσμένη τόνδ' ἐξ ἐμοῦ δέχηι λόγον;]

ΜΗΔΕΙΑ
αἰαῖ.

ΠΑΙΔΑΓΩΓΟΣ
τάδ' οὐ ξυνωιδὰ τοῖσιν ἐξηγγελμένοις.

ΜΗΔΕΙΑ
αἰαῖ μάλ' αὖθις.

ΠΑΙΔΑΓΩΓΟΣ
          μῶν τιν' ἀγγέλλων τύχην
οὐκ οἶδα, δόξης δ' ἐσφάλην εὐαγγέλου;

ΜΗΔΕΙΑ
ἤγγειλας οἷ' ἤγγειλας· οὐ σὲ μέμφομαι.

ΠΑΙΔΑΓΩΓΟΣ
τί δαὶ κατηφὲς ὄμμα καὶ δακρυρροεῖς;

que teu esposo sem lei deixou 1000
e contraiu outras núpcias.

[*Quinto episódio* (1002-1080)]

PRECEPTOR
Senhora, eis os teus filhos livres de exílio,
a princesa noiva recebeu em mãos os dons
contente; e há paz dos de lá com teus filhos.
Éa!
Por que turvaste quando tens boa sorte? 1005
Por que voltaste para trás o teu rosto
e não recebes contente esta minha fala?

MEDEIA
Aiaî!

PRECEPTOR
Isso aí não condiz com o que anunciei.

MEDEIA
Aiaî outra vez mais!

PRECEPTOR
              Núncio de que sorte
não sei, mas perdi a fama de bom núncio? 1010

MEDEIA
Anunciaste teu anúncio, não te repreendo.

PRECEPTOR
Por que estás cabisbaixa e vertes pranto?

ΜΗΔΕΙΑ
πολλή μ' ἀνάγκη, πρέσβυ· ταῦτα γὰρ θεοὶ
κἀγὼ κακῶς φρονοῦσ' ἐμηχανησάμην.

ΠΑΙΔΑΓΩΓΟΣ
θάρσει· κάτει τοι καὶ σὺ πρὸς τέκνων ἔτι. 1015

ΜΗΔΕΙΑ
ἄλλους κατάξω πρόσθεν ἡ τάλαιν' ἐγώ.

ΠΑΙΔΑΓΩΓΟΣ
οὔτοι μόνη σὺ σῶν ἀπεζύγης τέκνων·
κούφως φέρειν χρὴ θνητὸν ὄντα συμφοράς.

ΜΗΔΕΙΑ
δράσω τάδ'· ἀλλὰ βαῖνε δωμάτων ἔσω
καὶ παισὶ πόρσυν' οἷα χρὴ καθ' ἡμέραν. 1020
ὦ τέκνα τέκνα, σφῷν μὲν ἔστι δὴ πόλις
καὶ δῶμ', ἐν ὧι λιπόντες ἀθλίαν ἐμὲ
οἰκήσετ' αἰεὶ μητρὸς ἐστερημένοι·
ἐγὼ δ' ἐς ἄλλην γαῖαν εἶμι δὴ φυγάς,
πρὶν σφῷν ὀνάσθαι κἀπιδεῖν εὐδαίμονας, 1025
πρὶν λουτρὰ καὶ γυναῖκα καὶ γαμηλίους
εὐνὰς ἀγῆλαι λαμπάδας τ' ἀνασχεθεῖν.
ὦ δυστάλαινα τῆς ἐμῆς αὐθαδίας.
ἄλλως ἄρ' ὑμᾶς, ὦ τέκν', ἐξεθρεψάμην,
ἄλλως δ' ἐμόχθουν καὶ κατεξάνθην πόνοις, 1030
στερρὰς ἐνεγκοῦσ' ἐν τόκοις ἀλγηδόνας.
ἦ μήν ποθ' ἡ δύστηνος εἶχον ἐλπίδας
πολλὰς ἐν ὑμῖν, γηροβοσκήσειν τ' ἐμὲ
καὶ κατθανοῦσαν χερσὶν εὖ περιστελεῖν,
ζηλωτὸν ἀνθρώποισι· νῦν δ' ὄλωλε δὴ 1035
γλυκεῖα φροντίς. σφῷν γὰρ ἐστερημένη
λυπρὸν διάξω βίοτον ἀλγεινόν τ' ἐμοί·
ὑμεῖς δὲ μητέρ' οὐκέτ' ὄμμασιν φίλοις

MEDEIA

Grande coerção, velho! Assim Deuses
e eu, sendo imprudente, tracei o plano.

PRECEPTOR

Ânimo! Voltarás ainda por teus filhos. 1015

MEDEIA

Voltarei outrem antes, mísera de mim!

PRECEPTOR

Não só tu foste separada de teus filhos,
a situação mortais devem suportar bem.

MEDEIA

Assim farei. Entra em casa e provê
aos filhos o necessário de cada dia! 1020
Ó filhos, filhos, ambos tendes urbe
e casa, em que já sem mim, mísera,
residireis sempre espoliados da mãe.
Eu partirei exilada para outra terra,
antes de vos fruir e ver bons Numes, 1025
antes de enfeitar os banhos, a noiva
e o leito nupcial e oferecer as luzes.
Ó infeliz desta minha obstinação!
Ora, ó filhos, eu em vão vos criei,
eu em vão me fatiguei e me afligi 1030
e suportei as duras dores do parto.
Mísera, sim, tive muitas esperanças
de ter em vós o sustento na velhice
e ao morrer ter os funerais perfeitos,
invejáveis aos mortais; agora se foi 1035
o doce cuidado. Esbulhada de ambos,
triste e dolorosa levarei minha vida;
e vós não mais vereis com os olhos

ὄψεσθ', ἐς ἄλλο σχῆμ' ἀποστάντες βίου.
φεῦ φεῦ· τί προσδέρκεσθέ μ' ὄμμασιν, τέκνα; 1040
τί προσγελᾶτε τὸν πανύστατον γέλων;
αἰαῖ· τί δράσω; καρδία γὰρ οἴχεται,
γυναῖκες, ὄμμα φαιδρὸν ὡς εἶδον τέκνων.
οὐκ ἂν δυναίμην· χαιρέτω βουλεύματα
τὰ πρόσθεν· ἄξω παῖδας ἐκ γαίας ἐμούς. 1045
τί δεῖ με πατέρα τῶνδε τοῖς τούτων κακοῖς
λυποῦσαν αὐτὴν δὶς τόσα κτᾶσθαι κακά;
οὐ δῆτ' ἔγωγε· χαιρέτω βουλεύματα.
καίτοι τί πάσχω; βούλομαι γέλωτ' ὀφλεῖν
ἐχθροὺς μεθεῖσα τοὺς ἐμοὺς ἀζημίους; 1050
τολμητέον τάδ'· ἀλλὰ τῆς ἐμῆς κάκης,
τὸ καὶ προσέσθαι μαλθακοὺς λόγους φρενί.
χωρεῖτε, παῖδες, ἐς δόμους. ὅτωι δὲ μὴ
θέμις παρεῖναι τοῖς ἐμοῖσι θύμασιν,
αὐτῶι μελήσει· χεῖρα δ' οὐ διαφθερῶ. 1055
[ᾶ ᾶ·
μὴ δῆτα, θυμέ, μὴ σύ γ' ἐργάσηι τάδε·
ἔασον αὐτούς, ὦ τάλαν, φεῖσαι τέκνων·
ἐκεῖ μεθ' ἡμῶν ζῶντες εὐφρανοῦσί σε.
μὰ τοὺς παρ' Ἅιδηι νερτέρους ἀλάστορας,
οὔτοι ποτ' ἔσται τοῦθ' ὅπως ἐχθροῖς ἐγὼ 1060
παῖδας παρήσω τοὺς ἐμοὺς καθυβρίσαι.
πάντως σφ' ἀνάγκη κατθανεῖν· ἐπεὶ δὲ χρή,
ἡμεῖς κτενοῦμεν οἵπερ ἐξεφύσαμεν.
πάντως πέπρακται ταῦτα κοὐκ ἐκφεύξεται·
καὶ δὴ 'πὶ κρατὶ στέφανος, ἐν πέπλοισι δὲ 1065
νύμφη τύραννος ὄλλυται, σάφ' οἶδ' ἐγώ.
ἀλλ', εἶμι γὰρ δὴ τλημονεστάτην ὁδὸν
καὶ τούσδε πέμψω τλημονεστέραν ἔτι,
παῖδας προσειπεῖν βούλομαι· δότ', ὦ τέκνα,
δότ' ἀσπάσασθαι μητρὶ δεξιὰν χέρα. 1070
ὦ φιλτάτη χείρ, φίλτατον δέ μοι στόμα
καὶ σχῆμα καὶ πρόσωπον εὐγενὲς τέκνων.

a mãe, dados a outra forma de vida.
Pheû pheû! Por que me fitais, ó filhos? 1040
Por que ainda me rides o último riso?
Aiaî! Que faça? Pois o coração se foi,
ante o olhar puro dos filhos, mulheres!
Eu não poderia; despeço as anteriores
decisões; levarei meus filhos da terra. 1045
Por que afligir o pai deles com males
e ter eu mesma duas vezes tais males?
Não assim eu! Decisões se despeçam!
Que me deu? Quero me expor ao riso
por deixar impunes os meus inimigos? 1050
Assim se ouse! Mas que vileza minha,
pôr no espírito ainda brandas palavras!
Entrai, filhos, em casa! A quem lícito
não for estar presente a meus sacrifícios
caberá cuidar-se! Não perderei a mão. 1055
Â! Â!
Não, ó ânimo, tu não farás assim!
Deixa-os, ó mísera! Poupa os filhos!
Vivos conosco lá eles te alegrarão.
Por ilatentes ínferos junto de Hades,
nunca será de modo que a inimigos 1060
eu permita ultrajar os meus filhos!
De todo urge que morram; por isso,
nós, que geramos, devemos matar.
Assim de todo se fez e não há fuga.
A coroa está na cabeça, e nos véus 1065
a princesa noiva morre, eu bem sei.
Mas irei sim pela via a mais audaz
e os enviarei por mais audaz ainda.
Com os filhos quero falar: ó filhos,
dai de afagar a mãe a mão direita. 1070
Ó mão caríssima e caríssima boca
e vulto e rosto formoso dos filhos!

εὐδαιμονοῖτον, ἀλλ' ἐκεῖ· τὰ δ' ἐνθάδε
πατὴρ ἀφείλετ'· ὦ γλυκεῖα προσβολή,
ὦ μαλθακὸς χρὼς πνεῦμά θ' ἥδιστον τέκνων. 1075
χωρεῖτε χωρεῖτ'· οὐκέτ' εἰμὶ προσβλέπειν
οἵα τε †πρὸς ὑμᾶς† ἀλλὰ νικῶμαι κακοῖς.
καὶ μανθάνω μὲν οἷα δρᾶν μέλλω κακά,
θυμὸς δὲ κρείσσων τῶν ἐμῶν βουλευμάτων,
ὅσπερ μεγίστων αἴτιος κακῶν βροτοῖς.] 1080

ΧΟΡΟΣ
πολλάκις ἤδη διὰ λεπτοτέρων
μύθων ἔμολον καὶ πρὸς ἁμίλλας
ἦλθον μείζους ἢ χρὴ γενεὰν
θῆλυν ἐρευνᾶν.
ἀλλὰ γὰρ ἔστιν μοῦσα καὶ ἡμῖν, 1085
ἣ προσομιλεῖ σοφίας ἕνεκεν,
πάσαισι μὲν οὔ, παῦρον δὲ γένος
(<μίαν> ἐν πολλαῖς εὕροις ἂν ἴσως)
οὐκ ἀπόμουσον τὸ γυναικῶν.
καί φημι βροτῶν οἵτινές εἰσιν 1090
πάμπαν ἄπειροι μηδ' ἐφύτευσαν
παῖδας προφέρειν εἰς εὐτυχίαν
τῶν γειναμένων.
οἱ μὲν ἄτεκνοι, δι' ἀπειροσύνην
εἴθ' ἡδὺ βροτοῖς εἴτ' ἀνιαρὸν 1095
παῖδες τελέθουσ' οὐχὶ τυχόντες,
πολλῶν μόχθων ἀπέχονται·
οἷσι δὲ τέκνων ἔστιν ἐν οἴκοις
γλυκερὸν βλάστημ', ἐσορῶ μελέτηι
κατατρυχομένους τὸν ἅπαντα χρόνον, 1100
πρῶτον μὲν ὅπως θρέψουσι καλῶς
βίοτόν θ' ὁπόθεν λείψουσι τέκνοις·
ἔτι δ' ἐκ τούτων εἴτ' ἐπὶ φλαύροις

Tende bons Numes, mas lá! Aqui
o pai suprimiu. Ó suave abraço, ó
pele branda e sopro doce dos filhos! 1075
Ide! Ide! Não posso mais vos olhar,
mas ante vós sou vencida de males.
Compreendo que males vou fazer,
mas o furor supera minhas decisões,
ele causa os maiores males aos mortais. 1080

[*Interlúdio anapéstico* (1081-1115)]

CORO
Muitas vezes já percorri sutis
palavras e estive em contendas
maiores do que convém ao gênero
feminino explorar.
Mas nós também temos Musa, 1085
que por sabedoria frequenta
não a todas, mas raro gênero
de mulheres não sem Musa,
talvez uma se visse em muitas.
Digo ainda que os mortais 1090
sem a experiência de filhos
em boa sorte superam
os genitores.
Os sem filhos, sem experiência
se filhos a mortais são doces 1095
ou tristes, por não ter a sorte,
abstêm-se de muitos males.
Vejo quem tem em casa
a doce florada de filhos
usar todo o tempo no afã 1100
primeiro de criá-los bem
e legar-lhes meios de vida
e além disso ainda é

εἴτ' ἐπὶ χρηστοῖς
μοχθοῦσι, τόδ' ἐστὶν ἄδηλον.
ἓν δὲ τὸ πάντων λοίσθιον ἤδη 1105
πᾶσιν κατερῶ θνητοῖσι κακόν·
καὶ δὴ γὰρ ἅλις βίοτόν θ' ηὗρον
σῶμά τ' ἐς ἥβην ἤλυθε τέκνων
χρηστοί τ' ἐγένοντ'· εἰ δὲ κυρήσαι
δαίμων οὕτω, φροῦδος ἐς Ἅιδου 1110
θάνατος προφέρων σώματα τέκνων.
πῶς οὖν λύει πρὸς τοῖς ἄλλοις
τήνδ' ἔτι λύπην ἀνιαροτάτην
παίδων ἕνεκεν
θνητοῖσι θεοὺς ἐπιβάλλειν; 1115

ΜΗΔΕΙΑ
φίλαι, πάλαι τοι προσμένουσα τὴν τύχην
καραδοκῶ τἀκεῖθεν οἷ προβήσεται.
καὶ δὴ δέδορκα τόνδε τῶν Ἰάσονος
στείχοντ' ὀπαδῶν· πνεῦμα δ' ἠρεθισμένον
δείκνυσιν ὥς τι καινὸν ἀγγελεῖ κακόν. 1120

ΑΓΓΕΛΟΣ
[ὦ δεινὸν ἔργον παρανόμως εἰργασμένη,]
Μήδεια, φεῦγε φεῦγε, μήτε ναΐαν
λιποῦσ' ἀπήνην μήτ' ὄχον πεδοστιβῆ.

ΜΗΔΕΙΑ
τί δ' ἄξιόν μοι τῆσδε τυγχάνει φυγῆς;

ΑΓΓΕΛΟΣ
ὄλωλεν ἡ τύραννος ἀρτίως κόρη 1125
Κρέων θ' ὁ φύσας φαρμάκων τῶν σῶν ὕπο.

incerto se têm fadigas
por inúteis ou por bons.
O pior de todos os males   1105
a todos os mortais direi:
com muitos meios de vida
e filhos vindos à juventa
e sendo bons, assim fosse
Nume que Morte antecipe   1110
os filhos à casa de Hades.
Além de outras por que
ainda esta tristíssima dor
por causa de filhos
dão os Deuses aos mortais?   1115

[*Sexto episódio* (1116-1250)]

MEDEIA
Amigas, há muito à espera da sorte
espreito os de lá como caminharão.
Eis que avisto este servo de Jasão
em marcha para cá; o fôlego arfante
mostra que anunciará um novo mal.   1120

MENSAGEIRO
Ó terrível transgressora da norma
Medeia, foge! Foge! Não dispenses
carro naval nem condução terrestre!

MEDEIA
Que motivo tenho para fugir assim?

MENSAGEIRO
Mortos, há pouco, por tuas drogas,   1125
a jovem princesa e seu pai Creonte.

ΜΗΔΕΙΑ

κάλλιστον εἶπας μῦθον, ἐν δ' εὐεργέταις
τὸ λοιπὸν ἤδη καὶ φίλοις ἐμοῖς ἔσηι.

ΑΓΓΕΛΟΣ

τί φήις; φρονεῖς μὲν ὀρθὰ κοὐ μαίνηι, γύναι,
ἥτις, τυράννων ἑστίαν ἠικισμένη, 1130
χαίρεις κλύουσα κοὐ φοβῆι τὰ τοιάδε;

ΜΗΔΕΙΑ

ἔχω τι κἀγὼ τοῖσι σοῖς ἐναντίον
λόγοισιν εἰπεῖν. ἀλλὰ μὴ σπέρχου, φίλος,
λέξον δέ· πῶς ὤλοντο; δὶς τόσον γὰρ ἂν
τέρψειας ἡμᾶς, εἰ τεθνᾶσι παγκάκως. 1135

ΑΓΓΕΛΟΣ

ἐπεὶ τέκνων σῶν ἦλθε δίπτυχος γονὴ
σὺν πατρὶ καὶ παρῆλθε νυμφικοὺς δόμους,
ἥσθημεν οἵπερ σοῖς ἐκάμνομεν κακοῖς
δμῶες· δι' ὤτων δ' εὐθὺς ἦν πολὺς λόγος
σὲ καὶ πόσιν σὸν νεῖκος ἐσπεῖσθαι τὸ πρίν. 1140
κυνεῖ δ' ὁ μέν τις χεῖρ', ὁ δὲ ξανθὸν κάρα
παίδων· ἐγὼ δὲ καὐτὸς ἡδονῆς ὕπο
στέγας γυναικῶν σὺν τέκνοις ἅμ' ἑσπόμην.
δέσποινα δ' ἣν νῦν ἀντὶ σοῦ θαυμάζομεν,
πρὶν μὲν τέκνων σῶν εἰσιδεῖν ξυνωρίδα, 1145
πρόθυμον εἶχ' ὀφθαλμὸν εἰς Ἰάσονα·
ἔπειτα μέντοι προυκαλύψατ' ὄμματα
λευκήν τ' ἀπέστρεψ' ἔμπαλιν παρηίδα,
παίδων μυσαχθεῖσ' εἰσόδους. πόσις δὲ σὸς
ὀργάς τ' ἀφήιρει καὶ χόλον νεάνιδος, 1150
λέγων τάδ'· Οὐ μὴ δυσμενὴς ἔσηι φίλοις,
παύσηι δὲ θυμοῦ καὶ πάλιν στρέψεις κάρα,
φίλους νομίζουσ' οὕσπερ ἂν πόσις σέθεν,
δέξηι δὲ δῶρα καὶ παραιτήσηι πατρὸς

MEDEIA
Disseste belíssima fala, estarás entre
meus benfeitores e amigos doravante!

MENSAGEIRO
Que dizes? Estás sã, ou louca, mulher?
Quando tu ultrajaste a lareira dos reis, 1130
compraz-te ouvir e tal não te apavora?

MEDEIA
Posso também eu contradizer as tuas
palavras. Mas não te exaltes, amigo!
Diz! Mortos como? Duas vezes tanto
prazer teríamos, se mortos de todo mal. 1135

MENSAGEIRO
Quando os teus dois filhos vieram
com o pai e foram ao quarto da noiva,
alegramo-nos, servos que sofríamos
com teus males; logo se ouviu que
tu e marido libastes a rixa de antes. 1140
Um beija a mão, outro a loira cabeça
dos filhos; eu mesmo por prazer fui
com os filhos ao quarto das mulheres.
A dona, que ora temos em vez de ti,
antes que avistasse o teu par de filhos, 1145
mantinha os olhos ansiosos em Jasão;
em seguida, todavia, cobriu os olhos
e voltou para trás o rosto esmaecido
de horror à ida dos filhos. Teu marido
afastou a cólera e o rancor da princesa, 1150
falando isto: "Não sejas hostil a amigos!
Cessa o furor! Volta de novo o rosto!
Considera amigos os de teu marido!
Recebe os dons e junto a teu pai pede

φυγὰς ἀφεῖναι παισὶ τοῖσδ' ἐμὴν χάριν; 1155
ἡ δ', ὡς ἐσεῖδε κόσμον, οὐκ ἠνέσχετο,
ἀλλ' ᾔνεσ' ἀνδρὶ πάντα, καὶ πρὶν ἐκ δόμων
μακρὰν ἀπεῖναι πατέρα καὶ παῖδας σέθεν
λαβοῦσα πέπλους ποικίλους ἠμπέσχετο,
χρυσοῦν τε θεῖσα στέφανον ἀμφὶ βοστρύχοις 1160
λαμπρῶι κατόπτρωι σχηματίζεται κόμην,
ἄψυχον εἰκὼ προσγελῶσα σώματος.
κἄπειτ' ἀναστᾶσ' ἐκ θρόνων διέρχεται
στέγας, ἁβρὸν βαίνουσα παλλεύκωι ποδί,
δώροις ὑπερχαίρουσα, πολλὰ πολλάκις 1165
τένοντ' ἐς ὀρθὸν ὄμμασι σκοπουμένη.
τοὐνθένδε μέντοι δεινὸν ἦν θέαμ' ἰδεῖν·
χροιὰν γὰρ ἀλλάξασα λεχρία πάλιν
χωρεῖ τρέμουσα κῶλα καὶ μόλις φθάνει
θρόνοισιν ἐμπεσοῦσα μὴ χαμαὶ πεσεῖν. 1170
καί τις γεραιὰ προσπόλων, δόξασά που
ἢ Πανὸς ὀργὰς ἤ τινος θεῶν μολεῖν,
ἀνωλόλυξε, πρίν γ' ὁρᾶι διὰ στόμα
χωροῦντα λευκὸν ἀφρόν, ὀμμάτων τ' ἄπο
κόρας στρέφουσαν, αἷμά τ' οὐκ ἐνὸν χροΐ· 1175
εἶτ' ἀντίμολπον ἧκεν ὀλολυγῆς μέγαν
κωκυτόν. εὐθὺς δ' ἡ μὲν ἐς πατρὸς δόμους
ὥρμησεν, ἡ δὲ πρὸς τὸν ἀρτίως πόσιν,
φράσουσα νύμφης συμφοράν· ἅπασα δὲ
στέγη πυκνοῖσιν ἐκτύπει δραμήμασιν. 1180
ἤδη δ' ἀνελθὼν κῶλον ἔκπλεθρον δρόμου
ταχὺς βαδιστὴς τερμόνων ἂν ἥπτετο·
ἡ δ' ἐξ ἀναύδου καὶ μύσαντος ὄμματος
δεινὸν στενάξασ' ἡ τάλαιν' ἠγείρετο.
διπλοῦν γὰρ αὐτῆι πῆμ' ἐπεστρατεύετο· 1185
χρυσοῦς μὲν ἀμφὶ κρατὶ κείμενος πλόκος
θαυμαστὸν ἵει νᾶμα παμφάγου πυρός,
πέπλοι δὲ λεπτοί, σῶν τέκνων δωρήματα,
λευκὴν ἔδαπτον σάρκα τῆς δυσδαίμονος.

por mim revogar o exílio destes filhos!" 1155
Ela, ao ver o adorno, não se absteve
e anui em tudo ao varão, e antes que
o pai e teus filhos saíssem do quarto,
apanhou o cintilante véu e cingiu-se
e compõe a áurea coroa nas madeixas 1160
e ajeita a cabeleira no espelho nítido
sorrindo perante sua inânime imagem.
Depois se ergue do banco e percorre
o quarto com suave passo de alvo pé,
jubilosa dos dons, muitas vezes muito 1165
revistando com os olhos o tendão reto.
Depois, porém, houve terrível espetáculo:
ela muda de cor, pende e volta para trás
com membros trêmulos e cai no banco
a custo de modo a não cair no chão. 1170
Uma velha serva, porque lhe parecia
vir a ira de Pã ou de algum dos Deuses,
alarideou, antes de ver correr na boca
a alva espuma e as pupilas dos olhos
girarem e na pele não se ter o sangue. 1175
Em vez de alarido, lançou ela grande
lamento. Uma já foi ao quarto do pai
e outra já foi ao recém-casado marido
para dizer a situação da noiva e toda
a casa ressoava as contínuas correrias. 1180
Já ao dobrar a corrida de seis pletros
o veloz corredor alcançaria os lindes,
mas ela, de silentes e fechados olhos,
mísera despertou com terrível gemido.
Duplo mal contra ela movia o ataque: 1185
a áurea coroa ao redor de sua cabeça
criava mirífico fluxo de onívoro fogo
e o véu sutil, dom de teus filhos, roía
a esmaecida carne da de mau Nume.

φεύγει δ' ἀναστᾶσ' ἐκ θρόνων πυρουμένη, 1190
σείουσα χαίτην κρᾶτά τ' ἄλλοτ' ἄλλοσε,
ῥῖψαι θέλουσα στέφανον· ἀλλ' ἀραρότως
σύνδεσμα χρυσὸς εἶχε, πῦρ δ', ἐπεὶ κόμην
ἔσεισε, μᾶλλον δὶς τόσως ἐλάμπετο.
πίτνει δ' ἐς οὖδας συμφορᾶι νικωμένη, 1195
πλὴν τῶι τεκόντι κάρτα δυσμαθὴς ἰδεῖν·
οὔτ' ὀμμάτων γὰρ δῆλος ἦν κατάστασις
οὔτ' εὐφυὲς πρόσωπον, αἷμα δ' ἐξ ἄκρου
ἔσταζε κρατὸς συμπεφυρμένον πυρί,
σάρκες δ' ἀπ' ὀστέων ὥστε πεύκινον δάκρυ 1200
γνάθοις ἀδήλοις φαρμάκων ἀπέρρεον,
δεινὸν θέαμα. πᾶσι δ' ἦν φόβος θιγεῖν
νεκροῦ· τύχην γὰρ εἴχομεν διδάσκαλον.
πατὴρ δ' ὁ τλήμων συμφορᾶς ἀγνωσίαι
ἄφνω παρελθὼν δῶμα προσπίτνει νεκρῶι. 1205
ὤιμωξε δ' εὐθὺς καὶ περιπτύξας χέρας
κυνεῖ προσαυδῶν τοιάδ'· Ὦ δύστηνε παῖ,
τίς σ' ὧδ' ἀτίμως δαιμόνων ἀπώλεσεν;
τίς τὸν γέροντα τύμβον ὀρφανὸν σέθεν
τίθησιν; οἴμοι, συνθάνοιμί σοι, τέκνον. 1210
ἐπεὶ δὲ θρήνων καὶ γόων ἐπαύσατο,
χρήιζων γεραιὸν ἐξαναστῆσαι δέμας
προσείχεθ' ὥστε κισσὸς ἔρνεσιν δάφνης
λεπτοῖσι πέπλοις, δεινὰ δ' ἦν παλαίσματα.
ὁ μὲν γὰρ ἤθελ' ἐξαναστῆσαι γόνυ, 1215
ἡ δ' ἀντελάζυτ'· εἰ δὲ πρὸς βίαν ἄγοι,
σάρκας γεραιὰς ἐσπάρασσ' ἀπ' ὀστέων.
χρόνωι δ' ἀπέσβη καὶ μεθῆχ' ὁ δύσμορος
ψυχήν· κακοῦ γὰρ οὐκέτ' ἦν ὑπέρτερος.
κεῖνται δὲ νεκροὶ παῖς τε καὶ γέρων πατήρ 1220
[πέλας, ποθεινὴ δακρύοισι συμφορά].
καί μοι τὸ μὲν σὸν ἐκποδὼν ἔστω λόγου·
γνώσηι γὰρ αὐτὴ ζημίας ἐπιστροφήν.
τὰ θνητὰ δ' οὐ νῦν πρῶτον ἡγοῦμαι σκιάν,

Ergue-se do banco e foge em chamas 1190
vibrando crina e crânio várias vezes
para arrojar a coroa, mas encaixado
o ouro estava preso e o fogo fulgia
duas vezes mais ao vibrar o cabelo.
Cai no solo, vencida pela situação, 1195
irreconhecível à vista senão do pai.
Não se via a constituição dos olhos,
nem o rosto formoso; e sangue do alto
da cabeça pingava, confuso com fogo;
as carnes, qual resina de pinho, caíam 1200
dos ossos, por ocultos dentes da droga,
terrível espetáculo. Em todos o Pavor
de tocar a morta; a sorte era o mestre.
O mísero pai, ignorante da situação,
súbito entra no quarto e roça a morta. 1205
Já pranteia, e envolvendo nos braços,
beija, dizendo assim: "Ó mísera filha,
que Nume tão imérito te destruiu?
Que do velho faz tumba erma de ti?
Oímoi! Que eu morra contigo, filha!" 1210
Quando cessou o pranto e os gemidos,
ao tentar reerguer o seu velho corpo,
aderia, qual hera a ramo de loureiro,
ao véu sutil, e terrível era a peleja,
porque ele queria reerguer o joelho, 1215
mas ela retinha, e se fizesse força,
rasgava as velhas carnes dos ossos.
Em tempo se desfez e em morte má
expirou, não suportando mais o mal.
Jazem mortos a filha e o velho pai, 1220
próximos, situação digna de pranto.
Esteja-me teu caso fora de questão!
Saberás tu mesma fugir do castigo.
Mortais não de hoje reputo sombra;

οὐδ' ἂν τρέσας εἴποιμι τοὺς σοφοὺς βροτῶν 1225
δοκοῦντας εἶναι καὶ μεριμνητὰς λόγων
τούτους μεγίστην μωρίαν ὀφλισκάνειν.
θνητῶν γὰρ οὐδείς ἐστιν εὐδαίμων ἀνήρ·
ὄλβου δ' ἐπιρρυέντος εὐτυχέστερος
ἄλλου γένοιτ' ἂν ἄλλος, εὐδαίμων δ' ἂν οὔ. 1230

ΧΟΡΟΣ
ἔοιχ' ὁ δαίμων πολλὰ τῆιδ' ἐν ἡμέραι
κακὰ ξυνάπτειν ἐνδίκως Ἰάσονι.
[ὦ τλῆμον, ὥς σου συμφορὰς οἰκτίρομεν,
κόρη Κρέοντος, ἥτις εἰς Ἅιδου δόμους
οἴχηι γάμων ἕκατι τῶν Ἰάσονος.] 1235

ΜΗΔΕΙΑ
φίλαι, δέδοκται τοὔργον ὡς τάχιστά μοι
παῖδας κτανούσηι τῆσδ' ἀφορμᾶσθαι χθονός,
καὶ μὴ σχολὴν ἄγουσαν ἐκδοῦναι τέκνα
ἄλληι φονεῦσαι δυσμενεστέραι χερί.
πάντως σφ' ἀνάγκη κατθανεῖν· ἐπεὶ δὲ χρή, 1240
ἡμεῖς κτενοῦμεν οἵπερ ἐξεφύσαμεν.
ἀλλ' εἶ' ὁπλίζου, καρδία· τί μέλλομεν
τὰ δεινὰ κἀναγκαῖα μὴ πράσσειν κακά;
ἄγ', ὦ τάλαινα χεὶρ ἐμή, λαβὲ ξίφος,
λάβ', ἕρπε πρὸς βαλβῖδα λυπηρὰν βίου, 1245
καὶ μὴ κακισθῆις μηδ' ἀναμνησθῆις τέκνων,
ὡς φίλταθ', ὡς ἔτικτες, ἀλλὰ τήνδε γε
λαθοῦ βραχεῖαν ἡμέραν παίδων σέθεν
κἄπειτα θρήνει· καὶ γὰρ εἰ κτενεῖς σφ', ὅμως
φίλοι γ' ἔφυσαν· δυστυχὴς δ' ἐγὼ γυνή. 1250

ΧΟΡΟΣ
ἰὼ Γᾶ τε καὶ παμφαὴς Est. 1

e sem tremor diria que os mortais 1225
tidos por sábios e hábeis ao falar
estão condenados à maior tolice.
Varão mortal não tem bom Nume.
Ao ser próspero, um teria melhor
sorte que outro, mas não bom Nume. 1230

CORO
Parece que o Nume hoje vincula
com justiça muitos males a Jasão.
Ó mísera filha de Creonte, lastimo
tua situação! Foste à casa de Hades
por causa das núpcias de Jasão. 1235

MEDEIA
Amigas, decidi agir o mais rápido,
matar os filhos e partir desta terra,
e não, por protelação, dar os filhos
ao massacre de outra mão inimiga.
De todo devem morrer; e porque 1240
devem, nós, genitores, mataremos.
Arma-te, coração! Por que tardamos
fazer os terríveis e necessários males?
Ó minha mísera mão, pega a faca!
Pega! Vai à meta dolorosa da vida! 1245
Não fraquejes! Não lembres filhos
caríssimos que geraste! Esquece
neste mesmo breve dia teus filhos
e depois chora! Ainda que os mates,
são caros, e eu, mulher de má sorte. 1250

[*Quinto estásimo* (1251-1292)]

CORO
Ió! Terra e brilhantíssimo Est. 1

ἀκτὶς Ἁλίου, κατίδετ' ἴδετε τὰν
ὀλομέναν γυναῖκα, πρὶν φοινίαν
τέκνοις προσβαλεῖν χέρ' αὐτοκτόνον·
σᾶς γὰρ χρυσέας ἀπὸ γονᾶς 1255
ἔβλαστεν, θεοῦ δ' αἷμα <χαμαὶ> πίτνειν
φόβος ὑπ' ἀνέρων.
ἀλλά νιν, ὦ φάος διογενές, κάτειρ-
γε κατάπαυσον ἔξελ' οἴκων τάλαι-
ναν φονίαν τ' Ἐρινὺν †ὑπ' ἀλαστόρων†. 1260

μάταν μόχθος ἔρρει τέκνων, Ant. 1
μάταν ἄρα γένος φίλιον ἔτεκες, ὦ
κυανεᾶν λιποῦσα Συμπληγάδων
πετρᾶν ἀξενωτάταν ἐσβολάν.
δειλαία, τί σοι φρενοβαρὴς 1265
χόλος προσπίτνει καὶ ζαμενὴς <φόνου>
φόνος ἀμείβεται;
χαλεπὰ γὰρ βροτοῖς ὁμογενῆ μιά-
σματ' †ἐπὶ γαῖαν† αὐτοφόνταις ξυνωιδὰ θεόθεν πίτνοντ' ἐπὶ δόμοις ἄχη. 1270

<ΠΑΙΣ> (ἔσωθεν)
ἰώ μοι. 1270a Est. 2

ΧΟΡΟΣ
ἀκούεις βοὰν ἀκούεις τέκνων; 1273
ἰὼ τλᾶμον, ὦ κακοτυχὲς γύναι. 1274

ΠΑΙΣ Α
οἴμοι, τί δράσω; ποῖ φύγω μητρὸς χέρας; 1271

ΠΑΙΣ Β
οὐκ οἶδ', ἀδελφὲ φίλτατ'· ὀλλύμεσθα γάρ. 1272

Raio de Sol, vede! Vede
a funesta mulher antes de atingir
os filhos com mão mortal filicida!
Floriu de tua áurea semente   1255
e pavor é sangue de Deus
cair no chão por mortais.
Ó Luz nascida de Zeus, coíbe!
Cessa! Retira de casa a mísera
Erínis mortal sob os ilatentes!   1260

Vai, vã fadiga de filhos!   Ant. 1
Ora, vã prole tua geraste, ó
vinda do mais inóspito acesso
das negras pedras Simplégades!
Ó mísera, por que te atinge   1265
grave furor e morte se troca
por morte violenta?
Ásperas a mortais as consanguíneas
poluências na terra dores uníssonas
dos Deuses atingindo casas filicidas.   1270

FILHO (dentro)
Ió moi!   1270a Est. 2

CORO
Ouves a voz? Ouves os filhos?   1273
Ió, mísera! Ó mulher de má sorte!   1274

FILHO 1
Oímoi! Que fazer? Como fugir da mão da mãe? 1271

FILHO 2
Não sei, ó meu irmão! Morremos.   1272

ΧΟΡΟΣ
παρέλθω δόμους; ἀρῆξαι φόνον. 1275
δοκεῖ μοι τέκνοις.

ΠΑΙΣ Α
ναί, πρὸς θεῶν, ἀρήξατ'· ἐν δέοντι γάρ.

ΠΑΙΣ Β
ὡς ἐγγὺς ἤδη γ' ἐσμὲν ἀρκύων ξίφους.

ΧΟΡΟΣ
τάλαιν', ὡς ἄρ' ἦσθα πέτρος ἢ σίδα-
ρος ἄτις τέκνων 1280
ὃν ἔτεκες ἄροτον αὐτόχει-
ρι μοίραι κτενεῖς.

μίαν δὴ κλύω μίαν τῶν πάρος Ant. 2
γυναῖκ' ἐν φίλοις χέρα βαλεῖν τέκνοις,
Ἰνὼ μανεῖσαν ἐκ θεῶν, ὅθ' ἡ Διὸς
δάμαρ νιν ἐξέπεμπε δωμάτων ἄλαις· 1285
πίτνει δ' ἁ τάλαιν' ἐς ἅλμαν φόνωι
τέκνων δυσσεβεῖ,
ἀκτῆς ὑπερτείνασα ποντίας πόδα,
δυοῖν τε παίδοιν ξυνθανοῦσ' ἀπόλλυται.
τί δῆτ' οὐ γένοιτ' ἂν ἔτι δεινόν; ὦ 1290
γυναικῶν λέχος
πολύπονον, ὅσα βροτοῖς ἔρε-
ξας ἤδη κακά.

ΙΑΣΩΝ
γυναῖκες, αἳ τῆσδ' ἐγγὺς ἕστατε στέγης,
ἆρ' ἐν δόμοισιν ἡ τὰ δείν' εἰργασμένη
Μήδεια τοισίδ' ἢ μεθέστηκεν φυγῆι; 1295

CORO

Entrar em casa? Devo 1275
impedir a morte dos filhos.

FILHO 1

Sim, por Deuses, impeçais! É urgente.

FILHO 2

Já estamos perto das malhas da faca.

CORO

Ora, ó mísera, eras pedra ou ferro,
ó tu, que com a Parte homicida 1280
matarás a messe
de filhos que geraste!

Ouvi, uma, uma mulher antiga Ant. 2
atingiu com a mão seus filhos,
Ino, louca dos Deuses, quando a esposa
de Zeus a enviou de casa às errâncias; 1285
por morte ímpia dos filhos
a mísera cai no mar
ao pôr o pé além da praia marinha
e finda morta com ambos os filhos.
Por que ainda não seria terrível? 1290
Ó fatigante leito de mulheres,
quantos males
já fizeste aos mortais!

[*Êxodo* (1293-1419)]

JASÃO

Mulheres, que estais diante de casa,
Medeia, a de terríveis ações, está
nesta casa ou mudou-se para o exílio? 1295

δεῖ γάρ νιν ἤτοι γῆς γε κρυφθῆναι κάτω
ἢ πτηνὸν ἆραι σῶμ' ἐς αἰθέρος βάθος,
εἰ μὴ τυράννων δώμασιν δώσει δίκην.
πέποιθ' ἀποκτείνασα κοιράνους χθονὸς
ἀθῶιος αὐτὴ τῶνδε φεύξεσθαι δόμων; 1300
ἀλλ' οὐ γὰρ αὐτῆς φροντίδ' ὡς τέκνων ἔχω·
κείνην μὲν οὓς ἔδρασεν ἔρξουσιν κακῶς,
ἐμῶν δὲ παίδων ἦλθον ἐκσώσων βίον,
μή μοί τι δράσωσ' οἱ προσήκοντες γένει,
μητρῶιον ἐκπράσσοντες ἀνόσιον φόνον. 1305

ΧΟΡΟΣ
ὦ τλῆμον, οὐκ οἶσθ' οἷ κακῶν ἐλήλυθας,
Ἰᾶσον· οὐ γὰρ τούσδ' ἂν ἐφθέγξω λόγους.

ΙΑΣΩΝ
τί δ' ἔστιν; ἦ που κἄμ' ἀποκτεῖναι θέλει;

ΧΟΡΟΣ
παῖδες τεθνᾶσι χειρὶ μητρώιαι σέθεν.

ΙΑΣΩΝ
οἴμοι, τί λέξεις; ὥς μ' ἀπώλεσας, γύναι. 1310

ΧΟΡΟΣ
ὡς οὐκέτ' ὄντων σῶν τέκνων φρόντιζε δή.

ΙΑΣΩΝ
ποῦ γάρ νιν ἔκτειν'; ἐντὸς ἢ 'ξωθεν δόμων;

ΧΟΡΟΣ
πύλας ἀνοίξας σῶν τέκνων ὄψηι φόνον.

ΙΑΣΩΝ
χαλᾶτε κλῆιδας ὡς τάχιστα, πρόσπολοι,

362

Ela deve ter-se ocultado sob a terra,
ou alada ter voado ao fundo do céu,
senão, pagará justiça à casa do rei.
Confia que ao matar os reis da terra
ela mesma fugirá impune desta casa?   1300
Mas não cuido dela como dos filhos,
os que ela maltratou a maltratarão,
mas vim salvar a vida de meus filhos.
Que os parentes não me façam nada
em punição à ilícita matança da mãe!   1305

CORO
Mísero, não sabes em que mal estás,
Jasão, pois não dirias essas palavras.

JASÃO
Que é? Ela quer também me matar?

CORO
Teus filhos mortos por mão da mãe.

JASÃO
Oímoi! Quê? Destruíste-me, mulher!   1310

CORO
Não penses mais que os filhos vivem!

JASÃO
Onde os matou? Em casa, ou fora?

CORO
Abre a porta e verás os filhos mortos!

JASÃO
Tirai traves o mais rápido, ó servos!

ἐκλύεθ' ἁρμούς, ὡς ἴδω διπλοῦν κακόν   1315
[τοὺς μὲν θανόντας, τὴν δὲ τείσωμαι δίκην].

ΜΗΔΕΙΑ
τί τάσδε κινεῖς κἀναμοχλεύεις πύλας,
νεκροὺς ἐρευνῶν κἀμὲ τὴν εἰργασμένην;
παῦσαι πόνου τοῦδ'. εἰ δ' ἐμοῦ χρείαν ἔχεις,
λέγ' εἴ τι βούληι, χειρὶ δ' οὐ ψαύσεις ποτέ·   1320
τοιόνδ' ὄχημα πατρὸς Ἥλιος πατὴρ
δίδωσιν ἡμῖν, ἔρυμα πολεμίας χερός.

ΙΑΣΩΝ
ὦ μῖσος, ὦ μέγιστον ἐχθίστη γύναι
θεοῖς τε κἀμοὶ παντί τ' ἀνθρώπων γένει,
ἥτις τέκνοισι σοῖσιν ἐμβαλεῖν ξίφος   1325
ἔτλης τεκοῦσα κἄμ' ἄπαιδ' ἀπώλεσας.
καὶ ταῦτα δράσασ' ἥλιόν τε προσβλέπεις
καὶ γαῖαν, ἔργον τλᾶσα δυσσεβέστατον;
ὄλοι'. ἐγὼ δὲ νῦν φρονῶ, τότ' οὐ φρονῶν,
ὅτ' ἐκ δόμων σε βαρβάρου τ' ἀπὸ χθονὸς   1330
Ἕλλην' ἐς οἶκον ἠγόμην, κακὸν μέγα,
πατρός τε καὶ γῆς προδότιν ἥ σ' ἐθρέψατο.
τὸν σὸν δ' ἀλάστορ' εἰς ἔμ' ἔσκηψαν θεοί·
κτανοῦσα γὰρ δὴ σὸν κάσιν παρέστιον
τὸ καλλίπρωιρον εἰσέβης Ἀργοῦς σκάφος.   1335
ἤρξω μὲν ἐκ τοιῶνδε· νυμφευθεῖσα δὲ
παρ' ἀνδρὶ τῶιδε καὶ τεκοῦσά μοι τέκνα,
εὐνῆς ἕκατι καὶ λέχους σφ' ἀπώλεσας.
οὐκ ἔστιν ἥτις τοῦτ' ἂν Ἑλληνὶς γυνὴ
ἔτλη ποθ', ὧν γε πρόσθεν ἠξίουν ἐγὼ   1340
γῆμαι σέ, κῆδος ἐχθρὸν ὀλέθριόν τ' ἐμοί,
λέαιναν, οὐ γυναῖκα, τῆς Τυρσηνίδος
Σκύλλης ἔχουσαν ἀγριωτέραν φύσιν.
ἀλλ' οὐ γὰρ ἄν σε μυρίοις ὀνείδεσιν
δάκοιμι· τοιόνδ' ἐμπέφυκέ σοι θράσος·   1345

Soltai trancas para eu ver duplo mal, 1315
os mortos, mas dela cobrarei justiça.

MEDEIA
Por que moves e removes essa porta
buscando mortos e a mim, que os fiz?
Cessa tua fadiga! Se precisas de mim,
diz o que queres! Não me porás a mão! 1320
O Sol, o pai do pai, nos dá esta viatura
para proteção contra o braço inimigo.

JASÃO
Ó horrenda! Ó mulher a mais odiosa
aos Deuses, a mim e a todo ser humano,
ousaste mãe atacar com faca teus filhos 1325
e destruíste-me a mim, falto dos filhos!
Ao agires assim, tu contemplas o Sol
e a Terra, ao ousares o mais ímpio ato?
Morras! Eu agora penso, antes, não,
ao te trazer da casa e da terra bárbara 1330
para a casa grega, grande infortúnio,
traidora do pai e da casa que te criou.
Os Deuses me enviaram teu ilatente:
mataste o teu irmão junto à lareira
e embarcaste em Argo de bela proa. 1335
Assim começaste. Por este marido
desposada, e mãe dos meus filhos,
por causa de núpcias os destruíste.
Não há mulher grega que ousasse
fazer isso. Em vez delas, preferi 1340
desposar-te, aliada e inimiga letal,
leoa, não mulher, com a natureza
mais selvagem que a tirrena Cila.
Mas nem com dez mil vitupérios
eu te feriria, tal foi tua ousadia! 1345

ἔρρ', αἰσχροποιὲ καὶ τέκνων μιαιφόνε.
ἐμοὶ δὲ τὸν ἐμὸν δαίμον' αἰάζειν πάρα,
ὃς οὔτε λέκτρων νεογάμων ὀνήσομαι,
οὐ παῖδας οὓς ἔφυσα κἀξεθρεψάμην
ἔξω προσειπεῖν ζῶντας ἀλλ' ἀπώλεσα.   1350

ΜΗΔΕΙΑ
μακρὰν ἂν ἐξέτεινα τοῖσδ' ἐναντίον
λόγοισιν, εἰ μὴ Ζεὺς πατὴρ ἠπίστατο
οἷ' ἐξ ἐμοῦ πέπονθας οἷά τ' εἰργάσω.
σὺ δ' οὐκ ἔμελλες τἄμ' ἀτιμάσας λέχη
τερπνὸν διάξειν βίοτον ἐγγελῶν ἐμοὶ   1355
οὐδ' ἡ τύραννος, οὐδ' ὅ σοι προσθεὶς γάμους
Κρέων ἀνατεὶ τῆσδέ μ' ἐκβαλεῖν χθονός.
πρὸς ταῦτα καὶ λέαιναν, εἰ βούληι, κάλει
[καὶ Σκύλλαν ἢ Τυρσηνὸν ὤικησεν πέδον]·
τῆς σῆς γὰρ ὡς χρῆν καρδίας ἀνθηψάμην.   1360

ΙΑΣΩΝ
καὐτή γε λυπῆι καὶ κακῶν κοινωνὸς εἶ.

ΜΗΔΕΙΑ
σάφ' ἴσθι· λύει δ' ἄλγος, ἢν σὺ μὴ 'γγελᾶις.

ΙΑΣΩΝ
ὦ τέκνα, μητρὸς ὡς κακῆς ἐκύρσατε.

ΜΗΔΕΙΑ
ὦ παῖδες, ὡς ὤλεσθε πατρώιαι νόσωι.

ΙΑΣΩΝ
οὔτοι νιν ἡμὴ δεξιά γ' ἀπώλεσεν.   1365

ΜΗΔΕΙΑ
ἀλλ' ὕβρις οἵ τε σοὶ νεοδμῆτες γάμοι.

Vai, ó vil sanguinária dos filhos!
Cabe-me lastimar o meu Nume,
não gozarei as recentes núpcias,
não interpelarei vivos os filhos
que gerei e criei, mas perdi.   1350

MEDEIA
Eu poderia ao teu contrapor longo
discurso, se Zeus pai não soubesse
o que sofreste de mim e o que fiz.
Desprezando meu leito, não irias
ter vida de prazer para rir de mim,   1355
nem iria a princesa nem teu sogro
Creonte impunes banir-me da terra.
Por isso, se queres, diz ainda leoa
e Cila, que habitou o solo tirreno,
pois feri, como devia, teu coração!   1360

JASÃO
Males comuns a ti mesma te doem.

MEDEIA
Bem sabe: rende a dor se não ris.

JASÃO
Ó filhos, que maligna mãe tivestes!

MEDEIA
Ó filhos, morrestes por mal do pai!

JASÃO
Não os destruiu esta minha destra.   1365

MEDEIA
Mas o teu ultraje e novas núpcias.

ΙΑΣΩΝ
λέχους σφε κἠξιώσας οὕνεκα κτανεῖν;

ΜΗΔΕΙΑ
σμικρὸν γυναικὶ πῆμα τοῦτ' εἶναι δοκεῖς;

ΙΑΣΩΝ
ἥτις γε σώφρων· σοὶ δὲ πάντ' ἐστὶν κακά.

ΜΗΔΕΙΑ
οἵδ' οὐκέτ' εἰσί· τοῦτο γάρ σε δήξεται.   1370

ΙΑΣΩΝ
οἵδ' εἰσίν, οἴμοι, σῶι κάραι μιάστορες.

ΜΗΔΕΙΑ
ἴσασιν ὅστις ἦρξε πημονῆς θεοί.

ΙΑΣΩΝ
ἴσασι δῆτα σήν γ' ἀπόπτυστον φρένα.

ΜΗΔΕΙΑ
στύγει· πικρὰν δὲ βάξιν ἐχθαίρω σέθεν.

ΙΑΣΩΝ
καὶ μὴν ἐγὼ σήν· ῥάιδιοι δ' ἀπαλλαγαί.   1375

ΜΗΔΕΙΑ
πῶς οὖν; τί δράσω; κάρτα γὰρ κἀγὼ θέλω.

ΙΑΣΩΝ
θάψαι νεκρούς μοι τούσδε καὶ κλαῦσαι πάρες.

ΜΗΔΕΙΑ
οὐ δῆτ', ἐπεί σφας τῆιδ' ἐγὼ θάψω χερί,

JASÃO
Pelas núpcias decidiste matá-los?

MEDEIA
Crês pequena a dor para a mulher?

JASÃO
Se for sábia. A ti, todos os males.

MEDEIA
Eles não vivem mais, isso te doerá.   1370

JASÃO
Vivem — *oímoi!* — poluidores teus!

MEDEIA
Sabem Deuses quem começou o mal.

JASÃO
Sabem, sim, o teu execrável espírito.

MEDEIA
Odeia! Detesto tua palavra acerba.

JASÃO
E eu, a tua! Fica fácil a separação.   1375

MEDEIA
Como? Que fazer? Também quero.

JASÃO
Deixa-me sepultar e chorar mortos.

MEDEIA
Não; eu os sepultarei com esta mão

φέρουσ' ἐς Ἥρας τέμενος Ἀκραίας θεοῦ,
ὡς μή τις αὐτοὺς πολεμίων καθυβρίσηι 1380
τυμβοὺς ἀνασπῶν· γῆι δὲ τῆιδε Σισύφου
σεμνὴν ἑορτὴν καὶ τέλη προσάψομεν
τὸ λοιπὸν ἀντὶ τοῦδε δυσσεβοῦς φόνου.
αὐτὴ δὲ γαῖαν εἶμι τὴν Ἐρεχθέως,
Αἰγεῖ συνοικήσουσα τῶι Πανδίονος. 1385
σὺ δ', ὥσπερ εἰκός, κατθανῆι κακὸς κακῶς,
Ἀργοῦς κάρα σὸν λειψάνωι πεπληγμένος,
πικρὰς τελευτὰς τῶν ἐμῶν γάμων ἰδών.

ΙΑΣΩΝ
ἀλλά σ' Ἐρινὺς ὀλέσειε τέκνων
φονία τε Δίκη. 1390

ΜΗΔΕΙΑ
τίς δὲ κλύει σοῦ θεὸς ἢ δαίμων,
τοῦ ψευδόρκου καὶ ξειναπάτου;

ΙΑΣΩΝ
φεῦ φεῦ, μυσαρὰ καὶ παιδολέτορ.

ΜΗΔΕΙΑ
στεῖχε πρὸς οἴκους καὶ θάπτ' ἄλοχον.

ΙΑΣΩΝ
στείχω, δισσῶν γ' ἄμορος τέκνων. 1395

ΜΗΔΕΙΑ
οὔπω θρηνεῖς· μένε καὶ γῆρας.

ΙΑΣΩΝ
ὦ τέκνα φίλτατα.

no templo da Deusa Hera altaneira
para que nenhum inimigo os ultraje
virando tumba. Nesta terra de Sísifo,
instituirei solene festa e cerimônia
doravante por esta ímpia matança.
Eu mesma irei à terra de Erecteu
viver com Egeu, filho de Pandíon.
Tu vil morrerás vil, como convém,
ferido no crânio por resto de Argo,
visto o triste fim de minhas núpcias.

JASÃO
Outra Erínis dos filhos te destrua!
E cruenta Justiça!

MEDEIA
Que Deus ou Nume te ouvirá,
perjuro e enganador de hóspede?

JASÃO
Pheû pheû! Hedionda e filicida!

MEDEIA
Vai para casa e sepulta a esposa!

JASÃO
Vou sem a parte dos dois filhos.

MEDEIA
Não chores ainda! Espera Velhice!

JASÃO
Ó filhos caros!

ΜΗΔΕΙΑ
>μητρί γε, σοὶ δ' οὔ.

ΙΑΣΩΝ
κἄπειτ' ἔκανες;

ΜΗΔΕΙΑ
>σέ γε πημαίνουσ'.

ΙΑΣΩΝ
ὤμοι, φιλίου χρῄζω στόματος
παίδων ὁ τάλας προσπτύξασθαι. 1400

ΜΗΔΕΙΑ
νῦν σφε προσαυδᾷς, νῦν ἀσπάζῃ,
τότ' ἀπωσάμενος.

ΙΑΣΩΝ
>δός μοι πρὸς θεῶν
μαλακοῦ χρωτὸς ψαῦσαι τέκνων.

ΜΗΔΕΙΑ
οὐκ ἔστι· μάτην ἔπος ἔρριπται.

ΙΑΣΩΝ
Ζεῦ, τάδ' ἀκούεις ὡς ἀπελαυνόμεθ' 1405
οἷά τε πάσχομεν ἐκ τῆς μυσαρᾶς
καὶ παιδοφόνου τῆσδε λεαίνης;
ἀλλ' ὁπόσον γοῦν πάρα καὶ δύναμαι
τάδε καὶ θρηνῶ κἀπιθεάζω,
μαρτυρόμενος δαίμονας ὥς μοι 1410
τέκνα κτείνασ' ἀποκωλύεις
ψαῦσαί τε χεροῖν θάψαι τε νεκρούς,
οὓς μήποτ' ἐγὼ φύσας ὄφελον
πρὸς σοῦ φθιμένους ἐπιδέσθαι.

MEDEIA
        À mãe, não a ti!

JASÃO
E tu os mataste!

MEDEIA
        Para te punir!

JASÃO
Ómoi! Mísero, quero oscular
o rosto amável de meus filhos.   1400

MEDEIA
Agora os invocas, agora os saúdas,
antes repelias.

JASÃO
        Por Deuses, dá-me
que toque o frágil corpo dos filhos!

MEDEIA
Não podes. Proferes palavras vãs.

JASÃO
Ó Zeus, ouves isto, repelidos   1405
o que sofremos desta hedionda
leoa massacradora das crianças?
Mas quanto é possível e posso
pranteio-as e apelo aos Deuses
pedindo aos Numes testemunho   1410
que me mataste filhos e impedes
de roçar a mão e sepultar mortos.
Nunca eu os houvesse gerado
para vê-los destruídos por ti!

ΧΟΡΟΣ

[πολλῶν ταμίας Ζεὺς ἐν Ὀλύμπωι,
πολλὰ δ' ἀέλπτως κραίνουσι θεοί·
καὶ τὰ δοκηθέντ' οὐκ ἐτελέσθη,
τῶν δ' ἀδοκήτων πόρον ηὗρε θεός.
τοιόνδ' ἀπέβη τόδε πρᾶγμα.]

CORO

Muitos os dons de Zeus Olímpio,
muitos atos inopinados de Deuses
e as expectativas não se cumprem
e dos inesperados Deus vê saída.
Assim é que aconteceu este fato.

Sobre os textos

"Eurípides e sua época": publicado como "A máquina trágica de pensar política" em *Opiniães*, vol. 14, jul. de 2019, pp. 22-34, condensa três estudos anteriores: "A noção mítica de justiça em Eurípides e Platão" (*Archai — Revista de Estudos sobre as Origens do Pensamento*, vol. 13, 2014, pp. 17-23), "A educação trágica" (*Filosofia e Educação*, vol. 9, 2017, pp. 63-80) e "A forma trágica de pensar" (*O Que Nos Faz Pensar*, vol. 27, 2018, pp. 273-85), reunidos em meu livro *Mito e imagens míticas*, São Paulo, Córrego, 2019.

"A tradução interdisciplinar": publicado em versão anterior na revista *Re-produção*, São Paulo, Casa Guilherme de Almeida, 2019.

O Ciclope
"O drama satírico": publicado em versão anterior como "O drama satírico *Ciclope* de Eurípides", em *Política e religião no Mundo Antigo*, Teresina, EDUFPI, 2013, pp. 153-62.

Tradução: publicação e-book em *Eurípides: Teatro completo*, vol. 1, São Paulo, Iluminuras, 2015.

Alceste
"A partilha de Zeus": publicado como "O mito da partilha de Zeus na tragédia *Alceste* de Eurípides", em *Codex — Revista de Estudos Clássicos*, vol. 6, nº 2, 2018, pp. 114-22; versão anterior, "Rito e comemoração na tragédia *Alceste* de Eurípides", publicada em *Gênero, religião e poder na Antiguidade: contribuições interdisciplinares*, Vitória, GM, 2012, pp. 129-39.

Tradução: publicação e-book em *Eurípides: Teatro completo*, vol. 1, São Paulo, Iluminuras, 2015; posteriormente, em *Codex — Revista de Estudos Clássicos*, vol. 6, nº 2, 2018, pp. 196-232.

Medeia

"A serviço da justiça e da piedade": publicado como "Medeia a serviço da justiça e da piedade na tragédia *Medeia* de Eurípides", em *Anais de Filosofia Clássica*, vol. 12, 2018, pp. 1-12.

Tradução: versão anterior publicada em *Medeia*, ed. bilíngue, São Paulo, Hucitec, 1991; publicação e-book em *Eurípides: Teatro completo*, vol. 1, São Paulo, Iluminuras, 2015.

Sobre o autor

Algumas datas de representações e de vitórias em concursos trágicos, além de fatos da história de Atenas no século V a.C., são os únicos dados de que hoje dispomos com alguma certeza sobre a vida de Eurípides, e a eles se mesclam muitas anedotas, extraídas de comédias contemporâneas, ou inferidas de suas próprias obras, ou adaptadas da mitologia, ou ainda pura especulação. As biografias antigas contam que ele nasceu em Salamina, no dia da batalha naval dos gregos contra os invasores persas, e que o medo fez sua mãe entrar em trabalho de parto, mas isso parece ter um caráter simbólico, de vincular o grande dramaturgo ao mais memorável evento de sua época. A inscrição do mármore de Paro data seu nascimento de 485-484 a.C. Sua família pertencia ao distrito ático de Flieus, da tribo Cecrópida, ao norte do monte Himeto. Teofrasto relata que quando menino Eurípides foi escanção no ritual em que a elite ateniense dançava ao redor do santuário de Apolo Délio e que foi porta-tocha de Apolo Zoster; ambas essas funções implicam ser de família tradicional ateniense e sugerem inserção social elevada.

Sua primeira participação em concurso trágico é de 455 a.C. com *As Pelíades*, tragédia hoje perdida, sobre o dolo com que Medeia persuadiu as filhas de Pélias a matá-lo, esquartejá-lo e cozê-lo. Os antigos conheceram noventa e duas peças suas. Venceu cinco vezes os concursos trágicos, sendo póstuma a última vitória, mas não há notícia de que alguma vez sua participação nas representações tenha sido preterida. Considerando que todo ano o arconte rei escolhia para o concurso somente três poetas e para julgá-los dez juízes, um de cada tribo, dos quais cinco votos eram destruídos aleatoriamente sem se conhecer o conteúdo para evitar suborno, a participação era mais indicadora de popularidade do que a premiação.

David Kovacs valendo-se de datas conhecidas ou conjecturais apresenta esta cronologia relativa da produção supérstite de Eurípides: 438

a.C., *Alceste* obteve segundo lugar no concurso trágico; 431, *Medeia*, terceiro lugar; *c.* 430, *Os Heraclidas*; 428, *Hipólito*, primeiro lugar; *c.* 425, *Andrômaca*, que não foi representada em Atenas; *c.* 424, *Hécuba*; *c.* 423, *As Suplicantes*; *c.* 420, *Electra*; *c.* 416, *Héracles*; 415, *As Troianas*, segundo lugar; *c.* 414, *Ifigênia em Táurida*; *c.* 413, *Íon*; 412, *Helena*; *c.* 410, *As Fenícias*, segundo lugar; 408, *Orestes*; póstumos, *As Bacas* e *Ifigênia em Áulida*, primeiro lugar; data desconhecida, *O Ciclope*; e de data incerta, *Reso*, que Kovacs (controversamente) considera não euripidiano. As tragédias póstumas, vitoriosas, foram apresentadas por seu filho do mesmo nome, Eurípides júnior. A inscrição do mármore de Paro data a morte de Eurípides em 407-406 a.C., e não temos como decidir se isto se deu em Atenas, ou se em Macedônia, onde teria ido a convite do rei Arquelau.

A presente publicação do *Teatro completo* de Eurípides é a primeira vez em que todos os dramas supérstites do autor são traduzidos em português por um único tradutor.

Sobre o tradutor

José Antonio Alves Torrano (Jaa Torrano) nasceu em Olímpia (SP) em 12 de novembro de 1949 e passou a infância em Orindiúva (SP), vila rural e bucólica, fundada por seus avós maternos, entre outros. Em janeiro de 1960 seus pais mudaram para Catanduva (SP), onde concluiu o grupo escolar, fez o ginásio, o colégio, o primeiro ano da Faculdade de Letras, e descobriu a literatura como abertura para o mundo e o sentido trágico da vida como visão de mundo. Em fevereiro de 1970 mudou-se para São Paulo (SP), lecionou português e filosofia em curso supletivo (1970), fez a graduação (1971-1974) em Letras Clássicas (Português, Latim e Grego) na Universidade de São Paulo, onde começou a trabalhar em 1972 como auxiliar de almoxarifado na Faculdade de Medicina Veterinária e Zootecnia, e depois disso, a lecionar Língua e Literatura Grega como auxiliar de ensino na Faculdade de Filosofia, Letras e Ciências Humanas em 1975.

No Departamento de Letras Clássicas e Vernáculas da Universidade de São Paulo defendeu o mestrado em 1980 com a dissertação "O mundo como função de Musas", o doutorado em 1987 com a tese "O sentido de Zeus: o mito do mundo e o modo mítico de ser no mundo" e a livre-docência em 2001 com a tese "A dialética trágica na *Oresteia* de Ésquilo". Desde 2006 é professor titular de Língua e Literatura Grega na USP. Em 2000 foi professor visitante na Universidade de Aveiro (Portugal). Como bolsista pesquisador do CNPq, traduziu e estudou todas as tragédias supérstites de Ésquilo, Sófocles e Eurípides.

Publicou os livros: — 1) de poesia: *A esfera e os dias* (Annablume, 2009), *Divino gibi: crítica da razão sapiencial* (Annablume, 2017), *Solidão só há de Sófocles* (Ateliê, no prelo); — 2) de ensaios: *O sentido de Zeus: o mito do mundo e o modo mítico de ser no mundo* (Roswitha Kempf, 1988; Iluminuras, 1996), *O pensamento mítico no horizonte de Platão* (Annablume, 2013), *Mitos e imagens míticas* (Córrego,

2019; Madamu, 2022); e — 3) de estudos e traduções: Hesíodo, *Teogonia: a origem dos Deuses* (Roswitha Kempf, 1980; Iluminuras, 1991), Ésquilo, *Prometeu Prisioneiro* (Roswitha Kempf, 1985), Eurípides, *Medeia* (Hucitec, 1991), Eurípides, *Bacas* (Hucitec, 1995), Ésquilo, *Oresteia: Agamêmnon, Coéforas, Eumênides* (Iluminuras, 2004), Ésquilo, *Tragédias: Os Persas, Os Sete contra Tebas, As Suplicantes, Prometeu Cadeeiro* (Iluminuras, 2009), Eurípides, *Teatro completo* (e-book, Iluminuras, 3 vols., 2015, 2016 e 2018), Platão, *O Banquete* (com Irley Franco, PUC-RJ/Loyola, 2021), Sófocles, *Tragédias completas: Ájax* e *As Traquínias* (Ateliê/Mnema, 2022). Além disso, publicou estudos sobre literatura grega clássica em livros e periódicos especializados.

Plano da obra

Eurípides, *Teatro completo*,
estudos e traduções de Jaa Torrano:

Vol. I: *O Ciclope, Alceste, Medeia*
Vol. II: *Os Heraclidas, Hipólito, Andrômaca, Hécuba*
Vol. III: *As Suplicantes, Electra, Héracles*
Vol. IV: *As Troianas, Ifigênia em Táurida, Íon*
Vol. V: *Helena, As Fenícias, Orestes*
Vol. VI: *As Bacas, Ifigênia em Áulida, Reso*

Este livro foi composto em Sabon e
Cardo pela Franciosi & Malta, com
CTP e impressão da Edições Loyola
em papel Pólen Natural 80 g/m² da
Cia. Suzano de Papel e Celulose para
a Editora 34, em julho de 2022.